L'HISTOIR...

UNE CHRONI...
EN CINQ PAR... ...
LES PASSIONS ET LES AVEN-
TURES DE DIX GÉNÉRATIONS
TURBULENTES

« ADAIR ET ROSENSTOCK SAVENT RA-
CONTER UNE HISTOIRE. . . Les amateurs
de fiction historique et romanesque seront em-
ballés par ce récit irrésistible. . . Ils y trou-
veront violence et drames humains. . . un
rythme fulgurant. . . batailles, passions et in-
trigues. . . un histoire absorbante et pleine
d'action. »

Toronto Quill and Quire

« ÉPIQUE. . . CAPTIVANT. . .
Le roman est soigneusement élaboré, l'action
rapide et serrée. »

Calgary Herald

« UN RÉCIT ÉLECTRISANT »

Ottawa Citizen

« UNE SÉRIE À GRAND SUCCÈS. . .
Ses plus grands mérites sont la remarquable
exactitude historique, la vivacité et l'intérêt de
ses personnages. »

West Coast Review of Books

« UNE HISTOIRE PASSIONNANTE »

Books in Canada

TRADUIT PAR MARIE-CLAIRE COURNAND

LES PORTES DU TONNERRE

LIVRE 5:
L'HISTOIRE
DU
CANADA

DENNIS ADAIR ET   JANET ROSENSTOCK

UN LIVRE DU AVON
ÉDITEUR DES LIVRES BARD, CAMELOT, DISCUS ET FLARE

L'édition originale en langue anglaise de cet ouvrage a été
publiée par Avon Books sous le titre THUNDERGATE
BOOK III : THE STORY OF CANADA

LES LIVRES AVON DE CANADA
Une division de Hearst Canada Inc.
2061 McCowan Road, Suite 210
Scarborough, Ontario M1S 3Y6

Copyright © 1982 by Author's Marketing Services, Ltd. and
Free Lance Writing Associates, Inc.
A GOLDEN MUSE PRODUCTION

Édition en langue française — Translation Copyright © 1984
par Marie-Claire Cournand
Édition in the French language — Translation Copyright ©
1984 by Marie-Claire Cournand
Bibliothèque de Congrès, carte de catalogue numéro : 81-66476
ISBN : 0-380-83824-9

Pour tous renseignements s'adresser à Avon Books.

Première édition en langue anglaise : Avon, septembre, 1982
Première édition en langue française : Avon, janvier, 1984

Imprimé au Canada

UNV 10 9 8 7 6 5 4 3 2 1

AVANT-PROPOS

Entre les années vingt mille et deux mille avant Jésus-Christ, les glaciers qui recouvraient de vastes étendues de la terre se mirent à fondre, créant l'immense gorge de la rivière du Niagara et la topographie accidentée des vallées du Saint-Laurent, de la Mohawk et de l'Hudson. Cette région devint comme un Eden du Nord, remarquable pour l'abondance de sa vie végétale et animale.

La fonte des glaciers créa en même temps la chute du Niagara, une des merveilles du monde. Les Indiens d'autrefois faisaient des sacrifices humains pour apaiser l'orage assourdissant de ces tumultueuses cascades, dégringolant dans la gorge rocheuse du Niagara. Au-dessus et en-dessous de la cataracte, la rivière du Niagara mène à un réseau de voies d'eau intérieures qui s'étendent sur la moitié du continent. Pour parvenir jusqu'à ce réseau, le voyageur du XVIIIe siècle devait se servir d'un chemin de portage qui devint la porte vers l'Ouest. Aujourd'hui nous connaissons cette région sous le nom de Niagara Falls; jadis les Indiens l'appelèrent « les portes du tonnerre ».

REMERCIEMENTS

Les auteurs de cet ouvrage souhaitent exprimer leur reconnaissance la plus vive à l'historien Jay Myers, dont le travail de recherche a rendu possible *Les Portes du Tonnerre*. Parmi les ouvrages historiques qui ont servi de base à ce roman, nous tenons à signaler : *The American Revolution 1775-1783*, par John Alden; *The Devil's Backbone : The Story of the Natchez Trace*, par Jonathan Daniels; *A History of the Old South : The Emergence of a Reluctant Nation*, par Clement Eaton; *Thundergate : The Forts of Niagara*, par Robert West Howard; *Canada and the American Revolution 1774-1783*, par Gustave Lanctôt; *Quebec : The Revolutionary Age 1760-1791*, par Hilda Neatby; *Benedict Arnold : Traitor to His Country*, par Jeanette Covert Nolan; *Louisiana : A Bicentennial History*, par Joe Gray Taylor; *The United Empire Loyalists : Men and Myths*, dans *Issues in Canadian History*, par L.F.S. Upton (éditeur); et *Revolutionary Ladies*, par Philip Young.

CHAPITRE PREMIER

Montréal, le premier avril 1779

La pluie tombait sans répit depuis trois jours et trois nuits. Les ruisseaux qui s'étaient formés entre les creux des pavés s'écoulaient rapidement; les voitures éclaboussaient l'eau des flaques plus profondes contre les grandes et anciennes maisons qui s'alignaient le long des rues.

Comme la plupart des bâtiments qui formaient le vieux Montréal, la maison des Macleod avait été construite tout au bord de la rue. C'était une grande structure en pierre à deux cheminées doubles, d'où s'élevaient des volutes de fumée blanche dans le ciel gris de l'après-midi. C'était le mois d'avril, mais il faisait un temps froid et pluvieux. Les neiges de l'hiver avaient fondu avant le premier mars, et pendant quinze jours il avait fait très doux, un soleil brillant avait chauffé la terre. L'herbe était devenue verte, et quelques premiers bourgeons étaient apparus. Mais le printemps n'avait été qu'une illusion : l'hiver était revenu et les bourgeons, sous la pluie froide, s'étaient refermés. Le printemps si longtemps attendu avait battu en retraite.

Janet Cameron Macleod était assise toute raide sur son divan et fixait la tasse de thé vide qu'elle venait de poser sur une petite table placée devant elle. Elle repoussa d'un geste absent une mèche de cheveux de son front. Les longues tresses de Janet, jadis roux-or, étaient maintenant grisonnantes et elle ne les laissait plus, comme autrefois, tomber sur ses épaules. Elle les tirait en arrière et sur le haut

1

de sa tête, encadrant ses traits fins d'une douce auréole qui accentuait son cou blanc et délicat.

Helena Fraser, la fille aînée de Janet, était à quelques mètres de sa mère et tenait la théière en étain par son manche en bois poli. « Encore du thé ? » demanda-t-elle.

Janet hocha la tête. « Où est ton père ? » demanda-t-elle sur un ton de voix un peu irrité. Helena en comprit la cause : l'objet de l'irritation de Janet n'était pas Mathew mais Jenna, la jeune sœur de Helena, qui avait créé une situation très déplaisante dans la famille.

Dans quelques minutes, Stephan O'Connell viendrait rendre visite aux Macleod, et ce jeune homme n'était guère apprecié par Mathew. Stephan, en plus, venait demander la permission de faire la cour à Jenna.

Les intentions du jeune homme avaient été accueillies d'une manière très négative. « Elle est beaucoup trop jeune ! » avait d'abord déclaré Mathew. Cette première réaction avait été suivie de nombreuses objections : « Il boit trop. Ce n'est pas un homme sérieux. Il court les femmes. » Enfin Mathew avait touché le fond du problème : « C'est une jeune Bostonien au caractère emporté, insoumis et rebelle. »

Mathew, bien sûr, n'avait rien de spécial à reprocher aux habitants de Boston. Le problème était que Stephan O'Connell était le fils de protestants irlandais d'Ulster, de féroces anti-catholiques. Maintenant qu'ils vivaient à Montréal, ils étaient très portés contre les Canadiens français et surtout contre le rôle de l'Église. En Irlande, les catholiques n'avaient plus le droit d'aller à la messe ni de recevoir une éducation. Les O'Connell pensaient qu'il fallait traiter les Canadiens français de la même manière car, à leur avis, c'était un peuple vaincu.

— Et tu n'approuves pas sa famille, avait ajouté Janet aux objections de son mari. Elle ne comprenait Mathew que trop bien. Le père de Stephan était un riche commerçant, un homme puissant et de grande influence parmi les habitants anglophones de Montréal. D'après Mathew, les O'Connell étaient de dangereux agitateurs contre le pouvoir anglais.

Depuis la fin de la guerre de Sept Ans seize ans auparavant, de nombreux commerçants de langue anglaise venant de Boston et de Philadelphie s'étaient installés a Montréal pour tirer profit des bonnes affaires qu'offrait le port très actif du Sant-Laurent. Car maintenant Boston, Philadelphie, Québec et Montréal faisaient tous partie du même empire de l'Amérique du Nord britannique. Mais les nouveaux immigrants qui venaient des Treize Colonies avaient leurs idées à eux. Ils cherchaient à créer une assemblée constituante sur le modèle de l'assemblée de la colonie de Massachusetts Bay. Ils cherchaient à exclure les Canadiens français de tout rôle gouvernemental et à leur interdire le droit de pratiquer leur religion en public. Ils voulaient imposer la langue anglaise au continent tout entier et souhaitaient voir gouverner le Canada de la même manière que les Treize Colonies. Pour cette raison, on leur donnait le nom de *continentalistes*.

Mais les Anglais, comme l'avait remarqué Mathew Macleod, avaient réagi aux efforts des Treize Colonies avec une prudence étonnante. Ils respectaient le traité de 1763, qui protégeait les droits des Canadiens français. Ils avaient en outre adopté L'Acte de Québec qui non seulement défendait aux continentalistes de former une assemblée constituante, mais assurait aux habitants français le droit de pratiquer leur religion, de parler français et de donner une éducation française è leurs enfants. L'Acte de Québec avait profondément contrarié les Treize Colonies. Ils avaient dénoncé cet acte ainsi que tous les autres actes qui portaient sur les impôts des Treize Colonies au sud de Canada. Ils les avaient baptisé les « Actes intolérables. »

Le résultat de ces Actes intolérables était que les Treize Colonies s'étaient insurgées contre les Anglais. Cela avait commencé par de menus actes de terrorisme, puis c'était devenu une véritable guerre. Et, comme cela se passe souvent dans ce genre de situation, il y avait plus de deux côtés à la question.

D'un côté, il y avait les loyalistes de l'Empire-Uni, qui étaient fidèles à la couronne anglaise dans les Treize Colonies; de l'autre, les rebelles de Québec qui soutenaient le Congrès continental. Entre les loyalistes de l'Empire-Uni et les rebelles, il y avait des hommes — tels que Mathew Macleod — qui étaient prêts à se battre pour les Anglais tant que les Canadiens français seraient bien traités. Ces hommes tenaient avant tout à leur terre. Ils se méfiaient des méthodes et des conséquences possibles de la rébellion et pensaient qu'il y avait assez de place au Canada pour les Français et pour les Anglais, tant que les deux peuples sauraient se respecter l'un l'autre.

Mais les O'Connell étaient violemment anti-catholiques et par conséquent, ils détestaient les Canadiens français. L'Acte de Québec leur paraissait intolérable parce qu'il interdisait le droit à leur minorité de gouverner la majorité des habitants francophones du Québec. Ils étaient du côté des colonies insurgées et ne le cachaient pas.

— Papa a tort, déclara Helena d'un ton brusque. Il a tort de vouloir défendre à Stephan de faire la cour à Jenna. Cela la mettra en colère, elle s'obstinera. Mais si papa les laisse tranquilles, elle finira par mieux connaître Stephan, et se détachera peut-être de lui. Helena hésita un instant puis, choisissant bien ses mots, elle continua : « Tu sais, maman, les fruits défendus sont toujours les plus désirables. Je connais bien Jenna et je l'aime, mais elle veut toujours ce qu'elle ne peut pas avoir. »

Janet sourit à sa fille aînée. Ce qu'elle disait était plein de bon sens. Mais elle se souvenait aussi de la liaison qu'elle avait elle-même eue dans sa jeunesse avec Richard O'Flynn. Elle avait mis du temps à comprendre ce qu'il était vraiment, et seulement après avoir beaucoup souffert. Elle voulait avant tout protéger sa fille de ce genre d'expérience.

— C'est le bébé de la famille. C'est naturel que nous cherchions à la protéger.

Helena posa la théière sur un napperon puis s'assit sur une chaise en face de sa mère. « Jenna a dix ans de moins que moi, mais elle est deux fois plus entêtée. Il suffit de lui défendre de faire quelque chose pour qu'elle ait aussitôt envie de le faire. Je t'en prie, maman, dis à papa de laisser venir Stephan. »

Les mains de Janet se crispèrent sur l'étoffe sombre de sa jupe. Depuis les années que Mathew et elle vivaient ensemble, ils n'avaient jamais été en désaccord sur la manière

4

d'élever leurs enfants. Elle ne s'était jamais opposée à lui pour la simple raison qu'ils pensaient toujours de la même manière. Ils s'aimaient tendrement et étaient profondément attachés l'un à l'autre. Ils pensaient et agissaient comme un seul être. Mais maintenant, pour la première fois, un nuage s'était glissé entre eux. Ils n'étaient d'ailleurs pas complètement en désaccord. Janet avait la même opinion de Stephan que son mari, mais elle pensait aussi comme Helena. Mathew avait raison, mais sa manière d'aborder le problème risquait d'aggraver la situation.

— Il ne s'agit pas simplement des opinions politiques de Stephan, dit lentement Janet, qui cherchait a démêler ses pensées contradictoires. « Jenna est — »

— Jenna est le petit chouchou de papa. Elle te ressemble et papa veut trop la protéger.

— Il t'aime autant qu'elle, dit rapidement Janet. En prononçant ces paroles, elle se rendit compte que la question n'avait pas été posée.

Helena regarda sa mère et leva le sourcil. « Cela fait maintenant huit ans que je suis mariée à John Fraser. Papa aime bien John et il me considère comme une femme adulte. Je ne lui ai jamais causé le moindre chagrin — pas, en tout cas, le genre de chagrin que Jenna va lui causer. Et je peux te dire, maman, que plus elle lui fera de peine, plus il l'aimera. C'est une enfant gâtée. Ni Mat, ni Andrew ni moi n'avons jamais été gâtés comme elle »

Janet interrogea le visage de sa fille aînée. Il n'y avait aucune trace d'amertume dans la voix de Helena. Helena aimait sa soeur, mais elle comprenait son caractère difficile.

— Cela ne servira à rien de parler à Jenna de toutes les femmes que fréquente Stéphan, et si vous lui parlez de politique elle n'y comprendra rien, ajouta Helena. La politique ne l'intéresse pas. Je peux te dire tout de suite qu'elle ne vous écoutera pas, ni toi ni papa, jusqu'au jour où elle se rendra compte par elle-même que Stephan est un vaurien.

Soudain, les deux femmes entendirent le bruit des roues d'une voiture devant la maison. Elle restèrent un instant silencieuses. « C'est lui », dit Janet enfin. Elle regarda sa tasse vide et regretta de ne pas avoir bu quelque chose de plus remontant. « Et s'il s'agissait de ta fille Abigail, serais-tu aussi sûre de toi ? Risquerais-tu l'avenir d'Abigail en permettant à un homme comme Stephan O'Connell de lui faire la cour ? »

Helena se leva et défroissa lentement les plis de sa jupe. « Chaque cas est individuel. Si vous défendez à Jenna de voir cet homme, vous risquez de gâter pour toujours ses relations avec sa famille — car elle réagira certainement d'une manière très émotive. » Helena pensait aux nombreuses conversations qu'elle avait eues avec sa soeur. Jenna était folle de Stephan et ne supportait aucune critique à son sujet.

Janet regarda le plancher, et laissa sa fille prendre les tasses et la théière pour les ramener à la cuisine. « Tu as raison », dit-elle enfin. Elle entendit frapper le grand marteau en fer contre la porte, et s'assit toute droite en tirant ses épaules en arrière. « Appelle ton père, tu veux ? » dit-elle en forçant un sourire — en fait, elle aurait tout donné pour que l'entrevue fût déjà terminée.

Helena quitta la pièce et Janet avança vers la porte puis l'ouvrit pour laisser entrer le jeune Stephan O'Connell. Il n'était pas difficile de comprendre la passion de Jenna pour Stephan. C'était un jeune homme grand et mince, au teint clair, aux cheveux très noirs; ses beaux yeux étaient d'un bleu sombre. Il avait un charmant sourire un peu de travers et d'étincelantes dents blanches. Aucune femme ne pouvait manquer de le trouver très beau et très séduisant. Peut-être, pensa Janet, sa réputation un peu scandaleuse ne le rendait-il que plus désirable aux yeux des jeunes femmes, qui voyaient en lui une nature un peu sauvage qui avait besoin d'être apprivoisée. C'était là tout son charme, et la cause probable de son succès auprès des femmes et de Jenna en particulier. Mais quelle erreur ! se disait Janet. Les hommes ne changent pas, ils ne peuvent pas changer. Les jeunes femmes — surtout si elles étaient belles — avaient toujours une idée complètement fausse de leur pouvoir sur eux. Janet avait dans sa jeunesse eu la même illusion — et elle avait beaucoup souffert avant d'apprendre les vérités de la vie.

Stephan resta un instant immobile, puis entra dans le vestibule, ôta son chapeau d'un geste galant et s'inclina profondément devant Janet.

— Madame Macleod, dit-il en lui baisant la main.

— Mr. O'Connell, répondit Janet. Entrez, je vous en prie.

Stephan dégrafa son manteau. « Pardonnez-moi, madame, il est trempé », dit-il en lui donnant son vêtement.

— C'est normal par ce mauvais temps, répondit Janet en s'efforçant de sourire. Mon mari sera avec vous dans quelques minutes. Venez dans le salon, je vous en prie.

Stephan la suivit. « Les soldats britanniques occupent-ils toujours votre maison ? » Il avait prononcé le mot *britanniques* sur un ton si mordant qu'on n'avait aucune peine à y lire ses sentiments.

— Oui, mais ils ne viennent que le soir.

Stephan secoua la tête et renifla avec dédain. « Vous devez être bien à l'étroit », dit-il.

Il examina la maison — et se rendit compte immédiatement qu'elle était beaucoup plus petite que celle de ses parents. « Nous nous en tirons », répondit Janet. Elle venait d'entendre Mathew en haut de l'escalier. Il descendit les marches en traînant sa jambe gauche qui le faisait beaucoup souffrir par ce temps très humide. Quand il restait trop longtemps dans une position, sa jambe devenait raide.

— Bonjour, monsieur, dit froidement Mathew. Mathew était resté un très bel homme : les années de travail en plein air lui avaient assoupli les muscles, et ses cheveux gris étaient restés épais. Malgré sa jambe, il donnait encore une impression de très grande force. En fait il boitait beaucoup et devait se servir d'une canne quand il marchait sur les pavés inégaux de la rue. Le visage généralement ouvert et souriant de Mathew se renfrogna quand il aperçut Stephan.

Instinctivement, Janet se mit entre son mari et Stephan. « Est-ce que je peux vous apporter quelque chose à boire ? » demanda-t-elle en montrant un fauteuil à son invité. Elle regrettait amèrement de n'avoir pas d'avance pu discuter la situation avec Mathew.

— Un peu de cognac, s'il vous plaît, madame, répondit Stephan.

Mathew s'assit sur le divan et étendit sa jambe gauche devant lui. « Est-ce que votre jambe vous gêne beaucoup, monsieur ? » demanda poliment Stephan.

— C'est une ancienne blessure, répondit abruptement Mathew. Sa réserve bien écossaise ne lui permettait pas d'en dire plus. Les histoires de famille n'étaient réservées qu'aux membres de la famille. D'ailleurs, Mathew ne cherchait pas à prolonger cette visite par des explications inutiles.

Janet offrit du cognac à Stephan et à Mathew et se versa un verre pour elle-même. Un peu mal à l'aise, elle s'assit au bord du divan et s'appuya sur un côté. L'atmosphère raide et guindée ne lui faisait que trop penser aux formalités des fiançailles de Robert et de Marguerite Lupien. Pourtant, pendant la guerre de Sept Ans, les choses avaient été tellement plus simples, tout le monde était du même côté. Montréal semblait maintenant une ville divisée en cent partis différents. A l'époque où la petite Marguerite était tombée amoureuse de Robert, pensa Janet, il était sous les ordres du général Montcalm. Ils avaient été brutalement séparés par la guerre et par des événements sur lesquels ils n'avaient aucun contrôle. Mais dans le cas de Jenna et de Stephan, la situation était très différente. Ils n'étaient séparés que par des hostilités familiales. S'aimaient-ils autant que Robert et Marguerite s'étaient aimés ? Janet ne pouvait répondre à la question et n'osait même pas penser aux possibilités qu'aurait impliquées une réponse.

— Avez-vous été blessé en vous battant contre les Français ? demanda Stephan. Son hostilité envers les Français n'était que trop apparente dans le ton de sa voix.

Mathew se raidit et lança au jeune homme un regard de défi. « Non, répondit-il sèchement. J'ai été blessé par un de vos compatriotes d'Ulster qui me retenait contre mon gré. »

Une compatriote, se dit Janet en revoyant brusquement l'image de Megan, l'espionne irlandaise qui avait été aux ordres des Anglais. Cela lui semblait si lointain. . . tant d'années avaient passé !

— Vous étiez donc du côté des Français ? demanda Stephan.

— J'étais du côté des Canadiens, répondit Mathew sèchement, et je le suis encore.

— Vous pensez donc qu'en soutenant les Anglais vous allez aider les Canadiens ? Stephan parlait avec l'accent sec et précis de la Nouvelle-Angleterre, et ses paroles parurent plus sarcastiques sans doute qu'il n'en avait l'intention, se dit Janet. Ce qu'il disait était déjà assez provocant en soi.

— La rébellion — et le succès possible de cette rébellion — sont plus dangereux pour le Canada que l'influence de la Grande-Bretagne. Mathew s'arrêta un instant et ses yeux devinrent tout petits. « La vie m'a appris que l'évolution vaut toujours mieux que la révolution. » Mathew ne donna pas à Stephan le temps de répondre. Il s'éclaircit la voix : « Les Anglais nous donnent le droit de pratiquer notre religion librement. Ils refusent de permettre à une minorité des Treize Colonies de gouverner le pays entier. Vous qui venez d'Ulster, qui avez émigré de Boston au Canada, vous devriez savoir ce que c'est que l'oppression ! »

— Je connais aussi les dangers du papisme, répondit rapidement Stephan en avalant une gorgée de cognac. « La France aide les rebelles. Combien de temps pensez-vous que les Français du Québec, les fermiers et les *habitants* resteront neutres ? » Stephan faisait allusion à l'alliance qui s'était faite récemment entre la France et les colonies rebelles. Comme beaucoup de ses compatriotes, il pensait que la population française de Québec finirait par suivre l'exemple de la France.

— Et si votre petite rébellion réussissait, combien de temps permettriez-vous aux Canadiens de pratiquer leur religion et de parler leur langue ?

Mathew regarda Stephan fixement. Le jeune homme ne comprenait pas : il ne vivait pas au Canada depuis assez longtemps pour comprendre. « Les habitants du Canada qui parlent français ne sont pas comme les Français d'Europe. Ils n'ont aucune intention de rentrer en France, ni de se soumettre à son système féodal. Ils se sont battus contre les expansionnistes de la Virginie au fort Nécessité pour défendre leur territoire. Ils connaissent bien votre Washington et toute l'hypocrisie de vos précieux patriotes ! Il faut

9

choisir. Si vous voulez que les Canadiens français deviennent vos alliés, vous ne pouvez pas en même temps condamner leur religion et leur langue. Pour eux, votre rébellion est comme un conflit familial entre deux espèces d'Anglais — ceux qui sont nés ici et qui sont restés intolérants, et ceux d'Angleterre qui gouvernent avec une humanité qui peut paraître étonnante mais n'en reste pas moins très réelle. Les Canadiens resteront neutres. »

— J'espérais que vous feriez preuve d'un peu plus de bon sens et de logique. Le visage de Stephan était devenu très rouge et Janet se rendit compte qu'il faisait un grand effort pour dominer sa colère tout irlandaise. Elle comprit qu'il cherchait encore à se montrer conciliant. « Les colonies désirent leur indépendance, poursuivit-il. Elles recherchent la justice, la liberté et une politique anti-protectionniste. Elles sont d'accord, monsieur Macleod, pour payer des impôts, mais à condition qu'ils leur soient imposés par leurs propres assemblées, et non par une puissance européenne. »

— Vous continuez à fausser les termes, répondit Mathew. Vous cherchez à imposer des lois répressives au Québec, et vous voulez en même temps la liberté totale en Virginie et au Massachusetts — où je vous ferai remarquer que les catholiques n'ont toujours pas le droit de pratiquer leur religion. Vous appelez cela la liberté ? Vous prononcez de bien belles paroles, vous autres ! Et pour qui donc est cette précieuse liberté ? Si votre rébellion réussit, si elle s'étend jusqu'au Canada, nous deviendrons une colonie du Massachusetts. Si elle rate, nous resterons une colonie anglaise. Moi, je préfère un ennemi dont je connais le visage.

Stephan resta silencieux pendant quelques instants. Janet venait de s'apercevoir que, malgré tous ses défauts, ce jeune homme était loin d'être stupide.

— Ce pays est dans un état de confusion, dit-il enfin.

— Je préfère cela à vivre en Virginie, répondit Mathew, sans cacher sa colère.

Stephan le regarda avec son sourire énigmatique. Il avait les yeux tout pétillants. En voyant son visage, Janet comprit qu'il aimait beaucoup discuter de politique. Il s'éclaircit la voix et prit une autre gorgée de cognac. « Je vous demande

10

pardon », dit-il après un long moment. « Nous avons des points de vue complètement opposés. Je sais que ma famille voit les choses d'une manière bien différente que la vôtre. Mais vous verrez, tout s'accomplira à son propre rythme. D'ailleurs, je ne suis pas venu ici pour discuter de politique. Je suis venu pour vous demander la permission de faire la cour à votre fille Jenna. »

Mathew fixa le fond de son verre de cognac. « Je ne comprends pas pourquoi vous vous êtes donné la peine de venir, dit-il d'un ton froid. Votre famille vient d'Ulster, elle a été installée sur cette terre par Cromwell quand il a détrôné le roi Stuart qui était l'héritier légitime de la couronne d'Angleterre. Nous sommes des jacobites. Nous n'avons pas changé notre position. J'ai peut-être moins de rancune que n'en avait mon grand-père — moins de rancune que j'en avais moi-même il y a trente-trois ans au moment où je pataugeais dans le sang de mes compagnons de clan à la bataille de Culloden. Mais jamais je ne permettrai à ma fille d'épouser un rebelle protestant — et militant par-dessus le marché. C'est hors de question ! »

Mathew avait parlé sur un ton égal et contrôlé. Janet comprit qu'il n'y avait rien à faire, et cela lui fit mal au coeur. Jamais Jenna ne comprendrait. Mathew avait formé de nouveaux liens politiques, mais ses idées étaient toujours les mêmes. Il ne voulait qu'une chose, la liberté du Canada. Il ne pensait qu'à ramener sa famille à Lochiel, leur domaine du Niagara. Il voulait vivre dans un Canada où n'existerait plus la haine des protestants et des catholiques militants. Il voulait que les catholiques et les protestants apprennent à vivre côte à côte, qu'ils construisent ensemble une nouvelle nation, qu'ils oublient une fois pour toutes ces futiles guerres européennes. Mathew Macleod était le premier à vouloir oublier la bataille de Culloden — mais il en était incapable. Car si le souvenir amer de ce désastre avait disparu, il ne pouvait pas oublier la leçon de Culloden. Ce que Mathew reprochait à Stephan O'Connell ce n'était pas le fait d'être protestant mais son protestantisme rebelle et militant. Ce jeune homme était capable de rallumer des haines anciennes, d'attiser des passions destructrices. Mathew cherchait à construire, alors que Stephan ne voulait que détruire. Mathew avait pris une position modérée entre les Français et les Anglais, les catholiques et les protestants. Et il avait choisi cette position parce qu'il aimait cette terre canadienne. Il avait choisi de vivre au Canada, et avait l'intention d'y rester.

— C'est une époque bien difficile, dit Janet qui jusque là n'avait prononcé aucune parole. « Il faut essayer de comprendre. »

Stephan, sans même lui adresser un regard, se leva brusquement et posa violemment son verre de cognac sur la table. « J'aime Jenna, annonça-t-il d'une voix grave — sur un ton aussi glacial que celui de Mathew. « Elle m'aime. Vous faites une grave erreur. »

— Si c'est une erreur, j'en prends toute la responsabilité, répondit Mathew.

Mathew se leva, mais Stephan se dirigeait déjà à grands pas vers la porte d'entrée. Janet regarda Mathew le suivre. Elle se sentit paralysée, collée à sa chaise. La porte s'ouvrit puis se referma. Stephan était parti.

Mathew rentra dans le salon et regarda sa femme. « Tu as l'air bouleversé », dit-il.

Janet leva les yeux et rencontra le regard de Mathew. « Je ne suis pas sûre que nous ayons fait la bonne chose. »

— Je n'ai pas pu faire autrement. Je pourrais te donner cent bonnes raisons pour ma décision. Le fait est que ce jeune homme n'est pas acceptable.

— Et qui donc le serait ? demanda Janet. Elle ajouta doucement : « Pouvons-nous empêcher nos enfants de faire des bêtises ? Pouvons-nous assumer leur vie et souffrir tous les problèmes de notre époque pour eux ? Un père et une mère peuvent tout donner — sauf leur expérience de la vie. »

Une lueur de compréhension vacilla dans le regard de Mathew. C'était d'elle-même que Janet parlait : elle essayait de lui dire que rien, dans sa jeunesse, ne l'aurait empêchée de faire ce qu'elle avait fait. « Je ne veux pas voir souffrir Jenna », dit enfin Mathew d'une voix défensive.

— Jamais Stephan ne me ferait souffrir ! En entendant ces paroles, Mathew se retourna et Janet ouvrit la bouche mais se tut. C'était Jenna : elle était là devant la porte, les yeux humides, le visage rouge de colère. « Tu l'as renvoyé ! Comment as-tu pu faire une chose pareille ? »

— C'est pour ton bien, répondit Mathew. Ce n'est pas le genre de mari que je veux que tu épouses.

Les mains de Jenna se crispèrent sur les plis de sa longue jupe. « Tu veux gâcher ma vie ! Il n'y a que toi et maman qui ayez droit à l'amour, au bonheur, même à l'aventure ! Mais tu veux me voir moisir à Montréal seule dans ma chambre à coucher, et coupée du monde entier ! » Ses immenses yeux verts se remplirent de larmes, qui se mirent à couler sur son visage. Son corps tout entier tremblait d'émotion et de rage. « Tu m'avais pourtant dit que tu ne ne croyais qu'au mariage d'amour ! Qu'il ne fallait surtout pas faire un mariage de raison ! Et maintenant tu as renvoyé l'homme que j'aime, tu lui as dit qu'il ne pouvait pas me faire la cour ! » L'émotion de Jenna était telle que ses paroles étaient devenues presque incohérentes.

— Tu ne comprends pas ! cria Mathew. Tu es bien trop jeune !

— Maman avait pourtant mon âge quand elle t'a rencontré ! Elle était à peine plus âgée que moi quand elle a vécu à Paris et a été présentée à la cour, et même —

Jenna ne put terminer son discours passionné. Son père l'avait saisie rudement par le poignet. « Va dans ta chambre, lui dit-il sévèrement, sinon tu vas dire des choses que tu regretteras. »

Jenna se tourna et Mathew lui lâcha le poignet. Dans un tourbillon de taffetas, elle se lança en haut de l'escalier, couvrant son visage de ses mains et sanglotant amèrement.

— Ça lui passera, dit Mathew en se tournant vers sa femme.

Janet secoua lentement la tête. « Et toi ? » demanda-t-elle. Mathew ne répondit pas et Janet s'affaissa sans mot dire contre le divan, l'esprit troublé par mille pensées contradictoires. S'ils n'avaient pas quitté le Niagara, tout cela ne serait jamais arrivé. Mais il avait fallu partir. Elle pensa à cette chère maison qu'ils avaient construite ensemble, et qu'ils avaient nommé Lochiel. Cela avait été dur

13

pour Mathew de partir, mais ils n'avaient pas eu le choix. Les derniers traités de 1763 interdisaient à quiconque de s'établir dans la région, qui était réservée — à l'exception du fort — aux Indiens qui s'étaient alliés aux Anglais. Les Macleod avaient dû s'installer dans le voisinage du fort, où ils avaient vécu pendant de nombreuses années. Mathew avait obtenu un permis de négociant, et établi un comptoir commercial très lucratif. Il avait aussi travaillé au fort comme ingénieur, ce qui lui avait fait du bien, car il aimait ce travail. Au début de la rébellion du Sud, Mat et Andrew s'étaient engagés dans l'armée anglaise. Andrew était resté au Niagara dans le régiment des chasseurs de Butler. Mat était parti se battre au Sud et faisait maintenant partie du même régiment écossais que le mari de Helena, John Fraser. Pourtant, pas un seul membre de la famille qui ne rêvât de retourner au Niagara. Mathew était venu à Montréal pour se rendre utile aux Anglais. Il pensait qu'une fois la rébellion terminée, il serait de nouveau possible de s'installer dans la région du Niagara. On en parlait déjà, et l'espoir de retourner à Lochiel rendait l'exil plus supportable à toute la famille.

S'ils étaient restés au Niagara, pensait Janet, Jenna aurait sans doute épousé un soldat, un homme acceptable aux yeux de son père. Mais ici, Jenna avait été lancée dans la vie mondaine de Montréal. Au lieu de rencontrer des pionniers sérieux, solides et travailleurs, elle s'était retrouvée dans une société de jeunes gens riches et de bonne famille, d'hommes qui vivaient de l'argent de leurs parents. Mathew avait gardé un sens de l'éthique bien écossais : un homme véritable devait travailler dur, vivre de ses propres moyens, construire un avenir pour lui-même et pour sa famille. C'était ainsi que Mathew voyait les choses, et il voulait pour sa fille un homme probe et sérieux comme lui-même.

— Tu penses que j'ai mal fait, n'est-ce pas ? La question de Mathew interrompit les pensées de Janet.

— Jenna est très têtue. Elle n'acceptera jamais ta décision. Elle ajouta à voix très basse. « C'est le fruit défendu. »

Mathew s'obstina : « Je ne peux pas accepter cet homme. Je ne veux pas qu'elle gâche sa vie. »

Janet fit un effort sur elle-même et ne répondit pas. Plus tard, elle lui parlerait sérieusement, mais pour le moment c'était impossible. La visite troublante de Stephan était encore **trop récente**, la colère de Mathew trop **violente**.

A Philadelphie cette année là, le mois d'avril fut plus agréable qu'à Montréal. Les trente-cinq mille habitants de Philadelphie avaient déjà eu quelques semaines de beau temps, et les tièdes brises du printemps leur rendaient la vie douce. Dans les quatre principaux squares de la ville, les jolies fontaines étaient entourées d'arbres tout en fleurs.

La ville, idéalement située au confluent de deux fleuves, le Delaware et le Schuylkill, était entourée de fermes florissantes et de forêts d'ou provenaient ses principales industries. Avant le début de la rébellion, l'activité commerciale de Philadelphie en avait fait la troisième ville de l'empire britannique. C'était un très grand centre de commerce, et tous les habitants de la ville participaient d'une manière ou d'une autre à son activité. Les produits alimentaires et le bois étaient exportés aux Antilles et échangés contre du sucre, du rhum et des épices : ceux-ci étaient à leur tour expédiés en Angleterre; la mère patrie renvoyait à Philadelphie des produits anglais. C'était aussi une ville d'imprimeurs : il y en avait plus d'une vingtaine qui travaillaient surtout, à cette époque là, à préparer des pamphlets politiques. Philadelphie étant le lieu de rencontre du premier Congrès Continental, il était entendu que cette ville serait la première en importance de la nouvelle nation, une fois la rébellion terminée.

La rébellion étant née du désir de libre-échange commercial, l'agitation politique régnait à Philadelphie autant qu'à Montréal. Un très grand nombre de commerçants, surtout ceux qui vivaient à Society Hill, étaient des loyalistes fidèles à la couronne britannique.

Les Shippen étaient une famille de loyalistes qui vivait dans une grande maison en grès brun à trois étages, située à la Quatrième rue. Comme toutes les familles riches de

15

Philadelphie, ils vivaient d'une manière très agréable et passaient leur temps à aller à des fêtes. Pourtant, l'armée anglaise venait de fuir la ville, la laissant sous le commandement du général Benedict Arnold de l'armée continentale.

— La vie sociale n'a jamais été aussi gaie qu'en 1777-78, déclarait une des jeunes amies de Peggy Shippen. « Disons que l'armée continentale n'a pas le charme de l'armée britannique. »

Peggy Shippen, une très vive jeune fille de dix-sept ans, était plus ou moins du même avis. Elle était petite et mince, avait de beaux yeux bleus et des cheveux blonds naturellement bouclés. On disait déjà que c'était la plus jolie femme de toute l'Amérique. « Je n'oublierai jamais la soirée d'adieu du général Howe, dit-elle en soupirant. J'y étais, dans un sens, et pourtant je n'étais pas présente. » Son visage en forme de coeur devint tout rêveur, et elle se blottit contre les énormes coussins en satin qui étaient posés contre le dos de son lit — un grand lit en acajou, dont les colonnes étaient recouvertes d'un baldaquin en brocart bleu. Anne Stearns, sa meilleure amie, était debout devant la glace, et essayait toute une collection de chapeaux à larges bords.

Peggy ferma les yeux et pensa au major André. Comme il était beau ! Et si aimable ! A l'époque où les Anglais contrôlaient Philadelphie, c'était lui qui avait organisé les soirées les plus brillantes. Il était grand et brun, cultivé, très bien élevé et d'une extrême courtoisie. Il écrivait des poèmes, avait une collection de peintures et d'objets d'art, et jouait plusieurs instruments de musique. Le major André avait été l'ami et le confident de Peggy, mais il ne s'était jamais déclaré. Peggy Shippen avait trouvé cela très difficile à comprendre. C'était un homme très recherché, et toutes les femmes de Philadelphie étaient amoureuses de lui. Pourtant, il n'avait pas hésité à passer tout son temps avec elle. Il restait des heures entières à jouer avec ses boucles blondes et prenait un énorme plaisir à la coiffer dans tous les styles imaginables. A l'occasion de la fête d'adieu du général Howe — à laquelle Peggy avait fini par ne pas aller, son père le lui ayant défendu — le major André lui avait fait faire une robe. Et quelle robe ! Elle était blanche et vaporeuse, même assez audacieuse : les larges et souples plis de l'étoffe glissaient de son épaule nue, se resserrant à la taille puis retombant gracieusement sur ses jolies petites hanches toutes rondes. « C'est une robe turque », avait déclaré le major André. Il semblait plutôt à Peggy que la robe était de style grec, mais le major avait beaucoup insisté sur le fait qu'elle était turque. « D'ailleurs, ma chère, avait-il murmuré, j'aime mieux te voir habillée en fille de harem qu'en disciple de Sappho ! » Leurs rapports, se disait Peggy, avaient vraiment été assez étranges. Ils s'étaient vus tous les jours, et avaient dansé ensemble tous les soirs, mais il ne l'avait jamais embrassée sur la bouche. Il semblait ne s'intéresser qu'à l'habiller comme une poupée et à la coiffer. Quant à Peggy, elle éprouvait beaucoup d'amitié et d'affection pour le major André, mais rien d'autre. Ses longs doigts gracieux aux ongles si parfaits ne l'excitaient guère. Ses yeux noirs et profonds n'éveillaient en elle aucun désir.

— Les officiers américains ne sont vraiment pas aussi amusants, déclara Anne d'une voix plaintive.

— Sauf Ben, répondit Peggy d'un air rêveur.

— Ça ne m'étonne pas, puisque tu vas l'épouser !

Peggy, appuyée contre le dos du lit, tira ses chevilles contre elle. « Tu ne peux pas savoir à quel point cela m'émeut ! Je suis sûre que je vais me pâmer le jour de mes noces ! »

— Seulement si tu le veux, répondit Anne d'un air fin.

Peggy ferma les yeux et pensa à son fiancé, le très viril Benedict Arnold. Il s'était montré le plus courageux et le plus habile des généraux de l'armée continentale. Il avait un style de vie aussi extravagant que le général Howe, et était loin d'être un rustaud comme l'étaient la plupart de ces soi-disant patriotes. Le général Benedict Arnold était un officier et un homme du monde. Peggy avait été ravie d'apprendre qu'il avait des doutes sur la rébellion et sur ses effets possibles. Il lui avait confié ses doutes, et Peggy les avait gardés pour elle seule. Elle n'en avait pas parlé à Anne qui, bien que loyaliste, était beaucoup trop bavarde.

— Je ne devrais peut-être pas te dire ceci, dit Anne en hésitant, mais je suis ton amie. Es-tu sûre de tes sentiments pour Benedict ? Sa jambe, tu sais, le gène beaucoup, il peut à peine se tenir debout. Et il est tellement plus âgé que toi. . . » Anne compta rapidement sur ses doigts. « Il a vingt et un ans de plus que toi. »

Peggy éclata de rire. Sous son oreiller elle avait caché une lettre de son Ben chéri. « Ouvre-moi ton coeur et ton sein céleste. . . laisse-moi y pénétrer, accepte-moi, car sans toi, ma vie n'a plus de sens. » Peggy frissonna en se rappelant ces paroles et imagina Ben tout près d'elle la caressant. Malgré tout son amour pour le major André, ses sentiments pour lui avaient été ceux d'une soeur. Jamais n'avait-il éveillé en elle de sentiments aussi troublants que Ben. « Oh oui, je suis sûre, répondit Peggy, tout à fait sûre. »

Robert MacLean était accroupi derrière le tronc d'un vieux cyprès et regardait fixement la colline qui descendait vers le fleuve large et boueux. Quelque part sur la rive opposée, cachés derrière les buissons, les soldats britanniques veillaient silencieusement.

Robert respira profondément, tous ses sens aux aguets. Il n'entendait rien d'autre que le cri rauque des sauterelles dans leurs petits nids parmi les roseaux. Les deux rivages étaient infestés de ces longs insectes verts dont le chant remplissait l'air du soir.

Il tapota le sol et le jugea assez sec pour s'y asseoir. Il valait mieux se mettre à l'aise, car il risquait d'attendre longtemps. C'était une mauvaise nuit pour se cacher, car le ciel était très clair et les Anglais beaucoup trop proches. Il ne pouvait pas les voir, mais malgré leur silence, Robert sentait leur présence et savait qu'il était en grand danger.

Robert continua à fixer le fleuve. Les tribus algonquines appelaient ce fleuve « le Père–des–Eaux », car, dans leur langue, *misi* signifiait « grand » et *sipi* « eau ». C'étaient eux qui avaient conduit les Français jusqu'au Mississippi. Ils étaient descendus en canot du lac Michigan à la Fox River, puis avaient fait le portage jusqu'à la Wisconsin River; de là ils étaient repartis en canot jusqu'au Mississippi. Les

Français avaient donné à cette terre inhabitée le nom de Territoire de la Louisiane. Le cinquième année de la guerre de Sept Ans — où Robert s'était battu du côté des Français à Québec — l'Espagne s'était alliée à la France pour repousser les Anglais. Le traité de 1763, qui avait mis fin à la guerre, avait obligé les Français à céder le Territoire de la Louisiane à l'Espagne.

Robert se sourit à lui-même en pensant aux frontières artificielles que l'on avait dressées dans cette terre inhabitée. Les termes du traité avaient obligé les Français à céder le Canada et tout le territoire qui s'étendait au sud des Grands Lacs et à l'est du Mississippi, à l'exception de La Nouvelle-Orléans. Mais l'île d'Orléans, encadrée par le bayou Mauchac, par la rivière Amite, et par les lacs Borgne, Maurepas et Pontchartrain, demeurait en fait en plein Territoire de la Louisiane. Les terres qui s'étendaient à l'est de la ville étaient devenues la Floride britannique de l'Ouest.

Robert mit son doigt au sol et dessina un cercle sur la terre molle. L'endroit où il était assis se trouvait sur la rive ouest du Mississippi, donc en territoire espagnol. Mais de l'autre côté du fleuve, les Anglais patrouillaient le rivage. Ils tenaient des garnisons à Natchez, à Baton Rouge, à Mobile et à Pensacola. La garnison de Natchez gardait sa position afin d'empêcher Robert MacLean d'envoyer de la poudre à canon en amont du fleuve. Mais Robert savait très bien que les Anglais n'hésiteraient pas un seul instant à traverser le fleuve si la poudre à canon qu'ils attendaient arrivait pendant leur patrouille du soir. Le fleuve était une voie importante de transport, et le traité, en la transformant en frontière, avait créé de nouvelles hostilités entre des ennemis traditionnels.

— Tu sais ce qu'ils écrivent dans leurs traités ? lui avait demandé quinze ans auparavant son vieil ami Fou Loup, un trappeur métis, mi-français mi-mohawk. « Ils écrivent de quoi faire une nouvelle guerre. »

Et Fou Loup savait de quoi il parlait, se dit Robert. Pendant la plus grande partie de sa vie, son vieux compagnon n'avait connu que guerre et hostilités. Il avait survécu, mais avait fini par succomber à la fièvre à l'âge de soixante-quinze ans.

A l'époque, Robert avait jugé son ami trop cynique. Mais plus tard, il s'était rendu compte que sa remarque touchait à une vérité universelle.

Le traité de 1763 avait eu pour résultat de placer une nouvelle armée anglaise en Amérique du Nord et d'introduire des impôts. En plus, les commerçants des Treize Colonies avaient réagi violemment contre les restrictions imposées par les Actes intolérables. Cela avait fini par une déclaration d'indépendance et par la rébellion contre les Anglais. La Louisiane était loin de Bunker Hill et de Valley Forge, mais ici, sur la frontière de l'Ouest, les hostilités n'étaient pas moins sérieuses.

Les Français avaient saisi l'occasion de se venger des Anglais pour leur avoir pris le Canada et fait perdre le Territoire de la Louisiane. Ils avaient déclaré la guerre à l'Angleterre et soutenu les colonies en rébellion. L'Espagne, traditionnellement ennemie de l'Angleterre, était restée plus ou moins neutre, mais suivait de près le conflit afin de se ranger du côté gagnant.

La vie est bien compliquée, se dit Robert. Et la guerre, celle-ci surtout, créait des associations bien étranges. Les forces britanniques en Floride de l'Ouest étaient certainement très inquiétantes. Mais cela était aussi vrai des colonies en rébellion : la Virginie avait une politique expansionniste, et ses frontières s'étendaient jusqu'à l'océan Pacifique. Il ne fallait pas non plus oublier que le roi d'Espagne possédait des colonies dans le monde entier. L'état de rébéllion posait certainement des problèmes très graves.

— Si nous nous en mêlons, disaient les tacticiens des tavernes de La Nouvelle-Orléans, il ne faut pas s'allier franchement aux rebelles. Si nous aidons les Français, ce n'est que pour affaiblir les Anglais, pas vrai ? Ce raisonnement était devenu très courant. Robert avait participé à ce genre de conversation, mais il avait fini par faire son propre choix.

Sa décision avait été le résultat d'une autre leçon de Fou

Loup. « On ne vend pas le bois dans une forêt, ni les poissons au bord d'un lac. Il faut toujours profiter de ce qui manque. » Fou Loup et Robert avaient suivi ce raisonnement pendant les dernières années de la guerre de Sept Ans en vendant des fourrures qui étaient à l'époque très difficiles à obtenir. Ce qui manquait maintenant, c'était la poudre à canon. Le Mississippi, pensait Robert, était la ligne de démarcation entre la guerre et la paix — une ligne sinueuse qui séparait l'entreprise militaire du commerce pur et simple.

A Natchez, de l'autre côté du fleuve, se trouvaient des soldats anglais et un nombre considérable de colons qui venaient des colonies rebelles. A côté du nouveau village de Vidalia, sur la rive ouest, Robert avait établi un comptoir commercial. Grâce à l'appui secret du gouverneur espagnol aux colonies rebelles et à la Virginie en particulier, Robert tenait un commerce de poudre à canon très lucratif, et possédait une hypothèque sur le trésor de la Virginie.

L'ancien gouverneur, qui se nommait don Luiz de Unzaga, avait donné l'ordre de regarder de très près les événements en Amérique du Nord qui risquaient d'affecter l'Espagne et ses colonies. C'était lui qui avait introduit le commerce discret et clandestin dans lequel Robert jouait maintenant un rôle si important.

Cela avait commencé au moment où le capitaine Robert Gibson était venu à La Nouvelle-Orléans en portant une lettre du général Charles Lee qui demandait de l'aide. Le gouverneur Unzaga avait été fort obligeant. Il avait accepté une lettre de change pour une somme considérable, tirée sur le gouvernement de la Virginie — endossée par un riche commerçant de La Nouvelle-Orléans, un ami de Robert MacLean, Mr. Oliver Pollock. Cette somme avait permis à la Virginie d'acheter cinq mille kilos de poudre à canon. Robert MacLean, chargé de cette cargaison importante, avait remonté le Mississippi jusqu'au fort Pitt, puis à Wheeling en Virginie de l'Ouest. George Rogers Clark avait été très heureux de recevoir cette nouvelle provision de poudre.

Non seulement Robert dirigeait le trafic de poudre à

canon — il était aussi chargé des relations indiennes. Il avait fallu leur distribuer pour plus de sept mille dollars de marchandises afin d'acheter leur silence et leur collaboration. Les Espagnols continuaient à entretenir de bonnes relations avec les Anglais, mais il était évident qu'ils préparaient une sérieuse attaque contre eux au Canada, qui devait se faire par voie du Mississippi.

Robert secoua ses pensées et regarda le ciel. En voyant le chemin qu'avait parcouru la lune, il se rendit compte que plusieurs heures s'étaient écoulées depuis son arrivée. Il se leva à moitié et siffla doucement en imitant un oiseau. Il n'y eut aucune réponse.

Le ciel nocturne était comme du velours noir incrusté de diamants scintillants. C'était une nuit idéale pour l'amour ou pour le souvenir — mais peu propice aux activités immédiates de Robert, qui exigeaient avant tout l'invisibilité.

Robert se mordit la lèvre et examina le paysage. Le clair de lune miroitait dans l'eau et illuminait le rivage. « Pourvu que les Indiens n'arrivent pas ce soir », se dit-il.

Quelques instants plus tard, Robert entendit un léger bruit de pagaies dans l'eau du fleuve. Il mit immédiatement ses mains en porte-voix et imita le cri rauque d'un oiseau nocturne.

Un barrage de coups de feu et de cris venant de la rive est éclata aussitôt dans l'air du soir. Robert eut l'impression que les coups de fusil, tirés au hasard, allaient plutôt dans sa direction que dans celle d'où venaient les canots indiens. Il savait que son cri d'avertissement avait arrêté la flotille à temps et que les Indiens disparaîtraient dans les buissons avant que les Anglais ne puissent traverser le fleuve.

Soudain un flamboiement éclaira la rive ouest, et Robert se rendit compte que sa silhouette était visible. Il entendit des voix et de nouveaux coups de feu et comprit à son horreur que le feu venait non seulement de l'autre côté du fleuve, mais des buissons en bas de la colline, directement en-dessous de lui. Il se tourna aussitôt et s'élança vers son cheval, qu'il avait attaché à un peuplier un peu au-dessus de son poste d'observation, sous le cyprès. Un mousquet invisible éclata tout près de lui et Robert sentit une douleur atroce pénétrer tout son être. Il tomba sur la figure, creusant la terre molle de ses doigts.

CHAPITRE II

Le 8 avril 1779

Jenna Macleod se regardait attentivement dans la grande glace de sa chambre à coucher. Ses longs cheveux roux-or étaient tirés en arrière et attachés par un ruban vert. Ses yeux verts étaient limpides, son regard ferme et assuré. Jenna était une jeune femme longue, élancée et très bien faite : tout le monde disait qu'elle ressemblait exactement à sa mère. Elle portait une robe sombre très simple en drap rêche, bordée de blanc, qui ne cachait pas ses formes voluptueuses mais lui donnait quand même l'air modeste et pudibond qui était de rigueur dans les rues de Montréal. « On dirait un habit de religieuse, dit Jenna d'un ton plaintif. Je finirai bien par devenir religieuse ! » Elle fit la moue : « Ce n'est pas juste ! » ajouta-t-elle en tapant du pied.

Helena était assise au bord du lit et regardait sa soeur. « Tu es jeune », dit-elle.

— Ce n'est pas tellement cela. C'est que je suis la dernière ! Toi, tu es mariée. Personne ne s'en fait pour Andrew ni pour Mat. Tandis que moi, je ne peux pas aller où je veux ni voir qui je veux. Je suis une prisonnière. Ce n'est pas juste !

Helena eut envie de sourire, mais se retint. Jenna ressentait l'injustice qu'on lui avait faite avec toute l'ardeur et toute l'indignation qui caractérisent l'extrême jeunesse. « Tu exagères. Tu sais bien que tu peux voir qui tu veux.

24

Papa ne veut tout simplement pas que Stephan te fasse la cour, et tu connais ses raisons. »

Jenna se retourna vivement et regarda sa sœur. « Mais j'aime Stephan ! »

— Tu *crois* simplement l'aimer, répondit doucement Helena.

— Je *sais* que je l'aime, et papa n'a pas le droit de lui défendre de venir à la maison, sous prétexte qu'il est protestant. Cela m'est bien égal qu'il soit protestant ! les questions religieuses ne m'intéressent pas ! Nous ne passons pourtant pas tout notre temps à aller à la messe, nous autres ! Papa et maman ont des amis protestants. Jusqu'à maintenant cela n'a jamais été un problème !

— Ce n'est pas vraiment une question de différence religieuse. Les protestants ne sont pas toujours anti-catholiques. Stephan est très militant et il boit beaucoup trop, par-dessus le marché. Ce n'est pas un homme moral.

— Eh bien, avec moi il est merveilleux, répondit vivement Jenna. Et je ne crois pas toutes les histoires que l'on raconte sur lui.

Helena dut faire un grand effort pour ne pas répondre. Elle venait de se rendre compte qu'elle tombait elle-même dans un piège, et faisait justement ce qu'elle s'était juré de ne pas faire. En contredisant sa sœur, elle ne faisait que la rendre plus défensive, tout comme l'avait fait Mathew en renvoyant Stephan de la maison. Jenna réagissait exactement comme Helena l'avait prédit dans sa conversation avec sa mère. Elle était têtue jusqu'à la moelle.

Jenna se retourna vers la glace, arracha d'un geste son ruban vert et saisit sa brosse. Le visage crispé de colère, elle se mit à se brosser vigoureusement les cheveux.

Helena se leva et s'avança vers la table de toilette de sa sœur. « Je ne cherche pas à te faire la morale, ni à te donner des conseils, dit-elle doucement. Mais réfléchis bien avant de le faire ».

— Avant de faire quoi ? demanda Jenna en faisant la moue.

— Je ne sais pas, mais tu as certainement quelque chose en tête.

— Je vais peut-être me faire religieuse. Ce serait parfait pour une famille pieuse comme la nôtre !

Helena éclata de rire : « On ne voudrait certainement pas de toi. Tu es bien trop vaniteuse ! »

— Je ne suis pas vaniteuse, protesta Jenna.

Helena secoua la tête. Jenna était une ravissante femme-enfant. Physiquement, elle semblait mûre, mais en fait, elle était très jeune pour son âge.

Jenna posa sa brosse, tira ses cheveux en arrière et les attacha. Elle mit son bonnet et prit son châle. « Je vais sortir », annonça-t-elle à sa soeur.

— Si tu étais vraiment prisonnière, comme tu crois si bien l'être, tu n'aurais pas le droit de sortir du tout, lui dit Helena.

— Il y a différentes formes d'emprisonnement, répondit Jenna en reniflant. Ce que papa a fait est impardonnable. Je ne lui appartiens tout de même pas !

Au milieu d'un petit bois sur le sommet du Mont Royal, à plusieurs kilomètres de la maison que Jenna s'apprêtait à quitter, Stephan O'Connell, immobile, regardait le spectacle qui s'étendait à ses pieds. On racontait qu'en cet endroit, Jacques Cartier avait planté la première croix de Montréal, au nom de la couronne française. Mais Stephan ne se préoccupait guère du sens historique du lieu où il se trouvait. Montréal, d'ailleurs, ne l'intéressait pas non plus.

Stephan, comme Jenna, était en mauvais termes avec sa famille. Son père voulait qu'il rentre à Boston pour se battre avec les patriotes de l'armée continentale, sous le commandement du général Washington. Mais Stephan ne voulait pas quitter Montréal. La rébellion ne l'intéressait que dans la mesure où elle ouvrait de nouvelles portes vers l'Ouest, où les occasions de faire fortune étaient plus nombreuses encore qu'à Montréal. Par ailleurs, Stephan était très attiré par le climat du Sud. Son oncle avait franchi le Cumberland Gap et s'était établi près de Natchez. Stephan savait que de l'autre côté du fleuve s'étendaient de vastes terres fertiles qui offraient toutes les possibilités dont il rêvait.

S'il partait vers le Sud puis vers l'Ouest, se disait-il, il cesserait d'être sous l'emprise de ses parents. En plus, les Espagnols, qui étaient restés neutres, offraient de belles concessions de terre dans la région. Stephan était decidé à partir : il ne restait qu'un seul problème à régler.

En entendant le pas d'un cheval, il tendit l'oreille et regarda à travers les branches avec anxiété. Jenna arrêta son cheval et jeta un coup d'oeil autour d'elle.

— Par ici ! cria Stephan. Il courut vers elle et l'aida à descendre de son cheval, puis la prit dans ses bras et l'embrassa.

— J'avais peur que tu ne viennes pas. J'étais sur le point de m'en aller.

— Tu vois bien, je suis quand même venue, répondit Jenna tout essoufflée. Elle s'arracha de ses bras. « Mais papa serait furieux. Je ne peux pas rester longtemps. »

Stephan la contempla avec délices. Il n'y avait aucun doute que Jenna était l'une des femmes les plus désirables de tout Montréal. C'était aussi, se dit-il, celle qui avait le plus de tempérament.

Stephan la vit rougir sous son regard ardent. Il lui tenait encore les mains, et les serra plus fort en étudiant l'expression de son visage. « Jenna, est-ce que tu m'aimes ? » lui demanda-t-il.

— Mon père me le défend, répondit Jenna en détournant le regard.

— Ce n'est pas ce que je t'ai demandé, insista Stephan. Je m'en fiche de ce que dit ton père. Est-ce que tu m'aimes ? Sa voix s'était approfondie, et son ton pressant pénétra Jenna d'un long frisson.

— Oui, je t'aime — je pense que je t'aime. . . répondit Jenna en clignotant les yeux.

— Je pars, dit Stephan lentement.

— Tu ne vas pas aller te battre à Boston ! Jenna était devenue toute pâle, et elle se jeta dans ses bras. Elle vit soudain l'image de sa soeur adoptive Madeleine, dont le mari avait été tué à la guerre. Le mari de Helena était parti, lui aussi, et Helena était très seule. Jenna jeta les bras autour du cou de Stephan : « Non, non, Stephan ! Ne t'en va pas !

Tu ne peux pas me faire cela ! » Jenna se sentait toute troublée, comme chaque fois qu'il la tenait contre lui. Elle se blottit contre sa poitrine et ferma les yeux, toute pénétrée d'angoisse à l'idée qu'il pouvait s'en aller et la laisser seule. Stephan la repoussa, puis la saisit dans ses bras et se pencha vers elle pour l'embrasser. Il la sentit frémir sous son baiser passionné et remuer ses jolies lèvres sous les siennes. Après leur long baiser, Stephan essuya une larme de son ravissant visage : « Je partirai me battre, dit-il, si tu ne viens pas avec moi. » Il s'arrêta, puis ajouta sur un ton tragique : « Sans toi, je n'ai aucune raison de vivre. »

Le visage bouleversé de Jenna lui montra clairement l'effet de ses paroles. Stephan savait bien que malgré sa colère, elle était liée à sa famille par un très fort sentiment de loyauté.

— Moi, partir avec toi ? Mais comment ? Et où ? Elle avait ouvert les yeux tout grands, ne pouvant croire ce qu'elle venait d'entendre. Stephan mit les mains sur ses épaules et la dévora des yeux. « Nous partirons vers le Sud, répondit-il. Nous irons à un endroit où l'on ne se bat pas, où nous pourrons devenir riches et vivre notre vie sans être gênés par personne. »

A travers sa robe, Jenna sentit les mains de Stephan comme une brûlure. Son premier instinct fut de se jeter dans ses bras et de lui promettre de le suivre jusqu'à l'autre bout du monde. « Oh, Stephan. . . » Elle ne put finir sa phrase.

— Nous prendrons la route des Grands Lacs, et descendrons le Mississippi, dit-il.

— Jusqu'à La Nouvelle-Orléans ? demanda Jenna. Elle se rappella brusquement toutes les histoires qu'elle avait entendues sur la vie gaie, libre et décontractée de ce port célèbre. « J'ai un oncle là-bas », dit-elle en pensant à Robert MacLean, le beau-frère de sa mère. Robert n'était pas vraiment son oncle, mais le frère du premier mari de Janet Macleod. Mais Robert MacLean s'était echappé de l'Ecosse avec Janet, et ils étaient venus ensemble jusqu'en Nouvelle-France. Jenna avait entendu des centaines d'histoires sur cet oncle devenu presque légendaire dans la famille.

— Je connais la vie en plein air, dit Stephan. Ce ne sera

pas un voyage trop difficile. Et puis nous pourrons nous marier au fort Saint-Louis. C'est en territoire espagnol.

Jenna serra les lèvres et le regarda : « Tu accepterais d'être marié par un prêtre catholique ? »

Stephan hocha la tête. « En territoire espagnol, nous n'aurons pas le choix. Je m'occuperai de toi, Jenna. J'ai un peu d'argent, et une fois arrivés à Saint-Louis, nous n'aurons rien à craindre. Viendras-tu avec moi ? Acceptes-tu de devenir ma femme ? »

Jenna rencontra son regard. « Papa a eu tort de t'empêcher de me faire la cour, il a tort en tout de qui te concerne. Je ne lui pardonnerai jamais ! »

— Mais est-ce que tu m'aimes assez pour partir avec moi ? Stephan détourna le regard et s'éclaircit la voix : « Ou préfères-tu que je reparte à Boston pour me battre ? Je ne partirai pas vers l'Ouest sans toi. Je rentrerai plutôt dans mon pays pour me battre sous les ordres de Washington, même si. . . »

Jenna respira profondément, toute chavirée d'émotion et d'angoisse. Elle s'imagina couchée sous les étoiles dans les bras de Stephan. Elle se vit en train de voyager vers des terres inconnues, liée à lui pour toujours par l'amour et par leur recherche commune de la liberté. Ils seraient comme Adam et Eve, simples et innocents, seuls dans un pays sauvage et inhabité.

Elle se décida tout d'un coup : « C'est entendu. Je viens avec toi. »

Stephan la prit dans ses bras et l'embrassa de nouveau. « Il faudra faire des préparatifs. » Il réfléchit pendant quelques instants, comme s'il faisait une liste mentale de toutes les choses qu'il leur faudrait emmener. « Nous partirons bientôt, peut-être dans quinze jours. »

Jenna hocha la tête.

— Il faudra que tu t'habilles en garçon. . . si c'est possible, ajouta-t-il, souriant à l'idée des formes voluptueuses de Jenna. Elle aurait du mal à passer pour un garçon. « Il faudra emmener très peu de choses. N'emmène pas plus d'une robe. »

— Il nous faudra aussi des provisions, dit Jenna.

Stephan mit ses grandes mains autour de sa taille étroite et la serra contre lui. « Ne t'en fais pas, je m'occuperai de tout le nécessaire. Et quand nous serons à La Nouvelle-Orléans, je t'habillerai moi-même dans le style qui te convient. »

Jenna sourit et le regarda avec amour : « Tu n'as pas honte ? » demanda-t-elle en rougissant. L'idée de Stephan en train de l'habiller lui-même la remplissait d'émotion et de trouble. Et quand ils feraient l'amour ! Il était si beau, si fort ! Elle frissonna dans ses bras. « C'est vrai, tu devrais avoir honte », répéta-t-elle.

— Tu verras, tu adoreras cela, répondit Stephan en l'embrassant.

La mère de Peggy Shippen était une petite femme, qui faisait à peine cinq pieds. Elle avait des cheveux blancs comme neige et les coiffait en arrière, mais pas dans le style sévère qu'adoptaient la plupart des femmes d'un certain âge. Ses cheveux ondulaient délicatement derrière ses oreilles et autour de son petit visage. Mrs. Shippen avait des yeux bleus pétillants et souriait facilement. Elle était toujours tirée à quatre épingles. Son mari la trouvait un peu nerveuse : elle avait tendance, en effet, à parler beaucoup trop vite.

Mr. Shippen, par contre, n'était ni petit ni nerveux. C'était un véritable géant, fort et corpulent, qui buvait beaucoup trop de rhum, mais le supportait bien, car il connaissait la valeur de l'argent et du silence. Sa femme l'appelait son « vieux chéri » — en d'autres termes, c'était un homme extraordinairement riche qui, d'après elle, avait aussi certains côtés peu subtils.

La plupart les gens qui connaissaient les Shippen avaient du mal à les imaginer en train de faire l'amour. Cela avait pourtant dû se produire, car ils avaient eu trois enfants. Peggy Shippen était beaucoup plus jeune que son frère et que sa soeur, et l'on disait qu'elle avait dû être conçue « quand son père était saoul et sa mère un peu pompette. » La réaction à ce genre de remarque était d'ailleurs toujours la même : « Si Peggy est le fruit de trop de grogs au rhum, cela lui a certainement réussi ! »

Le mariage qu'offrirent les Shippen à leur fille ne fut pas une grande affaire, comme on aurait pu s'y attendre, Peggy étant non seulement la plus jeune de leurs filles mais la coqueluche de Philadelphie. « C'est à cause de la guerre », expliquait Mr. Shippen. Mrs. Shippen ajoutait : « D'ailleurs, c'est l'élégance qui compte. »

— Ça ne te gêne pas, ma chère, que ta ravissante fille épouse un général rebelle ? demanda une amie de Mrs. Shippen.

— La politique ne m'intéresse pas, répondit Mrs. Shippen, courant à la défense de son nouveau gendre, le général Benedict Arnold. « Les seules choses qui comptent chez un homme, ce sont les bonnes manières, la distinction et la solidité. Le général Arnold est une personne de qualité et un homme d'honneur. »

Mr. Shippen n'était pas moins heureux que sa femme du choix de Peggy. Le commandant de Philadelphie qui se tenait maintenant aux côtés de sa fille ne se conduisait d'ailleurs pas comme un rebelle des colonies. Il était gêné par les contraintes financières de l'armée coloniale et peu satisfait du progrès de la rébellion. « Si les choses continuent ainsi, avait confié Arnold à Mr. Shippen, nous finirons par devenir un tas de petits royaumes gouvernés par une bande de menteurs et de malotrus. Une confédération de petits Etats égoïstes ne peut pas réussir en notre siècle ! Les Articles de la Confédération sont voués à l'échec ! D'après ce système, il n'y a aucune place pour un gouvernement central. La Virginie va d'un côté, la colonie de Massachusetts Bay de l'autre. » En prononçant ces paroles, Arnold avait poussé un long soupir, pris une bouffée de sa pipe, puis regardé le ciel, comme s'il attendait une inspiration divine. « Pour rien au monde je n'échangerais la couronne anglaise contre un roi américain nommé Washington. Il imposerait des taxes encore plus considérables que le roi d'Angleterre, rien que pour payer ses frais professionnels pendant une semaine. »

A ces paroles, Mr. Shippen avait souri avec béatitude et, malgré son état d'ivresse, avait resisté à l'envie d'applaudir. Il avait tout le temps du monde pour discuter de politique avec son nouveau gendre. Le malheureux général Arnold avait déjà eu tant d'ennuis avec le gouvernement colonial qu'il n'aurait pas été étonnant qu'il devînt un fervent loyaliste. D'abord, malgré son évidente supériorité à tous les autres généraux rebelles, plusieurs promotions avaient passé à côté de lui. Maintenant, le conseil exécutif de Pennsylvanie portait un accusation contre lui. On ne pouvait pourtant pas s'attendre à voir le commandant de Philadelphie vivre dans la pénurie ! Il fallait faire certains placements, maintenir une certaine position. Mr. Shippen secoua la tête en y pensant. C'était vraiment dégoûtant. Dans cette prétendue « nouvelle société », il y avait au moins autant de favoritisme et de patronage que dans l'ancienne. Autant rester loyaliste ! Il s'agissait maintenant de savoir quels seraient les nouveaux protégés.

Mr. Shippen fixa son regard sur sa ravissante fille : dans sa robe de mariée toute blanche, elle rayonnait de beauté. A côté d'elle, appuyé contre le bras du major Franks, le général Arnold, lui aussi, semblait très beau. Le salon était plein de monde, et tous souriaient, à l'exception de Mrs. Shippen, qui pleurait toujours aux fêtes de mariage.

Le soeur du général, Hannah, était présente, ainsi que les deux fils de Arnold de ses premières noces. Sa femme était morte quatre ans auparavant. Ses amis les plus intimes, Eleazar Oswald et le général Philip Schuyler, n'étaient pas venus. Tous les invités étaient des membres de la famille Shippen : un nombre considérable de cousins, de tantes et d'oncles étaient présents.

Le regard de Mr. Shippen s'arrêta sur Thomas Bolton, le jeune orphelin qu'il avait recueilli plusieurs années auparavant. Tom, à l'époque, avait huit ans. Il avait d'abord été placé en apprentissage dans l'entreprise commerciale des Shippen, puis Mr. Shippen l'avait ramené chez lui pour s'occuper personnellement de son éducation. Tom Bolton avait maintenant trente-deux ans, et il était veuf. Il travaillait encore pour Mr. Shippen, mais il avait d'autres sources de revenu et d'autres intérêts. C'était un jeune homme beau et distingué, un loyaliste plein de bon sens. Pour quelqu'un qui ne savait presque rien de ses origines — à part le fait qu'il avait vécu avec une famille quaker du nom de Stowe — Tom Bolton était un homme bien equilibré qui s'était facilement adapté aux problèmes de sa profession. Sa position dans l'entreprise des Shippen dissimulait son vrai travail auprès du major André, c'est-à-dire chef du service de renseignements du général Sir Henry Clinton, commandant des forces britanniques en Amérique du Nord. Mr. Shippen était extrêmement fier de Tom. Ce jeune homme qu'il avait aidé rendait de très grands services à la couronne britannique : peut-être qu'un jour il serait considéré un héros.

La cérémonie de mariage terminée, les invités se mirent à féliciter le général Arnold, qui était assis sur un divan, et à embrasser la jeune mariée, qui se tenait à ses côtés.

— Quel bel homme, murmura Mrs. Shippen à Tom en montrant le général. Tom fut obligé de convenir qu'elle avait raison. A trente-huit ans, Benedict Arnold était un homme d'une grande distinction, large d'épaules, au nez fin et droit. Il avait un visage franc et honnête, et était connu pour ses remarquables qualités d'homme des bois. Il s'était battu avec Ethan Allen dans l'attaque coloniale du fort Ticonderoga et en était sorti victorieux. Il avait mené sept cents hommes à travers les terres inhabitées du Maine pour attaquer Québec en plein hiver. Mais les renforts de Montgomery étaient arrivés trop tard, et l'attaque avait fini par une défaite, malgré le triomphe personnel de Arnold. Lui-même blessé, il avait réussi quand même à sauver la plupart de ses hommes et on l'avait reçu comme un grand héros.

C'était alors, pensa Tom, qu'avaient commencé les indignités et les manèges politiques de la rébellion. Le général Arnold n'avait pas reçu de poste de commandement dans l'armée active parce que l'on cherchait à limiter le nombre de généraux venant de chaque colonie. On avait décidé à la fin qu'un seul général représenterait sa colonie, ou, si cela ne suffisait pas, que les postes seraient répartis également. On disait d'ailleurs que même l'arrogant Washington avait marmonné : « L'administration de la révolution est devenue une question géographique et non de talent militaire. » Mais Tom Bolton, comme Mr. Shippen, soupçonnait que Arnold n'était ni amer ni malheureux. Il semblait s'être résigné à l'idée qu'une fois l'ennemi commun vaincu, les colonies se désagrégeraient complètement. Et encore, il fallait gagner ! Tom, voyant la soeur de Arnold entrer en conversation avec le général Franks, s'approcha du divan.

— Toutes mes félicitations, mon général. Peggy est une jeune femme tout à fait merveilleuse. Il tendit la main à Arnold, qui la serra vigoureusement. Il avait plusieurs fois rencontré Tom Bolton dans la maison des Shippen.

— Je ne suis pas digne d'elle, répondit le général Arnold en rougissant légèrement.

— Au contraire, lui assura Tom, aucune femme ne pourrait souhaiter davantage. Un homme de votre distinction ne peut que lui faire honneur. Et votre maison — ou plutôt votre château — est magnifique ! Tom lui donna un sourire chaleureux. Il pensait à Mount Pleasant, le domaine que le général Arnold venait d'acquérir tout récemment. C'était là que les nouveaux mariés retourneraient le soir même. Mount Pleasant était une énorme maison située un peu à l'extérieur de la ville, au bord de la Schuylkill River. Elle était entourée d'immenses étendues de pelouses et de jardins, et possédait d'innombrables petits bâtiments pour les serviteurs, des granges et des écuries.

Le général Arnold sourit à son tour, sans quitter du regard sa jeune et jolie épouse : « Une jeune femme si belle ne mérite rien de moins », répondit-il. Puis, sur un ton poétique, il ajouta : « Peggy est la réalisation de tous mes rêves. Sa voix est une mélodie, sa présence une joie sans pareille. » Le regard de Tom se fixa sur Peggy. Certes, il était facile de voir pourquoi le général Arnold était si amoureux de sa jeune épouse, mais Tom n'aurait pas décrit Peggy dans les mêmes termes. Il la connaissait depuis sa naissance, et pour cette raison, c'était un des rares hommes qui n'était pas sensible à ses charmes. C'était, à son avis, une jeune femme un peu frivole, mais pleine de talent. Elle était surtout très comédienne, et pouvait pleurer quand elle en avait envie, tout comme elle savait très bien jouer la coquette. Aucun homme ne pouvait lui refuser quoi que ce soit : pour Tom, cela risquait de devenir très utile.

Peggy traversa la pièce et s'approcha de Benedict Arnold.

Elle se baissa en lui prenant les mains : « Il faut partir, chuchota-t-elle. Tom, sois un ange et aide Ben à monter dans la voiture. »

Tom se leva. C'était l'homme le plus grand de toute l'assemblée. Un peu gêné par sa taille géante, il se baissa un peu et offrit son bras à Arnold. « Mon général, dit-il, avec votre permission, je vais vous conduire jusqu'à Mount Pleasant. » Le général Arnold hocha la tête, se leva avec difficulté et s'appuya contre le bras de Tom Bolton.

Deux heures plus tard, dans leur chambre à coucher, Benedict Arnold regardait sa jeune épouse sortir toute rougissante de son boudoir pour le rejoindre. Ses longues boucles blondes tombaient sur ses épaules pâles et nues, et sa chemise de nuit en soie laissait deviner ses parfaits petits seins. Peggy sourit, ses grands yeux bleus tout brillants de joie.

Arnold promena son doigt à l'intérieur de son col raide et le desserra. Il se sentait très gêné : il lui sembla brusquement que le concept de la nuit de noces était insupportable, et devrait être défendu par la loi ! Peggy était si jeune, si belle, si innocente ! Il regarda ses lèvres délicieusement charnues et se sentit à la fois mal à l'aise et envahi d'un violent désir. Il était veuf depuis quatre longues années et, parce que le pays était en guerre, il était resté parfaitement fidèle au souvenir de sa femme. En regardant Peggy, il vit dans ses yeux une lueur d'appréhension et y devina une question tacite.

S'appuyant sur sa canne, Arnold s'approcha d'elle en boitillant. Il la dévora de ses yeux sombres. « Ne me demande pas, lui dit-il doucement, si tu es plus belle que Margaret. Ne me demande pas si je t'aime plus que je ne l'ai aimée. » Benedict savait que sa voix était devenue suppliante. Il était très conscient des sentiments que devait éprouver Peggy. Elle voulait sûrement savoir s'il l'aimait davantage que sa première femme.

— Peggy. . . Elle détourna le regard et fixa le tapis luxueux qui recouvrait le plancher.

— Je n'ai jamais été mariée, chuchota-t-elle. Je n'ai jamais. . .

— Je sais. Au son de sa propre voix, Arnold se rendit compte à quel point il était formel. Il avala sa salive, se maudissant de ne jamais avoir parlé à Peggy de sa première femme. Mais il s'était vu obligé de lui faire une cour très comme il faut, dans le style philadelphien. Ils s'étaient rarement trouvés tout seuls ensemble, avaient passé leur temps à aller à des fêtes et à des réceptions, au théâtre, au concert. Ils avaient parlé de livres, de pamphlets politiques et de la rébellion. . .

— Peggy. . . Margaret était une femme merveilleuse. Ayant prononcé ces paroles difficiles, Arnold respira profondément. « Elle m'a donné trois fils et son souvenir m'est infiniment précieux. Il me semble que je ne t'aime ni plus ni moins qu'elle. Mais je sais que l'amour que nous ressentons l'un pour l'autre sera différent, et que tu es unique. » C'était si difficile à dire ! Arnold prit Peggy dans ses bras. Elle cacha son visage contre sa poitrine et ils restèrent debout, silencieux. Alors il se baissa, effleura sa longue gorge blanche ses lèvres, puis l'embrassa. Peggy remua les lèvres sous son baiser et Arnold se détendit brusquement.

— Je vendrais mon âme au diable pour pouvoir seulement te porter dans mes bras jusqu'à notre lit. Mais tu as fait une mauvaise affaire en épousant un homme dont les jambes ne servent plus.

— Tu es fort et courageux, et tu as été blessé à la guerre. Peggy mit son bras autour de sa taille et l'aida à avancer vers son lit. Benedict s'assit et posa la main sur les taies d'oreiller blanches et immaculées, décorées de petites fleurs de soie que Peggy avait brodées elle-même. Il déboutonna sa chemise, ôta son pantalon, puis leva avec peine sa jambe blessée et la posa sur le lit. Appuyé contre son oreiller, il sentit le parfum boisé du linge de lit que Peggy avait encore si récemment sorti de son coffre de mariage. Il tendit la main et caressa doucement sa joue, son cou et le contour de ses petits seins durs. Peggy sourit, se glissa dans le lit et posa ses lèvres sur les cicatrices de la jambe de Ben. Elle les embrassa à plusieurs reprises en murmurant : « Je t'aime, oh ! comme je t'aime ! »

Il passa les doigts à travers ses boucles blondes : « Tu es mon idole, ma princesse adorée. »

Peggy se glissa sur le corps de son mari et se pencha vers lui : « Oh Ben, pardonne-moi ! Je suis si égoïste ! Je t'aime justement parce que tu es resté fidèle à la mémoire de Margaret. Ta loyauté, ton sens de l'honneur me sont infiniment précieux. Cela te rend encore plus spécial. »

Benedict défit les lacets de la chemise de nuit de Peggy et lui découvrit les seins. Il les toucha délicatement et sentit avec joie ses boutons de sein roses durcir sous son toucher. « Sois doux avec moi, murmura Peggy, sois doux, aime-moi et reste fidèle. »

Il répondit à sa prière en la touchant à un endroit plus intime et elle se pressa contre lui, les bras autour de son cou, les lèvres entrouvertes, les yeux fermés. « Je me donne à toi, et à toi seule, pour toujours », dit-il.

— Et moi, je me donne à toi, répondit Peggy.

Arnold la caressa jusqu'au moment où elle se mit à gémir; il effleura des doigts son duvet doré, puis ses petits seins délicats, en murmurant « mes petits boutons de rose ». Puis, sans cesser de la caresser, il lui écarta les jambes. Quand il la sentit humide, il entra en elle aussi doucement que possible. « Ma princesse vierge, dit-il, je t'adore ». Peggy, le visage enflammé de désir, poussa un nouveau gémissement, et il sentit son corps s'échauffer sous le sien. Quand ils eurent tous deux atteint le comble du plaisir, il éteignit la lampe et se coucha auprès d'elle dans l'obscurité.

— Tu dors ? demanda Peggy après quelque temps.

— Non, je réfléchis, répondit-il. Depuis quelques minutes, il méditait sur ses loyautés personnelles ainsi que politiques. « Est-ce que j'ai eu tort ? »

— De m'épouser ?

Ben rit doucement en lui caressant les cheveux. « Oh ! non ! je pensais à la rébellion et à toutes les souffrances que cela a causées. Est-ce que j'ai eu tort de m'en mêler ? »

— Au fond de ton cœur, tu es bien resté loyal au roi, non ?

Il hocha la tête : « Avant tout : sois fidèle à toi-même. . . » répondit-il, citant sa pièce favorite, *Hamlet*.

— « . . . d'où découlera, comme du jour la nuit, que tu ne seras faux pour personne », continua Peggy en se retournant dans ses bras. « Tu feras ce qu'il faut faire. »

— Mais le jour viendra où mon honneur sera en doute.

— Je ne douterai jamais de toi, lui promit Peggy.

L'image de Janet Macleod flotta dans l'esprit de Robert. Dans son rêve, elle était sans âge, figée dans sa mémoire telle qu'il la voyait encore, une très belle femme de trente-huit ans. « Je voulais tant revenir », disait-il, mais aucun son n'était sorti de sa bouche. Il continua à rêver. Il était couché. Janet était penchée au-dessus de lui, le visage anxieux mais plein de compréhension.

— J'ai tant de choses à te dire », lui disait-il dans son rêve. Les années qu'il avait passées sur le Mississippi avaient glissé comme des semaines. Ils s'étaient écrit de longues lettres qui leur étaient parvenues par des moyens précaires, à travers les Grands Lacs, le long des voies d'eau, dans des sacs en peau de cerf, contre le coeur de messagers inconnus. Mais maintenant, il n'y avait plus de lettres : la rébellion avait mis fin à leur fragile système de communication. D'ailleurs, une lettre venant de la Louisiane —c'est-à-dire d'un territoire espagnol — risquait de compromettre les Macleod. « Nous sommes séparés par la guerre et par nos loyautés. Mais nous sommes liés par l'esprit. » Dans son rêve, Robert se souvenait de sa fuite avec Janet à travers l'Ecosse. Il n'avait à l'époque que sept ans, et elle lui avait sauvé la vie. C'était la veuve de son frère, mais pour lui elle avait été à la fois une soeur et une mère.

— Angélique et moi avons maintenant trois enfants, essayait-il de lui dire. Mais ce ne sont plus vraiment des enfants. Les jumeaux, Will et James, ont seize ans, et notre fille Maria en a quatorze.

Dans son rêve, Janet souriait et ses lèvres formaient une réponse. Puis brusquement, il avait de nouveau sept ans et il s'accrochait à ses jupons : « Ne t'en va pas, ne me laisse pas seul. . . » Le visage de Janet se dissipa et Robert se sentit tout brûlant, puis se mit à frissonner. Il était perdu dans les ténèbres parmi les arbres au fond d'une épaisse forêt. Il entendit rire Fou Loup et tendit la main vers lui, puis se rappela brusquement que son ami était mort depuis long-temps. Robert respira profondément et entendit une voix surgir des ténèbres.

— Il est costaud. Une décharge de mitraille dans la hanche ne l'arrêtera certainement pas. C'était une voix profonde, un peu enrouée, comme si les cordes vocales étaient couvertes de sable. Robert ne savait pas si c'était la voix d'un homme ou d'une femme.

— Vous êtes sûr qu'il s'en remettra ? demanda une petite voix très effrayée. Robert la reconnut aussitôt : c'était la voix de sa femme Angélique.

Robert fit un effort pour ouvrir les yeux et la pièce vacilla autour de lui. Elle était petite et sentait le renfermé. L'unique lumière venait d'une lanterne posée sur une table rudimentaire au milieu de la pièce. L'air était rempli de l'odeur de menthol et une marmite pleine d'eau et de feuilles mijotait sur le feu.

— Angélique ? dit Robert d'une voix indistincte. Ses paupières étaient très lourdes et il se sentait engourdi, comme si on l'avait drogué.

— Je suis là, à côté de toi. Il sentit sa main fraîche dans la sienne. « Nous sommes chez la guérisseuse. Elle t'a donné un médicament. »

Robert hocha la tête. « Qu'est-ce qui s'est passé ? demanda-t-il, se souvenant de l'attaque britannique.

— Les Indiens m'ont dit que les Anglais t'ont tiré dessus; ils avaient traversé le fleuve et attendaient. Mais comme ils n'étaient pas nombreux, les Indiens les ont repoussés de l'autre côté. Puis ils t'ont emmené jusqu'ici.

— Y a-t-il eu des Indiens de tués ? Malgré son abrutissement, Robert sentait l'importance de cette question. S'il y avait des morts parmi les Indiens, cela causerait toutes sortes de problèmes. Ce serait le début d'un nouveau conflit.

— Non, aucun, lui assura Angélique. Elle renifla et lui pressa la main : « Je t'avais bien dit de ne pas t'en mêler ! Tu aurais pu être tué. C'était bien trop dangereux ! Et dans quel but ? Tu n'as donc pas pensé à moi ? ni aux enfants ? « Ses paroles étaient sorties d'un trait. Elle était en colère, maintenant que son inquiétude était passée, et sa voix avait perdu toute trace d'anxiété. « Robert MacLean, tu aurais dû rester à la maison. Cette guerre ne nous regarde pas. »

— Cela ne m'étonnerait pas qu'un de ces jours les Espagnols entrent dans le conflit.

— Cela m'est bien égal. Je déteste les Espagnols !

Robert fit un effort pour concentrer son regard. Malgré l'obscurité, il pouvait voir l'expression du visage d'Angélique. Elle n'avait que trente-cinq ans, mais son caractère était devenu aigre et dur. Elle est encore belle, se dit-il, mais elle a changé. Angélique n'était plus le roseau souple et délicat qu'il avait connu autrefois, se courbant au moindre coup de vent; elle était maintenant comme une branche desséchée, prête à se casser en deux.

Cela avait commencé cinq ans auparavant, au moment de la mort de son jeune frère. Et maintenant que Grosse Mémé et Fou Loup étaient morts eux aussi, Angélique était très seule. Les enfants étaient grands et s'intéressaient à leur propre vie. En vieillissant, Angélique avait été envahie par un flot de rancœur contre sa jeunesse malheureuse — une rancœur que Robert avait crue disparue et oubliée pour toujours. Mais Angélique n'avait pas oublié. Elle rêvait à l'Acadie, à son enfance, à sa famille. Sa haine des Anglais devenait tous les jours plus intense; leur cruauté envers son peuple — les Acadiens — la brûlait toute entière. Mais Angélique ne pouvait pas non plus accepter les Espagnols. Ils avaient tué son père, et ils l'avaient violée. Elle les accusait même sans raison d'avoir causé la mort de son frère. Pourtant il était mort de la fièvre. « Il l'a attrapée des Espagnols », disait-elle souvent.

— Il faut te débarrasser de ta haine, lui disait souvent Robert. Mais Angélique ne pouvait pas, ne voulait pas s'en défaire. Elle avait refusé de retourner au Canada, sous prétexte que cela faisait maintenant partie de l'Amérique du Nord britannique. Mais elle était malheureuse aussi en Louisiane, parce que ce territoire était gouverné par l'Espagne. En ce qui concernait la rébellion, elle restait intransigeante. « Ce sont tous des Anglais, s'obstinait-elle. Ce n'est qu'un querelle de famille. »

Robert fixa le regard sur sa femme : c'était devenu un noeud d'amertume et de ressentiment. Il l'aimait, pourtant, et cherchait à lui venir en aide. Mais il ne pouvait rien faire pour elle.

— Rentrons à la maison, proposa-t-il. Il fit un effort pour se lever, mais se rendit compte aussitôt que ses jambes avaient perdu toute sensation et refusaient de lui obéir.

— La guérisseuse dit que tu devras passer la nuit ici. Je viendrai te chercher avec la charrette demain matin.

Robert regarda derrière Angélique et examina le visage de la guérisseuse, qui se tenait à quelques mètres de lui. La vieille femme était immobile, impassible; ses mains fripées étaient croisées sur sa longue robe noire. Elle étudiait son visage sans dire un mot. La peau de sa figure était comme une vieille coquille de noix, brune et ridée. Mais la guérisseuse avait une place d'honneur dans leur village. Elle jetait des sorts et guérissait les blessures; elle ne bénissait pas les nouveaux nés, comme le faisait le curé, mais leur chantait d'étranges incantations. Le curé, qui venait au village de temps en temps, l'ignorait, mais il ne disputait pas sa présence ni son influence sur les habitants. La guérisseuse avait des connaissances très étendues sur la faune et sur la flore de la région, et on la voyait souvent, à la pleine lune, cueillir les plantes dont était composée sa pharmacie. Robert voyait très mal dans l'obscurité, mais il savait que les étagères de la petite cabane étaient remplies de bocaux, qui contenaient des huiles rancides, des pâtes mystérieuses, des ailes d'insectes pulvérisées, des herbes et des feuilles de toutes espèces. Le sang de la guérisseuse était d'ailleurs aussi mélangé que ses remèdes. On savait qu'elle venait de Haïti, car elle parlait le patois de l'île : un mélange d'espagnol, de français, et d'une ancienne et mystérieuse langue africaine.

— Qu'est-ce que vous m'avez donné ? lui demanda Robert.

— Un médicament, répondit-elle vaguement. Quelque

41

chose pour calmer ta douleur et un cataplasme pour la blessure.

Robert hocha la tête et fit un effort pour ne pas sourire. Il pensait à Fou Loup, à l'époque où il allait chez la guérisseuse pour obtenir des médicaments. Il venait surtout la voir quand il avait envie de se disputer avec quelqu'un. La vieille femme se prêtait aisément à ce jeu. Ils ne pouvaient jamais s'entendre sur la meilleure manière de guérir telle ou telle maladie. Ils se maudissaient continuellement, mais on n'en pouvait conclure qu'un chose : leurs manières de guérir se valaient. Les dieux, d'ailleurs, semblaient ne pas leur prêter attention, puisqu'ils se jetaient sans arrêt de mauvais sorts qui ne semblaient jamais avoir d'effet. Fou Loup refusait de lui payer quoi que ce soit pour ses médicaments. Il lui semblait qu'elle devait les lui donner pour rien, par politesse professionnelle — car il se considérait lui-même comme un guérisseur.

— Je resterais bien avec toi, dit Angélique, mais Will et James sont encore repartis — Dieu sait où ils sont allés ! Je ne peux pas laisser Maria seule toute la nuit.

Robert ferma les yeux. Pas maintenant, se dit-il. Angélique semblait prête à recommencer sa litanie éternelle contre ses enfants. Elle ne pouvait pas accepter que Will et James — qui avaient maintenant seize ans — eussent leur vie à eux. Chaque fois qu'ils partaient, Angélique prenait cela pour un affront. Robert fit un effort sur lui-même pour garder son calme et sa patience. « Cela ne me gêne pas du tout de rester ici. De toute façon je dormirai. »

Angélique se pencha sur lui et lui donna un baiser sur la joue — un baiser sec et rapide, qu'elle lui donnait par pur sens du devoir. Elle défroissa sa jupe et se tourna vers la guérisseuse, dont la main ouverte semblait attendre quelques pièces d'argent. Angélique les lui donna, ajoutant : « Je vous enverrai un poulet toutes les semaines pendant un mois. » C'était le paiement habituel.

— Les Indiens m'attendent pour me raccompagner à la maison, dit Angélique. Robert hocha la tête et la suivit des yeux. Elle traversa la pièce et ouvrit la porte, laissant pénétrer l'air du soir. Puis elle disparut.

La guérisseuse s'avança vers le feu et se mit à remuer lentement la potion qui mijotait dans la marmite.

— Vous avez des problèmes avec votre femme, dit-elle. Ce n'était pas une question, mais un commentaire.

— Nous nous aimons, protesta Robert.

— Parfois l'amour nous dévore, répondit la guérisseuse en se levant. Elle s'avança vers lui et descendit une gourde de l'étagère. « Ça nous dévore jusqu'à ce qu'il ne reste plus rien. Quelquefois, les maladies ont le même effet : ça nous ronge, et on change. »

Elle ouvrit la gourde et en prit une gorgée. Puis elle la tendit à Robert : « Ce n'est pas un médicament, c'est du rhum. »

Robert prit la gourde et avala une longue gorgée : le rhum lui brûla la gorge et l'inonda d'une sensation de chaleur agréable. Avec le médicament que la guérisseuse lui avait déjà donné, il se sentit plus engourdi que jamais.

— Même une bonne épouse peut étouffer un homme, continua la guérisseuse. Elle se pencha vers lui et examina son visage. « Vous n'êtes pas du genre à vous faire étouffer. Il y a des plantes qui poussent facilement dans la nature, mais meurent quand on les met dans un pot », dit-elle en reprenant la gourde. Elle prit une autre gorgée et s'essuya la bouche avec sa main.

— Guérir est un art, marmonna-t-elle en se levant. Elle traversa la pièce et disparut derrière le rideau qui séparait la cabane en deux. « Le mariage aussi. Mais la maladie. . . la maladie, ça dévore. »

Robert n'entendit pas la fin de la phrase. Sa tête lui faisait mal et ses paupières étaient très lourdes. Il sombra dans un profond sommeil.

CHAPITRE III

Le 20 avril 1779

Jenna Macleod enfilait une grande jaquette flottante qu'avait autrefois portée son frère Mat. La veste en peau de cerf — un peu serrée aux hanches et trop large à la taille — lui appartenait aussi. Les grosses bottes de Jenna étaient à Andrew : elle les avait bourrées d'étoffe car elles aussi étaient trop grandes. Dans sa sacoche, Jenna portait sa brosse à cheveux, quelques sous-vêtements et une robe.

Elle se regarda dans la glace et haussa les épaules. Elle avait une bien drôle d'allure ! Jenna se pencha en avant : sa chaîne en argent, à laquelle était suspendue une ancienne pièce romaine, était tout juste visible. « C'est notre unique bijou de famille, lui avait dit son père. Sans cette pièce, je n'aurais jamais retrouvé ta mère. » Jenna renifla un peu et retint ses larmes en y pensant. Elle fut envahie d'une vague d'indécision et de culpabilité, et quelques larmes brûlantes se mirent à couler sur sa joue. « Je t'aime, papa, dit-elle tout haut. Mais j'ai le droit de mener ma propre vie ! » Jenna resta immobile pendant quelques instants puis jeta sa sacoche sur son épaule et sortit silencieusement de la maison dans la nuit obscure.

Elle monta sur sa jument et partit vers le lieu où Stephan lui avait donné rendez-vous. Pendant tout le trajet, elle serra la pièce romaine entre ses doigts. « J'avais une pièce, lui avait dit son père, et ta mère avait l'autre. Elle l'a donnée à Robert, et quand j'ai retrouvé Robert, j'ai compris que j'avais retrouvé ta mère aussi. » C'était une histoire tellement romantique ! « Vous avez vécu votre roman, chuchota-t-elle dans l'obscurité, mais vous n'avez pas voulu me laisser vivre le mien. »

Jenna arriva bientôt dans un petit bois au bord du fleuve et s'arrêta. Elle descendit de sa jument et jeta la sacoche sur son épaule. Elle attendit dans le noir, priant pour que Stephan n'arrive pas en retard. Elle entendit un bruit de pas, sursauta, puis s'accroupit derrière un arbre, l'oreille tendue.

— Jenna ?

— Stephan ? Jenna se leva et aperçut son bien-aimé au moment même où il entrait dans la petite clairière.

— Tu es donc venue ! Il la prit dans ses bras et l'embrassa.

— J'ai failli ne pas venir. Cela me faisait mal au coeur de faire tant de peine à papa et maman. Stephan la serra de plus près : « Ne t'en fais pas. Ils finiront bien par accepter. » Il effleura son visage de ses lèvres. « Le temps passe. Ton père va sûrement partir à ta recherche. Allons-y. »

Stephan la mena le long du rivage. L'eau noire et opaque du fleuve giclait contre les rochers. Bientôt Stephan s'arrêta et se glissa derrière les branches entassées d'un arbre qui gisait à terre. Il les écarta rapidement, exposant un canot en écorce de bouleau et deux sacoches qu'il avait pris soin de cacher pour le trajet. La lune parut brusquement à travers les nuages et Jenna aperçut la silhouette du canot. « Prends-les », dit Stephan en lui montrant les sacoches.

Jenna obéit, tout heureuse d'avoir tant appris de son père sur l'art du canotage et de la vie en plein air. La vie qu'elle avait menée au Niagara lui servirait sûrement dans cette aventure romanesque. Avec un grognement, elle jeta la sacoche la plus légère sur son épaule libre et traîna l'autre en s'exclamant : « Mon Dieu, que c'est lourd ! »

— Je regrette, mais il faut que tu les portes.

Stephan se pencha sur le canot et le souleva sur ses épaules en chancelant, car il était lourd. Ils marchèrent le long du rivage jusqu'à une petite plage. Stephan avança silencieusement dans le fleuve afin d'y poser le canot; mais

45

celui-ci glissa de ses mains et tomba sur l'eau en clapotant. « Merde ! » s'exclama Stephan.

— Ça va ? Tu fais beaucoup de bruit ! chuchota Jenna en laissant retomber les sacoches sur le sable.

— Le sol est inégal, dit Stephan, qui se rendait parfaitement compte de son manque d'expertise. « Passe-moi les sacoches. »

Il chargea le canot, faisant son possible pour bien distribuer le poids. « Assieds-toi au bout », commanda-t-il en indiquant l'arrière du canot.

Jenna souleva la pagaie et examina le canot. « Mais c'est l'arrière ! C'est toi que devrais te mettre là », protesta-t-elle.

Stephan la regarda. « Evidemment », marmonna-t-il. Il tourna le canot et le stabilisa. Jenna, posant soigneusement la pagaie en travers de l'embarcation, y entra.

Stephan l'imita puis, se servant de sa pagaie, il fit glisser le canot vers l'eau plus profonde. Jenna pagaya silencieusement, dans le meilleur style indien. Stephan, par contre, faisait continuellement des éclaboussures.

Jenna cligna des yeux. Ils se dirigeaient vers le milieu du fleuve où ils seraient facilement visibles. D'ailleurs, on était au mois d'avril : l'eau était glacée et il valait mieux rester près du rivage.

Jenna posa un instant sa pagaie dans la barque et se tourna vers Stephan. D'un geste maladroit, il l'éclaboussa en plein visage, et l'eau glacée ruissela dans sa chemise entrouverte. « Bon Dieu ! Et moi qui croyais que tu t'y connaissais ! Nous tournons en rond. Tu ne sais donc pas te servir d'une pagaie ? »

— Ça fait longtemps que je n'ai pas fait de canotage, protesta Stephan.

— Ou bien tu restes tranquille, ou bien tu fais comme moi, répondit Jenna avec irritation. Restons plus près du rivage. Si tu nous renverses, nous crèverons de froid ! Stephan devint tout rouge, mais Jenna, dans le noir, ne s'en aperçut pas. Par bonheur, ils se dirigeaient déjà vers le rivage et Stephan commença à pagayer un peu plus correctement. Ils se mirent bientôt à pagayer à l'unisson. La nuit était silencieuse, et on n'entendait que le doux clapotement de leurs pagaies et l'appel lointain d'un engoulevent.

Jenna se détendit un peu, regrettant de s'être mise en colère. Elle se rendait compte que Stephan n'était pas l'homme des bois expert qu'il avait prétendu être. Elle soupira. Il faudrait bien qu'il finisse par apprendre !

Helena était assise à table à côté de sa fille Abigail, une petite blonde de trois ans. « Allons », dit-elle en regardant sa petite fille, « Encore quelques cuillerées. . . c'est ça ! » Helena sourit en voyant Abby ouvrir la bouche et avaler sa bouillie, bien que sans enthousiasme.

— Peut-être qu'elle mangerait mieux si tu lui donnais des pommes de terre au beurre.

Helena regarda son père en fronçant les sourcils. Mathew était assis à l'autre bout de la table et lisait la *Gazette de Québec*. « Pas pour le petit déjeuner. Ce n'est pas bon pour elle. Il n'y a rien de meilleur pour la santé qu'une bonne bouillie. »

Mathew sourit : « Où est ta soeur ? »

— Elle dort encore, j'imagine. Helena se tourna vers sa petite coquine de fille. « Elle n'a pas la chance d'avoir une fille avec un réveille-matin dans le ventre ! »

Janet entra dans la cuisine. Elle ôta son foulard de sa tête et posa un grand panier de nourriture sur le coin de la table. « J'ai acheté un gros poulet », annonça-t-elle, puis ajouta en soupirant : « Il faut aller très tôt au marché pour trouver de quoi se nourrir, ces jours-ci ! »

— Grand-maman ! gazouilla Abby. Janet se retourna et se pencha tendrement vers sa petite-fille. « Et comment va ma petite chérie ce matin ? » Abby éclata de rire et un filet de bouillie coula sur son menton.

— L'ennui, quand on est grand-père, c'est qu'on est le dernier à être embrassé !

Janet se redressa et leva le sourcil. « Allons donc », dit-elle avec un grand sourire. « Je garde toujours le meilleur en dernier ! » Elle se pencha vers lui et l'embrassa tendrement. Mathew lui caressa le visage « Comme tu es belle, murmura-t-il. Tu es beaucoup trop jeune pour être grand-mère. »

— Tu ne vas plus rien manger ? demanda Helena à sa fille. Abby, voyant s'approcher une grosse cuillerée de bouillie, secouait violemment la tête.

— Jenna n'est pas levée ? demanda Janet. Elle doit aller chez Madame Rouge à dix heures.

— Non, elle est encore couchée. Elle m'a dit hier soir qu'elle n'allait pas à sa leçon.

— Il faut quand même qu'elle y aille, dit Mathew d'un air exaspéré. Il posa impatiemment son journal, le visage contrarié. Depuis quinze jours, l'atmosphère entre lui et Jenna devenait de plus en plus tendue.

— Donne-moi la cuiller, dit Janet à Helena. Je ferai manger la petite coquine. Allons, mon chéri, une cuillerée pour grand-mère ! Abby sourit en secouant ses boucles blondes. « Va vite réveiller Jenna », dit Janet en échangeant un regard avec sa fille — elle espérait que Mathew ne s'en était pas aperçu. Ce qu'elle cherchait à dire, en fait, c'était : « Amène vite Jenna et dis-lui que Mathew n'est pas content. » Helena comprit, car sa mère et elle communiquaient depuis long-temps dans un langage muet.

Helena quitta la cuisine, puis leva ses jupes et monta au premier. Elle frappa à la porte de Jenna.

— Jenna ! Helena attendit quelques instants. Elle répéta : « Jenna ! » Il n'y eut aucune réponse. Helena tourna la poignée et ouvrit la porte.

Elle jeta un regard dans la chambre et comprit tout. Le lit n'était pas défait et la fenêtre était ouverte; sur le bureau, un morceau de parchemin était à moitié caché par un livre de prières.

Helena respira très fort et se mordit la lèvre : elle savait déjà que sa sœur était partie et ne reviendrait plus. « Ah ! mon Dieu ! » murmura-t-elle. Helena ferma rapidement la porte et s'avança vers le bureau. Elle regarda le parchemin et reconnut l'écriture claire, franche et hardie de sa sœur.

Chers maman et papa,
 Je suis partie avec Stephan. Je sais que vous ne pouvez pas comprendre, et j'espère qu'un jour vous me pardonnerez. Vous, vous avez connu l'amour,

mais vous n'avez pas voulu que je connaisse l'amour moi aussi. Je ne suis plus un enfant. Stephan et moi allons nous marier. Nous partons très loin et quand ce sera possible, je vous écrirai. Stephan s'occupera de moi et je vais être très heureuse. Embrassez Helena et Abby de ma part. Embrassez aussi Mat et Andrew quand ils seront de retour. Dites-leur que je les aime. Je vous souhaite d'être aussi heureux que moi. Papa, Stephan est un homme merveilleux. Il m'aime. Il est honnête et intelligent, beau et courageux. Un jour, tu le connaîtras et tu comprendras.

> Votre fille qui vous aime,
> Jenna

Helena ferma les yeux et laissa tomber le morceau de parchemin. Elle aurait tout fait au monde pour arrêter le temps, rester enfermée dans la chambre de Jenna ou trouver quelque excuse pour son absence. Mais il n'y avait rien à faire : il fallait avouer la vérité, faire face à la scène inévitable et au désespoir de ses parents. « Quelle bêtise ! mon Dieu, quelle bêtise ! » murmura-t-elle.

Helena respira profondément. Elle ramassa la lettre et traversa la chambre comme dans un rêve. Si seulement c'était Janet qui était montée, et non pas elle ! L'idée d'être obligée de communiquer cette terrible nouvelle à ses parents lui faisait mal au coeur.

Helena descendit vers la cuisine et s'arrêta un instant devant la porte. Abby avait fini sa bouillie, et Mathew, la pipe à la bouche, était assis au fond de sa chaise dans un nuage de fumée. Il était parfaitement détendu. C'était samedi, et Mathew avait une demi-journée de congé. Sa jambe était étendue devant lui et reposait sur une chaise. En voyant cette scène paisible, Helena fut frappée par l'ironie de la situation. Cette cuisine respirait la chaleur et la paix : Abby était gaie et aimante. Janet calme et heureuse. C'était cela : après une vie d'épreuves. ils étaient enfin tranquilles — et maintenant leur dernière fille, leur Jenna chérie, allait troubler cette paix.

Janet leva le regard et aperçut le visage de sa fille : il était blême.

— Qu'est-ce qu'il y a ? Janet se leva aussitôt et s'approcha d'elle. Sans dire un mot, Helena lui donna le morceau de parchemin. Elle glissa devant sa mère, prit sa fille dans ses bras et s'enfuit de la cuisine devant le regard ahuri de son père.

Janet lut la lettre, ferma les yeux et la donna à Mathew.

Mathew la lut à son tour et jeta le parchemin violemment sur la table. « Je vais le tuer ! » hurla-t-il.

Mais Janet posa la main sur sa manche. « Non, tu ne le tueras pas, dit-elle calmement. Mathew, viens avec moi. »

Mathew la suivit dans le salon. Il sentit au toucher de sa femme qu'elle était très tendue, malgré ses efforts pour paraître calme. Elle ferma la porte, les coupant du reste de la maison.

— Assieds-toi, lui supplia Janet. Il faut que je te parle.

— Je ne vois pas comment tu peux rester si calme ! Tu ne comprends donc pas qu'elle est partie avec ce petit salaud d'Irlandais ? Nous n'avons pas de temps à perdre — il faut que je parte les retrouver !

Janet avait sorti son mouchoir de la poche de son tablier et le tordait silencieusement. « Non, tu ne pourras pas la ramener », répondit-elle d'une voix tranquille. Elle leva les yeux et chercha le regard de son mari. « Oh, Mathew, elle est tellement entêtée, tellement volontaire ! Un peu comme moi, je suppose. Mat, elle est partie. Mais son âme nous a quittés le jour où tu as défendu à Stephan de lui faire la cour. Nous ne pouvons pas retenir son âme de force dans cette maison. Ne comprends-tu donc pas qu'en la ramenant physiquement, nous la pardrons pour toujours ? »

Mathew avança le menton obstinément : « Je veux la ramener », marmonna-t-il.

— C'est impossible. Quand elle reviendra — *si* elle revient — ce sera de son propre gré.

Janet vit que les yeux de Mathew — comme les siens d'ailleurs — s'étaient remplis de larmes. Son châle glissa de ses épaules, et elle mit les bras autour de son mari. « Je t'aime », dit-elle doucement. Puis, appuyant son visage contre sa poitrine, elle ajouta : « C'est fait. Il faut laisser les choses comme elles sont. Elle reviendra. Je suis sûre qu'elle reviendra. »

Mathew ne répondit pas, et cacha son visage contre sa gorge. Janet le sentit se détendre. « Elle est si jeune, dit-il lentement, si jeune ! »

Janet eut envie d'ajouter : « et si étourdie ! » Elle resta appuyée contre lui. Il y a dix ans, se disait-elle, je t'aurais laissé partir. Mais tu n'es plus si solide et je ne peux pas te laisser partir. Elle se sentait déchirée entre sa fille têtue et son mari. Elle pouvait seulement espérer que Stephan se montrerait supérieur à l'idée que Mathew avait de lui, qu'il s'occuperait de Jenna, et qu'un jour ils reviendraient.

Janet et Mathew restèrent enlacés pendant un long moment, se donnant l'un à l'autre du courage et de la force. Mathew se résigna peu à peu la réalité des sentiments de Jenna.

— Tu as beaucoup de force, dit-il.

— Et j'ai élevé une fille qui, elle aussi, est très forte, ajouta Janet. Mathew, laisse-la revenir d'elle-même. Attends que le fruit soit mûr.

— Je le vois ! cria Jenna, tout essoufflée. Un bâton à la main, elle courait vers un buisson dans une clairière tout près du lac.

— Fais-le sortir, que je puisse lui tirer dessus, cria Stephan, qui était à une vingtaine de mètres d'elle. Il tenait son mousquet dressé.

Ce n'était pas comme cela que son père attrapait les lapins, quand ils partaient autrefois sur la Mohawk Trail, se disait Jenna. Elle agita les mains, et un nuage de mouches surgit du buisson. A peine eut-elle vu le petit lapin qu'il bondit dans la clairière, puis se tourna et disparut dans la forêt. « Le voilà ! », cria-t-elle tout affolée.

— Où donc ? Dis moi où ! hurla Stephan, essayant de viser le petit animal. Il l'aperçut un instant, lâcha un juron, puis s'élança à sa poursuite. Il portait son mousquet devant sa poitrine.

Jenna le perdit de vue, mais entendit presque aussitôt un bruit sourd, puis un grognement. Elle s'élança dans les bois et aperçut Stephan : coincé entre deux arbres, et courbé en deux sur son mousquet, il poussait des grognements de douleur et jurai tant qu'il pouvait.

— Qu'est-ce qui t'est arrivé ? demanda Jenna d'une voix méprisante.

— Je l'ai manqué, ce sacré lapin, grommela Stephan en se roulant par terre. Il tenait encore son mousquet.

— On dirait plutôt que ce sont ces deux arbres qui t'ont eu. Tu n'as même pas tiré !

Stephan lui lança un regard furieux et fit un effort pour retrouver sa contenance. Il se sentait complètement idiot. « Je me débrouille mieux avec les oiseaux, murmura-t-il. Avec eux, au moins, il n'y a pas d'arbres ni tous ces sacrés buissons. »

Jenna retint un sourire, se rappelant qu'au fond, peu d'hommes étaient aussi calés que son père : elle était bien trop difficile. « Ce matin, j'ai entendu passer des oies sauvages près du rivage, à côté de notre camp. Peut-être que ce soir ils s'arrêteront près de l'étang pour boire. »

— Allons-y tout de suite, répondit Stephan. Viens vite, avant qu'il ne soit trop tard. Je te garantis que ce soir, nous aurons de la viande fraîche pour dîner.

Ils marchèrent ensemble le long de la plage dans la direction des grands roseaux, à l'endroit où la plage devenait un étang. « Chut ! » s'exclama Jenna en s'arrêtant. « Ecoute bien ! » Elle entendait cacarder des oies dans les roseaux. « Reste ici, ordonna-t-elle. Sois prêt. Je vais faire du bruit pour qu'elles s'envolent. »

Stephan fronça les soucils, mais obéit. Jenna courut vers les roseaux en criant et en claquant des mains. Un troupeau d'oies s'envola aussitôt. Jenna entendit partir un coup de feu, puis un cri triomphal.

Moins d'une heure plus tard, l'oie grésillait sur le feu de camp. Jenna, enveloppée dans une couverture, était blottie auprès du feu. En face d'elle, Stephan regardait les flammes lancer des ombres sur son visage. Après cinq jours sur le Saint-Laurent, ils voyageaient maintenant sur le lac Ontario. Le trajet sur le fleuve avait été exténuant, car ils avaient dû pagayer presque continuellement et faire portage quand ils étaient sur terre ferme.

Tous les soirs de leur trajet, ils s'étaient écroulés dans leurs rouleaux de couchage, sous le canot renversé. Ils s'étaient embrassés mais n'avaient pas fait l'amour. Sur ce point, Jenna tenait bon : il fallait d'abord qu'ils arrivent à Saint-Louis, où ils pouvaient se marier. Stephan, qui n'avait pas du tout l'intention d'attendre, s'était jusque-là laissé faire, car de toute façon il était trop fatigué pour faire l'amour. Les journées maintenant lui paraissaient plus faciles car, depuis qu'ils voyageaient sur le lac, ils n'avaient plus besoin de faire portage. Stephan, d'ailleurs, se sentait beaucoup moins courbaturé qu'aux premiers jours, et ses muscles s'habituaient à l'exercice. Pour la première fois depuis le début du voyage, il pensait à l'amour.

— Comme ça sent bon ! s'exclama Jenna en regardant l'oie rôtie. « Décidément, tu sais mieux tirer sur les oiseaux que sur les lapins ! » C'était la première fois depuis une semaine qu'ils mangeaient de la viande fraîche. Ils avaient emmené des biscuits et de la viande sèche, et comme c'était le printemps, ils ne manquaient pas de baies sauvages. Jenna venait d'en manger une, et ses lèvres étaient encore toutes rouges.

— Je ferais n'importe quoi pour pouvoir prendre un bain, dit Jenna en gémissant. Mais papa dit toujours que quand on se lave, on attire beaucoup plus les moustiques. Jenna se frotta le bras, qui portait déjà deux vilaines traces de piqûres.

— Tu n'as qu'à chauffer de l'eau après le dîner, proposa Stephan. Tu pourras te laver un peu.

— Il fait frais ce soir, répondit Jenna, mais je vais peut-être me laver quand même.

Stephan tourna l'oie, et un morceau de gras tomba en grésillant dans le feu. « Bientôt nous serons assez au sud pour pouvoir nous baigner. » L'image de Jenna se baignant nue dans une rivière le remplit brusquement d'un désir violent.

— Si je me baigne, il faudra qu'il fasse beaucoup plus chaud ! dit Jenna en riant. J'ai mis la main dans l'eau

53

aujourd'hui, et elle était glacée. Tu sais, c'est le moment le plus dangereux de l'année. Dans le Nord, la glace commence tout juste à fondre.

— Je sais, repondit Stephan.

— Tu me traites toujours comme si je ne savais rien. J'ai été élevée au Niagara, tu sais, dit Jenna en faisant la moue. « Je suis homme des bois tout autant que toi, sinon plus ! Rappelle-toi le premier soir ! C'était moi qui dirigeais le canot. Quant à tes dons pour la chasse aux lapins, il faut dire qu'ils ne sont pas bien fameux. »

— Femme des bois, répondit Stephan, la corrigeant. Tu es peut-être très douée, mais tu n'es pas faite pour cela.

Une lueur de malice brilla dans les magnifiques yeux verts de Jenna. « Je suis faite pour quoi, alors ? » lui demanda-t-elle en plaisantant.

— Pour les belles robes, pour les bijoux. . . tu es faite pour être ma princesse.

Jenna sourit : « C'est difficile pour moi de penser à ces choses quand nous avons un si long trajet à faire ! D'ailleurs, je n'ai jamais connu le luxe. . . Mais maman a vécu à Paris. Tu savais qu'elle a rencontré le roi de France ? »

Stephan hocha la tête et songea à la mère de Jenna. Janet Macleod devait avoir près de cinquante ans, mais c'était encore une très belle femme, et Jenna lui ressemblait étonnamment. Il pensa à la cour corrompue de Louis XV et se demanda ce que Janet Macleod avait bien pu y faire pour vivre. L'idée lui plaisait assez. « A-t-elle été la maîtresse du roi ? demanda-t-il audacieusement.

Le rire musical de Jenna retentit à travers la forêt déserte, derrière la petite plage où ils avaient fait leur camp. « Bien sûr que non ! C'est Mme de Pompadour qui était la maîtresse du roi ! Elle venait de devenir sa maîtresse quand ma mère est arrivée en France en. . . en. . . » Jenna compta sur ses doigts, « en 1746 ».

Stephan n'insista pas, mais il était sûr qu'une femme aussi belle que Janet Macleod n'avait pas mené la vie d'un vestale dans la cour immorale de Louis XV. La mère de Jenna devait avoir un passé bien intéressant.

— Je pense que c'est prêt, annonça Jenna en regardant l'oie rôtie.

— Je crève de faim ! s'exclama Stephan avec enthousiasme.

Stephan tira maladroitement l'oie de la broche et la servit sur leur unique assiette en étain. Il coupa un morceau avec son couteau et le tendit à Jenna.

Pendant quelques minutes, ils mangèrent en silence, savourant le goût délicieux du gibier.

— J'ai assez mangé, dit enfin Jenna, cachant ses os sous le sable. « Je vais peut-être chauffer un peu d'eau. » Elle se leva, ramassa une petite casserole et marcha vers le bord du lac, où de petits vagues se brisaient contre le sable. Elle prit un peu d'eau et retourna vers Stephan, qui s'était mis à envelopper les restes de la viande.

Jenne mit la casserole sur le feu. Stephan, pendant ce temps, s'occupait du canot. Il le renversa sur deux grands rochers : c'était un abri idéal, et Stephan y plaça les rouleaux de couchage.

La silhouette de Jenna était visible à la lumière du feu. Elle avait ôté son chapeau, et ses longs cheveux tressés en nattes lui pendaient dans le dos. Elle leva la casserole avec un long bâton et se mit à se laver le visage et les bras avec un petit morceau d'étoffe. Alors elle déboutonna lentement son corsage et se mit à se laver le torse. Elle tournait le dos à Stephan et regardait le lac tranquille. Stephan, qui observait tous ses gestes, imaginait la lavette glissant sur sa peau blanche. Dans son imagination, il voyait ses boutons de seins roses se dresser dans l'air frais de la nuit, et ses longues cuisses blanches, qu'elle cachait sous des pantalons flottants. Devant cette vision de Jenna au clair de lune, Stephan se sentit comme dans une transe. Elle était certainement plus belle que Claudine, la prostituée qu'il avait fréquentée à Montréal. Au souvenir de cette ancienne aventure — et à l'idée de celle qui l'attendait — son visage s'enflamma. Il sentit son membre durcir. Il ferma un instant les yeux et réfléchit à la situation. Jenna ne voudrait pas, car elle attendait le mariage pour se donner entièrement à lui. Mais que pouvait-elle donc faire ? Ils étaient déjà loin de

Montréal, et elle ne pouvait pas retourner seule. Il se dit que de toute façon, elle aimerait cela, et qu'une fois le cap passé, tout irait bien.

Stephan s'approcha de Jenna silencieusement, et quand il fut directement derrière elle, il lui saisit les épaules et l'embrassa dans le cou. Jenna sursauta.

— Stephan ! D'un geste rapide, elle cacha ses ravissants seins pâles sous sa chemise. Mais il la tira en arrière dans ses bras et glissa la main sous sa chemise en caressant sa peau nue.

— Non ! laisse-moi ! cria Jenna avec indignation. Tu m'as promis !

— Je ne peux plus attendre ! Il faut que je te possède ! dit-il en respirant très fort. Il la poussa par terre et elle se mit à se débattre violemment. Elle lui donna des coups de pieds énergiques et ôta la main de sa chemise pour mieux se servir de ses bras. Sans faire attention à ses cris, Stephan se lança sur elle et se mit à lui embrasser et à lui mordiller les seins. « Il faut que je te possède ! Tu verras, tu aimeras cela ! Je t'aime ! Je ne peux plus attendre ! » Jenna, le repoussant de toutes ses forces, se dégagea brusquement de sous son corps et se leva. Stephan ne la sentant plus sous lui, se mit à quatre pattes pour préparer un nouvelle attaque. Mais Jenna s'était emparée d'un pagaie, et se sentant saisie par les jambes, elle frappa Stephan sur la tête. Il poussa en grognement et tomba en avant, le visage dans le sable.

Jenna lâcha immédiatement la pagaie et le regarda. « Stephan ! » Il ne bougeait pas et elle fut envahie de terreur. « Ah ! mon Dieu, je t'ai tué ! » Jenna chancela et tomba à genoux devant lui. Elle le retourna. Ses yeux s'étaient remplis de larmes, qui se mirent à couler sur son visage. « Stephan, oh ! Stephan ! Tu ne peux pas être mort ! Mon Dieu, faites qu'il ne soit pas mort ! » Elle se mit à bercer la tête de Stephan dans ses bras, puis se pencha vers lui et vit qu'il respirait encore. Il était donc vivant !

Jenna posa doucement la tête de Stephan sur le sable et courut vers le lac. Elle trempa sa lavette dans l'eau froide, puis retourna vers son bien-aimé et se mit à lui éponger le visage et le front. Il ouvrit les yeux. « Je ne voulais pas te

faire mal ! dit-elle en sanglotant. Moi aussi je te désire !
Mon pauvre chéri, j'aurais pu te tuer ! » Stephan cacha son
visage contre ses seins et se laissa caresser. Il glissa
silencieusement sa main dans son corsage et la caressa
doucement. Jenna ferma les yeux et se laissa faire. Elle fut
envahie de sensations violentes et se sentit toute brûlante,
malgré la fraîcheur du soir.

Stephan avait mal à la tête, mais voyant Jenna
complaisante, il en profita. Il la mena vers les rouleaux de
couchage qui attendaient sous le canot et la déshabilla sans
dire un mot. Le corps pâle et nu de Jenna luisait au clair de
lune, sous les étoiles. Les mains expertes de Stephan
glissèrent sur son corps et il se mit à l'embrasser toute entière, en commençant par ses jolis pieds blancs. Il glissa les
lèvres le long de son corps jusqu'à ses seins, qui haletaient
de désir et d'anticipation. Il explora l'endroit secret caché
sous son duvet roux-or, et Jenna se pressa contre lui en
gémissant de plaisir. « Il faut que tu me désires », murmura-
t-il, ôtant un instant sa main. Sa langue effleura ses boutons
de seins roses et elle poussa un nouveau gémissement,
cherchant à retrouver le plaisir que la main lui avait fait
ressentir. Stephan recommença à la caresser jusqu'au moment où elle s'enroula autour de lui et avoua qu'elle le
désirait. Alors il entra doucement en elle, la sentit devenir
toute raide, puis soupirer de volupté dans ses bras. Il jouit
presque immédiatement puis, la berçant dans ses bras, lui dit
doucement : « Tu vois, je fais mieux l'amour que la chasse ».
Jenna hocha la tête : « Tu m'épouseras quand même ? »
Stephan passa la main dans ses beaux cheveux roux-or.
« Bien sûr », répondit-il.

Tom Bolton s'agitait nerveusement dans sa chaise. Il était
tout en nage et son col dur le gênait — il préférait de loin les
cols ouverts. Il n'y avait pourtant pas de quoi être si énervé,
se disait-il en se reprochant. Le général Benedict Arnold
était presque un beau-frère : comment pouvait-on trouver
suspecte une visite d'un membre de la famille ? Pourtant, se
disait Tom, ce n'était pas du tout normal pour lui d'aller
directement aux appartements du général. Mais il n'avait

pas le choix. A Mount Pleasant, on ne pouvait pas parler sans risquer d'être entendu, et ce qu'il avait à dire n'était pas pour les réunions de famille. Pour réussir dans la profession de Tom, il fallait être discret et hardi tout à la fois. Mais c'était quand même une action bien téméraire que de tout simplement s'introduire dans les appartements du général — le quartier général de l'armée continentale de Philadelphie — avec une telle proposition ! Le général Arnold pouvait réagir de trois manières différentes, se disait Tom. Ou il lui demanderait d'oublier qu'il était jamais venu le voir avec une proposition pareille, ou il accepterait — ou il le ferait pendre. Cette dernière possibilité était assez troublante, mais Tom doutait que le général portât les choses si loin. Arnold ne pouvait pas accuser de trahison un membre de la famille Shippen sans risquer de troubler ses tendres rapports avec Peggy. Non, ce n'était vraiment pas probable. De toute façon, Tom n'aurait jamais eu l'idée de venir si Peggy ne lui avait pas fait comprendre que Arnold, au fond, était un loyaliste. Les confessions de la chambre à coucher étaient généralement vraies.

Tom remua encore une fois et maudit la chaise droite de style Duncan Phyfe qu'un jeune lieutenant fort officieux du Connecticut lui avait indiquée. La salle de réception était très élégante et tout à fait digne du commandant de Philadelphie. Elle était couverte de tapis luxueux, et ses meubles étaient tous en bois d'acajou sombre et reluisant. Les fenêtres, qui allaient du sol jusqu'au plafond, avaient chacune quatre grandes vitres et étaient tendues de superbes rideaux bleus. Les rayons de soleil traversaient les grandes fenêtres et lançaient de gais reflets sur les bobèches en cristal du magnifique lustre suspendu au plafond.

Tom pensa au major André, qui l'avait chargé de cette mission. Quand il s'agissait de choisir des hommes de confiance, le major savait ce qu'il faisait. C'était un homme sensible et bon, qui n'était pas fait pour la guerre active, mais savait user de son esprit et de son charme quand il s'agissait d'obtenir un renseignement quelconque. On disait qu'André était amoureux d'un joli lieutenant blond de Bristol, qui l'adorait. Mais de tels ragots étaient assez communs et Tom ne s'intéressait guère à ce genre de chose. Le général Clinton avait d'ailleurs la bonne attitude envers le major : du moment qu'André faisait son travail et se montrait discret, sa vie privée ne regardait personne. Le major André était un homme fin et intelligent, et il ne perdait jamais son sens de la proportion. Si l'on échangeait souvent des plaisanteries sur ses goûts amoureux, on l'admirait surtout pour ses hautes qualités.

Tom tapota la chaise et pensa : « L'ennui avec les meubles américains, c'est qu'ils sont trop durs. » A la différence des meubles importés d'Angleterre, avec leurs coussins en velours moelleux, les chaises fabriquées à Boston semblaient faites pour souffrir. Un puritain était vraiment formé à partir de son postérieur !

Les battants de la porte s'ouvrirent brusquement et un autre officier entra dans la pièce en claquant les talons de ses bottes vernies. Son long mousquet semblait ridicule dans cette atmosphère de luxe.

— Le commandant est prêt à vous recevoir ! L'officier s'était mis au garde-à-vous et sa voix retentit à travers la grande salle à haut plafond. Tom se leva et le suivit.

Les fenêtres du bureau du commandant étaient tendues de beaux rideaux rouges, la pièce meublée de fauteuils bien moelleux. Le général Benedict Arnold était assis derrière un immense bureau tout couvert de papiers. Quand il vit entrer Tom, le général se leva et lui tendit la main en souriant : « Tom Bolton, dit-il d'un voix aimable, quelle agréable circonstance vous amène ici ? »

— Je suis venu vous parler d'affaires, répondit Tom en jetant un coup d'oeil sur la porte ouverte. « C'est une affaire personnelle. »

Arnold fit un geste à l'officier. « Laissez-nous, ordonnà-t-il. Les grands battants de la porte se fermèrent aussitôt et Arnold se rassit. « Cela vous gêne-t-il que je fume ? » demanda-t-il en bourrant sa pipe.

— Pas du tout, répondit Tom en étudiant le visage du général. Il se demandait ce qui allait bien pouvoir se passer.

— Et de quelle affaire désirez-vous discuter ? demanda

poliment le général. Il leva les sourcils en signe d'intérêt et de curiosité.

— C'est une affaire délicate, répondit Tom, et même très délicate. Je ne sais pas exactement comment vous la présenter.

Arnold fronça les sourcils. « Nous ne nous connaissons pas bien, Tom, mais soyez assuré de toute ma bienveillance à votre égard. »

— Je vous prie de garder tout ceci entre nous. . . à moins, evidemment, que vous ne choisissiez de me faire pendre.

Arnold leva de nouveau les sourcils. « Moi, vous faire pendre ? » Il eut un sourire amusé. « Mais ma femme ne me permettrait jamais de faire une chose pareille ! »

Tom se détendit, s'enfonça dans son fauteuil et sortit sa propre pipe. Il se mit à la bourrer tranquillement de tabac virginien et prit la boîte d'amadou d'Arnold, qui était posée sur le bureau. Il alluma sa pipe. « Mon général, dit-il, vous êtes le commandant de l'armée continentale de Philadelphie, mais vous ne semblez guère être apprécié par le conseil exécutif de Pennsylvanie ni par le général Washington. »

— J'ai fait une demande officielle pour que les accusations absurdes du conseil exécutif paraissent en conseil de guerre, répondit Arnold, le visage brusquement devenu dur. Mais il est vrai aussi que Washington ne m'a pas encore répondu.

— Mon général, vous avez fait preuve de beaucoup d'héroïsme. Vous avez la réputation d'être le meilleur général de toute l'armée. . . votre marche à travers le Maine a été un grand triomphe. Vous êtes certainement un meilleur général que Washington.

— Ce n'est guère un compliment ! répondit Arnold en éclatant de rire. En tout cas, il faut reconnaître que je suis plus honnête que lui. Je dépense moins en frais professionnels, en une année, que lui en un mois ! Je ne me suis pas fait battre par les Canadiens, et je n'ai pas laissé mes soldats crever de faim à Valley Forge ! Arnold s'arrêta et poussa un grognement : « Si la rébellion réussit, ce sera un pur hasard. »

Tom secoua la tête avec sympathie, puis ajouta : « Vous avez peut-être compris quels sont mes liens politiques. Pouvons-nous parler librement ? »

Arnold hocha la tête. « Ces rustauds n'écoutent même pas aux portes. D'ailleurs, elle est aussi épaisse que la tête de Washington. »

— Mon général, je dois vous avouer tout de suite que non seulement je suis de l'autre côté, mais je travaille aussi pour le major André.

Il y eut un long silence. Arnold ne pâlit pas — il ne changea même pas d'expression.

— C'était mon prédécesseur anglais à Philadelphie, répondit enfin Arnold. Il balança sa chaise en arrière. « Il emmenait Peggy un peu partout. »

Tom hocha la tête.

— J'étais très jaloux, vous savez, avoua Arnold. J'ai pensé, au début, qu'il avait été son amant. Mais quand j'en ai parlé à Peggy, elle a tellement ri que j'ai compris qu'il n'y n'avait rien à craindre. Elle m'a montré un charmant poème qu'André lui avait écrit — il n'était d'ailleurs pas adressé à elle, mais à un de ses jeunes blondins. Vous avez entendu parler de son orientation amoureuse ?

Tom hocha de nouveau la tête. « Il a certainement des goûts étranges, mais il fait bien son travail. »

Arnold agita la main gauche en souriant. « C'est l'essentiel, répondit-il. Votre major André est donc plus athénien qu'il n'est spartiate. Cela est de peu d'importance, d'ailleurs. »

— C'est le chef du service d'espionnage britannique, dit Tom en se penchant instinctivement en avant.

— Du service d'espionnage ! s'exclama Arnold. Cela explique tout, y compris ses goûts. Et que puis-je donc faire pour le major André en tant que commandant de l'armée continentale à Philadelphie ?

— Mon général, je suis un loyaliste. Je cherche à vous persuader de rejoindre notre parti.

— Dans quel but ?

—Pour servir notre roi et notre patrie, mon général.

Arnold balança sa chaise en avant et se pencha vers Tom. Il s'appuya le front contre la main et ferma les yeux pour ne pas voir le visage intense du jeune homme qui était assis devant lui. « Pour servir notre roi et notre patrie », répéta-t-il à voix basse.

Il se leva brusquement et s'avança vers la grande fenêtre. Les arbres du square étaient en fleur, et l'herbe paraissait un tapis de velours vert. Un groups d'enfants jouait sous le regard attentif d'une jeune femme sobrement vêtue. Arnold les suivit du regard en laissant vaguer sa pensée. Alors il se retourna lentement vers Tom. « J'ai pris part à la rébellion », dit-il en regardant par terre. « Je suis un traître, et depuis longtemps cette pensée me tourmente. Je n'ai jamais eu le moindre espoir qu'un traître pouvait être invité à se rallier à la cause du roi et retrouver ainsi paix et honneur. »

— Vous pourriez nous être très utile, mon général. Vous êtes un loyaliste. Tom sourit avec bienveillance. Il était clair que Arnold était un homme d'honneur, un homme assez grand pour reconnaître et pour réparer ses torts.

— Je suis loyaliste, en effet, avoua Arnold. Je suis las de cette maudite rébellion, las de tout ce terrorisme insensé, de toute cette destruction.

— Alors, vous êtes prêt à nous aider ?

— Je ferais n'importe quoi.

Tom se leva et tourna anxieusement autour de sa chaise. « Pour le moment, nous ne vous demandons qu'une chose : faire une demande pour un autre commandement. »

— Un poste plus intéressant ? demanda Arnold.

— West Point, répondit Tom. Nous voulons que vous demandiez le commandement de West Point.

Arnold respira profondément, mais n'eut l'air ni choqué ni troublé. « C'est un commandement qui vaut la peine d'être abandonné. »

— Précisément, répondit Tom sur un ton décisif.

— Ce sera dangereux. Je dois aussi penser à Peggy.

— Je vous donne ma parole d'honneur que Peggy sera hors de danger. Vous serez complètement réintégré, mon général, et très bien rémunéré pour vos peines. Nous préparerons un plan de fuite.

— On m'enverra alors en Angleterre ?

— Peut-être au Canada.

Arnold hocha la tête. « C'est donc entendu. » Il tendit la main à Tom, qui la saisit avec ferveur. « Nous aurons bientôt l'occasion de nous revoir », lui promit Tom.

— Dieu nous protège, répondit Arnold. J'écrirai aujourd'hui même à Washington. Je ferai la demande pour ce nouveau poste.

Tom se retourna et ouvrit lui-même les battants de la grande porte blanche. Le secrétaire de Arnold, qui l'avait introduit dans le bureau, était assis derrière une grande table de réception et cherchait à paraître occupé. Le jeune lieutenant, le mousquet à la main, était posté à la porte du fond. En voyant s'approcher Tom, il se mit au garde-à-vous et ouvrit la porte. Tom passa rapidement dehors et huma l'air frais du printemps. Il se sentit soudain plein d'espoir. Il était peut-être encore temps de sauver l'Amérique du Nord britannique !

CHAPITRE IV

Mai 1779

Janet suivit son mari des yeux et le regarda s'enfoncer dans le divan du salon. Il était très pale, et sa jambe semblait le gêner plus que d'habitude. Il continuait à aller à son bureau tous les jours et travaillait sur ses plans jusqu'à tard dans la nuit, à la faible lueur d'une bougie. Il refusait de ralentir son rythme et ne se reposait jamais. Depuis la disparition de Jenna, Mathew semblait avoir perdu toute notion du temps.

— Tu n'as pas l'air bien, dit doucement Janet. Tu travailles beaucoup trop. Ce n'est pas nécessaire.

— Je me sens parfaitement bien, mais la vie en plein air me manque. Il haussa les épaules et fit une grimace : « La ville ne me convient pas, je suppose. »

— Est-ce que tu souffres ? insista Janet.

— J'ai un peu mal au bras. C'est sans doute l'humidité.

Janet secoua la tête et se tut. Mathew, au moins, n'avait pas insisté pour participer aux sports écossais qui avaient lieu chaque printemps, et dont faisaient partie la plupart de ses amis. Mathew semblait heureusement avoir compris qu'il n'était pas assez bien portant pour faire des acrobaties avec de grosses bûches. Soudain, Janet entendit frapper à la porte d'entrée. Elle sursauta. « Qui cela peut-il bien être ? » dit-elle d'une voix impatiente. « Il est vraiment un peu tôt pour les visiteurs. »

Elle se leva et s'avança vers la porte. Deux officiers attendaient raidement sur les marches. Ils ôtèrent leurs chapeaux en s'inclinant jusqu'à la taille : « Madame Macleod et monsieur Macleod ? »

Janet, un peu déconcertée, les mena dans le salon. « Mon mari, M. Macleod », dit-elle, pensant qu'ils étaient venus le voir pour des affaires.

Mathew se leva avec difficulté en s'appuyant sur sa canne : « Que puis-je faire pour vous ? » Il ajouta : « J'ai rendez-vous avec le général cet après-midi. »

— C'est une affaire personnelle, répondit le lieutenant. Cela n'a rien à voir avec vos fonctions de conseiller auprès du commandant britannique.

Janet les examina avec curiosité et fut brusquement consciente de leur manière formelle et réservée. Ils avaient l'air très mal à l'aise.

— Quelque chose est-il arrivé ?

Les officiers se balancèrent tous deux d'un pied sur l'autre, évitant le regard des Macleod, cherchant à fixer un point neutre. « Vous êtes les parents de Mat Macleod ? »

Janet et Mathew hochèrent la tête, et le coeur de Janet se mit à battre violemment. Elle se sentit envahie d'une angoisse terrible.

— Nous regrettons d'avoir à vous annoncer que. . .

Janet devint très pâle et se couvrit le visage des mains. « Mat ! » s'écria-t-elle toute tremblante, ses yeux verts se remplissant de larmes. « Il lui est arrivé quelque chose ! »

Les yeux des officiers leur dirent tout. Ils regardèrent par terre en étudiant le tapis : « Il est mort à la bataille de Vincennes. »

Janet fut secouée d'un frisson et poussa un long sanglot de désespoir. Elle regarda Mathew : il était devenu tout rouge et respirait difficilement. Il semblait écrasé de douleur et se frottait les bras. « Mathew ! » A peine eut-elle prononcé son nom qu'elle le vit tomber à genoux, se serrant la poitrine comme s'il suffoquait.

— Ah, mon Dieu ! hurla Janet en se tournant vers les officiers stupéfaits. « Allez vite chercher un médecin ! Vite ! Faites quelque chose ! »

Janet, à moitié aveuglée de larmes de chagrin et d'angoisse, se pencha sur Mathew et se mit à déboutonner sa chemise. « Ah, mon Dieu ! faites qu'il vive ! » Janet lui saisit la main. Elle eut brusquement l'impression qu'ils étaient seuls. Elle prit le pouls de son mari, écoutant chaque pulsation, chaque effort désespéré pour vivre. « Pas encore, mon Dieu ! pas encore ! » pria-t-elle à haute voix. Elle entendit des bruits de pas et, à travers ses larmes, elle distingua le visage d'un des soldats, puis celui de sa fille Helena. « Tu ne peux pas mourir, non, non ! » murmura-t-elle. Il lui sembla qu'ils respiraient d'un seul souffle pendant toute une éternité.

Janet se sentit brusquement saisie par la taille et remise sur pied; elle vit des hommes soulever Mathew, puis le porter vers l'escalier du haut. « Non, non ! » hurla-t-elle, mais elle ne put avancer, une forte paire de mains la retenait. Alors, exténuée de fatigue, d'angoisse et de désespoir, Janet tomba évanouie.

La blessure de Robert n'était pas grave et sa hanche fut bientôt guérie. Après quelque temps, il reprit ses fonctions dans le transport de poudre à canon au camp de George Rogers Clark. Il fallait attendre, toujours attendre, mais c'était un jeu dangereux, bien plus dangereux qu'il se l'était imaginé au début. Après une nuit de vaine attente, Robert, tendu et fatigué, rentra chez lui.

Il arrêta sa jument et glissa de sa selle. Ses bottes s'enfoncèrent dans la boue qui semblait toujours présente autour du poteau d'attache devant la cabane. L'herbe ne poussait pas en cet endroit, car l'eau débordait sans arrêt de l'abreuvoir tout proche, et la terre était continuellement retournée pas les sabots des chevaux impatients. Robert attacha les rênes de sa jument et lui tapota le cou. « Demain soir, ma vieille, nous repartirons », lui promit-il. Le cheval dressa les oreilles en entendant vrombir un moustique vorace, et agita la queue.

Robert prit l'étroit chemin qui menait vers la maison et s'essuya les pieds sur le bord de la marche en bois qui menait à la porte.

— Robert ? C'était la voix d'Angélique.

— C'est moi ! répondit-il pour la rassurer. Comme il

66

n'avait pas vu les chevaux de ses fils devant le poteau d'attache, il savait qu'ils n'étaient pas à la maison.

Robert ouvrit la porte et entra dans la maison. Il fut accueilli par toute une gamme d'odeurs familières : la soupe au poisson qu'Angélique avait préparée pour le déjeuner, les fleurs sauvages posées dans des vases sur le rebord de la fenêtre, les herbes qui séchaient au-dessus de la porte.

Il faisait très chaud dans la cabane, même trop chaud. Le feu brûlait encore dans l'âtre, et le bon air du soir qui montait de la rivière n'avait pas encore pénétré la maison ni rafraîchi la pièce centrale.

Angélique, toujours soucieuse, fronça les sourcils. Ses cheveux noirs étaient tirés en arrière, et quelques mèches humides lui collaient au front. Elle s'essuya distraitement les mains sur son tablier blanc. « J'étais inquiète », dit-elle d'un voix exaspérée. » Il y a à peine trois semaines que tu t'es fait blesser, et voilà que tu recommences ! »

Robert haussa les épaules. « J'ai eu très mal, mais ce n'était pas une blessure profonde. Je dirai même que les médicaments de la guérisseuse m'ont laissé un mal de tête plus gênant que la blessure elle-même ! »

— Je m'inquiète quand même. Je suis toujours inquiète.

— Tu n'as pas de quoi t'inquiéter. Ils ne sont pas venus ce soir. Les Anglais sont ailleurs. Le fleuve est grand, tu sais, et ils ont autre chose à faire que de toujours penser à moi.

Angélique détourna le regard. L'attitude désinvolte de Robert devant la vie et la mort la rendait folle. Le fait que la livraison de poudre à canon n'était pas encore arrivée rendait la situation encore pire : car si elle était venue, Robert n'aurait pas eu à partir pendant plusieurs semaines.

— Ce sera peut-être pour demain, dit-elle avec amertume.

Robert s'approcha d'elle et la prit dans ses bras. « Tu verras, je reviendrai à la maison demain soir. » Angélique se raidit à son toucher en poussant un soupir, et se dégagea.

— Fais-moi confiance, lui assura Robert. J'ai fait des choses autrement plus dangereuses dans ma vie.

— Tu n'es pas immortel, et tu as fait ces choses avant de devenir mon mari et le père de mes enfants. Maintenant, tu as des responsabilités. Mais cela ne t'empêche pas d'aller jouer à cache-cache au milieu d'un guerre qui ne te concerne pas !

Robert la regarda silencieusement. Les yeux noirs d'Angélique étaient tout brillants, sa peau blanche et lisse comme au jour de leurs noces. Mais il n'y avait aucun doute qu'elle avait changé. Elle avait perdu sa joie de vivre et son sens de l'aventure. Il ne pouvait comprendre sa froideur, ni ce voile de pruderie qu'il trouvait insupportable.

— Où sont les garçons ? demanda-t-il pour changer de sujet.

— Ils sont partis faire des visites, répondit Angélique. Ils seront bientôt de retour, j'imagine. Maria est couchée.

Robert hocha la tête. Quand les garçons disaient qu'ils partaient en visite, Angélique ne semblait jamais s'en faire. Ils avaient raison, évidemment, de se servir de ce genre d'excuse : lui-même n'avait pas ce luxe. S'il avait essayé de mentir, elle ne l'aurait jamais cru. Son inquiétude perpétuelle était naturelle, mais lassante, à la fin.

Et pourtant, à quoi d'autre pouvait-il s'attendre ? Angélique avait beaucoup souffert, et elle avait survécu. Leur vie sur la frontière de l'Ouest avait été difficile, et Angélique avait beaucoup peiné. C'était ensemble qu'ils s'étaient créé cette vie agréable, sans souci matériel, avec une maison confortable et un comptoir commercial lucratif. Peut-être qu'elle cherchait tout simplement à en profiter dans le calme, alors que lui, l'inactivité l'ennuyait : il avait besoin d'aventure, d'un rôle actif dans la vie. Angélique, pourtant, semblait s'inquiéter de lui beaucoup plus que de ses enfants. Robert trouvait cela incompréhensible.

Quand les jumeaux disaient qu'ils partaient « en visite », cela voulait évidemment dire qu'ils allaient s'amuser. Mais Robert savait très bien que Will et James n'étaient plus des gamins : c'étaient des hommes. Dans la vie de frontière, un garçon de seize ans n'était plus un enfant. Il était fort possible, d'ailleurs, qu'ils eussent de mauvaises fréquentations, ce qui aurait beaucoup inquiété leur mère si elle s'en était rendue compte. Et puis il y avait Maria. Maria ne fréquentait pas les jeunes filles de son âge, et Robert était troublé par son regard sombre et maussade.

— Tu as faim ? demanda Angélique. Il reste un peu de soupe.

— Franchement, j'ai plutôt besoin de quelque chose à boire, répondit Robert. En prononçant ces paroles, il ouvrit un placard avec un sourire et en sortit une gourde de rhum. Le rhum venait avec la poudre à canon : pour chaque livraison de poudre, il obtenait un chargement de bon rhum des Antilles.

Angélique lui tendit une timbale et Robert remplit sa gourde. « T'en veux ? » demanda-t-il, sachant d'avance qu'elle dirait non.

Angélique secoua la tête et s'essuya le front. « Non merci. J'ai déjà beaucoup trop chaud. » Pendant que Robert buvait son rhum, elle s'approcha de la fenêtre et regarda dans la nuit. « Si seulement il faisait un peu plus frais », dit-elle après un long silence.

Robert prit une autre gorgée de rhum. En savourant le liquide brûlant, il fut pris d'une vague de nostalgie pour La Nouvelle-Orléans : il pensa aux journées libres et gaies, aux nuits qu'il avait passées avec ses camarades à rire et à boire.

— C'est Will, dit Angélique en se tournant vers lui. Il monte à cheval exactement comme toi : je le reconnais dans le noir.

— Je ne savais pas qu'on pouvait reconnaître un homme à sa manière de monter à cheval ! répondit Robert en riant.

— Vous avez tous votre manière particulière de marcher et de monter à cheval. Toi et Will, par exemple, vous vous asseyez tout droits, tandis que James a toujours le dos courbé. Angélique sourit : « Quant au vieux « *négra* » La Jeunesse, il hoche la tête de haut en bas au même rythme que le pas de son cheval ! »

Robert sourit à son tour. Angélique avait presque perdu son accent acadien et parlait anglais avec un accent moitié espagnol, moitié français. Elle ne prononçait jamais « *nigro* » comme le faisaient les habitants du Massachusetts et de New-York. Elle disait plutôt « *négra* », ce qui était à mi-chemin entre le *negro* espagnol et le *nègre* français. Elle

69

prononçait ce mot d'une manière très distinguée, très raffinée. Elle ne se servait jamais du terme *darkies* — ou « noirauds » — comme la plupart des gens de la région, ni de la prononciation méprisante des Virginiens, qui disaient *nigger*. Angélique avait beaucoup d'amitié pour la famille La Jeunesse, et pour les autres noirs de la région. Ils étaient, pour elle, comme des Acadiens, sauf qu'ils avaient la peau noire. Eux aussi avaient été emmenés de force de leur pays et éparpillés un peu partout. « Nous avons quelque chose en commun, disait-elle souvent. Nous sommes des étrangers ici, des réfugiés. »

— Il court ! s'écria-t-elle en se penchant par la fenêtre. Will avait attaché son cheval et courait vers la porte. Robert entendit ses pas rapides. A peine Angélique eut-elle annoncé qu'il arrivait qu'il entra dans la maison.

— L'Espagne a declaré la guerre ! cria-t-il. La Nouvelle-Orléans vient d'annoncer la nouvelle ! Ils respectent le pacte des Bourbons ! Ils se sont alliés à la France !

Angélique se cramponna au bord de la fenêtre en regardant fixement son fils. Robert hocha la tête : la nouvelle ne l'étonnait guère, il s'y attendait depuis des mois. Cela ne changerait d'ailleurs pas grand-chose à sa situation. Pour les Espagnols, la petite garnison de soldats britanniques qui était postée en face de Natchez n'était pas très importante. Ces soldats pouvaient évidemment être très gênants, et même dangereux, comme Robert s'en était rendu compte tout récemment. Mais si les Espagnols décidaient d'avancer, ce serait plutôt vers les troupes britanniques de Baton Rouge, de Mobile, de Pensacola et des Antilles. La garnison de Natchez serait entourée de forces ennemies, et obligée de se rendre. Elle n'était menaçante que pour Robert.

— Je vais aller rejoindre l'armée du gouverneur Gálvez ! annonça Will sans hésiter.

Angélique poussa un hoquet de surprise : « Je te défends de faire cela ! Ce n'est pas notre guerre ! Tu n'es qu'un gamin ! »

— Je ne suis pas un gamin, riposta Will. Papa avait mon âge quand il s'est battu contre les Anglais à Québec !

Angélique se tourna vers Robert d'un air accusateur : « C'est ta faute ! Tu lui as rempli la tête de tes histoires ! Il a toutes sortes d'idées romanesques sur la guerre ! Si tu n'étais pas toi-même engagé dans cette guerre, il ne le serait pas non plus. Dis-lui qu'il ne peut pas partir ! Dis-lui qu'il est trop jeune ! Dis quelque chose ! »

Robert regarda sa femme, puis son fils. Le visage d'Angélique était rouge de colère, celui de Will plein d'ardeur et d'animation. Will, en effet, n'avait que seize ans, mais, comme ses ancêtres des Highlands, c'était un grand gaillard fort et large d'épaules, qui faisait plus de six pieds. Comme tous les garçons élevés à la frontière, il était adroit et savait faire beaucoup de choses. « Il est comme moi, se dit fièrement Robert. Il est courageux et il a le sens de l'aventure. » Pour apaiser sa femme, cependant, Robert chercha d'abord à calmer l'ardeur de son fils.

— Ce n'est pas une simple aventure, lui dit-il. La guerre, c'est la vie ou la mort. . .

— Je veux partir ! interrompit Will. J'ai déjà pris contact avec Gálvez. Je m'entraîne depuis quelque temps avec les Acadiens et quelques noirs affranchis.

— C'est là que tu allais ? lui demanda Robert en faisant un calcul mental de toutes les nuits, de toutes les fins de semaine que Will avait passées loin de la maison. Au fond, il le savait depuis longtemps. Tout le monde pensait que l'Espagne entrerait bientôt en guerre : les jeunes garçons s'étaient tout simplement préparés d'avance.

Will hocha la tête. Il regarda sa mère d'un air penaud. « Pardonne-moi, marmonna-t-il, je ne voulais pas te causer de souci. »

— De souci ! Les yeux d'Angélique s'étaient remplis de larmes. « Et ton frère ? S'entraîne-t-il, lui aussi ? » Sa voix était devenue stridente. Robert se rendit compte qu'elle faisait un grand effort pour se contrôler.

— Non, il est resté chez La Jeunesse pour l'aider à faire quelque chose. Il m'a dit qu'il y passerait la nuit et rentrerait demain matin.

— Au moins j'ai un fils qui me dit la vérité ! dit Angélique avec sarcasme.

71

— Sois quand même un peu juste, interposa Robert. Il se sentait déchiré entre l'admiration et la fierté qu'il sentait envers son fils, et la crainte possessive d'Angélique. « Il est assez grand pour savoir ce qu'il veut » Robert avait baissé la voix en parlant, et il se sentit envahi d'un sentiment de défaite. Il avait trop peu dit, et il avait parlé trop tard.

— Il n'est pas assez grand pour partir à la guerre !

Will fit un pas vers sa mère, mais Angélique se tourna vers la cheminée, où brûlaient encore quelques braises. Elle fixa les restes d'un bûche noircie, dont le bout fumait encore un peu. Elle pensa à la bataille de Louisbourg et à l'expulsion de son peuple d'Acadie; elle pensa au voyage terrifiant qu'elle avait fait jusqu'en Louisiane, à la mort de sa mère, au meurtre de son père par des mâtelots espagnols. Elle se rappela avec amertume son viol aux mains de ces mêmes matelots, aux nuits atroces qu'elle avait passées avec son petit frère dans un coin perdu d'un bayou. Son frère était mort de la malaria avant l'âge de dix ans. Elle ne savait même pas s'il lui restait de la famille, à part ses propres enfants, ni où ils se trouvaient. Pendant quelques années, elle avait cessé de souffrir. Mais, avec l'âge, tous les mauvais souvenirs étaient revenus. La haine que ressentait Angélique envers les Espagnols grandissait tous les jours comme un chancre, l'empoisonnant de plus en plus : elle ne pouvait pas s'en débarrasser.

— Je veux partir ! répéta Will.

— Je ne vais pas t'arrêter, répondit son père après un instant. « Laisse-moi parler seul avec ta mère. »

Angélique ne se retourna pas, mais elle entendit Will quitter la pièce. Elle regarda Robert : « Tu as donné la permission à mon fils d'aller se battre du côté des Espagnols. Je ne te pardonnerai jamais cela. »

— Angélique. . . commença Robert.

— Je refuse de discuter, dit-elle froidement en l'interrompant. Elle ramassa sa jupe et se dirigea vers sa chambre : « Ni maintenant, ni jamais ! »

Pendant la première semaine qui suivit l'attaque de Mathew, Janet resta à son chevet nuit et jour. Parfois elle s'endormait, mais d'un sommeil agité et troublé : même en dormant, il lui semblait qu'elle écoutait anxieusement la respiration de son mari, car elle vivait dans la terreur qu'il cesserait de respirer. Pendant la journée, quand Mathew était éveillé et grommelait contre sa maladie, ils parlaient ensemble. Helena, comprenant que sa mère ne voulait quitter un instant son mari, leur servait le thé et le souper dans leur chambre.

Un mois s'écoula. On était au mois de juin et il faisait chaud. Il n'y avait pas eu de printemps cette année-là : l'hiver s'était transformé en été sans transition et le soleil brillait à travers les lucarnes de la chambre à coucher. Janet, assise toute rigide sur sa chaise, brodait pour passer le temps. Son aiguille traçait de petits points croisés de fils oranges et d'or sur un canevas qui représentait un jardin de fleurs éclatantes, avec une bordure d'herbe très verte. D'un geste las, Janet laissa tomber le cerceau à broder sur ses genoux. Elle regarda son oeuvre qui, depuis quelques jours, commençait à prendre forme et couleur. Elle leva la tête en poussant un soupir. Mathew était adossé contre plusieurs oreillers à duvet blancs. Il était encore très pâle, mais il respirait plus facilement et semblait reprendre des forces.

Mathew ouvrit les yeux. « Ah, tu es réveillé ? » dit Janet après un instant. « Je te croyais endormi. »

Mathew hocha la tête et fit un effort pour se redresser un peu. « Ça fait longtemps que je dors ? »

— Un peu moins d'une heure, répondit Janet. Comment te sens-tu ?

— Bien ! J'ai envie de me lever et d'aller m'asseoir dans le jardin.

Janet fronça les sourcils. « Je ne sais pas si tu es encore assez fort. Tu es si pâle ! »

— Ce n'est pas étonnant ! Je n'ai pas quitté mon lit depuis un mois ! Il sourit. « Tu sais, plus je reste allongé, plus ma jambe va devenir raide. »

— Le docteur a dit qu'il fallait que tu te reposes.

— Je me suis déjà assez reposé ! Mathew étendit la main et saisit celle de Janet. « Je sais que tu te fais du souci, mais je ne peux vraiment pas passer le restant de ma vie au lit. Il faudra bientôt que je me remette au travail, et que je fasse un peu d'exercice. »

— Oh, Mathew, attends donc un peu ! Le docteur a dit. . .

— Qu'il aille au diable, ce sacré docteur ! Il n'est pas dans ma peau ! Je n'ai aucune intention de devenir un invalide ni de me faire servir nuit et jour par ma femme et par ma fille !

— Je t'ai presque perdu ! Janet lui pressa la main, puis la porta vers ses douces lèvres et la caressa d'un baiser. « Je ne veux pas te perdre. Ne commence pas trop vite, je t'en supplie ! J'ai besoin de toi plus que jamais, maintenant. » Janet fit un effort pour refouler ses larmes, mais fut envahie d'un flot d'émotion qu'elle contenait depuis un mois. Son file était mort. Mat était mort et ne reviendrait jamais.

Mathew hocha la tête. Mat était mort et Jenna disparue. « Je ne te laisserai pas seule », lui promit-il.

Janet respira profondément, se demandant si le temps adoucirait jamais son chagrin. « C'est une chose terrible que de survivre à son propre enfant », dit-elle doucement.

Une lueur de compréhension passa entre eux. Mathew repoussa son drap et glissa avec difficulté ses jambes vers le bord du lit.

— Tu veux m'aider à descendre dans le jardin ? Il se redressa et Janet lui donna sa canne. Elle glissa son bras mince autour de sa taille et Mathew s'appuya sur elle. Il se pencha vers sa femme et l'embrassa tendrement dans le cou.

— Tu as eu de la force pour nous deux, murmura-t-il. Il faut maintenant que nous redevenions forts ensemble.

Janet regarda ses grands yeux doux. « Je t'aimerai toujours, Mathew Macleod, mais jamais plus qu'en cet instant. » Il l'embrassa de nouveau et ils traversèrent lentement la chambre.

Une fois qu'ils furent arrivés dans le jardin, Janet arrangea des coussins sur le banc et Mathew s'installa au soleil. « Fais attention de ne pas attraper une insolation, dit Janet. Cela fait si longtemps que tu n'es pas sorti. »

— Et toi, ma chère, tu as des taches de rousseur.

— Ça ne te plaît donc pas, les taches de rousseur ?

— Si, les tiennes, je les aime.

— Maman ! La voix de Helena retentit de la cuisine jusque dans le jardin. « Maman, il y a quelqu'un pour toi ! »

Janet haussa les épaules, se demandant qui pouvait bien avoir le manque de délicatesse de venir leur rendre visite sans prévenir : la couronne mortuaire était encore à la porte.

— Qui est-ce ? demanda Janet en s'approchant de sa fille.

— C'est Mme O'Connell, la mère de Stephan, chuchota Helena. Je n'ai pas voulu le dire devant papa. J'avais peur de le troubler.

Janet hocha la tête et passa la main dans ses cheveux : « Tu as bien fait. Va lui parler, essaie de le distraire un peu, empêche-le de penser à. . . » Elle ne put prononcer le nom de Mat : « . . . à tout cela. »

Mme O'Connell, l'air très collet monté, était assise sur le divan, ses mains gantées pliées sur ses genoux.

— Bonjour, madame, dit Janet en faisant un effort pour paraître aimable.

Ivy O'Connell était une petite femme brune aux yeux bleus très brillants. Elle avait peut-être dix ans de plus que Janet. Stephan, comme le savait Janet, était le plus jeune de ses sept enfants, cinq fils et deux filles. Ivy O'Connell, comme son mari, était née en Ulster et parlait avec l'accent irlandais bien qu'elle eût vécu dans la colonie de Massachusetts Bay depuis l'âge de treize ans. Son mari et elle étaient de farouches protestants. Ils étaient typiques de la population anglophone du Québec, plus typiques même que Janet et Mathew, qui avaient gardé la religion de leurs ancêtres. « Ce n'est pas tellement une question de religion — les anglicans, après tout, se sont battus avec nous — », disait souvent Mathew, « mais le souvenir de tout le sang qui a été versé pour conserver le *droit* d'être catholique. »

Janet resta un moment silencieuse. « Puis-je vous offrir une tasse de thé ? »

Ivy O'Connell la regarda froidement. « Non merci, répondit-elle. « On ne prend le thé qu'avec ses amis, et non avec ses ennemis. »

Janet se redressa. « On ne rend pas visite à ses ennemis

non plus, répondit-elle avec humeur. Si vous n'êtes pas venue dans un esprit d'amitié, que faites-vous ici ? »

— Je voulais me rendre compte du genre de mère que pouvait bien avoir une putain de fille comme la vôtre. Ivy ne faisait aucun effort pour déguiser son hostilité. Ses yeux bleus étaient devenus très durs, comme de petits cailloux enchâssés dans un visage ridé et désagréable.

— Une putain ! Comment osez-vous traiter ma fille de putain ? Janet, dans sa colère, crispa les mains sur sa jupe. « Comment osez-vous entrer dans ma maison et insulter ma fille, alors qu'elle a été enlevée par votre salaud de fils ? »

Ivy se leva et lança à Janet un regard de fureur : « C'est une putain ! Une petite garce catholique, et voleuse par-dessus le marché ! D'abord elle a séduit mon fils Stephan, ensuite elle l'a encouragé à voler ! Il a volé pour elle ! »

Janet tremblait de rage et ses yeux verts lançaient des flammes. Elle s'avança vers Mme O'Connell. « Jenna n'a jamais rien volé dans sa vie, et si quelqu'un a été séduit, c'est bien elle et non pas votre fils ! Ce n'est qu'une enfant ! Lui, par contre, est un adulte responsable — du moins il devrait l'être. »

— C'est une putain et elle l'a fait voler tout notre or.

— Quel or ? demanda sèchement Janet.

— Tout l'or du coffre-fort de mon mari ! Toutes nos économies ! Et tout a disparu ! Vous n'allez pas me dire qu'un bon garçon comme Stephan volerait ses propres parents sans y avoir été forcé par une petite putain catholique ?

Janet avait automatiquement tiré son bras en arrière, et dans sa rage, elle donna une telle gifle à Ivy O'Connell que celle-ci tomba sur le divan comme un vieux tas chiffonné de dentelles et de taffetas. « Comment osez-vous entrer dans ma maison et accuser ma fille d'une chose pareille ? Mon mari est malade, mon fils vient d'être tué. Et comme si ce n'était pas assez, votre fils a enlevé ma fille ! » Les yeux de Janet devinrent tout petits. « Si jamais vous avez le culot de remettre votre nez dans cette maison, si jamais vous vous approchez de moi, de mes enfants, ou de mon mari. . . Si jamais je revois votre fils. . . Allez-vous-en ! Sortez d'ici ! »

Janet se rendit compte que sa voix était devenue hystérique. Elle espéra que Mathew n'avait rien entendu.

Ivy O'Connell était restée immobile, la bouche ouverte. Janet se pencha vers elle, lui saisit violemment la main et la força à se redresser. Janet, qui avait une tête de plus que Ivy, la tourna sur elle-même et la poussa vers la porte. « Sortez d'ici ! répéta-t-elle en lui donnant une claque sur le derrière. « Et ne revenez pas. Rentrez chez vous et posez-vous quelques questions sur votre fils. Il n'a pas volé pour Jenna; il a volé pour lui-même. Allez demander aux filles des tavernes combien il dépensait dans leurs établissements ! »

Ivy lança à Janet un regard plein de haine. « Ce sont les gens comme vous qui tolèrent les Français et soutiennent cette pourriture de pape ! Quand les Américains gagneront cette révolution, nous interdirons le catholicisme, et les petites putains comme votre fille seront enfermées comme elles le méritent ! »

— Dans ce pays, cria Janet à son tour, tout le monde pratiquera la religion de son choix. . . même vous. Vous, les Américains, vous avez importé vos petits préjugés d'Europe et vous ne prendrez pas le Canada, ça je vous le garantis ! » Le sang de Janet bouillonnait d'indignation. « Mon fils vient d'être tué en défendant ce pays », dit-elle d'une voix plus tranquille, « et un jour le Canada sera libre et indépendant. Nous n'en voulons pas, de votre liberté. Nous gagnerons la nôtre, à notre manière. Et quand ce jour viendra, il n'y aura pas de place pour des gens pleins de haine comme vous. » Janet, se sentant redevenue maîtresse d'elle-même, ajouta : « Si votre fils vous a fait du tort, c'est de votre faute. Quel genre d'homme pourrait donc être séduit par une gamine dont le seul tort est d'avoir eu des idées trop romanesques, et d'avoir fait un mauvais choix ? Je reconnais que Jenna est têtue et volontaire, mais c'est une fille honnête. Malheureusement, je ne peux pas en dire autant de votre fils.» Elle saisiait la poignée, puis ouvrit la porte toute grande et poussa Ivy O'Connell hors de la maison avant que cette femme hargneuse n'eût même le temps de répondre. Alors Janet claqua la porte de toutes ses forces.

Pendant un long moment, elle resta immobile, les yeux

fermés. Mathew, hélas, avait raison : Stephan était un scélérat. Quel genre d'hommes oserait voler ses propres parents ? « Prends garde, ma pauvre Jenna, prends garde, dit-elle tout haut. Stephan n'est pas tel que tu l'imagines ! »

Le soleil du petit matin ruisselait à travers les immenses fenêtres de Mount Pleasant. Peggy Shippen Arnold était étendue sur son lit dans un pose langoureuse. Ses jolies jambes blanches étaient nues et sa chemise de nuit, qui lui remontait jusqu'à la cuisse, retombait d'une de ses épaules en révélant un parfait petit sein. Ses yeux bleus étaient encore fermés, et une auréole de cheveux dorés s'étalait sur son oreiller blanc.

Le général Arnold s'était levé avant l'aube pour travailler; il était encore assis devant le minuscule petit bureau dans un coin de la chambre à coucher. Il avait composé une lettre pour le général Clinton et pour le major André, dans laquelle il acceptait formellement la proposition de Tom Bolton, et décrivait en détail ses propres besoins. Pour confirmer le pacte, Arnold avait ajouté des renseignements sur les mouvements des troupes.

Son oeuvre terminée, Arnold plia la lettre et la mit soigneusement dans une pochette. Il la donnerait à Tom le jour-même. L'acte était accompli.

Il tourna ses yeux fatigués vers la forme endormie de Peggy et la contempla avec délices. Il s'avança vers le lit, comme dans une transe, et se pencha sur elle. Quand elle dormait, Peggy ressemblait à une petite fille, avec son visage serein et innocent. Mais ce n'était pas une petite fille ! C'était une femme très désirable qui pouvait enflammer un homme et lui donner l'illusion d'être jeune.

Elle entrouvrit les yeux et leva son joli bras pour les frotter. « Oh, mais tu es tout habillé ! » murmura-t-elle en mettant la main d'Arnold sur son sein nu. Les doigts du général remuèrent et il sentit le bouton de sein de Peggy devenir tout dur, ce qui le fascinait toujours. Il se pencha vers elle et embrassa son sein en le caressant avec sa langue. Elle se tortilla un peu en poussant un grognement de plaisir. « Oh, pourquoi es-tu tout habillé ? Ce n'est pas gentil ! »

roucoula-t-elle en promenant sa main sur la cuisse de son mari, jusqu'à son entre-jambes.

— J'avais des lettres à écrire, avoua-t-il.

Elle pressa la main un peu plus fort et remua les hanches d'une manière provocante en remontant sa chemise de nuit. « Au major André, je suppose ? »

Malgré la violence de son désir, le général pâlit : « Tu es au courant ? » murmura-t-il, troublé par un mélange extraordinaire de sensations physiques et mentales.

La main impudique de Peggy continua à se promener et elle se mit à défaire les lacets de son pantalon. « Bien sûr que je suis au courant. Je sais tout. Je sais que tu seras fidèle au roi comme à moi. J'ai l'intention de t'aider. Je suis ta partenaire. »

Elle glissa la main dans son pantalon et se mit à le tâtonner doucement de ses jolis doigts. Malgré le trouble que lui causaient les paroles de Peggy, Arnold réagit aussitôt à sa caresse intime.

— C'est beaucoup trop dangereux. Je ne veux pas que tu t'en mêles, begaya-t-il. Comment diable pouvait-on avoir une conversation sérieuse dans de pareilles circonstances ?

— Ne t'en fais pas pour moi. Les femmes ne sont jamais vraiment en danger, dit-elle en souriant. Ses grands yeux bleus clignotaient. « Le général Washington ne me touchera pas du bout de son petit doigt. »

En la voyant ainsi, Arnold trouvait en effet difficile de ne pas la croire. Pourtant il eut un moment de jalousie : « Qu'y a-t-il entre toi et Washington ? »

Elle sourit d'un air coquet : « Mais rien, gros bêta ». Elle tire sur sa braguette pour le libérer. « Mais il y a quelque chose entre toi et moi ! »

Il sourit et fit un geste pour enlever son pantalon.

— Non, non. . . garde ton pantalon et déshabille-moi », dit-elle en riant. J'ai toujours eu envie de faire cela. Ça m'arrive d'y penser. » Arnold se sentit rougir, mais cessa de se dévêtir. Il ôta la chemise de nuit vaporeuse de Peggy et sortit son membre de son pantalon. « Oh, caresse-moi un peu partout ! demanda Peggy. Touche-moi comme tout à l'heure et embrasse-moi. » Il ferma les yeux et la sentit remuer sous ses doigts en gémissant, puis guider sa main vers l'endroit qu'elle désirait. Enfin, au spectacle de ses hanches ondulantes, il ne put tenir plus longtemps et se jeta sur elle; elle se tortilla sous lui en poussant de longs gémissements de volupté. Enfin elle lâcha un cri de plaisir.

— Tu vois comme c'est amusant comme ça ! s'exclama-t-elle quand le général l'eut relâchée. « Les boutons de veste ont laissé des marques sur ma peau ! » En effet, on pouvait voir sur sa peau de neige de petites marques rouges. Elle poussa un long soupir. « J'adore faire l'amour comme ça ! J'ai l'impression qu'on me viole ! »

— Tu n'aimerais pas cela du tout si tu étais violée pour de bon, dit-il pour la taquiner.

— Bien sûr que non ! Ce n'est qu'un fantasme.

Il la berça dans ses bras; « Je ne veux pas que tu te mêles de cette affaire, répéta-t-il. C'est beaucoup trop dangereux. »

Peggy avança son joli petit menton : « Mais je vais m'en mêler. Et nous irons ensemble voir le roi d'Angleterre. Tu seras un général très important. » Elle se mordit la lèvre, et ses yeux devinrent tout brillants. « Demande une grosse propriété au Canada, proposa-t-elle. Et je te défends d'accepter moins de vingt mille livres ! »

CHAPITRE V

Juillet 1779

— Tu te rends compte que nous suivons la même route que les premiers *voyageurs* ? remarqua Jenna avec enthousiasme. « C'est la route qu'a prise mon oncle Robert MacLean. Même mon père est passé par ici ! Quand j'habitais au fort Niagara, j'ai tellement entendu parler de ce fleuve que j'ai l'impression de déjà le connaître ! »

Elle regarda Stephan. Sous le soleil permanent, le visage de son amant était devenu très bronzé et ses cheveux foncés s'étaient éclaircis. « Quelles têtes nous avons ! » s'exclama Jenna avec bonne humeur. Ses cheveux étaient sales, son visage et ses bras tout roses et couverts de taches de rousseur.

— Je serai drôlement content d'arriver au fort Saint-Louis, répondit Stephan. Je commence à en avoir assez de cette vie en plein air qui te plaît tant !

— Nous y serons dans moins d'une heure, dit Jenna. Et après cela, nous aurons un long, long trajet à faire.

— Et toujours en descendant le courant, ajouta Stephan, une pointe de soulagement dans la voix. « Nous n'aurons plus besoin de faire portage ni de pagayer. »

Les rochers qui s'élevaient des deux côtés du fleuve étaient maintenant devenus très grands et, de temps en temps, l'on voyait une petite cabane ou un pêcheur au bord de l'eau. Jenna faisait de grands signes et les pêcheurs lui rendaient son salut.

— Ce n'est pas du tout comme cela que je me l'imaginais, s'exclama Jenna quand ils furent enfin arrivés à Saint-Louis. « Ce n'est pas une ville du tout ! » Sans avoir d'idée préconçue sur la ville, elle était néanmoins très déçue, et avait du mal à le cacher. Il avait plu la veille et les rues n'étaient que des chemins boueux. Il faisait affreusement chaud et humide, car l'eau s'élevait du sol et du fleuve vers un soleil impitoyable.

Il y avait quand même une église, mais à part l'église et quelques maisons en pierres, Jenna ne voyait que de petites cabanes et des huttes. Saint-Louis, néanmoins, fourmillait d'activités, car c'était un grand centre de commerce et une des villes-frontières les plus éloignées de l'Ouest.

— Reste habillée comme tu es, lui conseilla Stephan. Il y a très peu de femmes ici et la plupart des hommes n'ont pas vu d'Européennes depuis des années.

Jenna le regarda d'un air taquin : « Mais c'était la même chose au fort Niagara. Ce ne sont que des trafiquants de fourrures. »

Stephan poussa un grognement et s'essuya le front avec sa main. « J'ai bien envie de dormir dans un vrai lit ce soir » dit-il.

— Et moi, j'ai envie de prendre un bain ! répondit Jenna en riant.

— Attends un peu, dit Stephan d'un air méfiant. Il vaut mieux faire un tour d'abord et se faire une idée de la ville. Nous sommes en territoire espagnol.

— Il paraît que les Espagnols sont très tolérants. Il y a beaucoup de Français et d'Acadiens par ici, et aussi des tas de gens qui viennent des Treize Colonies.

— La Confédération, dit-il en la corrigeant. « Et si les habitants du Québec avaient un peu de bon sens, ils insisteraient pour qu'on en fasse le quatorzième Etat. »

Jenna fit semblant d'ignorer cette remarque politique. Ils marchèrent le long des misérables rues pendant quelque temps et finirent par retourner à une taverne au bord du fleuve, où l'on louait des chambres. « Ça ira ici, marmonna Stephan. Nous ne trouverons pas mieux. Et je t'en supplie, ne dis pas un mot. »

Le rez-de-chaussée de la taverne était une grande salle de consommation mal aérée qui sentait très fort le rhum, le whisky et le cognac. On y voyait de longues tables, des bancs grossiers et toute une collection d'hommes qui semblaient collés à leurs sièges depuis plusieurs jours. Ils portaient presque tous la barbe; c'était un groupe hirsute et malpropre. Pas un seul de ces hommes n'avait une tête honnête, pensa Jenna. Quelques-uns semblaient parler français, mais la plupart d'entre eux parlaient anglais et semblaient venir des colonies.

Jenna jeta un regard inquiet sur cette assemblée et suivit Stephan qui s'était approché d'un personnage énorme assis derrière une table : il semblait examiner un livre de comptes crasseux et ne leva même pas le regard en les voyant s'approcher.

— Avez-vous des chambres ? demanda Stephan.

L'homme s'essuya la bouche sur sa main. Il leva ses petits yeux noirs et étudia le jeune couple d'un air méfiant. « C'est possible », répondit-il avec un accent que Stephan reconnut comme étant celui de Boston.

Stephan sourit. « Vous êtes de Boston, observa-t-il. Moi aussi ». Le gérant eut un petit sourire. « Ah bon ? » répondit-il vaguement.

Stephan n'insista pas. « Avez-vous une chambre ? »

— Ça dépend. Qu'est-ce que vous avez pour payer ? répondit-il aussitôt en faisant un clin d'oeil.

Stephan sortit quelques billets de banque de sa poche.

L'homme fit une grimace. « Cette paperasse ne vaut rien ici », dit-il sèchement.

Stephan hésita, puis ouvrit sa chemise. Il sortit quelques pièces d'or de sa ceinture. « Et l'or ? » dit-il avec confiance.

— Ah ! Vous avez de l'or ? Dans ce cas, nous trouverons peut-être une chambre pour vous et pour votre. . . camarade. » Son regard tomba sur Jenna et il secoua la tête. « Suivez-moi ». Il se leva. Jenna fut étonnée de voir qu'il avait plusieurs centimètres de moins qu'elle : son poids considérable l'avait fait paraître beaucoup plus grand.

Il fit signe à Stephan et à Jenna de le suivre et les mena hors de la salle de consommation et en haut d'un misérable petit escalier. Il suivirent un long couloir obscur et entrèrent dans une petite chambre. L'unique fenêtre donnait sur la rue boueuse; pour tout meuble il n'y avait qu'un lit, une petite table et un miroir en étain suspendu au mur.

— Voici le pot de chambre, dit le gérant en indiquant un vieux pot en terre cuite tout craqué qui se trouvait sous le lit. « Il faut le vider vous-mêmes », ajouta-t-il en faisant un geste vague vers l'arrière du bâtiment.

— Ça ira, dit Stephan.

L'homme leva un sourcil épais : « Vous avez de l'or français ? » Stephan hocha la tête. « Une livre, alors », annonça le gérant.

— C'est beaucoup trop ! s'exclama Jenna. Ce prix lui semblait tout à fait exorbitant. Son sens de l'économie bien écossais l'envahit toute entière.

Mais Stephan haussa les épaules : « D'accord, à condition que l'on nous apporte une baignoire et de l'eau chaude. »

Le regard du gérant tomba de nouveau sur Jenna. « C'est pour la dame ? » demanda-t-il en faisant un clin d'oeil. Soudain, d'un geste inattendu, il leva la main et pinça la joue de Jenna. « Ou bien c'est une dame, ou bien c'est un très joli jeune homme. . . de toute façon, ce n'est pas mon affaire. »

Jenna devint rose de confusion. L'homme éclata de rire : « Au moins je n'ai pas oublié de quoi ça a l'air. On n'en voit pas souvent par ici, à part les *squaws*. » Il avança la lèvre inférieure et hocha la tête de haut en bas pour montrer son approbation. « Si j'étais vous, dit-il en se tournant vers Stephan, je la garderais bien cachée. »

— J'en ai certainement l'intention, répondit Stephan. Merci pour la recommandation.

L'homme tendit sa grosse main. « John O'Hara », dit-il en se présentant.

— Stephan O'Connell, répondit Stephan. Je vous présente ma femme.

En entendant ce mensonge, Jenna se sentit blessée. Pourtant il y avait une église dans la ville et elle espérait épouser Stephan le plus tôt possible.

— Combien de temps comptez-vous rester ? demanda O'Hara.

— Quelques jours. Nous allons à La Nouvelle-Orléans.

— Comme tout le monde, commenta O'Hara d'une voix plate.

— Je vais monter une affaire là-bas, annonça fièrement Stephan. Il commençait à se sentir à l'aise avec son compatriote irlandais.

— Avec tout votre or ? demanda O'Hara en faisant un nouveau clin d'oeil.

Stephan hocha la tête. « J'en ai plein. Assez pour m'acheter une parcelle de terrain et pour m'établir. »

Les yeux de Jenna étaient devenus tout ronds, et sa bouche s'était ouverte tant elle était étonnée. Il avait de l'or ? Quel or ? Stephan ne lui avait rien dit !

O'Hara s'enfonça les mains dans les poches en y glissant la pièce d'or de Stephan. « Je ferai monter la baignoire et quelques femmes pour la remplir d'eau. Vous pouvez manger en bas. Ce n'est pas Boston, ni *La Maison de l'Huître*, mais nos blennies sont fameuses ! Vous ferez un bon repas arrosé de rhum qui vient tout droit de La Nouvelle-Orléans ! »

— Je vous remercie de votre amabilité, dit Stephan en fermant la porte derrière M. O'Hara.

Jenna regarda autour d'elle. C'était une chambre triste et terne, sans aucun confort. Mais la fenêtre était tendue d'un rideau de mousseline et elle se réjouit à l'idée de dormir sans le vrombissement continuel des moustiques. Elle se tourna vers Stephan, se rendant brusquement compte à quel point elle était irritée contre lui. « Stephan, tu aurais dû négocier le prix de la chambre. C'est ce que mon père aurait fait. Nous aurions pu l'avoir pour beaucoup moins cher ! »

Stephan lui lança un regard furieux. « Je ne suis pas ton père ! D'ailleurs, nous avons plein d'argent. »

— Tu ne m'avais pas dit que nous étions riches ! dit Jenna avec sarcasme.

— Tu n'as pas besoin de tout savoir, répondit Stephan.

Jenna se mordit la lèvre. « Quand on a de l'argent, on ne le jette pas par la fenêtre. Et si nous allons nous marier, il faudra partager tous nos secrets. Stephan, où as-tu trouvé tout cet argent ? »

Les yeux de Stephan devinrent tout petits. « Je l'ai volé », répondit-il sans la moindre gêne. « Pour nous. »

Jenna devint toute pâle. Elle respira profondément et le regarda fixement. « Tu l'as volé ! s'exclama-t-elle. Et de qui ? »

Stephan sourit un peu de travers : « De mes parents. »

— Tes parents ! Comment as-tu pu faire une chose pareille ? demanda Jenna, suffoquée.

— Je fais ce que je veux, quand je veux. Il me semble que tu devrais t'en être déjà rendue compte.

Jenna secoua la tête et détourna le regard. Peut-être qu'en effet il avait raison quand il disait qu'elle l'avait trop tenté : elle n'avait certainement pas offert beaucoup de résistance ! Mais il était voleur ! Jenna n'arrivait pas à y croire. Stephan semblait manquer complètement de sens moral.

On entendit frapper discrètement à la porte. « Entrez ! » cria Stephan, heureux de cette interruption. La porte s'ouvrit et un vieux noir entra dans la chambre en portant un baquet en bois; derrière lui, quatre Indiennes tenaient des seaux pleins d'eau chaude.

Le noir posa silencieusement le baquet par terre et regarda attentivement les Indiennes le remplir d'eau. Une des femmes posa des serviettes sur le lit : « Pour vous sécher », expliqua-t-elle. Le vieil homme secoua la tête. « Il fait bien trop chaud pour prendre un bain. C'est mauvais pour la santé », marmonna-t-il.

Jenna les regarda remplir le baquet : chaude ou pas chaude, l'eau semblait délicieuse ! La femme sortit de sa poche un morceau de savon de lessive de forme étrange : il était tout tordu, comme le moule dont on s'était servi pour le faire. « Voilà », dit-elle en le posant sur le lit. Elle regarda Jenna avec curiosité, puis, avec un geste qui approchait la vénération, elle caressa le haut de sa tête en admirant sa couleur roux-or. « Drôles de cheveux ! » observa-t-elle.

Quand le dernier seau fut vidé, la petite troupe sortit de la chambre en fermant la porte.

— Alors, tu voulais te baigner ? dit Stephan en montrant le baquet d'eau.

— Stephan, dit Jenna sérieusement, tu veux encore m'épouser ?

— Bien sûr !

— Je ne t'épouserai que si tu me promets qu'à partir de maintenant, tu me diras tout. Promets-moi aussi que tu vas leur renvoyer tout l'argent.

— Tu es folle ? Nous en avons besoin !

Jenna secoua fermement la tête. « Nous en garderons un peu et renverrons tout le reste. Plus tard, nous les rembourserons. Je ne peux pas t'épouser si tu ne me promets pas cela. »

Stephan secoua la tête. « D'accord, si cela te fait plaisir. »

Jenna lui fit un grand sourire et mit ses bras autour de son cou en l'embrassant sur les lèvres. « Oui, ça me fait plaisir, mais promets-moi que tu ne voleras plus jamais. »

Stephan hocha la tête et, la sentant pressée contre lui, il fut envahi de désir. Il n'avait aucune intention de renvoyer l'argent–mais Jenna n'avait pas besoin de le savoir.

— Laisse-moi te donner ton bain, proposa-t-il. Il toucha son cou et lui caressa l'oreille de son doigt. Jenna rougit, cette fois-ci de plaisir et non pas de confusion et de colère. Jusqu'ici ils avaient toujours fait l'amour sous les étoiles. Il connaissait toutes les parties de son corps, mais à l'idée de se déshabiller devant lui à la lumière du jour, elle fut envahie d'un trouble étrange.

— Laisse-moi t'aider, proposa-t-il en défaisant la grosse chemise de Jenna puis en tirant le pantalon qui couvrait ses belles hanches rondes.

Elle frissonna en voyant tomber ses vêtements à ses pieds, et entra dans la baignoire, puis s'accroupit dans l'eau chaude. « Oh ! que c'est bon ! »

Stephan sourit et Jenna se rendit compte qu'il la désirait. « Qu'est-ce qui est si bon ? » demanda-t-il en lui frottant doucement les épaules. Elle ferma les yeux et se laissa aller au plaisir de ses caresses. « Toi », répondit-elle d'une voix basse et sensuelle. « Oh, Stephan. . . fais ça de nouveau ! »

* * *

Dans la salle de consommation de la taverne, O'Hara apporta un pichet de rhum à la table du coin et s'assit avec trois de ses compatriotes : Samuel Hughes, Willie McNair et Robbie Ryan.

Hughes était un grand homme bourru, barbu, malpropre et débraillé. Willie McNair était plus petit et, comme O'Hara, large d'épaules et court sur pattes. Âgé d'environ trente ans, McNair était un bagarreur, toujours prêt à vendre ses services. Robbie Ryan était le plus jeune du groupe, très blond et encore imberbe. Ses pâles yeux bleus étaient rouges, car il buvait beaucoup et dormait peu. Il avait les joues creuses et semblait très maigre. Les autres le taquinaient souvent de son air maladif, car il toussait, mais ils savaient tous que, malgré son air fluet, Robbie était le plus dangereux parmi eux. Quand il s'agissait de manier un poignard, il n'avait pas d'égal, et il valait mieux ne pas le provoquer. Quand il était calme, Robbie semblait inoffensif; mais lorsqu'il était en colère, son corps élastique devenait extrêmement rapide et il maniait son couteau avec beaucoup d'art. Il avait tué plus d'hommes que ses camarades, et ils le savaient. Quand, la nuit, il fallait tuer un garde, Robbie se déplaçait avec la rapidité de l'éclair, sans faire aucun bruit : il fondait dans la nuit et paraissait lui-même une ombre. Quand il se servait de son poignard, il n'avait pas besoin d'une arme plus bruyante ni d'un second coup de couteau. Le prix que l'on avait fixé sur sa tête témoignait de sa férocité. Il était recherché par les Anglais pour son rôle dans la Boston Tea Party; le gouvernement de la colonie de Massachusetts Bay le poursuivait pour crime de meurtre.

— J'ai des pensionnaires, dit O'Hara en montrant ses dents noircies de tabac.

Hughes hocha la tête et O'Hara fit signe à ses camarades de parler plus bas. « De chouettes locataires ! Un jeune mec bourré d'or et sa nana, un joli morceau de viande ! »

Hughes leva le sourcil avec intérêt : « De l'or ? Combien d'or ? »

— Bien assez, et il sera facile à écorcher. Il l'a probablement volé. . . il est trop jeune pour l'avoir gagné lui-même.

— « Faisons pour autrui. . . » entonna Willie avec un clin d'oeil.

Le regard de O'Hara se promena sur son équipe hétéroclite. Tous les trois portaient encore l'uniforme déchiré de l'armée continentale, qu'ils avaient récemment désertée. Malgré leur air sale et déguenillé, on reconnaissait encore l'uniforme.

— Ils seront ici pour quelques jours, puis ils descendront le fleuve. Ce sera le moment.

Willie s'essuya la bouche contre sa manche, où l'on voyait encore les traces de son dernier repas. « Ça fait longtemps que je ne me suis pas envoyé une nana ! Ce sera une prime ! » Les trois hommes éclatèrent de rire : « Quant à notre Robbie, il n'a jamais baisé ! »

Robbie serra les lèvres et devint rouge de colère. « Ce n'est pas vrai, vieux morceau de lard ! »

O'Hara leur lança un regard sévère. « Une prime est une prime, mais c'est l'or qui compte. Faites ce que vous voulez avec la fille, moi j'm'en fous. Mais je n'ai aucune intention d'être pincé par les autorités espagnoles. Moi je propose qu'on se déguise; je ne vais pas me faire pendre à votre compte. »

Willie donna à Hughes une grande claque dans le dos : « On va se déguiser en Peaux-Rouges ! Qu'est-ce que t'en dis ? »

Hughes éclata de rire et lança un juron : « Ce sera comme dans cette chère bonne ville de Boston quand on a flanqué tout le thé anglaise dans la grande tasse ! »

— Ce qui marche une fois, marche deux fois ! s'exclama Willie en frappant la table d'un grand coup.

O'Hara les regarda d'un air menaçant. Il ne connaissait que trop bien ses amis déserteurs. « Vous réussissez votre coup et nous partageons les biens. Puis vous vous barrez en emmenant la fille. Je ne veux pas risquer qu'on vous trouve ici. Nous sommes trop près du fort. »

Robbie jeta bruyamment sa timbale sur la table. « Encore ! » bredouilla-t-il.

O'Hara se leva, s'étira et quitta la table. Il s'éloigna, puis se tourna vers eux en criant : « Ce sera un bon débarras ! Vous finiriez par me pomper toute ma taverne ! »

Robert se sentait plus déchiré, plus incertain que jamais. Il avait envie de prendre Angélique dans ses bras et lui faire comprendre la décision de son fils de se battre avec Gálvez. Mais sa raison lui conseillait la prudence. Depuis quelques jours, Angélique était silencieuse, réservée. Elle était à la fois furieuse, angoissée et profondément blessée. Certaines femmes, se disait Robert, auraient ecrasé leur mari d'invective; d'autres l'auraient harcelé de remarques sarcastiques et blessantes.

Robert regardait Angélique. Elle lui tournait le dos et préparait un morceau de viande qu'elle coupait avec une fureur qui laissait deviner son sentiment de frustration. « Son silence est plus efficace que n'est l'invective de la plupart des autres femmes », se dit Robert. Il régnait entre eux une tension très inquiétante. Jamais, depuis les années qu'ils vivaient ensemble, n'avaient-ils été divisés par un tel mur de silence. Maintenant, Will était parti; James n'était jamais à la maison, et Maria devenait tous les jours plus maussade. « Ma propre fille est une étrangère, se dit Robert. Elle crée entre nous une barrière, et sa mère une autre. »

— Qu'est-ce que tu prépares ? demanda enfin Robert.

— Des ris de veau, répondit Angélique d'une voix presque imperceptible. Elle ne se donna pas la peine de se retourner, et Robert ne pouvait que deviner son visage dur, ses lèvres pincées, son air fermé et inflexible.

Il attendit un instant puis dit calmement : « Il est grand temps que nous discutions ce problème. » Le souvenir des nuits qu'ils passaient ensemble depuis quelques mois glissa dans son esprit. Longtemps avant le départ de Will pour la guerre, elle avait pris l'habitude de se rouler en boule dans son lit en lui tournant le dos. Quand il étendait la main vers elle, elle se dégageait de lui, le rejetant froidement sans dire un mot. « Ce n'est pas Will qui a causé cela », se dit Robert. Will n'était que la première branche craquée; l'arbre était mort depuis longtemps.

— Je n'ai pas envie de parler, dit-elle froidement sans se retourner.

— Eh bien, *moi* je veux parler ! cria Robert. Et tout de suite !

Angélique se tourna vers lui avec la rapidité de l'éclair et ses yeux noirs lui lancèrent un regard de défi. « Je n'ai pas élevé mon fils pour qu'il aille se battre avec les Espagnols ! Je ne l'ai pas élevé pour qu'il me dise des mensonges, et je ne pensais pas que tu prendrais son parti. C'est toi qui l'a laissé partir, Robert MacLean. C'est toi qui as fait cela, et je ne te pardonnerai jamais. » Après ce jaillissement d'amertume, Angélique se mordit silencieusement la lèvre et se tourna vers ses ris de veau. « Au moins j'ai *un* bon fils ! » s'exclama-t-elle.

Robert serra les poings et fit un effort suprême pour retenir le flot de paroles qui bouillonnait dans sa tête. La douceur d'Angélique avait disparu : c'était une autre femme, une étrangère.

— Will est un homme et il a pris une décision. Il a menti pour te protéger, pour éviter de te faire de la peine et de te mettre en colère. Angélique, tu n'es pas raisonnable et tu es têtue. Le ton de sa voix était devenu très froid, car il faisait un immense effort sur lui-même pour se contrôler.

Mais Angélique continua à faire sa besogne à une allure plus endiablée que jamais, sans dire un mot. Robert poussa bruyamment sa chaise en arrière. « Je pars pour le Sud. James s'occupera de toi et de Maria. Je suis sûr que cela te fera du bien de rester quelque temps sans moi. Au moins tu n'auras pas besoin de dormir au bord du lit ! »

Robert partit à grands pas vers sa chambre à coucher en jurant silencieusement. Il claqua violemment la porte derrière lui et resta un instant immobile. Il regarda autour de lui. Il vit contre l'un des murs la commode qu'il avait fabriquée de ses propres mains; en face, se trouvait une petite table. Derrière la table était suspendu un grand miroir au style très orné qu'il avait ramené à Angélique de La Nouvelle-Orléans à l'occasion de leur dixième anniversaire de mariage en 1773. Sur la table, elle avait posé le précieux napperon qu'avait autrefois fabriqué sa mère en Acadie :

c'était la seule relique de la maison de son enfance, cette chère maison perdue dans une forêt de sapins. Sur le napperon étaient posées une brosse en argent et une collection de peignes en écaille : comme le miroir, c'étaient des cadeaux qu'il lui avait faits. De l'autre côté de la pièce se trouvait leur lit, ce lit qu'ils avaient partagé pendant plus de seize ans; c'était là que Will et James étaient nés, là qu'ils avaient conçu Maria. Et maintenant, en regardant ce lit, il semblait à Robert qu'il se moquait de lui. Autrefois, les deux êtres qui y couchaient n'avaient été séparés que par l'espace d'un soupir; maintenant un grand désert vide s'étendait entre eux.

Robert ouvrit la commode et en sortit ses habits de ville : « Sacré bon Dieu de bon Dieu ! » marmonna-t-il en bourrant sa sacoche de ses vêtements.

Pour Angélique, tous les Espagnols étaient comme ceux qui avaient tué son père puis l'avaient violée. Pourtant, les matelots ivrognes existaient dans tous les pays. L'Espagne avait très bien gouverné ce territoire, et le gouverneur Gálvez était un homme de qualité. Mais la haine contre les Espagnols n'était pas le seul problème de sa femme. Elle lui refusait son droit conjugal. Elle protégeait son côté du lit comme un fort assiégé, et son corps comme un butin.

Robert ouvrit violemment la porte et traversa furieusement la pièce centrale, espérant que sa femme l'arrêterait. Mais Angélique n'était pas prête à avouer qu'elle avait tort, et quand il passa devant elle, elle continua à préparer le dîner, les yeux fixés sur son travail.

Robert partit dans la nuit. En passant l'endroit boueux à côté de l'abreuvoir, il pensa : « Ce soir, au moins, je n'aurai pas besoin de m'inquiéter de laisser des traces de boue rouge dans la maison ! » Il descendit vers l'embarcadère qui se trouvait juste derrière le comptoir commercial. Will, en tout cas, avait agi comme un homme, ce que Robert ne pouvait pas dire de son autre fils James. Mais James était le préféré d'Angélique, comme Will, sans doute, était celui de Robert, bien qu'il eût toujours cherché à traiter les deux jumeaux de la même manière. Will et lui avaient les mêmes intérêts, tandis que James, tout comme Maria, était maussade et renfermé. Robert avait un vague souvenir de son propre frère James : lui aussi avait un caractère sombre. Il avait épousé Janet Cameron, mais ne l'avait pas aimée. Il n'aurait jamais dû donner le même nom à son fils, pensa Robert. Il s'arrêta un instant au bout de l'embarcadère, puis défit les cordes de son radeau. « Il y a du mauvais sang dans ma famille, dit-il tout haut, et le malheur nous poursuit. »

Le Territoire de le Louisiane avait une population étrange et variée. Il était colonisé par tout un assortiment de peuples différents. A la fin de la guerre de Sept Ans, les colons avaient profité des généreuses concessions de terre qu'offrait le gouvernement espagnol. Plus de cinq mille Acadiens étaient venus jusqu'en Louisiane pour s'établir dans la région des Attakapas, au bayou Lafourche ou un peu plus au nord, sur les rives du Mississippi. Deux grandes régions au sud de Baton Rouge étaient maintenant connues sous le nom de « côtes acadiennes ». Les Acadiens, que l'on appelait *Cajuns,* parlaient leur propre dialecte français, dansaient à leur propre musique et faisaient la cuisine de leur pays.

Un grand nombre de colons étaient venus des Treize Colonies. Les protestants étaient tolérés par les Espagnols, mais ne pouvaient pas pratiquer ouvertement leur religion : les catholiques seuls en avaient le droit. Malgré le fait que ce territoire était gouverné par l'Espagne, il s'y trouvaient très peu de colons espagnols. Les seules exceptions étaient un groupe des îles Canaries qui s'était installé au nord du lac Maurepas, et un autre qui venait de Málaga et avait établi la Nouvelle-Ibérie.

La population de langue française venait surtout des Antilles. Il y avait des Écossais, des Irlandais et des Allemands, mais comme Robert MacLean, c'étaient des aventuriers venus en Louisiane d'un troisième pays. Même l'ancien gouverneur Alejandro O'Reilly, un Irlandais, s'était d'abord établi en Espagne pour échapper aux persécutions anti-catholiques de son pays.

Quant aux noirs, ils se multipliaient aussi rapidement que

les blancs. Les Espagnols avaient importé des esclaves de Haïti et surtout de Saint-Domingue.

A la différence des Treize Colonies, la Louisiane, sous le régime français, puis espagnol, avait facilité l'émancipation des esclaves. Ainsi, beaucoup d'Africains s'étaient trouvés libres en arrivant en Louisiane; certains même possédaient des esclaves.

La famille La Jeunesse était de ce groupe. C'étaient des noirs émancipés qui avaient défriché puis cultivé un morceau de terre à quelque seize kilomètres du comptoir commercial de Robert.

Maman La Jeunesse était ronde comme une boule, des pieds jusqu'à la tête ; même son sourire paraissait rond ! Ses cheveux étaient très courts et frisés, et elle était noire comme du charbon. Elle avait d'étincelantes dents blanches et un petit nez aplati. Quand elle riait de son beau rire jovial et chaleureux, c'était un véritable éclat de gaieté.

Papa La Jeunesse était seulement à moitié africain. Il disait que les *Ashantis* avaient emporté son grand-père, un guerrier de la tribu *Ewe* et l'avait vendu à un Portugais, qui l'avait emmené dans un bateau d'esclaves jusqu'à Haïti et revendu à un Français. Là, il avait épousé une esclave *ashanti*. Leur fille avait couché avec un matelot français et le résultat de cette recontre fort satisfaisante avait été papa La Jeunesse.

Papa et maman La Jeunesse avaient eu douze enfants, dont cinq avaient survécu. Parmi ces cinq, il y avait Belle, une jeune fille de quinze ans. Belle était une fille superbe : elle avait une peau couleur de chocolat, des lèvres charnues et sensuelles, et son corps était comme un beau fruit mûr.

James MacLean avait souvent regardé Belle travailler dans les champs; il l'avait épiée quand elle se baignait nue dans le ruisseau derrière la maison de son père, et il l'avait suivie quand elle revenait du marché en portant son panier sur sa tête. Quand elle marchait, les hanches de Belle se balançaient sur un rythme mystérieux, et toutes les parties de son corps voluptueux étaient visibles sous sa longue robe en coton léger.

Un jour, n'y tenant plus et se sentant assez grand pour prendre une décision, James était allé retrouver papa La

Jeunesse, qui, comme le savait toute la paroisse, avait toujours besoin d'argent. Il avait pourtant deux esclaves et une ferme florissante, mais il buvait. Tous ses bénéfices y passaient, et il lui arrivait de ne pas avoir assez d'argent pour s'acheter de la semence d'indigotier.

James avait pris de l'argent de la cachette familiale, et était allé à la ferme de La Jeunesse. Il avait fait un arrangement avec papa La Jeunesse pour entrer dans une relation de *placage* avec Belle. C'était une coutume peu répandue mais acceptée. Ce contrat permettait à un jeune homme blanc de prendre une femme noire émancipée pour maîtresse jusqu'à son mariage. Elle pouvait même, s'il le voulait, rester sa maîtresse après qu'il s'était marié. Il devait payer une somme au père de la femme et promettre par écrit de la loger et de la nourrir.

James avait très longtemps réfléchi à ce problème. Il ne cherchait pas une liaison permanente, et ce contrat, qui lui permettait de rompre quand il le voulait, était la solution idéale. Il avait au début pensé prendre Belle de force, comme il le faisait souvent dans ses rêves. Mais un telle action aurait eu des conséquences très graves : Belle aurait tout raconté, et Robert MacLean l'aurait tout bonnement tué. Will et James avaient appris qu'il fallait toujours traiter les femmes avec respect et ne jamais les prendre de force. « Quand on fait l'amour avec une femme, il faut qu'elle le veuille », disait toujours Robert à ses fils. Il ne mentionnait jamais l'expérience d'Angélique, mais les deux garçons connaissaient l'histoire. Mais Robert leur avait parlé de Culloden, et du viol de Janet Cameron par un officier anglais après la bataille. James avait donc décidé de ne pas violer Belle : la colère de son père aurait été trop terrible.

Le *placage* était décidément la meilleure solution. Qu'elle le voulût ou non, Belle serait obligée par son père de coucher avec James MacLean, puisqu'il avait payé. Papa La Jeunesse était satisfait de son or, maman La Jeunesse restait silencieuse, et Belle n'osait rien dire de peur de mettre son père en colère.

La somme que James avait payée au père ne remplissait, évidemment, qu'une des conditions du contrat. James devait aussi offrir un logement à Belle, et depuis un certain temps, il passait toutes ses heures libres à construire une petite cabane à l'extrême limite de la propriété La Jeunesse. Là, à l'insu de Robert, il comptait installer sa maîtresse récalcitrante.

Le soir même ou Robert quitta sa maison pour La Nouvelle-Orléans, James partit à son rendez-vous tant attendu. La cabane était terminée et Belle l'attendait.

Il était tard. La pleine lune était tout en haut du ciel et illuminait les longues rangées d'indigotiers. On entendait la chanson nocturne des grillons et le coassement des grenouilles dans un étang tout proche. En s'approchant de la propriété de La Jeunesse, James vit la cabane solitaire se détacher sur un ciel plein d'étoiles.

Belle était dans la cabane, blottie sur son matelas. Elle berçait son corps en se tenant les genoux. Elle ne pleurait plus mais, à ce moment-là, le monde lui semblait aussi sombre que l'intérieur de la cabane.

Sa mère lui avait longtemps parlé, pour lui expliquer à quoi elle devait s'attendre. Belle gémissait en y pensant. Elle avait vu des cochons mettre bas leurs petits, elle avait vu sa mère accoucher. L'idée des cochons et le souvenir affreux de l'accouchement lui donnaient la nausée.

— Nous sommes des noirs émancipés ! avait proclamé son père.

— Des noirs émancipés ! avait marmonné Belle à voix basse. « Toi, papa, tu es peut-être libre, mais moi, tu m'as vendue ! » Belle sentit picoter ses paupières, mais jura de ne plus pleurer. Elle réussit à contenir ses larmes et avança la lèvre inférieure dans un mouvement de défi. Ce James MacLean était un vrai salaud ! Elle avait été consciente de son regard ardent, de sa faim. Ce n'était que cela l'amour, un appétit du corps ! Elle avait dormi dans le lit de ses parents pendant quinze ans et avait vu son père quand il était ivre de rhum et assoiffé de sa mère. Quand papa La Jeunesse avait envie de sa femme, la nourriture et la boisson ne lui suffisaient plus.

— Il va te toucher, ma fille, lui avait dit sa mère. Il va te

96

déshabiller et toucher ton corps tout entier. Il va toucher tes seins et tes fesses, ma petite.

— Non ! avait hurlé Belle.

— Tu verras, ça finira par te plaire, lui dit sa mère. Ce n'est pas désagréable du tout.

Comment cela pouvait-il être agréable quand l'idée même de cet acte était si déplaisante ? Belle avait un creux douloureux dans le ventre : les paroles de sa mère ne l'avaient pas rassurée du tout.

— Il faudra bien finir par le faire. Toutes les femmes doivent le faire. Voilà ce que lui avait dit sa mère. Et son père ? Il était resté dans son coin à compter son or ! « Ça nous rendra la vie plus facile », avait-il dit. Puis il avait ajouté en riant : « Il n'est d'ailleurs pas trop tôt ! Tu aurais dû te marier à treize ans, comme tes soeurs. T'es prête, ma petite. T'es prête comme un beau melon mûr ! »

La porte de la cabane grinça. Belle leva le regard et vit la silhouette de James MacLean se détacher sur le ciel clair. C'était un jeune homme grand et fort, aux yeux sombres et profonds, aux cheveux épais et noirs. Il y avait quelque chose en lui — quelque chose d'indéfinissable — qui le rendait terriblement antipathique à Belle. Pourtant il était loin d'être laid. C'était peut-être sa bouche, avec ces lèvres trop minces, pensa Belle. Il avait une façon de sourire — dans les rares occasions où il souriait — qu'elle trouvait détestable : quelque chose de dur, même de cruel, se dégageait de tout son être. Mais ce qui déplaisait le plus à Belle, c'était la manière dont il l'avait approchée. Il ne lui avait rien demandé. Personne, d'ailleurs ne lui avait rien demandé : il avait payé, c'était tout, comme s'il achetait un sac de grain. Belle fut brusquement frappée par la différence entre lui et son jumeau : deux frères ne pouvaient pas être plus opposés que James et Will, physiquement comme moralement. Will MacLean n'aurait jamais fait une chose pareille. Belle pensa alors à leur soeur Maria. Elle était très étrange, plus étrange, même, que James.

James traversa la pièce obscure. La tiède brise du soir pénétra la cabane et la porte se balança doucement sur ses gonds en cuir. C'était une nuit très claire et la lueur de la lune et des étoiles glissait à travers la porte et les fenêtres en lançant de longues ombres à l'intérieur de la cabane.

James voyait très bien la silhouette de Belle sur son matelas, recroquevillée sur elle-même comme une chatte prête à bondir. En voyant ses épaules courbées, il se rendit compte qu'elle avait peur, et son désir n'en devint que plus intense. A l'autre bout de la cabane, il y avait une cheminée; au milieu de la pièce, se trouvaient une petite table faite à la main et deux tabourets.

James déboutonna sa chemise et l'étala nonchalamment sur la table. Alors il s'assit sur un des tabourets, enleva ses bottes et les glissa d'un coup de pied sous la table.

— Je t'ai apporté une petite cuvette, dit-il. Je l'ai oubliée dehors, dans ma sacoche.

— Je n'en veux pas, dit Belle d'une voix à peine perceptible. Je ne veux rien de vous.

— Alors je m'en servirai moi-même quand je viendrai ici. Il jeta un coup d'oeil sur la porte et décida de la laisser ouverte. Il ne voulait pas être tout à fait dans le noir et cela l'ennuyait de faire du feu. James laissa tomber son pantalon et s'avança vers l'objet de son désir qui l'attendait avec effroi. Il s'assit auprès d'elle.

— C'est ta maison maintenant, dit-il d'une voix sans expression. Je n'ai pas encore fini de l'arranger. Tu verras, quand elle sera prête, elle te plaira beaucoup.

— Elle ne me plaira jamais ! Belle avait craché ces paroles avec une amertume qui étonna James.

James se tourna vers elle et lui saisit les épaules de ses grandes mains. Il la poussa en arrière sur le matelas. Son visage était à quelques centimètres du sien, leurs nez se touchaient presque. Comme l'intérieur de la cabane était clair, Belle pouvait très bien voir son visage. Elle frissonna en voyant ce sourire de travers qu'elle détestait.

— Tu aurais pu finir avec un pauvre type sans le sou, ou ton père aurait pu te mettre à la porte. Tu as beaucoup de chance, ma petite, et je m'en fous pas mal de ce qui te plaît ou ne te plaît pas. Je te garderai jusqu'au jour où j'en aurai assez de toi. Tu n'es qu'une négresse, tu sais. Tu t'imagines donc que tu as des droits ?

Sa voix était pleine de méchanceté, mais il s'arrêta et s'éclaircit la voix : « Ça n'a pas besoin d'être si déplaisant, tu sais. J'ai essayé d'être gentil avec toi. »

Belle ferma les yeux pour ne pas voir ce visage détestable, mais il restait imprimé sur son esprit.

— Cela fait longtemps que j'ai envie de toi. . . plus d'un an, depuis le jour où je t'ai vue te baigner nue dans le ruisseau. J'avais envie de te toucher, de te sentir. . . Il cessa de parler et déplaça la main qui la retenait par l'épaule pour la poser sur sa gorge. Ce n'était pas un geste d'amour, mais de possession, de force brute. Belle se raidit en sentant sa main glisser dans son corsage. Il lui saisit le sein avec rudesse et le couvrit de sa main en le pétrissant de ses doigts. Elle l'entendit pousser un long grognement guttural.

D'un geste maladroit, James déboutonna sa robe et l'enleva. Il se jeta sur elle et lui saisit un sein en effleurant l'autre du bout des lèvres.

— Ah ! mon Dieu ! cria Belle en se débattant sous les mains voraces de James. Il chercha à lui écarter les jambes avec son genou gauche et ses mains blanches se promenèrent sur toutes les parties de son corps d'ébène. Il la couvrit complètement de son corps et s'enfonça en elle sans hésitation. Belle poussa un cri, mais James semblait ne pas l'avoir entendue.

En le sentant pomper et se démener sur elle, Belle pensa à l'étalon : elle avait vu l'énorme cheval monter la jument impassible. Elle avait aussi vu des chiens. Et pourtant, malgré les rencontres bestiales de ses parents, elle avait gardé l'espoir qu'entre humains ce serait différent. Elle serra les poings et fut vaguement consciente qu'elle frappait James de toutes ses forces.

— Je te hais ! hurla Belle dans la nuit indifférente. Mais il n'y eut aucune réponse. La cabane était très à l'écart et personne ne pouvait l'entendre. . . même ses parents, s'ils l'avaient entendue, ne seraient pas venus. Le corps moite de James la tenait immobile et il la remplissait de tout son être. Belle hurla de douleur et James cambra le dos et trembla violemment contre elle. Puis il s'effondra sur son corps, tout pantelant, en marmonnant des paroles incohérentes.

— Je te hais ! répéta Belle. Sa voix n'était plus hystérique, mais pleine de haine et de ressentiment.

James se mit à respirer plus normalement; il leva son corps au-dessus de celui de Belle et prit une position dominante. « J'ai payé pour t'avoir et j'ai l'intention d'exercer mon droit. » Ses yeux noirs devinrent tout petits et il sourit de cet affreux sourire croche.

Belle le regarda et essaya de retrouver l'attitude de défi qui tout à l'heure lui avait donné du courage. Mais dans sa position affaiblie, le défi semblait inutile : elle était victime.

Les mains de James se promenèrent de nouveau sur elle et, après quelque temps, il recommença. Cette fois-ci, il alla plus lentement, et Belle, couchée sous son corps, sentit son esprit s'élever loin au-dessus du lit, au-delà de l'attaque, libre enfin. Malgré l'intime pénétration de son être par ce membre mystérieux pareil à un os, Belle ne sentait plus que l'oppression physique de cet acte. En l'entendant, elle se rendit compte que James MacLean n'était rien de plus qu'une animal déchaîné, tandis qu'elle demeurait parfaitement rationnelle et maîtresse d'elle-même. L'homme animal qui l'écrasait désirait d'elle une réaction passionnée. Il voulait qu'elle le touche, qu'elle l'embrasse, qu'elle remue son corps. Mais Belle se sentait plutôt comme un vase froid et inanimé. Malgré sa répugnance extrême, malgré sa jeunesse, Belle commença à comprendre. James MacLean avait tout le pouvoir, mais c'etait à elle qu'appartenait la gloire de l'ignorer. Il ne pouvait que subjuguer son corps; il ne pouvait posséder sa pensée.

James termina une seconde fois son acte et prit de nouveau sa position de maître.

— Vous avez fini ? demanda Belle tranquillement.

— Je te prendrai quand cela me plaira, répondit James d'une voix menaçante.

Belle ouvrit très grand les yeux et le regarda à son tour. « Il le faudra bien, siffla-t-elle, parce que moi, je ne vous donnerai jamais rien ! »

La distance entre Philadelphie et New-York n'était pas très grande mais, à cause de la rébellion, le trajet entre les deux villes était difficile. Il fallait toujours passer devant des autorités. A chaque escale, le voyageur devait montrer ses papiers. L'armée continentale et l'armée britannique délivraient toutes deux des billets de passe aux marchands importants. On ne pouvait tout de même pas laisser la guerre empiéter sur le commerce ! Malheur à celui qui empêcherait un commerçant de gagner son or !

Quand il avait un message pour le major André, Tom Bolton faisait parfois le voyage lui-même. Mais cette fois-ci, il confia la lettre du général Arnold à Joseph Stansbury, un vieil ami de la famille Shippen qui était l'un des commerçants les plus fins de Philadelphie. Stansbury avait un magasin de cristal et de porcelaine et c'était un fervent loyaliste, de ses bottes pointues jusqu'à sa tête ronde et chauve. Il voyageait souvent de Philadelphie à New-York pour des affaires, et il cachait si peu sa politique qu'on n'aurait jamais eu l'idée qu'il pouvait être un espion. Le fait que l'on ne soupçonnât rien illustre assez bien l'atmosphère de la rébellion. On s'imaginait que tous les espions faisaient semblant d'être les patriotes; mais un homme qui brandissait si ouvertement le drapeau bleu, blanc et rouge des Anglais passait inaperçu : c'était bien trop évident.

— Avez-vous fait bon voyage ? demanda le major André quand Stansbury fut arrivé à New-York.

— Rien de spécial, répondit Stansbury d'une voix sans expression.

André sourit. C'était sans doute vrai. Stansbury avait dû être arrêté vingt fois, et avait montré assez de paperasses aux gardes pour leur donner un mal de tête. Aucun d'eux, évidemment, ne savait lire. Ils ne voyaient pas la différence entre les papiers anglais et ceux que délivrait l'armée continentale. Mais s'il y en avait assez, ils étaient suffisamment impressionnés pour laisser passer n'importe qui. C'était ainsi que se faisaient les choses dans les colonies.

André sortit la lettre de la bourse et la lut. « C'est un grand plaisir pour moi de communiquer avec un homme d'esprit et d'intelligence, dit-il. Depuis le début de cette misérable guerre, on n'a pas souvent l'occasion d'entrer en rapport avec un homme cultivé. Regardez : il a signé sa lettre ‹ *Monk* › ! »

Malgré sa loyauté envers le roi d'Angleterre, malgré ses talents de connaisseur en cristal et en porcelaine, Stansbury était un homme lent et sans esprit. « ‹ *Monk* › ? répéta-t-il. Est-il donc devenu un moine catholique ? »

— Mais non, répondit André en souriant. En signant ‹ *Monk* ›, il fait allusion à George Monk, un célèbre général qui a changé de côté en plein milieu d'une guerre et qui a d'ailleurs été fort bien récompensé pour sa loyauté. Eh bien, notre général Monk sera très bien récompensé lui aussi ! Pardi ! Il a tout de même du style, cet homme ! Seul un être exceptionnel, mon cher Stansbury, serait capable de reconnaître qu'il a été enduit en erreur, qu'il a commis un acte de trahison contre le roi d'Angleterre. Notre homme a un vrai sens de l'honneur et de loyauté.

Stansbury s'éclaircit la voix : « Vous ne pensez pas qu'il demande trop cher ? »

André éclata de rire : « J'offrirais volontiers le double pour les précieux renseignements qu'il peut nous donner. Voyons. . . il faudra savoir le nombre et la position des troupes rebelles, la quantité et l'emplacement des réserves de munitions et les mouvements des troupes de Washington. » André rit de nouveau : « Evidemment, avec un peu de chance, Washington laissera de nouveau crever de faim son armée. Dieu sait ce qu'il ferait sans La Fayette ! »

Stansbury fronça les sourcils : « Vous voulez dire le général français ? Celui qui défend la Virginie ? »

Le major André hocha la tête.

— Mais j'ai entendu dire que c'était un réformateur, un homme très dangereux ! Je ne voudrais pas mener un régiment contre lui !

— Moi, j'adorerais me battre contre lui ! répondit André avec un sourire. « Mais pas sur le champ de bataille. Il est tellement. . . enfin, lui aussi il a du style ! » André fit un geste si flamboyant de la main qu'il envoya un presse-papiers sous la table. Stansbury rougit. Il y avait quelque chose en cet homme qui le mettait mal à l'aise. Pourtant il

102

envoyait de beaux cadeaux à Mme Stansbury. . . des robes que l'on ne pouvait plus trouver à Philadelphie depuis l'avènement des troupes rebelles.

— Désirez-vous que je revienne le mois prochain avec la réponse d'Arnold ? demanda Stansbury. Ou préférez-vous que ce soit un autre messager ?

— Est-ce qu'on vous soupçonne d'être un espion ?

— Je pense que non, répondit Stansbury.

— Bon, je vous verrai donc le mois prochain, dit André en lui tendant sa main délicate et soignée. « Comme je serai content de voir enfin écraser cette misérable rébellion ! C'est tellement ennuyeux de ne pas pouvoir s'acheter de bon vin français ! et l'on mange si mal ! Pour vous dire la verité, l'Amérique est un pays bien ennuyeux. Si j'entends encore une fois les mots ‹ liberté › et ‹ justice ›, je vous assure que je vais me trouver mal ! C'est tellement vulgaire ! Je comprends pourquoi tous les hommes que je rencontre tombent en pâmoison devant les seins feminins opulents ! Ce pays a été sevré à un âge beaucoup trop tendre ! »

Stansbury éclata de rire. Le major André était peut-être un homme difficile à comprendre, mais il fallait reconnaître qu'il avait de l'esprit. Evidemment, il arrivait à Stansbury de ne pas toujours comprendre ses mots d'esprit !

Jenna regardait Stephan défaire la corde qui attachait le radeau à l'embarcadère. Il avait marchandé son canot contre le radeau, sans d'ailleurs y gagner. Stephan manquait vraiment de fermeté dans le négoce, et il se souciait fort peu de l'argent. « Si on ne le gagne pas soi-même, on n'a aucun sens de l'argent », aurait dit son père. « Regardez les enfants de riches à Québec et à Montréal. Ils sont tous paresseux et dépensiers. Moi, je ne veux pas de ce genre d'enfant. Il faudra gagner votre vie vous-mêmes. »

Malgré elle, Jenna était obligée de reconnaître que son père n'avait pas tout à fait tort. Stephan était beau, mais très enfant gâté. Il avait certainement des défauts. « Mais tout le monde a des défauts ! se disait Jenna. Je le changerai et tout ira bien. Stephan n'a besoin que d'une main sûre pour le guider ».

Elle ferma les yeux et pensa à son mariage. La cérémonie avait été célébrée très simplement par un prêtre catholique. Il n'avait pas demandé à Stephan sa religion, s'imaginant sans doute qu'il était lui aussi catholique. « Je suis mariée, se dit Jenna. Je suis Jenna O'Connell, pour le meilleur ou pour le pire. »

Elle ouvrit les yeux et regarda Stephan, torse nu, pousser le radeau de l'embarcadère. Il semblait mieux s'y connaître en radeaux qu'en canots. Et il est si beau ! pensa-t-elle. Ses bras forts et couverts de sueur luisaient au soleil du petit matin, et ses muscles élastiques ondulaient sous l'effort qu'il faisait pour pousser la longue perche. Il était très bronzé et leur séjour à Saint-Louis semblait l'avoir revigoré.

Jenna était recroquevillée au milieu du radeau, à côté du tas de provisions qu'il venaient d'acheter pour le voyage. Le radeau glissait facilement avec le courant.

Le soleil était encore une grosse boule de feu et à midi, pensait Jenna, il serait brûlant. Une brume épaisse s'élevait des deux côtés du rivage et, à l'horizon, d'énormes corbeaux planaient dans l'air.

Ils descendirent le fleuve pendant près de deux heures en longeant la rive ouest, comme leur avait conseillé M. O'Hara.

— C'est vraiment très facile, commenta Stephan. On n'a qu'à se laisser emporter par le courant. Mais il paraît que pour remonter le fleuve, il faut au moins six hommes bien costauds.

Jenna tira son chapeau sur ses oreilles. Il faisait chaud, mais la journée était magnifique. D'énormes papillons voltigeaient sur les fleurs sauvages qui poussaient le long du Mississippi, et les arbres se reflétaient dans de tranquilles petits trous d'eau qui étaient séparés du fleuve par de longs bancs de sable complètement déserts. « C'est très large par ici, observa Jenna. Est-ce que ça reste aussi large jusqu'à la Nouvelle-Orléans ? »

— Le Mississippi est plus étroit à certains endroits, du moins sur la carte. Nous ne sommes pas loin de Sainte-Geneviève.

— C'est un autre fort ?

— C'est un village avec quelques troupes, le premier village français à l'ouest du Mississippi.

— C'est M. O'Hara qui t'a dit cela ?

Stephan hocha la tête, et Jenna ferma les yeux; le soleil chaud et le bercement régulier du radeau lui donnaient sommeil. Elle pensa un moment que si le temps restait aussi chaud et le fleuve aussi tranquille, elle serait capable de dormir jusqu'à La Nouvelle-Orléans. Elle était sur le point de s'endormir quand un affreux hurlement brisa le silence. Jenna ouvrit les yeux.

Quatre Indiens portant des mousquets s'approchaient d'eux sur un radeau. Stephan, le visage pâle et tendu, était immobile comme une statue, la perche à la main. Jenna n'eut pas même le temps de crier. Elle entendit un coup de feu et Stephan, la poitrine couverte de sang, chancela, puis tomba dans le fleuve.

Jenna poussa un cri et se couvrit le visage de ses mains; elle resta glacée, incapable de bouger. Quelques minutes passèrent, mais pour elle, le temps n'existait plus. Elle entendit une voix crier le nom de Stephan sans se rendre compte que c'était la sienne. Elle entendit des voix d'hommes, des bruits de pas. Ils avaient réussi à rapprocher les embarcations et montaient dans son radeau. Malgré son état de choc, Jenna se rendit compte que les hommes ne parlaient pas indien. Ils parlaient anglais et avec le même accent que Stephan.

L'un d'eux arracha violemment la main de Jenna de son visage.

— Allons, mignonne, lève-toi ! Jenna ouvrit les yeux et les regarda. Ils n'étaient certainement pas Indiens ! C'étaient tous des blancs vêtus de pagnes; leurs corps et leurs visages étaient couverts de peinture. Et l'un d'eux était O'Hara !

Jenna ouvrit la bouche et ses yeux verts s'écarquillèrent de frayeur. Ils fouillaient dans les sacoches : « C'est sûrement par ici ! »

L'un des hommes sortit la ceinture de Stephan, qu'il avait ôtée en enlevant sa chemise. Ils l'ouvrirent : « C'est lourd », dit Hughes en riant.

Soudain Jenna vit le corps de Stephan danser sur l'eau au bord du radeau. « Vous l'avez tué ! » hurla-t-elle comme si elle venait tout juste de s'en rendre compte.

O'Hara examina le rivage. On ne savait jamais quand une patrouille pouvait venir. « Ferme ta gueule, tu veux » marmonna-t-il impatiemment. Ils se tourna vers ses camarades : « Dépêchez-vous. Il faut que j'me barre. »

Hughes comptait les pièces d'or et les billets de banque. « C'est le paquet », dit-il en glissant un pourcentage du butin vers O'Hara. « Prends ça et fous le camp, puisque c'est ça que tu veux ».

O'Hara fourra les pièces d'or dans une petite bourse et bondit immédiatement sur l'autre bateau. Il sortit son couteau et coupa la corde dont ils s'étaient servis pour attacher les radeaux ensemble. Willie McNair prit la longue perche et partit dans la direction opposée.

O'Hara était parti, mais les trois autres hommes restèrent avec Jenna. Elle tremblait violemment, sa bouche etait très sèche, et elle crut un instant qu'elle allait vomir. « Oh, Stephan ! » cria-t-elle une dernière fois. Quand Willie McNair avait séparé les deux radeaux, le corps de Stephan avait disparu; mais il venait de reparaître, comme s'il les suivait.

Hughes lui lança un regard de colère : « Ferme ta gueule, la môme », dit-il d'une voix furieuse. Jenna regarda son visage barbu : l'homme était immense et sentait terriblement le rhum. Jenna s'agrippa aux bords de sa sacoche et, se sentant incapable de retenir ses larmes, elle se mit à trembler violemment.

— On ferait mieux d'attacher la môme, dit McNair. Vaut mieux la recouvrir aussi. On ne sait jamais qui peut venir.

Jenna regarda leurs visages cruels. « Qu'est-ce que vous faites ? Où m'emmenez-vous ? » Elle sanglotait et poussait des hoquets de terreur et de chagrin. Hughes lui saisit les épaules et la secoua violemment : « Nous allons où nous voulons, et nous faisons ce que nous voulons. » Il mit les mains autour du cou de Jenna et commença à serrer. Son doigt frotta sa trachée et Jenna sentit qu'elle suffoquait. « T'en fais pas, tu ne mourras pas si vite », dit-il les yeux tout brillants de convoitise. Il passa sa langue sur ses lèvres.

« Pas avant qu'on t'aie bien usée. » Jenna tressaillit et Hughes mit sa grosse main sur son sein. « Drôle de petite garce », dit-il en lui pinçant le sein. « Mais tu serviras quand même à quelque chose. »

— Non ! pleura Jenna. Il recommença à lui serrer la gorge et elle toussa. Tout devint noir. Les affreux visages de ces hommes, leurs menaces, l'avaient réduite à une masse tremblante de terreur; mais elle fit un effort désespéré pour respirer, pour vivre. Alors Hughes lâcha sa gorge et l'obligea de se lever.

Robbie lui lança un morceau de corde et Hughes fit tourner Jenna sur elle-même en lui attachant les poignets.

— On va pouvoir se débarrasser de cette cochonnerie, dit McNair. Nous sommes seuls. Personne ne nous a vus.

Robbie se mit à essuyer la peinture de sa peau et à se rhabiller. Jenna suivit ses mouvements d'un regard terrorisé. Hughes la poussa par terre : « Elle est bien gentille maintenant, elle ne se débat plus. »

Quand il la poussa, Jenna se sentit flancher; ses jambes étaient devenues toutes molles. La terreur et le choc lui avaient ôté toute sensation et elle se sentait comme une pierre. « Ah ! c'qu'on va se marrer avec toi ! » dit Hughes d'une voix menaçante. « Mais ce sera pour plus tard. » Jenna tressaillit. Hughes la poussa dans le petit abri au milieu du bateau. Jenna se trouva dans l'obscurité totale et Hughes jeta une couverture sur son corps.

Quelques heures passèrent. Sous la couverture, il faisait très noir et affreusement chaud. Jenna pleura toutes les larmes de son corps et eut un haut-le-coeur en revoyant l'image de Stephan dans l'eau. Dans son imagination, il était tout gonflé et flottait derrière le radeau, les suivant le long du fleuve, dévoré par des poissons, devenant peu à peu un squelette aux yeux caves.

— Stephan est mort ! Stephan est mort ! se répétait-elle sans arrêt. Et ces hommes qui l'emmenaient de plus en plus loin vers le sud ! Le soleil avait dû se coucher, car il commençait à faire plus frais. « Ils vont me tuer » pensa-t-elle en se remettant à trembler. Stephan était mort et elle se sentait dechirée entre le désir de mourir et l'instinct de survie. Elle revit l'image des doigts de Hughes autour de sa gorge. C'était atroce !

Soudain, les sens de Jenna devinrent alertes. Le radeau était immobile. Elle fit un effort désespéré pour organiser ses idées, mais ne pouvait penser qu'aux menaces de Hughes.

Quelqu'un arracha la couverture de son corps et Jenna respira profondément le bon air du soir. Un autre la ramassa et l'emporta vers le rivage.

Le plus jeune d'entre eux avait fait un feu et l'homme qui la portait la laissa tomber à terre comme un sac de farine.

Le feu jetait des ombres sur leurs visages et Jenna fut envahie de terreur et d'une affreuse sensation d'impuissance. Elle les regarda l'un après l'autre d'un air effrayé, comme un petit animal pris au piège. Ils étaient tous des criminels, des meurtriers.

— Voyons de quoi elle a l'air, proposa McNair. Hughes et lui partirent tous deux d'un éclat de rire, tandis que Robbie, assis contre un arbre, les regardait d'un air maussade sans faire d'effort pour se lever et se joindre à eux.

Jenna tressaillit en voyant s'approcher McNair. Il la poussa par terre, défit son corsage et arracha la chemise qu'elle portait sous ses vêtements. Hughes lui ôta son pantalon, écarta ses jambes et l'attacha.

McNair passa les mains sur ses seins. « En effet, c'est un joli morceau de viande », dit-il, répétant la phrase de O'Hara. Jenna se tortilla désespérément, mais il n'y avait pas moyen d'échapper. Hughes mit sa main entre ses jambes et elle hurla en sentant sa caresse intime. « C'est bon », marmonna-t-il en lui pinçant le bout du sein. Jenna sursauta. « Continue à t'agiter, j'aime ça », dit-il en explorant son corps.

— Lequel passe d'abord ? demanda McNair.

— Qu'est-ce que ça peut faire ? Elle n'est pas vierge ! répondit Hughes. Ils partirent tous deux d'un gros éclat de rire et Hughes promena sa main sur la longue jambe de Jenna. « Détache-lui les jambes. J'aime bien quand ça se débat ». McNair, riant aux éclats, lui obéit.

Hughes tomba sur elle et Jenna ferma les yeux. Pendant ce temps, McNair lui frottait brutalement les seins. Sous le poids de ses mains, elle ne pouvait pas se dégager, mais ses jambes étaient maintenant libres et elle se débattit tant qu'elle put contre le corps de Hughes. Au moment où il allait s'enfoncer en elle, elle poussa un cri; alors elle entendit partir un coup de feu, puis un second, puis un troisième. Hughes s'écroula sur elle et McNair, qui avait encore les mains sur ses seins, tomba la tête la première et couvrit Jenna complètement. Elle glissa sous leurs corps, se redressa et leva le regard. Elle vit la silhouette du jeune homme contre la lumière du feu : il tenait un pistolet encore tout fumant. Ses mèches lui tombaient sur le visage et ses pâles yeux bleus étaient complètement sans expression. Jenna le regarda, n'en croyant pas ses yeux et se mit à trembler de tout son corps. Robbie fit un pas vers elle, le pistolet toujours à la main. Jenna fut prise d'une nausée et se sentit engloutie dans les ténèbres : elle s'y abandonna complètement.

CHAPITRE VI

Fin juillet 1779

— Tu as une mine splendide ! s'exclama Janet en regardant le visage vif et souriant de Madeleine. « L'air de la campagne t'a fait un bien fou ! » D'un geste impulsif, Janet serra de nouveau Madeleine Deschamps dans ses bras. Elle était très heureuse de la revoir à la maison. Madeleine venait de passer plusieurs mois à Trois-Rivières avec son frère Pierre et sa famille.

Janet lui avait écrit toutes les dernières nouvelles mais ce n'était pas la même chose que de la voir en chair et en os. Madeleine avait maintenant trente-deux ans; c'était une femme petite et fine, très vive et aussi jolie que sa mère Louise. Madeleine avait la peau mate et les yeux noirs de Louise, mais elle était intelligente, pleine d'esprit et de charme comme sa grand-mère.

Janet n'avait qu'à regarder Madeleine, sa fille adoptive, pour se rendre compte de la force et du courage dont l'être humain est capable. Son enfance avait été assombrie par la mort de ses parents et de sa grand-mère. Mais Madeleine avait surmonté l'épreuve et vécu la vie de frontière parmi les Macleod jusqu'à l'âge adulte. Elle avait alors épousé un beau jeune Français du nom de Marcel Gérard; mais il était mort à la guerre, la laissant seule et sans enfants. Janet et elle avaient longtemps pleuré son deuil, mais avec le temps, la douleur avait passé. Plutôt que de l'endurcir contre la vie, cette terrible épreuve l'avait doucement mûrie. Madeleine n'était pas retombée amoureuse, mais il lui arrivait de permettre à un jeune homme de venir lui rendre visite. Comme ses frères, Madeleine avait un instinct de survie sans pareil; ils avaient tous les trois souffert dans leur jeunesse, mais avaient su refaire leur vie.

Madeleine avait choisi de vivre avec Janet et Mathew; Pierre était retourné au domaine paternel près de Trois-Rivières et avait reconstruit la maison de ses parents; René, le plus aventureux des trois, était parti à l'Ouest jusqu'à Rupert's Land, comme l'appelaient les Anglais. Mais il travaillait avec la Compagnie du Nord-Ouest, une enterprise écossaise qui préférait employer des Français. Là, dans un endroit qui s'appelait Pembina, René travaillait avec C.J.B. Chaboillez à monter un comptoir commercial pour la Compagnie du Nord-Ouest.

Madeleine se dégagea des bras de Janet. « Comment va Mathew ? demanda-t-elle. Dis-moi la verité. Comment va-t-il vraiment ? »

Janet hocha la tête et fit signe à Madeleine de s'asseoir. Elle se mit à côté d'elle. « Son coeur, tu sais, s'est arrêté de battre », répondit Janet. Cela lui faisait encore mal d'y penser, et elle n'aimait pas parler de la maladie ni de la fragilité de Mathew. Pendant des jours et des semaines, elle avait tourné en rond en se disant : « Mathew a le coeur fragile », comme pour se convaincre de la réalité de ces paroles et faire disparaître son angoisse et sa crainte d'une nouvelle attaque. « Le docteur dit qu'il se remet assez bien, mais. . . » Janet ne put terminer sa phrase.

— Mais tu as peur que cela ne se reproduise, et tu n'arrives pas à lui faire ralentir son rythme de vie, parce qu'il refuse d'arrêter son travail, dit Madeleine en prenant la main de Janet.

Madeleine la regarda de ses yeux noirs perçants: « Tu as été si bonne pour moi, dit-elle doucement; tu m'as donné de la force, et tout l'amour que papa me refusait. Toi et Mathew vous nous avez protégés tous les trois. » Madeleine se tut pendant quelques instants et pressa chaleureusement la main de Janet. « Tu n'as pas pleuré la mort de Mat et tu n'as pas laissé Mathew pleurer non plus. Tu ne dois pas garder ce chagrin au fond de toi-même; tu ne dois pas enterrer ton deuil en t'inquiétant de la santé de Mathew. Il est malade, mais pour un homme comme Mathew, changer sa manière de vivre serait vraiment la mort. Il faut vivre au jour le jour, et apprendre à partager votre chagrin. » Sans s'en rendre compte, Madeleine avait mis la main sur la petite croix en or suspendue à son cou. « Un jour nous retournerons chez nous, au Niagara, dit Madeleine avec conviction. Nous irons tous. Mathew est fort et toi tu es forte. N'essaie pas de le protéger contre lui-même; il ne faut pas en faire un invalide. »

Les yeux de Janet s'étaient remplis de larmes. Madeleine avait raison. « Il se reproche d'avoir causé la fuite de Jenna et la mort de Mat », dit-elle.

— Il se reproche de ne pas être mort à la place de son fils. Ce n'est pas assez pour lui de faire le guerre dans un bureau devant des cartes et des plans. Va lui parler, je t'en supplie. Ne te dérobe pas; laisse-le pleurer la mort de son fils.

— Je peux supporter n'importe quoi sauf l'idée de la mort de Mathew, avoua Janet d'une voix presque imperceptible.

— Quand cela arrivera, tu le supporteras comme tu as supporté tous les autres chagrins de ta vie. Ce que vous avez construit ensemble ne peut pas disparaître.

Janet essuya une larme de son visage. Elle se leva et défroissa sa jupe d'un geste nerveux. « Je suis si hereuse que tu sois de retour. Tu me donnes du courage. »

Madeleine sourit : « C'est toi qui as du courage, et non pas moi qui te l'ai donné. »

Janet se tourna silencieusement et regarda l'escalier : Mathew était en haut. Elle quitta Madeleine et monta vers sa chambre à coucher.

Janet avait cru Mathew endormi, mais quand elle entra dans la chambre, elle le vit assis au bord du lit, le visage tourné vers la fenêtre.

— Est-ce qu'il fait aussi chaud dehors que ça en a l'air ?

Depuis quelque temps, Janet commençait toutes leurs conversations en lui demandant comment il se sentait. Il attendit sa réponse, et sa question.

— Oui, il fait assez chaud, répondit Janet. Mais elle ne

posa pas sa question habituelle. Elle alla vers le lit et s'assit a côté de Mathew.

Mathew se tourna vers elle et examina son visage. « On dirait que tu as pleuré », dit-il.

Un flot d'émotion envahit Janet tout entière. Les larmes se mirent à couler sur son visage et elle tomba dans les bras de son mari. Ses sanglots semblaient venir des profondeurs de son être; elle ne pouvait pas les contrôler : « C'est comme si c'était hier. . . Mat était un petit garçon. . . et nous. . . nous lui avons donné un couteau de chasse et vous avez construit un canot ensemble. . . et. . . et. . . » Janet s'effondra toute tremblante contre lui. « Pourquoi mon enfant est-il parti ? Je voudrais qu'il revienne. . . je voudrais que tu reviennes. . . que nous soyons ensemble. . . . »

— Moi aussi je voudrais qu'il revienne, dit Mathew après un long silence. « C'est la deuxième fois que je perds un fils. »

— Ce n'est pas juste, dit Janet en sanglotant.

— Nous ne sommes pas les seuls à avoir perdu un fils. Mathew serra Janet dans ses bras en lui caressant les cheveux. « Tu as élevé et protégé tes enfants, et leur as donné tout ce dont tu étais capable. Mais on ne peut pas les protéger éternellement, Janet. Et moi, je ne pouvais pas empêcher Mat de partir à la guerre. . . Dieu sait si j'y ai pensé ! avoua-t-il. Mais tu vois, j'étais trop fier pour l'en empêcher ! Trop fier d'avoir un fils courageux qui croyait en quelque chose. »

— C'est toi qui lui as appris à penser et à agir avec courage, murmura Janet contre sa poitrine.

— C'est *nous*, répondit-il en la corrigeant.

Ils restèrent longtemps enlacés, Mathew la berçant dans ses bras. Ils se rendirent compte que c'était la première fois depuis la mort de leur fils qu'ils partageaient leur chagrin et leur angoisse.

Mathew la baissa doucement sur le lit et l'embrassa tendrement sur le visage et sur le cou. « Je ne te quitterai pas, lui promit-il. Je vais me rétablir, Janet. Je retrouverai mes forces. Ne te fais pas de souci pour moi. »

Janet examina son visage de ses grands yeux verts semblables à des lacs profonds. « Tiens-moi dans tes bras, dit-elle. Serre-moi très fort et ne me lâche pas. »

Ils restèrent couchés dans les bras l'un de l'autre pendant presque une heure, somnolant doucement de temps en temps, trouvant du courage dans leur amour réciproque.

— Tu dors ? demanda Mathew en ouvrant les yeux. Le soleil était descendu en bas de l'horizon, et la chambre était enveloppée dans l'ombre rose et or du crépuscule.

Janet remua dans ses bras et poussa un long gémissement.

Mathew se pencha sur elle et regarda sa forme endormie se ranimer. Janet sourit en ouvrant les yeux. « Je veux faire l'amour avec toi », murmura-t-il en se penchant pour embrasser son oreille.

— Tu n'as pas besoin de me le demander, répondit-elle doucement. Je suis toujours à toi. . . Il la déshabilla lentement et explora son corps, sa passion s'éveillant, se disant : avec elle, c'est toujours nouveau, c'est toujours une nouvelle joie. « Nous sommes comme un seul être », lui dit-il en s'allongeant contre son corps si doux. Le désir l'envahit tout entier et il la caressa tendrement.

Janet s'ouvrit à lui et ils remuèrent ensemble lentement, très lentement, oubliant tout, jusqu'au moment où Janet, s'accrochant à lui, cria de plaisir. Ils se connaissaient si bien, leurs corps étaient en si parfaite harmonie, qu'ils atteignirent ensemble le comble de la passion, planèrent un instant puis retombèrent doucement sur terre.

Janet s'émerveilla de la magie de ses caresses : cela faisait si longtemps ! Ils avaient cherché à se consoler l'un l'autre et avaient fini par s'unir dans l'amour, tendrement, sans échange de paroles. C'était comme s'ils avaient fait ensemble un voyage périlleux, et étaient revenus pleins de forces nouvelles, plus unis que jamais.

Janet leva les mains de Mathew vers ses lèvres et les embrassa.

— C'est notre union qui nous rend forts, lui dit-elle. Je l'avais oublié.

* * *

114

Maria MacLean trempa son doigt dans l'eau brune du petit ruisseau, le ressortit puis le secoua. Presque tout le monde disait qu'elle était une jolie fille; mais il s'arrêtaient là et généralement ne disaient plus rien.

C'était une jeune fille de quatorze ans, presque quinze, aux cheveux châtains blondis en quelques endroits par le soleil intense du Sud. Elle avait les yeux marron et ses pupilles noires étaient encerclées d'or. « J'aimerais que tu portes ton bonnet, lui suppliait souvent sa mère. Une jeune fille bien a toujours la peau blanche; un teint hâlé, c'est si vulgaire ! »

Mais Maria refusait de porter son bonnet et sa peau était devenue brune. Si elle avait un autre défaut physique c'était la forme de sa bouche, qui était fine et étroite comme celle de son frère James. « Ils se ressemblent comme deux gouttes d'eau », disait-on toujours de James et de Maria. « Ce n'est pas Will qui devrait être le jumeau de James, mais elle. »

Maria posa paresseusement la main sur une sauterelle qui était perchée au bord d'une pierre plate : « Tu ne pensais pas que je t'avais vue, eh ? C'est pour ça que tu te tenais si tranquille, comme un petit caillou ? » Ses yeux sombres brillèrent et elle leva un peu la main et regarda l'insecte se débattre. « Tu n'es pas une bien grosse sauterelle », murmura-t-elle. De l'autre main, elle lui arracha une de ses petites ailes. Elle sourit en voyant l'insecte blessé se tortiller, puis l'écrasa contre la pierre. « Je ne peux pas supporter de voir quelque chose lutter pour la vie, dit-elle. Misérable bestiole ! »

Maria leva le regard vers la petite cabane et un sourire se dessina sur ses lèvres. Elle attendait là depuis une heure, et, pendant ce temps, avait laissé gambader son imagination, la nourrissant des bruits qui de temps en temps sortaient de la cabane, des gémissements de James et des jurons de Belle. Dans son esprit, elle voyait une partie d'échecs blanc sur noir : James et Belle. James faisait des choses honteuses dont on ne parle pas; mais Maria aurait beaucoup aimé en parler.

— Je prendrai mon temps, se dit-elle. A ce moment-là, la porte de la cabane s'ouvrit. Maria se blottit derrière le rocher

115

pour ne pas qu'on la voie. C'était James. Il sortit, un peu aveuglé par le soleil brillant et avança vers l'endroit où était attaché son cheval. Il reboutonnait sa chemise.

Maria sourit et arracha le corsage de sa petite robe en calicot. Elle se roula sur les hautes herbes et poussa un cri perçant.

James s'arrêta net et se tourna aussitôt dans la direction d'où était venu le cri. C'était au-delà de la cabane, dans les hautes herbes à côté du ruisseau. Un second cri suivit le premier et James ne vit pas la porte de la cabane s'ouvrir brusquement ni Belle, les yeux tout écarquillés, sortir sur le pas de la porte.

James s'élança vers les hautes herbes en criant : « Qui est là ? » Il faillit trébucher sur le corps de sa petite soeur. Elle était couchée dans la boue, le visage à terre : ses longs cheveux châtains lui couvraient le dos et elle semblait dangereusement immobile.

James s'agenouilla à côté d'elle : « Maria ! » Il la saisit par les épaules et la souleva pour la retourner sur son dos. Il vit sa robe déchirée : « Maria ! » Il la secoua et les yeux de sa soeur s'ouvrirent. Elle jeta les bras autour du cou de son frère et se cacha le visage sur son épaule.

— C'est toi, Dieu merci ! » sanglota Maria en se penchant vers lui. Elle était toute tremblante et se mit à pleurer : « Je pensais que c'était encore ce garçon ! J'avais peur qu'il me fasse de nouveau mal ! »

Maria sentit le corps de James se raidir de colère; il pouvait être terrible, et Maria le savait.

— Que s'est-il passé ? La voix de Belle perça le silence de l'après-midi d'été. Elle était debout au-dessus d'eux et les regardait, sa peau encore toute brillante de sueur, ses grands yeux très effrayés.

— Il m'a fait mal ! hurla Maria.

James la tira en arrière et regarda son visage tout taché de larmes. « Qui t'a fait mal ? demanda-t-il. Qu'est-ce qu'il t'a fait ? »

Maria renifla : « Il a arraché ma robe et. . . et il m'a fait mal. Il l'a tirée tout en haut et a déchiré le corsage. . . et il

116

m'a sentie. . . » Elle fondit en larmes et ses paroles devinrent incohérentes. « Il m'a touchée partout ! »

— Qui ? demanda James. Qui t'a fait ça ? Il lança un juron.

Maria leva le visage et ses doigts s'enfoncèrent dans le bras de son frère. Elle tourna lentement le regard vers Belle : « Son frère ! Son frère, le grand ! »

Belle se couvrit la bouche de sa main. « Ce n'est pas vrai ! » hurla-t-elle à Maria.

— Si c'est vrai ! C'est lui ! cria Maria sur un ton de défi. « Il portait un vieux foulard rouge autour du cou, je le connais. Je vois encore son visage. . . et son. . . son machin ! Il a essayé de. . . » Elle se cacha de nouveau le visage en sanglotant, se félicitant d'avoir pensé au foulard rouge que portait le frère de Belle quelques heures auparavant, quand elle l'avait vu dans les champs.

— Ce n'est pas possible, murmura Belle en faisant un pas en arrière. Son visage était frappé de douleur. Personne ne croirait un garçon noir si c'était une blanche qui l'accusait !

James se redressa en prenant Maria dans ses bras. Son regard rencontra celui de Belle : « Je ramène cette pauvre petite à la maison, annonça-t-il. Mais je reviendrai tout à l'heure chercher ton frère. »

— Non ! hurla Belle en s'élançant sur le terrain rugueux pour prévenir son frère.

— Elle va lui dire, dit Maria.

— Je le trouverai, lui promit James. Je le trouverai et je l'écorcherai vif.

Maria ne répondit pas et James l'emporta vers son cheval. Elle enfonça son visage contre sa poitrine pour cacher sa joie.

James mit Maria doucement sur la selle et s'assit derrière elle. Il avancèrent pendant quelques minutes, Maria regardant droit devant elle, ses longs cheveux flottant dans le vent. James les sentait caresser son visage.

— Qu'est-ce que tu vas dire à maman ? demanda Maria.

— Je vais lui dire que tu as été attaquée.

— Tu vas lui dire comment tu m'as trouvée ? Tu vas lui

dire que j'étais derrière la cabane de Belle, et que tu vas tout le temps la voir ?

James crispa les mains sur ses rênes. Il avait complètement oublié ! Il arrêta son cheval. « C'est un secret, répondit-il. Je ne veux pas que tu en parles à maman : elle ne serait pas contente. »

— Pourquoi pas ? demanda Maria.

James se sentit devenir défensif : « Parce que maman croit à l'amour et au mariage. Elle ne croit pas à la fraternisation entre blancs et noirs. Elle dit que le sang mixte est malsain. »

Maria faillit éclater de rire, mais se retint. La fraternisation ! James la prenait donc pour un enfant ! « Et si je lui disais ? » demanda Maria d'une voix mielleuse.

James lui secoua les épaules. « Tu ne le feras pas », dit-il, la menaçant.

Maria se tourna sur la selle et le regarda bien en face. Son visage était devenu rigide et plein de méchanceté. James connaissait ses expressions, mais ne l'avait jamais vue l'air si sournois. « Tu peux mentir à maman, et cacher des choses à papa. Tu peux même voler l'argent de Will et garder ta misérable Belle. Mais tu ne me menaceras pas, James MacLean. Je te connais — nous sommes faits de la même étoffe, toi et moi. »

James sentit sa bouche devenir toute sèche et il vit sur le visage dè Maria une expression de pure malignité. « Rien ne t'est arrivé là-bas, près du ruisseau, eh ? » Il avait brusquement compris : elle n'avait pas été attaquée par un noir.

— Ça ne fait rien, répondit Maria. Tu vas le tuer quand même.

James la regarda d'un air ahuri. « Non ! » protesta-t-il.

— Si, tu vas le tuer, dit Maria avec confiance. Si tu ne le fais pas, je raconterai tout ce que tu fais avec Belle. Maria sourit à son frère. « J'aime les secrets », dit-elle.

James eut un brusque sentiment de défaite et comprit en même temps que sa soeur n'était pas tout à fait normale — c'était plus qu'une méchante petite peste. Il fut obligé de reconnaître qu'elle savait manipuler les êtres humains et les situations. C'était un avantage dont il pourrait se servir plus tard.

James eut un brusque éclat de rire. « Et si je te tuais ? » demanda-t-il.

— Tu ne le feras pas, répondit Maria. Je suis la seule qui te comprenne.

Elle secoua ses cheveux en arrière : « Alors, tu acceptes le pacte ? »

James hocha la tête avec lassitude : « D'accord, j'accepte », lui promit-il.

Le gouverneur Bernardo de Gálvez était un Espagnol d'une trentaine d'années, grand, bel homme, respecté par certains, haï par d'autres. C'était un homme cultivé qui écrivait des poèmes et aimait la bonne musique. Mais Bernardo de Gálvez était aussi un aventurier, qui aurait peut-être été plus heureux de vivre à l'époque glorieuse des corsaires et des grandes conquêtes espagnoles. C'était un soldat et un officier de marine fort accompli, qui avait jeté l'ancre de son fier petit bâtiment, la *Ville de Gálvez,* dans le port de La Nouvelle-Orléans.

Depuis qu'il était devenu gouverneur du Territoire de la Louisiane, Gálvez s'était mis à la tâche pour renforcer les défenses de La Nouvelle-Orléans. Il craignait par-dessus tout une attaque de forces anglaises envoyées du Canada sur le Mississippi.

Il avait passé toutes les années de paix à se renseigner sur les activités britanniques en Floride de l'Ouest. Il avait obtenu les plans des deux forts anglais les plus importants — Mobile et Pensacola — et s'était mis à entraîner de petits groupes d'hommes dans tout le territoire pour former des chefs. « Nous serons peu nombreux à côté des Anglais, leur disait-il. Mais nous connaissons bien le territoire, et une bonne stratégie peut parfois l'emporter sur le plus grand nombre. Les Anglais sont éparpillés un peu partout. Si nous réussissons à les tenir séparés et les empêchons d'unir leurs forces, nous arriverons peut-être à les dominer. »

Quand l'Espagne décida enfin d'entrer dans le conflit du côté de son alliée, la France, Gálvez fut appelé par Charles

III à diriger la campagne. Ceci pour trois raisons : Gálvez était en excellents termes avec les Choctaws, grâce aux efforts de Robert MacLean et du commerçant Oliver Pollock; il connaissait très bien les différents groupes qui peuplaient le territoire; enfin, il etait en très bons termes avec le Congrès Continental.

Will MacLean et Jacinto Panis étaient avec Gálvez dans le bureau de sa maison. Comme tout le reste de La Nouvelle-Orléans, la maison du gouverneur, autrefois si magnifique, avait été ravagée par un récent ouragan.

— « Les plus beaux projets. . . » entonna Gálvez en secouant la tête. Il regarda son officier en second, Panis. Toutes les cartes étaient trempées; tout était trempé. Gálvez se tourna vers Will. Le gouverneur avait personnellement choisi Will MacLean à cause de son don pour les langues, sa connaissance intime de la tribu Choctaw, son intelligence et son sang-froid. Comme son père Robert MacLean, qui était un intime du gouverneur et très respecté par lui, Will était ambitieux et plein d'enthousiasme. Il n'était pas facile de trouver un jeune homme de son calibre sur la frontière. Il fallait pourtant reconnaître qu'une centaine de Will MacLean n'auraient pas changé les résultats de l'orage. Cela avait été complètement inattendu; c'était toujours ainsi que les choses se passaient.

En août, il y avait rarement d'ouragans, mais il y en avait en un quand même. C'était arrivé l'avant-veille, le 18 août; on n'avait jamais vu un si violent orage.

La petite flotte si soigneusement organisée de Gálvez avait été très endommagée. Plusieurs bateaux avaient sombré, et ceux qui restaient s'étaient fait réduire en miettes par des vents impitoyables qui avaient aussi arraché les toits des maisons, envoyé des tuiles dans l'air et couvert de boue et de débris le grand marché du fleuve.

— ¡Madre de Cristo! s'exclama Gálvez. Nos projets de conquête de Baton Rouge ont été complètement détruits, non pas par les Anglais, mais par un ouragan !

Will fronça les sourcils : « Il nous reste quand même six cents excellents hommes. »

Gálvez serra les lèvres et examina la carte trempée.

« Nous avons aussi six cents hommes sur la côte allemande, de bons guerriers acadiens qui en veulent encore aux Anglais. »

— Mon commandant, il me semble que nous devrions partir sans nos bateaux. Nous pourrions avancer sur terre, sans perdre trop de temps. Plus nous attendons pour attaquer, plus il y aura d'Anglais sur le fleuve. Les Anglais sont encore éparpillés un peu partout. Si nous leur donnons le temps de réunir leurs forces, ce sera un désastre.

— Nous avons beaucoup de soldats malades, répondit Gálvez. Il aimait prendre le rôle d'avocat du diable : c'était sa façon de mettre à l'épreuve le courage et la résolution de ses hommes. « Notre force d'attaque sera affaiblie. »

Will sourit : « Beaucoup d'Anglais sont malades aussi, mon commandant. On dit qu'une bonne partie de la garnison de Baton Rouge a la malaria. Ceux d'entre nous qui ne l'avons pas attrapée sommes immunisés. »

Gálvez hocha la tête avec un sourire : Will était plein d'enthousiasme. « Alors vous pensez que nous pouvons les prendre ? » demanda-t-il.

— Je pense que nous n'avons pas le choix, répondit Will sans hésitation.

Gálvez tourna ses yeux sombres vers son second commandant. Panis mâchait du tabac et semblait regarder dans l'espace. » « Et vous, vous pensez qu'il faut défendre La Nouvelle-Orléans, n'est-ce pas ? »

Panis haussa les épaules : « Une position de défense est généralement moins dangereuse qu'une attaque. »

— Mais, mon commandant, nous défendrons aussi la ville. La seule manière de défendre La Nouvelle-Orléans est d'écraser la garnison britannique de Baton Rouge. Si nous voulons contrôler le Mississippi, il faut le contrôler complètement.

— Sans risquer d'être harcelé, ajouta Gálvez. Il fit le tour de la table, s'approcha de Will et lui donna une grande tape dans le dos en souriant. « Nous avancerons donc, annonça-t-il. Sacrebleu ! Nous partirons pour Baton Rouge quatre jours plus tard que prévu. Ce sacré ouragan ! Ce sacré temps ! »

— Ces sacrés Anglais ! dit Will avec un sourire.

Gálvez hocha la tête : « Il faudra tout de même obtenir des renseignements nouveaux. Je vais vous envoyer en avance des troupes. Vous resterez à Baton Rouge pendant quelques jours, si possible au fort. Puis vous reviendrez. Je n'attaquerai pas avant d'être sûr de ce qui nous attend. »

— Vous voulez que je parte seul ? demanda Will.

Gálvez secoua la tête : « Non. Vous irez avec Tolly Tuckerman. C'est un excellent homme et il servira à mieux cacher votre identité. Vous prendrez tous deux d'autres noms, et vous offrirez vos services aux Anglais. »

Will secoua la tête en souriant. Il n'aurait pas pu mieux tomber : Tolly Tuckerman était un homme de talents variés.

— Il faudra partir immédiatement, dit Gálvez. Je veux que vous soyez là bien avant nos troupes.

Tous les détails des deux dernières semaines étaient fraîchement imprimés sur la mémoire de Jenna. Cela avait été un véritable cauchemar.

Quand elle avait repris connaissance, le feu de camp brûlait toujours. Le jeune homme blond aux yeux pâles et maladifs était assis contre le tronc d'un énorme peuplier, et regardait les braises d'un air distant, un peu hébété.

Jenna avait secoué la tête pour retrouver ses esprits et s'était rendue compte que ses pieds et ses mains étaient libres. Elle regarda autour d'elle et vit avec soulagement que les corps de deux hommes avaient disparu. Elle se frotta les poignets distraitement : ils étaient restés attachés pendant si longtemps qu'ils lui faisaient encore mal. Jenna se tourna alors vers l'homme qui la tenait prisonnière : il semblait d'ailleurs ne lui prêter aucune attention.

Elle se rendit brusquement compte qu'il l'avait revêtue, plus ou moins. Sa camisole était encore par terre, mais elle portait sa grosse chemise, encore deboutonnée, et on lui avait hâtivement remis son pantalon.

— Ne vous sauvez pas, dit le jeune homme sans la regarder.

Jenna regarda autour d'elle. Où donc pouvait-elle se sauver ? Au-delà du cercle du feu, il faisait nuit noire, et de l'autre côté du fleuve, il y avait une forêt épaisse. Elle ne connaissait pas cette forêt et ses chances d'y survivre toute seule étaient très minces. Il pouvait y avoir toutes sortes de bêtes sauvages et d'Indiens hostiles; elle ne savait pas reconnaître les baies comestibles et risquait d'être empoisonnée. Jenna frissonna et serra sa chemise autour de son corps en la reboutonnant.

— Il fait froid, la nuit, dit le jeune homme. Il vous faudra ceci, ajouta-t-il en lui lançant une couverture. Jenna s'y enveloppa rapidement en se rapprochant du feu.

Le jeune homme la toisait avec curiosité.

— Qu'est-ce que vous regardez ? demanda-t-il. Cessez de me regarder comme ça.

— Je suis désolée, murmura Jenna. Elle était sûre qu'elle allait fondre en larmes d'un instant à l'autre. Elle fit un effort afin de ne pas penser à Stephan ni de pleurer.

Le jeune homme tenait un long couteau. La lumière du feu jeta un éclat sur sa lame tranchante.

— Pourquoi vous les avez tués ? demanda enfin Jenna, prenant son courage à deux mains.

Le jeune homme eut un long accès de toux et cracha par terre. « Je ne voulais pas les voir avec vous », répondit-il d'une voix complètement sans expression. Il y eut un long silence et Jenna fit un effort pour comprendre. Il n'avait donc pas l'intention de la violer lui-même ? Ou, au contraire, la voulait-il pour lui tout seul ? Une chose était certaine : c'était un assassin. Il avait tué Stephan ainsi que ses deux camarades.

— Je devrais vous être reconnaissante, dit-elle en hésitant. Il ne changea pas d'expression et ne la regarda pas.

— Comment vous appelez-vous ? demanda Jenna.

— Robbie Ryan, répondit-il en regardant son couteau.

— Robbie, répéta Jenna. Elle regardait par terre et ne se rendit pas tout de suite compte qu'il avait bondi à côté d'elle, tant il était rapide et silencieux. Elle sursauta en voyant son ombre. Il saisit ses cheveux et lui tira la tête en arrière.

— Ne dis pas mon nom ! Ne dis jamais mon nom, petite salope ! Ses yeux pâles lançaient des flammes. « Je connais ton genre ! Je sais ce que vous faites avec les hommes ! Il tenait la pointe de son couteau sur sa gorge. « Je devrais te tuer toi aussi ! » Il tremblait de rage et Jenna toute terrorisée courba les épaules et se fit toute petite.

Un flot de larmes se mit à couler sur son visage et elle hurla : « Tuez-moi donc ! Je ne suis pas une. . . je ne suis pas ce que vous dites. Allez-y, tuez-moi, ça m'est bien égal ! Tout ce que je demande, c'est de retourner à la maison de mon papa, et maintenant c'est impossible ! Et vous avez tué mon mari et. . . et. . . » Jenna se mit à sangloter violemment et Robbie la relâcha en faisant un pas en arrière. Il fit partir un caillou d'un coup de pied.

— Ah, merde ! s'écria-t-il dans la nuit. Tu peux pas te taire ? Dors et fiche-moi la paix !

Jenna s'écroula dans l'herbe. Elle cacha son visage contre son bras et tira la couverture sur son dos en pleurant doucement. Robbie Ryan semblait complètement fou. Ses yeux la remplissaient de terreur et sa haine contre elle était tout à fait incompréhensible.

— Je vais essayer de dormir, pensa Jenna. Elle attendait impatiemment le soleil, dans l'espoir que la réalité semblerait moins horrible à la lumière du jour; elle priait pour qu'on la sauve de ce fou qui la tenait captive. Elle fit un effort désespéré pour penser à autre chose qu'aux affreux évenements de la journée, et essaya de s'imaginer le salon chaleureux et confortable de ses parents à Montréal.

Elle pensa à ce que lui avait raconté sa mère sur ses expériences en Ecosse, et la manière dont elle avait réussi à s'échapper du sergent Stanley. « Tant qu'on est vivant, il y a de l'espoir », lui avait souvent dit Janet. « Comment as-tu pu supporter cette épreuve ? » avait demandé Helena; et Jenna avait ajouté : « Et y survivre ? » La réponse de Janet était toujours la même : « Il faut le vouloir. Il faut vouloir rester vivant. »

Jenna serra les mains sous sa couverture. Stephan était mort : avait-elle encore envie de vivre ? « Oui, se dit Jenna. Je veux vivre, il faut que je reste vivante. » Sur cette pensée, elle se roula en boule. « Je suis vivante, se dit-elle. Quelqu'un est venu aider ma mère, et quelqu'un m'aidera moi aussi. » Jenna écouta les bruits de la nuit du fleuve. Ella laissa errer sa pensée et se rappela la période de son enfance avant le départ de ses parents pour Montréal. Elle voyait encore le fort du Niagara et le comptoir commercial de son père. Elle se revit traversant un pré plein de boutons d'or, regardant le spectacle formidable des chutes du Niagara. Les Indiens les appelaient « les portes du tonnerre », à cause de leur éclat assourdissant mais aussi parce que le chemin de portage était la porte vers l'Ouest et vers les grands réseaux fluviaux. « Je veux rentrer chez moi, se dit Jenna. Je veux retourner au Niagara. »

Malgré son angoisse, Jenna s'endormit profondément; quand elle s'éveilla, les bruits nocturnes avaient cessé, et les oiseaux chantaient leur folle chanson d'avant l'aube. Elle eut d'abord du mal à se rappeler où elle était, et comment elle était arrivée en cet endroit. Alors, comme un flot, tous les événements de la veille revinrent à son esprit, et elle sursauta, tout à fait alerte et éveillée.

Le feu s'était éteint pendant la nuit et Robbie avait disparu. Jenna regarda rapidement autour d'elle et vit qu'il avait emmené toutes ses affairs sauf la couverture sous laquelle elle avait dormi. Elle se tourna rapidement et se précipita d'un bond à travers les buissons vers le rivage. Elle vit avec soulagement que Robbie était encore là : il chargeait rapidement le radeau.

— Vous alliez partir sans moi !

Il se tourna et la regarda comme s'il voyait un fantôme. « Vous ne pouvez pas me laisser seule », protesta Jenna. Malgré sa terreur de cet homme étrange, elle craignait avant tout qu'il ne la laissât seule. S'il devait l'abandonner, il pouvait au moins la laisser près d'un lieu plus civilisé et non pas en pleine nature !

Il haussa les épaules avec indifférence. Jenna ne se fit pas prier : elle se jeta sur le radeau dans l'espace d'une seconde, traversa la barque qui ballotait doucement dans l'eau et se blottit à côté des sacoches.

Robbie continua à charger le radeau comme si Jenna n'existait pas. Quand il eut fini, il défit la corde, grimpa sur la barque et la fit glisser dans le fleuve sans dire un mot.

Après quelque temps, il s'assit et se laissa emporter par le courant. Il sortit son long couteau et une pierre à aiguiser et se mit à frotter la lame contre la pierre d'un air nonchalant, fixant son travail de ses yeux pâles.

Jenna le regardait comme une chatte, mais détournait les yeux chaque fois qu'il levait la tête.

— J'ai tué douze hommes, dit-il après un long silence. Le frottement exaspérant de la pierre contre le couteau continua sans répit. « Et encore plus de femmes. . . des putains surtout. . . de mauvaises femmes. » Robbie leva le regard vers Jenna pour voir sa réaction. « Vous n'avez pas peur que je vous tue ? »

Le souvenir de ce qui s'était passé la nuit précédente la fit hésiter avant de répondre. Il était fou, mais c'était pire que cela. . . il y avait quelque chose d'autre. On pouvait être fou et quand même avoir un appétit sexuel comme les gens normaux. Mais Robbie semblait manquer totalement de ce genre de désir. Jenna en était reconnaissante, en un sens, mais cela ne le rendait que plus terrifiant. Jenna ne savait pas ce que tout cela voulait dire et maudit son propre manque d'expérience. Elle comprit instinctivement qu'il fallait le laisser parler. « Pourquoi avez-vous tué ces femmes ? » demanda-t-elle.

Il passa la langue sur ses lèvres comme s'il savourait le souvenir de ses meurtres. « Les femmes sont mauvaises. Elles font faire des choses aux hommes. »

Jenna s'efforça de le regarder en face. Ses yeux verts se fixèrent sur les yeux pâles de Robbie. « Vous pourriez me tuer, je sais, dit-elle. Mais de toute façon je ne tiens plus beaucoup à vivre. Je n'ai même pas dix-sept ans, et j'ai déjà complètement gâché ma vie. »

Il eut l'air étonné et Jenna comprit que Robbie, comme tout le monde d'ailleurs, l'avait crue plus âgée.

— Cet homme était vraiment votre mari ?

— Oui, répondit Jenna. Vous avez de la famille ? demanda-t-elle pour le faire parler.

Robbie secoua la tête et il y eut de nouveau un long silence, interrompu seulement par le bruit déconcertant de la pierre à aiguiser.

Jenna se tourna pour ouvrir sa sacoche.

— Qu'est-ce que tu fais ? demanda Robbie d'une voix furieuse.

— Je sors quelques biscuits, répondit Jenna avec un regard timide.

— Rien ne t'appartient ici. Tout est à moi !

Jenna clignota des yeux : on ne pouvait vraiment pas prévoir ce qui le mettrait en colère. Elle pensa à l'or de Stephan : c'était Robbie qui avait tout à présent, puisqu'il avait tué ses deux camarades. Mais Jenna ne pensait pas à l'or. Elle avait faim et soif.

— J'ai faim, dit-elle. Est-ce que vous pouvez s'il vous plaît me donner quelque chose à manger ?

Il lui donna un regard étrange et prit une gorgée de rhum dans la gourde qu'il tenait à côté de lui. « Enlève ta chemise, dit-il d'une voix menaçante. Enlève-la et laisse-moi regarder. »

Jenna devint pourpre. Peut-être qu'en fin de compte il était normal et l'attaquerait comme les autres ! « Enlève-la », répéta-t-il en se glissant près d'elle, le couteau à la main. Le couteau était long, la lame aiguisée tranchante, meurtrière. Jenna, toute tremblante, déboutonna sa chemise et lui montra ses seins. Elle se tourna vers l'eau boueuse mais brûla de honte en sentant le regard de Robbie sur sa peau blanche et nue. Elle avait d'ailleurs de très beaux seins, amples et parfaitement formés, aux bouts fermes et roses.

Ryan rampa vers elle et Jenna ferma les yeux en sentant la pointe du couteau sur son sein. Il pressa la lame contre sa chair mais sans la couper : « Salope ! » cracha-t-il. Reboutonne-toi et couvre ça ! » Jenna se hâta de refermer sa blouse. Pourquoi donc avait-il demandé à la voir ? Rien que pour l'insulter ? De l'autre bout du radeau, Robbie lui envoya quelques biscuits. « Voilà de l'eau », dit-il en lui montrant une gourde à côté des sacoches.

Jenna mordit dans un biscuit et mâcha très lentement pour qu'il dure plus longtemps. Elle ouvrit la gourde et but de l'eau; elle était tiède mais la soulagea quand même, tant ses lèvres et sa gorge étaient desséchées. De l'autre côté du radeau. Robbie aiguisait son couteau, passant de temps en temps sa langue sur ses lèvres.

A midi, le soleil devint affreusement chaud et Jenna se mit sous le petit abri du bateau; il n'était pas très haut mais au moins elle avait un peu d'ombre.

Robbie se leva et s'étira. Il s'avança vers Jenna, ses yeux pâles un peu vitreux car il avait trop bu de rhum; il tenait encore son couteau à la main et caressait sa lame tranchante. Jenna se raidit. « Il va me tuer, pensa-t-elle, il va me couper la gorge. »

Il s'agenouilla devant elle et la regarda : « Dis-moi comment c'est, dit-il. Fais-moi une description. »

— Quoi ? demanda Jenna sans comprendre.

— Quand un homme te prend. . . dis-moi ce que tu ressens ! Sa voix était devenue menaçante et Jenna se replia contre elle-même.

— Tu as as bien couché avec lui. Allons, dis-moi !

Jenna essaya d'être vague mais se rendit bientôt compte que plus elle parlait, moins il serrait son poignard. En l'écoutant, Robbie devint tout rose d'animation et se mit à respirer très vite. Enfin, il la laissa tranquille.

Pendant deux semaines, Robbie nourrit Jenna et l'abrita. Mais tous les jours, sans exception, il la menaçait. Elle se trouva plus d'une fois le couteau à la gorge, mais il se calmait chaque fois qu'elle lui parlait de l'amour. Plus les descriptions étaient vivantes, plus elle lui donnait de détails intimes, plus il semblait satisfait. Et cela, comme Jenna allait bientôt s'en apercevoir, n'était que le début.

CHAPITRE VII

Fin août 1779

Mathew posa la *Gazette de Québec*. « On ne se bat presque plus dans les colonies du Sud en ce moment, dit-il en souriant. Il fait bien trop chaud. Ce n'est pas notre problème ici ! »

— Les hivers rigoureux sont notre meilleure protection, commenta Janet. Mais dans les colonies. . . Ils vont gagner leur indépendance, n'est-ce pas ?

— J'en ai bien l'impression, avoua Mathew. Malgré Washington. Tu sais, certains membres, même, du Congrès Continental, le jugent incompétent. Cela m'étonne d'ailleurs que l'on entende encore parler de lui après Valley Forge. Tu te rends compte qu'il a commis la même erreur là-bas qu'au fort Nécessité ?

Janet sourit. Mathew aimait beaucoup raconter l'histoire de Washington au fort Nécessité.

— Le Canada est en train de changer, observa Janet. D'abord nous avons eu une invasion d'hommes d'affaires venant des colonies, et maintenant ce sont les loyalistes qui arrivent. Les Français avaient tendance à les appeler des Anglais, parce que leur langue commune était l'anglais, mais en réalité un grand nombre d'entre eux étaient allemands, hollandais, écossais et irlandais. Quand les colonies s'étaient mises à déporter les loyalistes fidèles à la couronne britannique, ils avaient emigré en Nouvelle-Ecosse. D'autres s'étaient enfuis à Montréal, au fort Frontenac et au

Niagara. Tous avaient laissé derrière eux leurs maisons, leurs possessions et leurs fortunes. Certaines familles avaient été divisées par la rébellion. Le Parlement anglais leur envoyait le plus d'argent possible, mais il fallait construire des maisons, établir des commerces et s'enraciner dans un pays nouveau.

Mathew hocha la tête. « Beaucoup d'entre eux sont en train de s'établir au Niagara — le gouverneur est d'ailleurs très inquiet. Et les Mohawks arrivent, eux aussi. Ils n'auront pas le temps de planter ni de récolter assez de provisions avant l'hiver. Cela s'annonce très mal : il risque d'y avoir une famine. »

Mathew n'avait qu'à mentionner le nom « Niagara » pour que Janet se sente immédiatement envahie d'un flot de nostalgie. « Ce sera bien changé quand nous retournerons », dit-elle avec mélancolie.

— En tout cas nous aurons de la compagnie. Ils vont sûrement offrir la région aux nouveaux immigrés; ils n'auront pas le choix.

— Tu penses qu'on nous rendra notre terre ? demanda Janet. Mathew hocha la tête. « Quand ils offriront des concessions, ils nous la rendrons : ce sera le même terrain, au même endroit. On m'en a assuré.

— Nous pourrons reconstruire notre maison. . . ce sera comme avant ?

— Ce sera encore mieux; nous aurons des voisins.

Janet pensa : « Les enfants reviendront, nous serons ensemble. » Mais elle ne dit rien. Elle ne voulait pas encourager Mathew à parler de Jenna.

— A quoi penses-tu ? demanda-t-il. Janet regarda pardessus son épaule, vers le jardin. « Je pensais que nous serons bientôt en septembre », répondit-elle avec un long soupir. « L'été passe si vite ! »

Robert enfonça ses mains dans ses poches et s'achemina par les rues boueuses de la Nouvelle-Orléans. Ses narines se remplirent des odeurs de la ville et il fut envahi d'une vague de nostalgie. Il lui semblait qu'un siècle avait passé depuis

130

la première fois qu'il était venu ici. Pourtant, ce n'était qu'il y a quelques années.

Robert tourna le coin de la rue et descendit Bourbon Street. Il vit la maison de passe, maintenant en ruines, où il avait autrefois rencontré Juliette, la superbe prostituée créole qui lui avait appris à faire l'amour, mais l'avait rejeté.

Il pensa à la vie qu'il aurait pu avoir si elle ne l'avait pas refusé. Mais il abandonna rapidement ce train de pensée. « J'aime Angélique, se dit-il. Du moins, je l'ai aimée. » Il se rendit compte qu'il tenait à tout prix à préserver le souvenir de leur amour et des années qu'ils avaient passées ensemble. Il éprouva le besoin de s'interroger sérieusement. Pourquoi Angélique avait-elle tellement changé ? Quand cela était-il arrivé ? Etait-ce de sa faute à lui ? « Non, pensa Robert. C'est arrivé si doucement que je ne m'en suis même pas aperçu. » Il se creusa la mémoire pour se rappeler les premiers signes de sa transformation. C'était arrivé juste après la mort de Fou Loup et de Grosse Mémé; ils étaient morts à un an d'intervalle. Elle avait sans doute été trop seule. . . ou peut-être qu'elle avait tout simplement cessé de l'aimer. C'était arrivé petit à petit. Au début, il arrivait à Angélique de le refuser, mais cela avait empiré, et maintenant ils ne faisaient presque plus jamais l'amour. Avec les années, un autre problème s'était aggravé : la haine féroce et irrationnelle d'Angélique envers les Espagnols.

Robert s'arrêta quelques instants devant une taverne, puis ouvrit la porte et entra dans une salle bruyante qui sentait très mauvais. Il ne voyait presque rien et pensa que le récent ouragan avait dû détruire la plupart des lanternes. Mais l'odeur était la même que dans toutes les tavernes de La Nouvelle-Orléans : cela sentait le poisson, le rhum et la sueur. La chaleur et l'humidité étaient insupportables. Robert s'essuya le front et s'écroula sur un des bancs en bois devant la longue table commune.

Au bout de la table, quatre Espagnols silencieux et maussades se concentraient sur leur rhum. Ils avaient des visages sombres et basanés, des barbes grises très négligées. L'un d'eux cracha sur la paille qui recouvrait le plancher;

ses dents étaient noircies par le tabac et il lui manquait celles de devant.

Une grosse serveuse noire s'avança vers Robert et posa bruyamment une timbale sur la table. Il la paya, leva la timbale et prit une gorgée : c'était un mélange de rhum et de jus de fruits.

Robert resta ainsi à boire tout seul pendant un long moment. Peu à peu, la chaleur devint tolérable et la salle lui parut plus souriante et sympathique. Enfin, se sentant tout à fait ivre et un peu larmoyant, Robert se dirigea en titubant vers La Casa Roja, la maison de passe la plus en vogue à cette époque : tout le monde disait que c'était le meilleur bordel de La Nouvelle-Orléans. Robert jura tout bas : ce soir, au moins, il ne coucherait pas au bord de son lit ! Il marcha en zigzag vers l'établissement et trébucha en grimpant les marches. Il se redressa et s'appuya contre la porte : « Ouvrez la porte ! cria-t-il. Vous recevez les clients, oui ou non ? »

La patronne de l'établissement ouvrit la porte. Robert la regarda, stupéfait : tout était un peu flou, mais il vit dans ses yeux qu'elle l'avait reconnu. Il resta immobile et fit un effort pour s'éclaircir les idées. Il se rendit compte qu'il avait beaucoup trop bu.

Elle était plus vieille, beaucoup plus vieille. Mais lui aussi avait vieilli. A l'époque où ils s'étaient connus, elle avait sept ans de plus que lui : elle devait maintenant avoir quarante-sept ans, calcula Robert, malgré son ivresse.

La patronne ne dit pas un mot, mais saisit une lanterne d'une main et de l'autre lui fit signe de la suivre dans le salon. Robert obéit. Il n'y avait pas de doute : c'était Juliette, toujours aussi longue et élancée, avec quelques élégantes mèches grises dans ses cheveux châtains. Elle avait encore la peau couleur de café au lait et les yeux d'or d'une chatte.

— Tu es saoul, observa-t-elle. Robert examina son visage. Sa peau était restée très ferme et sa bouche formait encore une délicieuse petite moue.

— Tu te souviens de moi ? demanda Robert, se rendant compte à sa honte qu'il bredouillait.

— Bien sûr, répondit Juliette en le caressant de ses yeux félins. Alors, sur un ton défensif au cas où il n'aurait pas compris, elle ajouta : « Je ne couche plus avec les clients. Je suis la patronne : je m'occupe strictement des affaires. »

— Je n'ai pas envie de coucher avec toi ! répondit Robert, piqué au vif, laissant éclater toute la colère contenue qu'il ressentait envers Angélique.

Mais Juliette ne fit que hausser les épaules avec indifférence.

— Je te demande pardon, dit Robert.

— Pourquoi ? Parce que tu es saoul ? Je vois rarement des hommes qui ne le sont pas. Parce que tu as voulu te servir de moi ? Ça m'arrive tout le temps. Ses yeux de chatte brillèrent d'une lueur étrange : « Tout cela fait partie du travail », ajouta-t-elle avec sarcasme. « Suis-moi », dit-elle en indiquant l'escalier en spirale.

Robert réprima un rot et la suivit en haut de l'escalier puis le long d'un couloir. La longue robe dorée de Juliette traînait devant lui, et Robert eut envie de pleurer. En la revoyant, il s'était d'abord senti envahi de nostalgie; mais brusquement, il eut un terrible sentiment de sa propre solitude. Fou Loup était mort; Janet était au Canada, séparée de lui par cette guerre stupide; Will était parti rejoindre Gálvez, et James faisait sûrement des bêtises dont il valait mieux ne rien savoir; Maria était maussade et lointaine, et même Juliette ne voulait pas de lui. Robert se sentit soudain très vieux et très mal aimé.

— Voilà, dit Juliette en ouvrant la porte. Robert entra dans la chambre. En la voyant, il se sentit encore plus mélancolique, car la chambre ressemblait beaucoup à celle qu'il avait autrefois partagée avec Juliette. Il s'affala sur le lit et respira profondément; l'odeur de musc remplit ses narines. Il ferma les yeux et enfonça son visage dans le matelas en duvet.

— Tu es beaucoup trop saoul et beaucoup trop pleurnichard pour courir les filles ce soir, observa Juliette. Si tu veux, je t'enverrai quelqu'un demain matin.

Robert leva les yeux et la regarda : « Tu sembles très bien comprendre comment je me sens. »

133

— Une putain c'est comme le sable mouillé, répondit Juliette. Quand un homme s'est couché sur elle, il laisse l'empreinte de son corps et l'ombre de ses pensées. Elle leva un magnifique sourcil : « Nous vous connaissons bien. »

— J'ai envie de toi, bredouilla-t-il. En souvenir d'autrefois.

Juliette secoua la tête, mais un sourire coquet se dessina sur ses lèvres sensuelles : « Peut-être demain », répondit-elle.

Ils avaient fait leur camp une heure auparavant, et le lièvre qui tournait sur la broche faisait grésiller le feu. Jenna, comme d'habitude, ne disait rien de peur de mettre Robbie dans une de ses folles colères. Il était là, comme toujours, à frotter la pierre à aiguiser contre la lame de son couteau. Ce bruit continuel était insupportable, exaspérant.

Il se leva et s'approcha d'elle. « Raconte-moi de nouveau, dit-il. Comme hier soir. »

Jenna se mit à parler et se demanda avec lassitude pourquoi il ne se fatiguait jamais de cette conversation. Ses paroles, pour elle, avaient perdu toute signification, et elle ne les répétait tous les soirs que pour empêcher Robbie de la tuer. Comme toujours, il devint tout rouge en l'écoutant, et se mit à respirer en haletant. « Enlève tes habits », dit-il d'une voix enrouée. Jenna le regarda sans comprendre. C'était la première fois depuis qu'elle était avec lui qu'il lui demandait une chose pareille.

— Tout ? demanda-t-elle.

Il lui mit le couteau à la gorge : « Oui, tout. »

Jenna défit maladroitement les boutons de sa chemise et mit un peu trop longtemps à l'ôter. Elle sentit de nouveau la lame du couteau contre sa gorge. Elle ferma les yeux et enleva son pantalon. Elle frissonna dans l'air du soir. « Reste assise, siffla-t-il. Tiens-toi bien tranquille. »

Il leva son autre main et se mit à caresser sa peau très lentement, comme s'il touchait un objet sacré. « Raconte encore », lui ordonna-t-il. Jenna recommença à parler. Robbie promena sa main sur tout son corps, glissant le plat de la lame sur sa peau. Alors il ôta la main et ouvrit sa braguette.

Jenna essaya de détourner le regard, mais elle sentit de nouveau la lame. « Regarde-moi, lui ordonna-t-il. Jenna, les yeux tout ecarquillés, regarda. Il posa son couteau et continua à la caresser d'une main, et son membre de l'autre. « Continue à parler », insista-t-il. Il se caressa rapidement jusqu'à la jouissance et dit à Jenna de se rhabiller.

Pendant quatre jours, Robbie sembla plus détendu et traita Jenna moins rudement. Pour elle, cela faisait partie de ce jeu abominable auquel elle ne se prêtait que pour rester vivante, en attendant que quelqu'un vînt la sauver. Tous les soirs, cela allait plus loin; il l'obligeait maintenant de se mettre dans certaines positions, ou de le caresser en parlant. Elle craignait qu'il ne finît par la posséder d'une manière bizarre; alors, l'ayant eue, il la tuerait peut-être.

— Tu as une robe ? lui demanda-t-il le cinquième matin.

— Une seule, répondit Jenna.

— Nous approchons Baton Rouge, annonça Robbie. Il nous faut des provisions.

Jenna jeta un coup d'oeil sur les gourdes de rhum vides et comprit qu'il voulait s'approvisionner en alcool. Mais elle ne dit rien. Elle espérait qu'une fois arrivée dans une ville, elle réussirait à s'échapper; et dans une ville de la Floride britannique de l'Ouest, ce serait peut-être plus facile.

Robbie se tourna vers elle : « Ne fais surtout pas de bêtises », dit-il à voix basse, en mettant la main sur la gaine de son couteau. « Je suis rapide », ajouta-t-il en se vantant. « Je peux sortir mon couteau et l'enfoncer en toi sans que personne ne me voie, et avant même que tu ne puisses crier. »

Jenna leva ses grands yeux verts : « Pourquoi tiens-tu tant à me garder ? »

Robbie eut un sourire étrange, un peu de travers. « J'aime ta manière de dire les choses, » répondit-il.

Jenna détourna le regard et essaya de ne pas perdre espoir. Le moment viendrait. Elle ne pouvait pas vivre ce cauchemar indéfiniment.

— Mets ta robe tout de suite, ordonna-t-il. Je ne peux pas te laisser dans le bateau et tu ne peux pas aller dans la ville habillée comme ça.

Jenna mit la main sur son visage et se demanda de quoi

135

elle pouvait bien avoir l'air. Sa peau était brûlée par le soleil et son nez pelait; elle avait essayé de se protéger du soleil, mais c'était impossible. Elle s'était parfois baignée dans des mares près du fleuve, quand ils s'arrêtaient pour la nuit.

Elle ouvrit sa sacoche et la fouilla. La robe était tout au fond. Stephan lui avait conseillé d'en emmener une seule, très simple et pratique, et qui ne se ferait pas trop remarquer dans les villes de frontière.

Jenna se mit sous l'abri du bateau et ôta ses vêtements d'homme, puis enfila la robe. Quand elle sortit, elle défit ses nattes et brossa ses longues tresses roux-or, les tira en arrière et les attacha avec un ruban.

Robbie la regarda et poussa un grognement. « Sois bien sage, lui dit-il. Je ne veux pas te tuer. . . du moins, pas encore. »

— On dirait un cheval de cirque, se dit Will MacLean en regardant Tolly Tuckerman sautiller lestement dans les rues de Baton Rouge, pour éviter la boue et les crottes qui les recouvraient. Il marchait à quelques pas devant Will et le guidait de telle manière qu'on aurait dit qu'il se frayait un chemin à travers la broussaille. C'était l'heure du crépuscule; il ne faisait pas encore noir mais les insectes bourdonnaient déjà autour de leur têtes.

— Ça sent encore plus mauvais qu'à Liverpool, dit-il en s'arrêtant devant une taverne. « Autant s'arrêter prendre un pot. On ne peut pas se présenter à la garnison à cette heure-ci. »

— Pourquoi pas ? demanda Will.

— C'est pas le bon moment, mon vieux. C'est le matin qu'il faut le faire; quand il fait noir, les sentinelles sont nerveuses. Peut-être qu'on passerait, mais j'aime mieux ne pas prendre de risque et me faire arrêter par une balle angliche. D'ailleurs, j'ai envie de jouer aux cartes.

Will regarda nerveusement autour de lui. « Tu as sans doute raison, avoua-t-il. De toute façon, il vaut mieux se faire une idée de ce que pensent les gens de la ville, et de quel côté ils sauteraient si l'on attaquait le fort. »

Tolly haussa les épaules. C'était caractéristique de Will

MacLean de penser au travail dans un endroit fait pour s'amuser. « Ca m'étonnerait qu'ils sautent, dit Tolly. Il fait bien trop chaud pour sauter. Tu penses que les habitants de Baton Rouge s'intéressent à la guerre ? Du moment qu'on ne brûle pas les récoltes et qu'on n'interrompt pas le commerce du fleuve, ils s'en fichent complètement. On n'est pas à Philadelphie, où les loyalistes sont si nombreux qu'on leur marcherait dessus par une journée de brouillard. Tous les gens qui vivent dans ce marécage abandonné sont trop occupés à chasser les moustiques pour avoir le temps de penser à se battre contre les Anglais. » Tolly éclata de rire. « D'ailleurs, il n'y a aucune différence : ce sont tous des suceurs de sang. »

Will ignora la remarque de son compagnon. Les sentiments de Will envers les Anglais n'étaient pas si passionnés : il ne les aimait guère, mais ce n'était vraiment pas très important pour lui. Will avait choisi de se battre avec Gálvez, et il avait une tâche à accomplir.

— Tu penses qu'ils ont des chambres ici ? demanda Will en regardant l'étage supérieur de la taverne.

— Je suppose qu'il doit y en avoir quelque part. Les gens vont et viennent sans arrêt. Je pense aussi que s'il y a des soldats anglais, il y a du rhum; et là ou il y a du rhum, il y a un jeu de cartes.

— Tu ne penses qu'à ça, vieux salaud, eh ? dit Will avec bonne humeur.

— Le plaisir avant le danger, dit Tolly en riant. Si je meurs, je mourrai heureux.

— Moi je préfère ne pas mourir tout de suite, dit Will en poussant la porte de la taverne. Il jeta un coup d'oeil rapide à l'intérieur de la salle et aperçut quelques soldats anglais. « Fais gaffe, chuchota Will à Tolly. N'oublie surtout pas nos noms de guerre. Le nom de mon père est trop connu : il ne faut pas faire d'erreur. »

Tolly hocha la tête. Will avait tout à fait raison. Le nom de MacLean était en effet très connu, surtout pas les Anglais, car Robert MacLean était le trafiquant d'armes le plus actif du Mississippi.

Tolly, un peu anxieux, entra dans la taverne. « Par là »,

dit-il en montrant une table. Will suivit Tolly et ils s'installèrent tout près des soldats britanniques. « A boire ! hurla-t-il. Faisons un toast à tous les bons loyalistes ! » Les soldats britanniques se retournèrent et répondirent au toast par un signe amical.

Tolly ne perdit pas un instant. Il fouilla dans sa sacoche et en sortit un jeu de cartes. Le propriétaire de la taverne leur apporta un pichet de rhum et le posa sur la table. « C'est toi qui paies, dit Tolly à Will. Il me faudra tous mes pauvres sous. » Will secoua la tête et sortit quelques pièces de sa poche.

— Un jeu de hasard, mes amis ! s'écria Tolly en faisant un signe aux soldats anglais. D'eux d'entre eux s'avancèrent vers leur table avec enthousiasme. Tolly étala ses cartes. « Examinez-les, si vous voulez », proposa-t-il. Alors il sortit un petit tas de pièces d'or et les posa devant lui. « Croissez et multipliez ! » dit-il en les regardant avec respect.

Will s'enfonça dans son siège et décida de ne pas jouer. Une chose était certaine : Tolly avait du style !

Il donna les cartes et la main fut gagnée par un des réguliers anglais. Tolly ne perdit ni son entrain ni sa bonne humeur. Will caressa les pièces qu'il portait dans sa ceinture; il était sûr qu'avant la fin de la soirée, ils n'auraient rien d'autre.

Les trois mains suivantes furent encore gagnées par des soldats anglais. Tolly garda son calme, ce qui ne l'empêcha pas de lancer un coup de pied à son ami sans aucune raison.

Les cartes venaient d'être distribuées une cinquième fois quand deux nouvelles personnes entrèrent dans la taverne. Will leva les yeux et, à sa stupéfaction, il aperçut une ravissante jeune fille, la plus belle qu'il avait jamais vue. Malgré sa robe minable et sa peau brûlée par le soleil, c'était une véritable beauté — chose rare dans la vie de frontière. Elle marchait derrière son compagnon, le suivant de très près. Elle regardait par terre comme si elle cherchait quelque chose, et Will, sans comprendre exactement pourquoi, eut l'impression qu'elle était en détresse — c'était du moins ce qu'il voulait penser.

Son compagnon était blond, au teint maladif : sa peau

était toute couverte de plaques rouges et de boutons. Il avait des yeux bleus très pâles et, en le voyant, Will ne put s'empêcher de penser à un lapin, mais son visage n'en avait pas la douceur : il était cruel, et Will se mit instinctivement sur ses gardes.

Le changement d'expression de Will attira l'attention de ses compagnons qui se tournèrent aussitôt vers les nouveaux venus. Tolly leva un instant le regard et eut l'air étonné. « Ça alors ! » marmonna-t-il.

Will pensa, évidemment, que Tolly réagissait à le jeune fille, qui fixait encore le plancher et semblait trop gênée par les regards indiscrets de tous ces hommes pour oser lever les yeux.

— Asseyez-vous donc avec nous, dit Tolly très fort, en ajoutant : « Ou craignez-vous de perdre tout votre argent ?

En réponse au défi de Tolly, Robbie lui lança un regard dur, mais il s'approcha de la table et s'assit. Il se tourna vers Jenna et, lui montrant une table voisine, lui dit : « Va t'asseoir là-bas. »

Jenna s'assit et croisa les mains devant elle. C'étaient des soldats anglais ! Mais elle ne savait pas exactement quoi faire. Fallait-il dénoncer Robbie tout de suite ? Et s'ils se moquaient d'elle et ignoraient ses prières ? Elle frissonna. Les hommes en groupe la terrifiaient. Peut-être qu'ils refuseraient de l'aider. Peut-être que Robbie la leur offrirait tout bonnement, et ils la malmèneraient tous ! Jenna fit un grand effort pour retenir ses larmes. Ce serait peut-être sa seule chance — ou une erreur irrémédiable. Tous les hommes buvaient, et tous étaient jeunes. Non, se dit Jenna. Elle ne pouvait pas prendre cette chance, ils risquaient de l'attaquer. Elle décida de rester tranquille et de les observer pour se faire une idée du genre d'hommes auxquels elle avait affaire. Il fallait préparer un plan; car, même s'ils avaient de bonnes intentions, Robbie pouvait les tuer tous.

On apporta à boire et les hommes firent encore cinq tours de cartes. Robbie gagna la première main; Tolly, qui se concentrait de mieux en mieux sur son jeu, gagna les autres. De temps en temps, Will lançait un regard furtif dans la direction de Jenna. Que faisait-elle donc avec ce jeune homme si étrange et à l'air si cruel qui jouait aux cartes avec Tolly et les soldats anglais ? On aurait dit une poupée abandonnée, douce et fragile. Elle semblait tout l'opposé de son compagnon. Pourtant, quand il lui avait dit de s'asseoir, elle avait obéi sans protester, sans même le regarder. Peut-être qu'elle avait peur de lui — elle avait en effet l'air lasse et fatiguée, et Will eut l'impression qu'elle était effrayée. Elle semblait avoir besoin d'aide, mais ne savait pas comment s'y prendre — ou craignait de parler. Peut-être, se dit Will, qu'ils étaient tout simplement mariés et qu'il avait tout imaginé. « Avec ma chance, pensa-t-il, c'est sans doute le cas. »

— C'est fini pour moi, annonça l'un des soldats en se levant. « Encore une tour et il ne me restera plus un sou ! »

Un autre de ses compagnons éclata de rire et fit de même. « On ferait mieux tous se tirer, dit-il. Nous avons une longue journée demain; on doit se lever à l'aube pour l'inspection. »

Tolly ne changea pas d'expression. Il avait récupéré tout son argent et gagné quelques pièces en plus. « Dommage, dit-il gaiement. Et vous, vous n'avez pas fini, j'espère », dit-il en se tournant vers Robbie, qui rencontra son regard sans sourciller; un filet de rhum coulait de sa bouche.

Jenna leva les yeux. Elle fut prise de panique en sentant l'un des soldats lui pincer l'épaule. « Pas mal », dit-il d'une voix ivre. Jenna se figea. Ils étaient tellement ivres qu'ils arrivaient à peine à se tenir debout : comment donc pouvaient-ils lui venir en aide ? Elle se tourna désespérément vers Will. Il semblait très convenable, mais comment pouvait-elle juger ? Jenna fut envahie d'un terrible sentiment de sa propre impuissance; ses chances disparaissaient peu à peu.

Tolly se remit à donner les cartes et Robbie lança à Jenna un regard mauvais, qui la fit de nouveau baisser les yeux.

— Vous connaissez Boston ? demanda Tolly à Robbie sur un ton désinvolte.

Will se tourna vers les hommes pour écouter. Il avait vu le regard dangereux qu'avait lancé Robbie à Jenna : ce n'était qu'une lueur dans ses yeux, mais en cet instant Robbie lui avait paru comme un bête féroce.

— Non, répondit aussitôt Robbie.

Tolly posa ses cartes : « Cette fois-ci, je vous ai eu ! » dit-il en appuyant sur ses mots.

— Je n'aime pas les parties à deux, marmonna Robbie. Il leva sa timbale et prit une longue gorgée.

— Viens jouer avec nous, dit Tolly en faisant signe à Will de les rejoindre.

Will détacha son regard de Jenna avec irritation : Tolly savait pourtant qu'il avait horreur de jouer aux cartes.

— Allons, Will, je t'ordonne de jouer. Cet homme n'aime pas les parties à deux.

Il l'ordonnait ? Tolly essayait-il de lui dire quelque chose ? C'était lui, et non pas Tolly, qui commandait. Will jura silencieusement. « Il ferait mieux d'avoir une bonne raison pour m'obliger à jouer ce jeu ridicule », se dit-il.

— Viens jouer avec moi et avec mon nouvel ami, dit Tolly d'une voix ivre.

Will regarda Tolly : il savait parfaitement bien que Tolly n'avait pas assez bu pour être ivre, et qu'il ne prononçait pas le mot « ami » si facilement.

Will s'assit et regarda Tolly qui s'était remis à distribuer les cartes. Robbie était assis au bord de son siège et se penchait en avant, l'air très tendu. Il ramassa ses cartes une par une.

Will ramassa les siennes : il y avait deux neufs, un roi, un trois et un sept. Il soupira. Il garda les neufs et le roi et écarta les autres. Tolly lui donna encore deux cartes et Will les ramassa : c'étaient un roi et un neuf de carreau. Il regarda le neuf de carreau. Depuis son enfance, il avait toujours entendu dire que cette carte était « la malédiction écossaise ». Il marmonna un juron tout bas.

Les deux autres avaient écarté des cartes et ramassé d'autres. « Je relance deux pièces d'or », dit Tolly avec confiance. Robbie regarda son jeu et passa sa langue sur ses lèvres. Il mit trois pièces d'or sur la table.

Will eut envie de donner un coup de pied à Tolly pour avoir relancé l'enjeu. Il jouait rarement au poker, et c'était la première fois de sa vie qu'il avait un jeu convenable, avec ou sans malédiction.

Will mit la main dans sa ceinture. « Je suis un trop bon Ecossais, se dit-il. Même avec un jeu gagnant, je n'ai pas envie de le faire. » Mais il le fit quand même. Il mit quatre pièces d'or sur la table et essaya de paraître sûr de lui.

Robbie suça sa lèvre. : « C'est fini. Je n'ai plus d'argent. »

Tolly n'en crut pas un mot. « Et la gonzesse ? » dit-il en montrant Jenna qui resta interdite, la bouche ouverte, et écarquilla les yeux en entendant ces paroles.

Will se raidit. Il n'avait jamais entendu Tolly parler d'une manière pareille devant une femme. Il allait intervenir, mais Tolly lui lança un regard sévère : « Je ne te connais pas bien, mais je pense qu'elle devrait te plaire. »

Will, stupéfait, resta sans rien dire. Tolly était l'un de ses plus vieux amis. Il se passait certainement quelque chose.

— D'accord, la gonzesse, dit Robbie. Ce n'était pas vrai qu'il n'avait plus d'or, mais il ne pensait pas qu'il en restait aux autres, et était sûr de gagner. Il y avait un beau tas d'or sur la table et il avait l'intention de l'avoir, même s'il ne gagnait pas. Ils étaient deux, mais il décida qu'il pouvait les dominer : l'un était ivre mort, l'autre semblait un simple rustaud. Ni l'un ni l'autre ne saurait parer son coup de couteau rapide comme l'éclair.

Jenna, la bouche entrouverte, sentit son coeur battre très fort. Elle avait trop peur de Robbie pour oser parler. Mais quel était donc cet homme qui voulait la gagner à un jeu de cartes, et parlait d'elle d'une manière pareille ? Elle se rappela la nuit dans les bois où Robbie avait si tranquillement tué ses camarades. Elle resta collée à son siège, sûre qu'il allait tuer ces deux hommes aussi.

— Tu acceptes la fille comme enchère ? demanda Tolly en s'étalant presque sur la table.

Will hocha la tête, ne comprenant toujours pas ce qui se passait. Il montra ses cartes : il avait trois neufs et une paire de rois. « Tu as la main pleine ! » s'exclama Tolly tout joyeux. « Je suis foutu ! »

Robbie fit une grimace, posa ses cartes et se leva.

Tout se passa à une telle vitesse que Jenna eut à peine le

temps de voir les événements qui suivirent. Elle vit Robbie sortir son couteau et se jeter sur Will, qui fit un mouvement de côté pour éviter la table que Tolly venait de renverser. Robbie perdit l'équilibre.

Tolliver Tuckerman enjamba la table d'un saut. « Attention au couteau ! » cria-t-il. La lame tranchante venait de glisser à travers le pourpoint de Will, sans toucher sa peau. Tolly, d'un mouvement rapide, avait sorti son propre couteau. Il l'enfonça dans le corps de Robbie, par en-dessous et vers le haut.

Jenna poussa un cri. Robbie, ses yeux pâles lui sortant de la tête, saisit le manche du couteau qui était enfoncé en lui et le caressa pendant un court instant, comme il avait si souvent caressé son propre couteau. Un sourire cruel se dessina sur ses lèvres et il tomba en avant, ses bras et ses jambes partant dans toutes les directions, la bouche ouverte, marmonnant un dernier juron avec un glouglou horrible.

— Tu l'as tué ! s'écria Will stupéfait. Il connaissait Tolly depuis des années, et savait qu'il n'était pas un meurtrier : il se battait si on l'attaquait, mais jamais sans provocation.

Jenna, presque paralysée, couvrit sa bouche de ses mains; ses yeux verts fixèrent l'horrible spectacle de Robbie étalé sur la table.

Derrière elle, Jenna sentit la présence du propriétaire de la taverne. Il tenait un mousquet et semblait ne pas savoir que faire.

— Je l'ai tué pour éviter qu'il nous tue d'abord, lui expliqua Tolly, et parce que je le connaissais.

— Ne bougez pas, murmura le propriétaire. Il avait l'habitude des bagarres et avait tout vu sauf le couteau que serrait Robbie dans sa main.

Tolly défroissa ses vêtements et passa la main dans ses cheveux ébouriffés. « C'est un tueur », dit-il à Will et au patron de la taverne. « Je l'ai connu à Boston. C'est un homme qui n'était d'aucun parti, qui tuait pour l'argent ou pour le plaisir. » Le propriétaire laissa tomber son mousquet, mais n'eut pas l'air rassuré. Tolly sourit : « Sa tête est à prix. » Les Anglais vous récompenseront largement — les Virginiens le feraient aussi avec plaisir. Ne vous gênez pas pour aller réclamer la prime, mon ami. Moi, j'ai autre chose à faire. »

Jenna était devenue très pâle : « Vous n'êtes pas saoul du tout ! » s'exclama-t-elle.

Tolly, tout souriant, s'inclina jusqu'à la taille et baisa sa main toute molle. « Ça m'arrive très rarement », dit-il. Il lui fit un clin d'oeil : « Evidemment, je vous ai gagnée. »

— C'est moi qui l'ai gagnée, dit Will en le corrigeant.

— Oui, c'est vrai. Je n'étais pas sûr que tu l'accepterais, puisque c'est « la malédiction écossaise » qui te l'a fait gagner. Elle risque de te causer plus de problèmes que tu ne t'imagines. Tolly connaissait bien son folklore écossais : le neuf de carreau, depuis des siècles, était un symbole de l'hostilité entre les MacDonald et les Campbell.

Jenna regarda Tolly, puis Will : ils semblaient très gais et se moquaient d'elle. « Je refuse d'être gagnée ou perdue à un jeu de cartes ! » dit-elle en tapant du pied. Ses yeux verts lancèrent des flammes, et Will éclata de rire.

Jenna s'agrippa à la table et, voyant rire Will, elle fondit en larmes. « Vous ne m'avez pas gagnée ! Ne comprenez-vous donc pas ? Il me tenait prisonnière ! » Ce flot de paroles, entrecoupé de sanglots hystériques, sortit de sa bouche d'un trait et son corps se mit à trembler.

Will cessa immédiatement de rire et se sentit très bête. « Pardonnez-moi », dit-il. Mais Jenna ne l'avait pas entendu : elle était devenue complètement hystérique. « Je n'ai pas d'argent et je ne sais même pas où je suis ! Je ne peux pas rentrer à la maison ! et. . . » Will, ne sachant que faire, regarda Tolly.

Tolly haussa les épaules : « la malédiction écossaise », marmonna-t-il. Il se pencha sur le corps de Robbie et le fouilla rapidement. Il lui ôta sa ceinture toute pleine d'or et la secoua : « Il n'a sûrement pas obtenu ça par des moyens honnêtes », dit-il. Il passa la ceinture à Will, puis saisit Robbie par les épaules. Le propriétaire, qui ne tenait plus son mousquet, le prit par les pieds.

— Mettons-le derrière la taverne, proposa celui-ci. J'irai demain matin livrer son corps et réclamer la récompense.

Will les regarda sortir de la taverne. Jenna était restée

appuyée contre la table; elle pleurait encore, mais avait au moins cessé de hurler. Il tendit la main vers elle : elle tressaillit.

Tolly revint dans la salle : « Il y a deux chambres en haut de l'escalier, c'est tout arrangé. Fais ce que tu veux avec la fille. Moi, je me couche ! »

— Venez, dit Will en tirant doucement sur la manche de Jenna.

— Je ne coucherai pas avec vous ! hurla-t-elle. Je ne suis pas quelque chose à perdre ou à gagner ! Je ne lui appartenais pas, il m'a enlevée ! » A travers ses sanglots, ses paroles étaient devenues incohérentes.

Will devint rouge écarlate. Comment pouvait-elle s'imaginer qu'il abuserait d'elle de cette façon ? « Allons, dit-il, venez. » Il la tira de nouveau mais elle se jeta sur lui et se mit à hurler en lui martelant la poitrine de coups de poings. Will, exaspéré et extrêmement gêné par cette scène, saisit sa taille mince et jeta Jenna sur son épaule. Elle lança des coups de pied, hurla et lui frappa les bras de toutes ses forces. Tolly avait disparu depuis longtemps : il disparaissait toujours au mauvais moment.

Will porta Jenna en haut de l'escalier et ouvrit la première porte à droite. La chambre, comme dans toutes les tavernes de la frontière, n'était meublée que d'un lit et d'une petite table; il y avait une lanterne sur la table avec une bougie à moitié brûlée.

Will jeta Jenna sur le lit face contre le matelas et elle se retourna vivement, bondit du lit et se précipita vers la porte ouverte. Mais Will fut plus rapide : il claqua la porte et barra le chemin.

— Laissez-moi sortir ! Laissez-moi sortir ! le visage de Jenna était couvert de longues traînées de larmes et elle se mit à hurler des paroles incohérentes. Mais elle continua à se battre : c'était une vraie furie, mais belle et pleine de fougue.

— Je ne comprends pas ce que vous dites, finit-il par hurler. Vous êtes complètement hystérique !

— Laissez-moi sortir ! Elle se remit à le marteler de coups de poing. Will, qui n'avait jamais frappé une femme de sa vie, la saisit par les épaules et se mit à la secouer.

— Arrêtez ! ordonna-t-il d'une voix sévère. « Calmez-vous et cessez de hurler ! Je ne vais pas vous faire de mal. »

Jenna ne s'arrêta pas tout de suite : sa crise se calma peu à peu et elle cessa enfin de se débattre. On aurait dit une horloge trop remontée qui, après un certain temps, s'était inévitablement arrêtée. Jenna s'affaissa dans les bras de Will comme une poupée en étoffe et éclata en sanglots. « Tu t'es moqué de moi ! Tu ne sais pas tout ce que j'ai souffert ! » Elle se pressa contre lui et Will la prit dans ses bras et la tapota doucement.

— Ne t'en fais pas, dit-il plusieurs fois, tout ira bien.

Peu à peu, Jenna se détendit. Après quelque temps, elle se dégagea de ses bras et le regarda. Il avait un gentil visage et une expression sympathique et chaleureuse. « Tu promets que tu ne me feras pas mal ? » demanda-elle, comme une petite fille.

— Bien sûr que non, répondit Will. Mais elle était si belle, si belle, malgré ses yeux bouffis et son nez tout pelé !

Il la ramena vers le lit. « Allons, assieds-toi ici, dit-il. Moi, je reste là » Il s'éloigna d'elle et s'assit par terre. « Maintenant, dis-moi ton nom et raconte-moi tout ce qui. t'est arrivé. » Il s'arrêta, puis ajouta : « Peut-être que je peux t'aider. »

Jenna suça sa lèvre inférieure et prit sa respiration : « Je m'appelle Jenna — Jennifer, si tu veux. Jenna O'Connell. » Elle commença son histoire à Saint-Louis et parla du meurtre de Stephan et de la manière dont Robbie l'avait enlevée. « Il était complètement anormal », dit-elle d'une voix entrecoupée de sanglots. Elle lui raconta la manière dont il l'avait menacée avec son couteau, et, avec difficulté, lui dit ce qu'il lui avait demandé de faire.

Will l'écouta attentivement et essaya de comprendre son histoire. Il se sentait tout honteux de s'être moqué d'elle tout à l'heure. Mais comment pouvait-il savoir combien elle avait souffert ? Ce n'était certainement pas le genre de femme qu'il se serait attendu à voir avec Robbie. Ce n'était qu'une pauvre innocente, victime d'une série d'événements atroces, dont elle paraissait se sentir responsable.

— C'est de ma faute ! sanglota Jenna. J'ai quitté ma maison contre le gré de mon père !

Will pensa à sa propre mère. Lui aussi il était parti contre son gré, et il se demanda si les conséquences en seraient aussi funestes que pour Jenna.

Will lui donna la ceinture de Robbie. « Cet or est à toi, dit-il. Je demanderai à Tolly de t'emmener à La Nouvelle-Orléans. »

— Et toi, demanda Jenna tout angoissée, tu ne peux pas venir ?

Will secoua la tête : « J'ai des affaires importantes à régler ici. Mais tu peux faire confiance à Tolly : il ne te fera pas de mal non plus, je te le garantis. » Will se pencha vers elle : « Il faut que tu ailles à La Nouvelle-Orléans, dit-il avec intensité. Il y a une guerre, tu sais. »

Jenna entrouvrit les lèvres : « L'Espagne est entrée dans la guerre ? »

Will hocha la tête : « C'est pourquoi tu dois quitter Baton Rouge immédiatement. Je te rejoindrai à La Nouvelle-Orléans, et trouverai moyen de te faire rentrer chez toi. »

Jenna étendit le bras et lui prit la main : « Je ne sais même pas ton nom. »

— Will. . . répondit-il. Non, se dit-il, je ne peux pas lui dire mon vrai nom. Si par hasard elle était arrêtée, le fait de connaître un espion de Gálvez la mettrait en danger. Il ne pouvait pas risquer de compromettre cette jeune fille qui avait déjà tant souffert. « Je m'appelle Will Knowlton, dit-il enfin. Tu ferais mieux de te reposer. Demain matin, nous déciderons quoi faire. »

Will se leva et Jenna s'étendit sur le lit. Il la couvrit d'une moustiquaire et ouvrit la fenêtre pour laisser entrer le bon air du soir. Sous la mousseline blanche de la moustiquaire, elle paraissait un ange, avec ses longues tresses roux-or éparpillées sur l'oreiller; elle était toute pelotonnée sur son lit et avait déjà les yeux fermés.

Will s'avança vers la porte et Jenna ouvrit les yeux. « Où vas-tu ? » lui demanda-t-elle d'une voix effrayée.

— Juste à côté répondit-il.

Jenna frissonna : « J'ai peur », avoua-t-elle.

Will sourit : « Alors je vais aller chercher mon rouleau de couchage. Je dormirai par terre à côté de toi. »

Jenna lui lança un regard reconnaissant. « Oui, reviens, je t'en supplie » répondit-elle en posant la tête sur l'oreiller. Will ramena son rouleau de couchage de la chambre de Tolly, qui dormait paisiblement juste à côté. Il l'arrangea par terre et éteignit la bougie de la lanterne. Avant même de fermer les yeux, il entendit la respiration regulière de Jenna, qui dormait profondément.

CHAPITRE VIII

Le 1er septembre 1779

La chambre dans laquelle avait dormi Tolliver était identique à celle de Will et de Jenna : elle était petite, étroite et sentait le renfermé. Tolly était déjà debout : il avait fait sa toilette et mis des habits propres. Sa sacoche était ouverte sur le lit et une bassine d'eau tiède, maintenant grisâtre, reposait sur une vieille petite table sous le miroir en étain.

Tolly regarda Will d'un air dégoûté : « Ça m'étonnerait que les Anglais t'engagent — tu n'as vraiment pas l'air frais, mon ami. » La passion de Tolly pour la propreté était bien connue : même en parlant, il n'avait pas cessé de se peigner la barbe. « Le temps presse, tu sais », dit-il en se tournant vers Will. Il lui fit un clin d'oeil : « Tu as bien dormi ? »

— Pas comme tu penses, répondit Will aussitôt. J'ai dormi par terre.

Tolly éclata de rire : « Et moi qui me suis donné tant de mal pour te trouver de quoi réchauffer ton lit ! Tu es vraiment un homme honorable — elle a dû bien t'en remercier ! »

— Elle n'est pas ce que tu penses, protesta Will. Elle a été enlevée et a eu des experiences terribles.

Tolly leva un sourcil. Soit la fille était débrouillarde et Will trop crédule, soit elle disait la verité : avec Robbie, on pouvait s'attendre à tout.

— Nous n'avons pas le temps de nous occuper de ses expériences terribles, dit Tolly. Il y a du travail à faire.

Ils avaient préparé leur plan pendant le trajet vers Baton Rouge, il s'agissait simplement de se faire passer pour de bons loyalistes, se présenter devant la garnison anglaise et leur offrir des renseignements sur les mouvements des troupes espagnoles, puis s'engager comme volontaires pour se battre de leur côté. C'était sûrement la manière dont se conduiraient de vrais loyalistes, avec la différence que quand Will et Tolly quitteraient la garnison, ils emmèneraient avec eux des plans du fort, et connaîtraient la position des défenses, ainsi que le nombre exact des troupes. « Vous êtes une bonne équipe, vous deux, leur avait dit Gálvez. Personne ne vous soupçonnera : vous parlez très bien l'anglais et Tolly est de naissance britannique. »

Will fixa la nuque de Tolly : il était penché en avant, pour mieux se voir dans la glace en étain. « Nous ne pouvons ni la laisser seule ni risquer de revenir ici pour la chercher. Il faut qu'elle quitte Baton Rouge immédiatement, et l'un de nous doit l'emmener jusqu'à La Nouvelle-Orléans. »

Tolly se retourna : « Tu lui as aussi dit qui nous étions, j'imagine ! C'est peut-être une espionne, tu sais. Elle n'était pas en très bonne compagnie hier soir ! »

— Je ne lui ai pas dit mon vrai nom, et elle n'a aucune idée pourquoi nous sommes ici. Bon Dieu ! elle ne savait même pas que l'Espagne était entrée dans la guerre ! Ecoute, Tolly, je suis sûr qu'elle dit la vérité.

— Ça ne change rien. Nous avons autre chose à faire.

Will se leva : « Nous n'avons pas besoin d'être deux. Je peux aller à la garnison pendant que tu l'emmènes à La Nouvelle-Orléans.

Tolly, furieux, fit une grimace : « Et pourquoi pas toi ? »

— Parce que c'est moi qui commande, tu te rappelles ? répondit Will, furieux lui aussi.

— Tu vas te faire bousiller sans moi. Je ne t'aurais jamais cru capable d'user de ton rang pour me faire faire une chose pareille !

— Et moi, je veux qu'elle aille à La Nouvelle-Orléans sans danger. Will se sentait dèjà démangé par un sentiment de culpabilité : la securité de Jenna était devenue aussi

150

importante pour lui que sa mission, et Tolly n'avait qu'à le voir et l'entendre pour s'en rendre compte.

— Et même si j'accepte de l'emmener, qu'est-ce que tu veux que je fasse avec elle une fois là ? La Nouvelle-Orléans n'est pas un couvent de jeunes filles, tu sais.

— Elle a de l'argent. Tu n'as qu'à lui trouver un logement, répondit Will avec irritation.

— Ce n'est pas seulement une question d'argent, dit Tolly d'un air mécontent. « Je n'ai pas été envoyé en mission pour accompagner une demoiselle abandonnée que tu as trouvée dans une taverne. »

— Eh bien, c'est maintenant ta nouvelle mission, répondit Will sur un ton péremptoire.

Tolly marmonna un juron : « C'est un ordre ? »

— C'est un ordre.

Jenna regardait le fleuve boueux : elle avait l'impression d'avoir passé la moitié de sa vie sur des rivières. « Je me laisse emporter par le courant », pensa-t-elle avec angoisse. A ce moment là, le radeau prit une des centaines de tournants du fleuve sinueux et elle perdit de vue l'embarcadère et Will, qui était resté là à les regarder jusqu'au dernier moment.

Jenna se tourna vers Tolliver Tuckerman. C'était un homme étrange dans sa manière d'agir comme au physique. Il était très grand et maigre avec une barbe soigneusement peignée. Sa poitrine n'était pas plus large que ses hanches : un vrai manche à balai.

Jenna pensa alors à Will. Il était tout à fait l'opposé : grand, lui aussi, mais large d'épaules et de poitrine comme Mathew, avec des bras forts et musclés.

Tolliver Tuckerman avait cependant des yeux bleus pétillants qui semblaient se moquer de tout malgré son ton de voix parfois hautain. Il semblait à Jenna qu'il était extrêmement intelligent, et son attitude dédaigneuse envers le monde qui l'entourait ne l'en rendait pas plus désagréable.

— Vous êtes en colère, n'est-ce pas ? demanda Jenna.

Tolly leva un sourcil noir : « Et pourquoi donc serais-je en colère ? Parce que j'ai reçu l'ordre de changer ma vie pour m'occuper d'une petite jeune fille qui s'est mise dans un pétrin ? Allons, allons ! »

— On vous a donné cet ordre ? demanda Jenna tout étonnée.

— Oui, c'était un ordre, répéta Tolly. Ce n'était plus la peine de lui cacher la vérité : Baton Rouge était derrière eux, et ils allaient vers La Nouvelle-Orléans. « Une série de circonstances bizarres et très injustes m'a poussé à m'engager à me battre. Des circonstances plus injustes encore m'ont placé sous le rang d'un galopin. »

Jenna écarquilla les yeux : « Vous battre ? » demanda-t-elle tout ahurie. « Vous battre contre qui ? »

— Ma chère, je fais partie du corps expéditionnaire du général Bernardo Gálvez, et votre cher Will aussi. Avant de vous rencontrer, nous préparions une mission importante. A présent, Will est seul à accomplir cette mission qui est aussi, si je puis dire, extrêmement dangereuse, et moi je suis devenue un nourrice. Le hasard est parfois cruel.

Jenna ouvrit la bouche d'étonnement : « Vous vous battez contre les Anglais ? » Son visage se rembrunit : « Mais que vais-je donc devenir ? Vous m'emmenez à La Nouvelle-Orléans, et je suis du Canada ! Je suis une loyaliste ! »

Tolly éclata de rire : « Et une femme aussi, ajouta-t-il dédaigneusement. « Ne vous en faites pas. Vous ne serez pas une prisonnière de guerre. Oh non ! Il y a des dizaines, sinon des centaines, de réfugiés loyalistes à La Nouvelle-Orléans. Vous ne pouvez pas vous imaginer combien les Espagnols sont tolérants !

Cela doit être comme au Québec, se dit Jenna. Les loyalistes et les rebelles vivaient côte à côte, et les Anglais n'en faisaient rien. Elle soupira. Son oncle vivait sous l'autorité espagnole, et les Espagnols se battaient contre les Anglais : lui aussi, peut-être, soutenait les Espagnols.

Tolly la regarda d'un air amusé : « D'ailleurs, une jolie femme n'a rien à craindre. Elles font d'excellentes espionnes. Seriez-vous par hasard une espionne ? »

— Evidemment non ! s'écria Jenna avec indignation. Je ne comprends absolument rien à cette rébellion, cette guerre ou cette révolution, je ne sais pas comment vous appelez cela.

— C'est une rébellion, répondit Tolly. Le jour où elle aura réussi, on appellera cela une révolution. Et je veux bien le croire, que vous n'y comprenez rien !

— Est-ce que Will est en danger ? demanda Jenna en fronçant les sourcils.

— Un espion est toujours en danger. Si les Anglais l'attrapent, il sera pendu. S'il réussit, il risque de se faire tuer en bataille. Gálvez n'a pas beaucoup d'hommes, et nous ne connaissons pas la force des Anglais.

Jenna mit ses bras autour de sa taille. « Je déteste la guerre », murmura-t-elle.

— C'est très gênant pour la vie sociale, eh ? commenta Tolly d'une voix méprisante.

— Ce n'est pas cela que je voulais dire, dit sèchement Jenna. Je ne suis pas une petite nouille, comme vous semblez en avoir l'impression. Ce que je veux dire, c'est que je n'ai jamais connu la paix. Nous avons dû quitter notre maison du Niagara à cause des guerres indiennes et parce que les Anglais avaient donné ce terrain aux Indiens. Avant cela, il y a eu une guerre, et maintenant cette. . . cette rébellion !

Tolly haussa les épaules : « Vous ne me semblez engagée ni d'un côté ni de l'autre. »

— C'est vrai. Tout ce que veux, c'est rentrer chez moi !

— Il aurait fallu y penser avant de vous en aller !

Jenna fit un effort pour ne pas riposter. Elle se sentait tout embrouillée. Son regard suivait le rivage, qui semblait paisible. La guerre viendrait-elle jusqu'à ce terrain abandonné ? Jenna se sentit de nouveau vaincue, perdue, seule. Elle venait de rencontrer Will et ne le reverrait sans doute jamais plus.

— J'espère que Will n'est pas en danger, dit-elle enfin d'une voix presque imperceptible.

Tolly la regarda avec intérêt : « Il y a peut-être de l'espoir pour vous. Sous ma tutelle, vous risquez de devenir une grande fille. »

Jenna lui lança un regard furieux : « Je *suis* une grande fille ! »

Tolly éclata de rire : « Vous avez l'apparence d'un papillon, la consistance d'une luciole et le bon sens d'un papillon de nuit. Vous n'avez qu'à voir un peu de lumière pour vous y jeter tête la première. Je regrette, ma petite : Vous êtes loin d'être une grande fille ! »

Robert venait de se réveiller quand il vit s'ouvrir la porte de sa chambre et entrer Juliette, portant un plateau.

— Tu as meilleure mine qu'hier soir, dit-elle en posant le plateau sur une petite table.

Robert s'assit dans son lit et se frotta les yeux. Il avait très soif et sa tête lui faisait mal.

— Je t'ai apporté du thé et du pain, dit Juliette avec un sourire.

Robert lui donna un regard caressant, mais ne fit aucun effort pour se lever. Elle lui semblait encore plus belle que la veille. « Elle est merveilleusement bien conservée », se dit-il avec admiration.

— Tu es superbe, lui dit-il. Ses longs cheveux châtains étaient tirés en arrière et attachés derrière sa tête. Malgré quelques mèches grises, ils avaient gardé tout leur éclat. Ses yeux félins étaient fixés sur lui, mystérieux, étincelants. Sa peau était dorée comme autrefois.

— Je ne savais pas que tu t'occupais personnellement de tes clients, commenta Robert.

Juliette haussa les épaules : « Tu es un vieil ami, le seul de mes clients qui m'ait jamais demandée en mariage. J'ai sans doute un faible pour toi. »

Robert s'étira et se leva. Il s'approcha de la petite table et s'assit. Le thé avait l'air appétissant. « Tu en prends aussi ? »

— J'ai amené deux tasses, dit-elle en souriant. Juliette s'assit en face de lui et il respira l'odeur de son parfum : comme la chambre dans laquelle ils se trouvaient, elle sentait le musc. L'atmosphère qui se dégageait d'elle était aussi érotique qu'autrefois, et les années ne l'avaient pas rendue moins désirable.

— Qu'est-ce que tu fais à La Nouvelle-Orléans ? demanda-t-elle. J'ai entendu dire que tu avais un excellent commerce au nord d'ici.

— Tu sais donc tout ?

— Quand on fréquente les Espagnols et les commerçants, on sait presque tout, avoua-t-elle. J'ai une clientèle d'élite.

— Je voulais voir mon fils avant qu'il. . .

— Avant qu'il ne rejoigne Gálvez, dit-elle en finissant sa phrase pour lui. Puis elle ajouta : « Il est déjà parti. C'est pour cela que tu te saoulais ? »

Robert secoua la tête. « Non », répondit-il sans plus d'explications.

Juliette leva sa tasse. « Dis-moi ce qui ne va pas », lui demanda-t-elle.

Robert avait déjà vidé sa tasse; il prit la théière et se servit de nouveau. Il avait moins mal à la tête et le thé avait calmé son estomac. Il secoua la tête en cherchant ses mots. « Ma vie est un chaos, dit-il enfin. Un de mes fils est maussade et égoïste. Ma fille est une étrangère et ma femme. . . je l'ai pourtant aimée. . . est devenue froide et distante. » Il secoua de nouveau la tête : « Je ne comprends pas. Tout allait si bien ! »

— C'est le fleuve, dit Juliette mystérieusement, une lueur étrange brillant dans ses yeux dorés. Elle regarda Robert.

— Je ne comprends pas.

— Les vents de l'hiver nettoient l'âme, dit Juliette en regardant dans le lointain. « Mais sur le fleuve, c'est toujours la même chose. C'est une maladie : on dit qu'elle ronge le cerveau peu à peu et que les êtres faibles y succombent. »

Robert comprit que Juliette parlait dans un langage à la fois concret et symbolique. Le nombre de gens qui mouraient de la fièvre était effrayant, et elle pouvait en effet attaquer le cerveau. Mais Juliette parlait aussi de la corruption de l'âme, qui pour elle était symbolisée par le fleuve. Il se sentit brusquement coupable. Peut-être qu'Angélique était malade, peut-être que son changement avait été causé par un mal physique. Maria, elle aussi, en était atteinte. Mais James était fort et solide, comme lui-même, comme Will.

— Les esprits bienfaisants peuvent nous quitter, dit Juli-

155

ette en appuyant sur ses mots. « Ils peuvent nous abandonner. » En voyant ses yeux, il comprit ce qu'elle cherchait à dire. Juliette était créole, et elle tenait aux croyances de son peuple. Ces croyances étaient aussi mélangées que les habitants du delta : il y avait le vaudou des Haïtiens, le catholicisme des Français et des Espagnols, les incantations des Africains et leur croyance profonde dans le monde des esprits.

— Mon esprit bienfaisant m'a-t-il donc abandonné ? demanda Robert. Mon ange gardien est-il parti ailleurs ?

Juliette secoua la tête. « Il ne t'a pas abandonné, répondit-elle : tu as gardé ta force. Mais il te faut quelque chose de nouveau, un nouvel intérêt. » Soudain elle sourit : « Je pense que ton esprit s'ennuie. »

Robert se leva et se mit derrière la chaise de Juliette. Il posa ses mains sur ses épaules nues et caressa sa longue nuque gracieuse. « Tu tiens vraiment à ne pas coucher avec tes clients ? » lui demanda-t-il en jouant avec son oreille délicate.

— Oui, répondit-elle. Mais je ne refuserai peut-être pas un ami.

Robert se pencha et lui embrassa la nuque. Sa peau était toute fraîche, aussi délicieuse qu'autrefois. Il la prit dans ses bras, l'emporta vers le lit, et la posa doucement sur le matelas.

— Tu n'as pas oublié de faire l'amour lentement, très lentement ? lui demanda-t-elle en le caressant, tandis qu'il lui ôtait sa robe et admirait son corps magnifique.

Robert mit son visage sur la tendre peau de son ventre. « Je te ferai pleurer de joie », dit-il : c'étaient les paroles qu'elle voulait entendre, et il le savait.

Il caressa doucement son corps, ses doigts tour à tour légers, l'effleurant à peine, ou plus insistants. Juliette grogna de plaisir et se tortilla dans ses bras, folle de désir.

— Tu fais l'amour mieux qu'aucun homme que j'aie jamais connu, avoua-t-elle d'une voix basse et enrouée. Robert la tourna doucement et promena sa main sur ses belles fesses rondes, en se penchant pour les embrasser. Il la souleva et, la caressant toujours, il entra en elle par derrière.

156

Elle gémit de volupté et balança doucement son corps au rythme d'un chant mystérieux, envoûtant Robert par ses mouvements savants et par la merveilleuse couleur de sa peau. Il se sentit porté peu à peu vers un lieu inconnu; gravissant ensemble le chemin de la passion, ils planèrent longtemps, en retenant leur jouissance, jusqu'au moment où, n'en pouvant plus, ils se laissèrent aller. Alors ils atteignirent ensemble le comble de la volupté, le sommet de la pure sensation.

Pendant les heures qui suivirent, Robert, tenant Juliette dans ses bras, commença à comprendre. Avec elle il avait trouvé le plaisir sensuel qui lui manquait depuis si longtemps; mais il se rendit compte qu'il aimait encore Angélique. Rien ne pouvait effacer les années qu'ils avaient passées ensemble, ni les souvenirs qu'ils partageaient. L'amour, se dit-il, n'était pas ce qu'il avait imaginé : c'était plus que la merveilleuse joie physique qu'il ressentait auprès de Juliette — c'était quelque chose de plus fort, qui peu à peu avait mûri en lui pour enfin le posséder tout entier. Il tenait Juliette dans ses bras, mais c'était à Angélique qu'il pensait; et il brûlait de faire la paix avec elle.

Janet tordait son mouchoir en petits tire-bouchons et regardait dans la direction du jardin. Tout avait été cueilli et rangé en préparation pour les mois d'hiver. Elle pensait au Niagara; la petite parcelle de terre derrière leur maison à Montréal était minuscule par rapport aux beaux champs qu'ils avaient autrefois moissonnés près du fort. « C'est impossible à imaginer, dit-elle à Mathew. Je ne vois vraiment pas comment il est possible de manquer de vivres dans une région si fertile. »

Mathew posa les dépêches qu'il venait de recevoir : « Même avec les fermes qui entourent le fort, comment veux-tu nourrir tout ce monde ? »

— On ne peut pas, répondit Janet. Les environs du fort Niagara pullulaient de refugiés loyalistes, et des tribus d'Onondagas, de Cayugas et de Sénécas, loyaux eux aussi, qui avaient dû s'enfuir jusque là.

— Ce n'est pas vraiment à la nourriture que tu penses, eh ? demanda Mathew.

Janet secoua la tête : « Bien sûr que non. Je pense à Andrew. » Elle frissonna. Andrew était au fort Niagara, avec les chasseurs de Butler, et il s'était déjà battu, dans ce genre de guerre horrible que favorisaient les Indiens et les chefs des deux côtés ennemis : pour Janet, c'étaient les derniers des hommes, qu'ils fussent loyalistes ou autre chose.

— Si quelque chose arrivait à Andrew, je ne pourrais pas le supporter, dit-elle d'une petite voix lointaine. C'était impensable. Pourtant ils ne pouvaient pas ne pas y penser, car Andrew était en grand danger. Les dépêches qu'avait reçues Mathew contenaient des rapports confidentiels et des messages du mystérieux Monk : les continentalistes préparaient une nouvelle attaque contre le fort Niagara.

On savait que les Français préparaient une flotte de frégates à Newport, dans la colonie du Rhode Island. A un moment donné, on avait affiché sur toutes les portes d'églises du Québec la proclamation suivante : « Libérez-vous des tyrans ! » Mais les Canadiens français n'avaient pas réagi. Ils avaient encore moins confiance en l'armée continentale qu'en les Anglais, et craignaient que les continentalistes ne fissent un pacte avec les Français, leur rendant le Québec : ils ne désiraient aucunement retourner au système féodal français.

Les troupes rebelles avaient envahi Oswego et une flotte d'énormes bateaux plats, faits pour le transport de troupes sur les rivières, était en voie de préparation sous les ordres du colonel Goose Van Schaick, parmi d'autres. Van Schaick était connu pour sa cruauté et avait fait massacrer nombre de femmes et d'enfants indiens. Et Van Schaick n'était pas le seul à avancer avec des milices continentales. Les troupes de Sullivan remontaient la Susquehanna River, le général Brodhead arrivait du fort Pitt et George Rogers Clark se dirigeait vers le fort Détroit.

— Le fort Niagara doit avoir une excellente réputation, dit Mathew en plaisantant, « puisque l'on se sent obligé de l'attaquer par tant de directions différentes. Ils semblent vouloir faire une manoeuvre en tenailles pour coincer les forces britanniques. »

— Et notre seul fils est là-bas ! Mathew, j'ai peur !

— La peur vient de l'expérience : il ne faut pas en avoir honte. Mais n'oublie pas que Andrew connaît le Niagara comme sa poche et qu'il a des amis parmi les Indiens.

Janet s'agenouilla auprès de Mathew et cacha son visage contre lui. « Je voudrais en finir avec cette guerre ! Je voudrais retourner au Niagara et vivre en paix ! Je voudrais sentir le brouillard du Niagara sur mon visage et entendre dévaler la rivière près de ma maison ! Je voudrais tenir mes petits-enfants entre mes bras ! Oh, Mathew, je suis si lasse de la guerre ! » Il lui caressa les cheveux mais ne chercha pas à la réconforter : la situation était bien trop grave.

Le major André avait quitté ses quartiers de New-York pour aller s'installer dans un bateau de guerre britannique, le *Vautour*. Ce vaisseau commandait l'Hudson et s'arrêtait souvent à Teller's Point. Ces quartiers mobiles permettaient au major de se déplacer plus facilement : quand il faisait du brouillard, il pouvait jeter l'ancre et envoyer des messagers et des espions sur terre. Le *Vautour* était un vaisseau admirablement bien equipé : il y avait de grandes salles, d'élégantes garnitures en argent et même des lustres en cristal.

— Cette installation est d'apparence tout à fait trompeuse, dit le major André. Il arpentait la longue pièce en examinant le beau tapis.

— Cela vous va bien, répondit Tom Bolton. Il était monté à bord du *Vautour* quelques heures auparavant, mais André avait insisté pour lui servir à dîner avant d'échanger les dernières informations. « J'ai amené les dépêches les plus récentes de Monk », dit Tom en sortant un étui plat de l'intérieur de son veston : c'était un étui en peau de cerf, grand, souple et facile à porter.

Andre étala les documents sur la table et les étudia en secouant la tête. Ils contenaient de nouveaux renseignements sur la manoeuvre en tenailles que l'on préparait contre le fort Niagara.

Tom Bolton regarda André attentivement : il était évident que le major était satisfait de recevoir de nouveaux détails; mais il semblait très agité.

— Vous êtes troublé, mon commandant.

— Pas par ceci, répondit André en posant les documents qu'il tenait à la main : « Les nouvelles, évidemment, ne sont pas très bonnes. En fait, ce qui m'inquiète, c'est vous. »

Tom leva les yeux, et André, qui arpentait encore la salle, s'arrêta devant lui. « Avez-vous quelque chose à me reprocher, mon commandant ? »

André soupira : « Au contraire ! Vous avez parfaitement accompli toutes vos fonctions. C'est justement le problème. »

— Je ne comprends pas, mon commandant.

André fronçait les sourcils : « J'ai lieu de croire que les rebelles commencent à soupçonner vos activités. Pour cette raison, nous ne pourrons sans doute plus nous servir de vous ici. » Il s'arrêta puis ajouta : « Il y a plus : si je ne vous renvoie pas immédiatement, Peggy et Monk seront en grand danger. »

Cette nouvelle n'étonna pas Tom outre-mesure. Cela faisait des mois qu'il portait des messages, et dans ce genre de travail, on courait toujours le risque d'être soupçonné, puis accusé : c'était inévitable.

— Est-ce que Peggy et. . . euh. . . Monk sont en danger en ce moment ? Tom et André continuaient à appeler le général Arnold par son nom de guerre : Tom trouvait cela ridicule en cette occasion, car ils étaient à bord du *Vautour*, parmi des alliés loyaux.

André secoua la tête. « Pas pour le moment, dit-il avec confiance. L'ironie, c'est que le conseil de guerre a éloigné tout soupçon de Monk. »

C'était vrai, pensa Tom. Arnold avait été victime de stupides accusations pour des questions d'argent. Les bons patriotes de Philadelphie s'intéressaient plus à la fraude qu'à la trahison. Arnold, évidemment, serait jugé innocent. Si Washington le censurait pour s'être entortillé dans des investissements de fonds privés, il ne serait pas très sévère;

avec sa réputation, Washington ne pouvait pas faire porter l'attention sur son propre pharisaïsme en matière d'argent.

— Je doute que Peggy soit jamais en danger, ajouta André. Washington et Hamilton sont complètement charmés par elle; ils se précipitent pour lui baiser la main.

Tom sourit. « Vous feriez la même chose, si vous étiez le mari de Martha Washington ! »

André éclata de rire « En effet, elle manque de classe. Je suis d'accord avec vous que les accusations contre Monk ont très bien servi à masquer ses vraies activités. Vous savez bien comment pensent les gens : si un homme a des problèmes d'argent, il est trop affolé pour penser à des choses plus importantes. »

— Ces accusations, d'ailleurs, sont de pures inventions, marmonna Tom. On a porté plainte contre lui pour la simple raison qu'il a épousé une loyaliste.

André secoua la tête : « Dieu nous garde, si cette misérable rébellion réussit ! Dieu protège les survivants ! Ils mettent une ville entière sous le commandement d'un homme et le condamnent parce qu'il vit convenablement et épouse la femme la plus recherchée de toute la ville ! Ce sont ces sacrés puritains de la Nouvelle-Angleterre avec leur éthique de la pauvreté. Ils pensent que gagner et dépenser de l'argent c'est un péché. Bon Dieu ! Ils ont tous été infectés par ces petits écrits moraux de Benjamin Franklin — lui, évidemment, est très riche, sans doute l'homme le plus riche de toutes les colonies ! Il faudrait qu'ils voient comment ce Franklin, qui prêche la frugalité, dépense ses sous à Paris ! Il paraît qu'il y mène une vie à tout casser ! »

Tom sourit. André était un homme honnête. Il aimait les vêtements élégants, la bonne chère, la bonne littérature et le théâtre. Il adorait la vie élégante de la haute société de Philadelphie, mourait d'ennui à bord du *Vautour,* et ne se trouvait pas plus à l'aise dans les avant-postes britanniques de New-York. André détestait les rebelles pour une seule raison : ils avaient détruit toutes ses sources de plaisir. Il était exaspéré par toute cette littérature hypocrite qui était sortie de la rébellion.

— Pourquoi parlent-ils tant de l'homme de la rue et de

161

l'égalité ? railla-t-il. Ils sortent tous de leur nouvelle aristocratie ! Enfin, il n'y a rien à faire. Il va falloir mettre fin à vos fonctions de messager et vous faire quitter Philadelphie sinon vous allez vous retrouver pendu au bout d'une corde rebelle.

— Où avez-vous l'intention de m'envoyer ?

— Je voudrais vous envoyer à Montréal. Il s'agirait là-bas de coordonner nos informations secrètes avec nos forces canadiennes. Cela vous plaira sûrement : Montréal fourmille d'activités, un peu comme à Philadelphie, sauf que la ville est entre les mains des Anglais. André tapota son bureau. « Beaucoup d'entre eux soutiennent la rébellion, surtout les commerçants. Il va falloir, hélas, nous en débarrasser. »

— Et les Français ? demanda Tom.

— La plupart d'entre eux sont neutres. Ils considèrent cette rebellion comme une querelle de famille qui ne les concerne pas.

— Quand dois-je partir, mon commandant ?

— Ce soir même, répondit André. Tout est arrangé. vous partirez avec cinquante réguliers de l'armée. Quand vous arriverez à Montréal, vous vous présenterez devant le lieutenant Fitzgibbon. Vous emmènerez avec vous des documents spéciaux sur les fortifications rebelles. Fitzgibbon travaille avec un consultant — un homme très calé qui est ingénieur. Il a vécu au Niagara et, en tant qu'ingénieur, il a visité presque tous les forts de l'Amérique du Nord britannique. C'est un Ecossais. J'ai oublié son nom, mais Fitzgibbon vous le fera connaître.

— Merci, mon commandant.

André lui tendit la main. « C'est moi qui vous remercie, répondit-il. Je vous donnerai des nouvelles de Monk et de Peggy aussi, évidemment. »

Tom se leva.

— On va prendre un petit cognac pour fêter votre nouvelle mission, proposa André en se dirigeant vers l'armoire à alcool qui se trouvait derrière le bureau. « Je ne vais tout de même pas vous envoyer au Canada en plein hiver sans vous offrir d'abord un petit alcool réchauffant !

André se mit à verser le cognac d'un flacon en argent. « Je viens de me rappeler son nom, dit-il soudain : Macleod, oui, c'est cela, Mathew Macleod. »

Tom prit le verre que lui offrait le major André. « Macleod, répeta-t-il. Je me souviendrai de ce nom. »

Maria MacLean se tenait parmi les hautes herbes qui lui allaient jusqu'a la taille, et regardait les branches tordues d'un cyprès géant. De la branche la plus solide, à trois mètres du sol, était suspendue une corde dont les filaments voltigeaient dans la douce brise du Sud. Quelques semaines auparavant, la corde avait été toute neuve, et on l'avait nouée autour du cou du frère de Belle. La foule avait hurlé de joie : les noirs qui importunaient les petites filles étaient punis — et même sévèrement punis.

Dans son esprit, Maria voyait encore le frère de Belle suspendu à la branche; elle entendait ses cris et ses protestations d'innocence.

Elle se souvenait aussi de papa et maman La Jeunesse : leurs visages étaient pleins de haine et il était évident qu'ils croyaient leur fils. Mais on ne les avait pas écoutés et après la pendaison, la foule de colons furieux les avait chassés de leur terre. Leurs meubles et leurs ustensiles de ménage avaient été empilés sur une vieille charrette et traînés par un cheval à moitié mort. Craignant de nouvelles représailles, les La Jeunesse étaient partis.

— Les noirs emancipés ! marmonna tout bas Maria. Aucun d'eux ne devrait être libre. Maria sourit. Les Virginiens allaient sûrement gagner cette rébellion et à ce moment-là, tous les noirs seraient des esclaves. Elle s'assit par terre, cueillit inconsciemment un long brin d'herbe et le mit dans sa bouche : il avait un gôut sucré à l'endroit de la tige où elle l'avait arraché. Mais Maria garda les yeux fixés sur la branche.

Maman avait eu tort de donner ses affaires aux noirs, se dit-elle. Maria laissa errer sa mémoire dans le passé. Elle ne se souvenait pas quel âge elle avait eu quand sa mère avait donné ses vêtements à une famille noire. « Ces habits sont vieux, avait expliqué Angélique. Ils ne te vont plus. » Maria avait beaucoup protesté, et fait une scène pour sa robe blanche, bien qu'elle fût trop petite. Papa n'aurait jamais dû libérer ses esclaves parce qu'après, il y avait eu beaucoup plus de travail à faire. Papa disait qu'aucun homme ne devrait être un esclave, et maman avait cité la Bible, qui disait que c'était mal.

— Eh bien, moi je trouve que ce n'est pas mal ! dit Maria à haute voix. « Un jour, tous les noirs émancipés seront de nouveau des esclaves ! »

Maria promena son regard dans la direction de la cabane de Belle. Maman et papa La Jeunesse ne l'avaient pas emmenée : ils l'avaient laissée à James. Ils la blâmaient pour ce qui était arrivé à son frère et James les avait menacés. « Je me débarrasserai d'elle aussi », se promit Maria en pensant à Belle.

— Maria !

Maria se redressa. « Je savais que tu serais par d'ici », dit James.

— Alors, tu arrives de chez ta vieille Belle ? demanda Maria méchamment.

— Ça ne te regarde pas, Viens, il faut rentrer. Ce n'est pas gentil de laisser maman faire tout le travail.

Maria monta sur sa jument avec mauvaise humeur : « Maman n'aurait pas tant de travail si nous avions encore des esclaves et si papa ne l'avait pas quittée pour aller à La Nouvelle-Orléans. »

— Il reviendra, répondit sèchement James.

Maria tourna sa jument et ils partirent au galop. Elle réfléchissait à ce qu'elle allait faire. Pendant plusieurs semaines, James, Belle et le frère de Belle l'avaient complètement préoccupée : elle voulait à tout prix se débarrasser de la famille La Jeunesse.

Pauvre maman : elle avait été si bouleversée en apprenant par Maria qu'elle avait été attaquée ! Elle s'était fait tant de souci, et avait pleuré à chaudes larmes en la traitant de « ma petite fille ». Elle avait marmonné contre son mari qui, en un moment de crise comme celui-ci, n'était pas là, et loué James pour avoir si bien pris en main la situation. Cependant, maman ne détestait toujours pas les noirs. Elle avait tout de même été heureuse quand on avait attrapé le frère de Belle. « Maintenant tu n'as plus rien à craindre », avait-elle dit.

Maria, toute pensive, se mordait les lèvres. Elle se tourna vers James : « Tu pourrais réclamer le terrain des La Jeunesse, pour me compenser, tu sais ? »

— Il ne s'est rien passé, répondit James. Il avait presque peur de regarder sa soeur. Elle avait menti, et il le savait; mais il avait été ahuri devant la ténacité de sa petite soeur, qui avait tant répété son histoire à tous les voisins, qu'elle avait fini par y croire.

— C'est une très bonne terre, dit Maria : c'est tout près de la rivière et très fertile. Tu sais, quand papa et maman mourront, notre terre sera divisée et Will en aura sûrement la moitié. Mais si nous avions aussi celle des La Jeunesse, il y en aurait bien plus. Sa voix était devenue toute rêveuse et James savait qu'elle avait quelque chose en tête.

— Ça nous ferait encore plus de travail, répondit James avec irritation.

— Mais pas si nous avions des esclaves, répondit aussitôt Maria. Un sourire se dessina sur son visage tout brun : « J'aimerais avoir une belle maison, comme celles de La Nouvelle-Orléans, avec cent esclaves. »

— Papa n'approuve pas l'esclavage, lui rappela James.

— Papa se bat du côté des Virginiens et eux y croient ! D'ailleurs, papa finira bien par mourir un jour !

— Ne parle pas comme ça ! lui dit son frère sur un ton de reproche.

— Et pourquoi pas ? Si papa apprend ce que tu fais avec Belle, il ne te donnera même pas ta part ! C'est Will qui aura tout ! Tu sais bien que Will est son préféré. Maria attendit un instant avant de continuer : « Mais toi tu es le préféré de maman. »

James n'osa pas la regarder, tant ses paroles le touchaient au vif. Il ne se donna pas la peine de la contredire. Will était en effet le préféré de papa : c'était avec Will qu'il allait pêcher, avec lui qu'il allait à la chasse. C'était Will qui recevait toujours tous les compliments. Même maman disait qu'ils étaient semblables.

— Papa a quitté maman et Dieu sait quand il reviendra. Fais donc une demande pour la terre des La Jeunesse. Fais-le, James.

Ils s'approchaient déjà de la cabane et, du talus qu'ils venaient de grimper, ils pouvaient voir le fleuve serpenter vers le sud. « Le gouverneur te l'accordera, insista Maria. Il faut que ce soit toi, James, puisque les femmes n'ont le droit de rien posséder. »

James ne lui répondit pas, mais il savait qu'il finirait par faire ce qu'elle demandait. S'il ne cédait pas, elle le harcèlerait sans fin. Et elle n'avait que quinze ans ! Maria lui faisait peur.

— Venez vite, les enfants ! Vite !

James ferma un peu les yeux pour mieux voir. La voix venait de la porte de la cabane. Mais ce n'était pas leur mère qui les avait appelés : c'était la guérisseuse.

— Où étiez-vous ? J'ai envoyé tous les voisins vous chercher !

Maria regarda la guérisseuse d'un air dégoûté. Ses habits étaient horribles à voir. Elle était vêtue de chiffons des pieds jusqu'à la tête. Mais James avait l'air inquiet : la guérisseuse ne quittait jamais sa cabane sauf quand on la faisait venir pour les malades.

— Pourquoi êtes-vous ici ? Où est maman ?

— Votre mère est à l'intérieur. Elle a la fièvre, ça va très mal.

James l'écarta d'un geste et se précipita dans la cabane. Il trouva sa mère seule dans sa chambre à coucher, dans son lit, recouverte seulement d'un drap léger.

James prit la main de sa mère : elle brûlait de fièvre. Ses cheveux noirs tout trempés de sueur étaient éparpillés sur l'oreiller, et ses yeux, en s'ouvrant, roulèrent vers sa tête comme si elle n'arrivait pas à les contrôler.

— Maman !

Angélique remua les lèvres en cherchant à prononcer son nom. Elle enfonça ses doigts dans la chair de son fils. « Maman, tu m'entends ? »

Angélique hocha la tête. « Va chercher ton père », dit-elle en haletant. Ses yeux étaient pleins de larmes et elle arrivait à peine à parler. « Sois gentil, va vite le chercher à La Nouvelle-Orléans et ramène-le-moi. » Ses yeux noirs semblaient sonder son visage : « Je t'en prie, vas-y tout de suite, aussi vite que possible. »

James hocha la tête. « D'accord, j'y vais », lui promit-il. Il se leva rapidement et retourna au salon où l'attendaient Maria et la guérisseuse.

— Qu'est-ce qui s'est passé ? demanda-t-il. Elle semblait pourtant bien ce matin.

— Elle est venue chercher un médicament la semaine dernière : cela fait deux ans qu'elle en prend. La guérisseuse secoua la tête. « Elle s'est effondrée ce matin, après votre départ. C'est le vieux Jacques qui l'a trouvée. Elle a une maladie qui la dévore, qui la dévore toute entière par l'intérieur. Elle a de grosses bosses sous la peau, si brûlantes qu'on dirait que c'est vivant. Je la soigne comme je peux. »

— Je dois partir chercher papa, annonça James. La guérisseuse secoua la tête. « Elle n'en a pas pour longtemps. »

James fut pénétré d'un frisson : les paroles de la guérisseuse semblaient définitives. Encore une fois, il n'osa pas regarder sa soeur qui, quelques minutes auparavant, parlait si tranquillement de la mort de son père. il savait qu'elle avait le visage dur : c'était un être dénaturé, sans coeur.

— Occupez-vous de maman, dit-il à la guérisseuse.

La vieille femme hocha la tête : « Je reste, mais dépêchez-vous de revenir. »

CHAPITRE IX

Le 18 Septembre 1779

Will s'arrêta à côté d'un ruisseau chantant et s'assit un instant pour retrouver son souffle. Il se coucha sur le ventre et aspergea de l'eau sur son visage. Il transpirait à grosses gouttes car il marchait à une vive allure depuis l'aube : le dos de sa chemise était baigné de sueur et ses cheveux trempés collaient à son front brûlé par le soleil. L'eau froide lui donna du courage et le rafraîchit un peu, mais il sentait encore sa propre odeur et aurait aimé passer une heure dans l'eau plongé jusqu'au cou.

Il calcula qu'il était encore à neuf ou à dix kilomètres de son lieu de rendez-vous avec Gálvez. Personne ne l'avait suivi; en fait, tout avait été beaucoup plus simple que lui et Tolly ne s'étaient imaginé.

La garnison britannique de Baton Rouge était dans un état de chaos. Gálvez avait vaincu la petite garnison de Manchac, et quand Will était arrivé, un flux continu de réfugiés — des loyalistes civils et des troupes britanniques venant d'un peu partout — se traînaient vers Baton Rouge.

Pendant environ six semaines, les Anglais avaient rapidement construit des fortifications, mais elles étaient si peu solides qu'un bon orage — sans parler de coups de canon — les aurait démolies. Derrière les murs de la garnison, les Anglais n'avaient que quatre cents réguliers, cent cinquante colons loyalistes et quelques noirs armés, mais terrifiés, auxquels on avait promis la liberté. Will se sourit à lui-même : comme il s'était enfui à l'aube, il ne restait maintenant que cent quarante-neuf colons.

Il n'y avait pas de doute. Gálvez possédait plus de canons que la garnison et devait maintenant avoir plus de douze cents hommes. Les Anglais étaient complètement isolés. Ils ne pouvaient pas faire venir de nouvelles forces de Mobile parce que les Espagnols contrôlaient le fleuve; en faisant le tour des lacs et en avançant le long du golfe, les troupes auraient perdu trop de temps et se seraient trop fatiguées, car elles ne connaissaient pas le pays et tombaient facilement malades. La bataille, pensa Will, détruirait une fois pour toutes la menace britannique sur le fleuve. Les Espagnols seraient maîtres du Mississippi et n'auraient plus rien à craindre.

Will, se sentant rafraîchi, se leva et essuya son visage sur sa manche. Il continua son chemin, impatient de retrouver Gálvez pour lui dire que la victoire était assurée. Baton Rouge serait à lui !

Deux heures plus tard, Will retrouva le corps principal de l'armée de Gálvez. Le matin du 21 septembre, ils avancèrent jusqu'à la garnison de Baton Rouge sans être vus, et à midi, ils l'attaquèrent à coups de canon.

La garnison se trouva complètement encerclée. La fumée âcre des canons se mêlait à l'humidité — on aurait dit que les marécages et les trous d'eau se consumaient eux aussi. Les fortifications, qui étaient en bois tendre et très sec, brûlèrent facilement. Les Anglais, qui essayaient d'éteindre l'incendie, n'eurent pas le temps de rendre le feu pour le feu. Vers le milieu de l'après-midi, le drapeau blanc de la capitulation flotta au-dessus du fort britannique, et un grand hourra s'éleva de l'armée mixte de Gálvez.

Le commandant britannique convia Gálvez, Panis et Will dans ses quartiers. « Cette fois-ci, vous nous avez eus », avoua-t-il. Il était clair qu'il était soulagé de voir la bataille terminée.

Il leur offrit des chaises et s'affaissa derrière son bureau. « Buvons à votre victoire, proposa-t-il, et à mon dernier poste dans cette abominable rébellion. » Il se pencha avec lassitude et poussa un plateau vers eux. Les yeux noirs de Panis brillèrent, car il était espagnol et il aimait le rhum.

Le commandant britannique leur versa à boire. « Pour vous dire la vérité, je n'ai jamais pensé que cette partie du continent valait la peine d'être défendue, avoua-t-il. Il y a beaucoup trop de fièvre. »

Gálvez accepta son verre avec un sourire. « La garnison de Natchez sera, elle aussi, incluse dans votre acte de capitulation », dit-il d'une voix pressante.

— Nous n'avons pas le choix, répondit le commandant. Donnez-moi les documents, je signerai. Il eut un petit sourire : « La garnison de Natchez consiste en cinquante hommes. Ils sont coupés de toute source de ravitaillement ainsi que de leur état-major. »

Will sourit. Son père serait content. Sans la garnison, le fleuve serait complètement dégagé et les trafiquants d'armes transborderaient sans plus aucun problème la poudre à canon destinée à George Rogers Clark et à ses hommes. Il ne restait plus que quelques Chicksaws hostiles, qui attaquaient surtout les Choctaws, et quelques tories qui vivaient dans la région et qui tiraient parfois sur les trafiquants. Mais les réguliers britanniques ne seraient plus là : Vidalia ne serait plus menacée. « Le fleuve est à nous ! » pensa Will.

Une fois les documents de capitulation signés, Gálvez quitta les quartiers britanniques et donna à Will une grande tape dans le dos. « Pollock a toute une caisse de rhum des Antilles qui nous attend, chuchota-t-il. C'est bien meilleur que le rhum anglais. »

— Tout s'est passé bien plus facilement qu'on se l'imaginait, observa Will.

— Notre prochain objectif sera plus difficile.

— Mobile, devina Will.

Galvez gratta sa barbe noire et lustrée : « Précisément. Mobile. » Il attendit quelques instants : « Mais il faudra d'abord retourner à La Nouvelle-Orléans. Il me faut de nouvelles troupes pour Mobile, et des bateaux — peut-être que la Havane nous en prêtera. »

Jenna et Tolly seraient à La Nouvelle-Orléans, pensa

Will. Il était très impatient de la revoir, et n'avait pas cessé de penser à elle pendant tout le trajet entre Baton Rouge et l'armée de Gálvez.

Gálvez se pencha vers Will. « Vous avez fait un beau travail, dit-il. Je ne veux pas que vous retourniez à La Nouvelle-Orléans avec nous. Vous irez directement à La Havane avec Estevan Miró et serez mon ambassadeur personnel auprès de Don Diego José Navarro, le général en chef. »

— Je ne retourne pas à La Nouvelle-Orléans ? répéta Will, tout déçu. Gálvez se caressa distraitement la barbe : « Nous n'avons pas le temps. Les Anglais renforceront la garnison de Mobile dès qu'ils pourront. La dernière victoire a été facile : celle-ci, nous la mériterons. J'ai besoin de vous à La Havane. »

Will hocha la tête à contre-coeur. Jenna serait obligée d'attendre.

— Alors, vous venez ? dit Tolly avec irritation en se tournant vers Jenna, qui traînait un peu.

— Où allons-nous ? demanda-t-elle.

— Ma chère petite fille, êtes-vous déjà venue à La Nouvelle-Orléans ?

— Non, mais. . .

— Allons, pas de « mais » ! Si vous n'êtes jamais venue ici, je perdrais mon temps à vous dire où nous allons. Vous vous souviendrez simplement des endroits ou vous êtes passée. L'endroit ou nous allons, c'est mon problème.

— Cela fait si longtemps que nous marchons ! gémit-elle en levant sa jupe pour traverser la rue boueuse.

— Nous sommes presque arrivés, répondit-il en la menant le long d'une rue tortueuse. Jenna, la bouche entrouverte, regardait tout.

— Vous vivez donc depuis si longtemps dans la nature que vous avez oublié ce que c'est que la civilisation ?

— Oui, sans doute, avoua Jenna. La Nouvelle-Orleáns était bien différente de ce qu'elle avait imaginé; pourtant elle ne s'en était pas fait une image très claire. Les rues étaient pleines de gens tout noirs, vêtus de couleurs très vives : ils mariaient le rouge avec l'orange, le bleu avec le vert. Les femmes portaient des fichus sur la tête, mais ne les nouaient pas sous le menton, comme on le faisait à Québec; elles enveloppaient leurs cheveux dans le fichu et l'attachaient sur leur front, comme un turban. Elles ne mettaient pas leurs provisions dans des paniers, mais les nouaient dans un carré d'étoffe qu'elles portaient sur la tête.

— Pourquoi diable écarquillez-vous les yeux comme ça ? demanda Tolly.

Jenna se pencha vers lui et lui chuchota dans l'oreille : « C'est la première fois que je vois des noirs. Je ne savais pas que la peau des gens pouvait avoir tant de couleurs différentes ! »

En entendant cette remarque si naïve, Tolly ne put s'empêcher de rire. Mais il se prit à se demander comment pouvait bien paraître La Nouvelle-Orléans aux yeux d'une pareille jeune fille. Elle avait sûrement déjà vu des Indiens, mais Tolly se rendit compte que la variété raciale de la ville pouvait en effet être très déconcertante.

Jenna sourit en passant un groupe de musiciens ambulants : de jeunes garçons battaient un rythme étrange et mystérieux avec des bâtons en jonc.

Ils venaient de s'engager dans une rue très ancienne qui était au même niveau que les maisons, comme cela arrivait si souvent à Montréal. Mais les maisons n'étaient pas en pierre : elles étaient en grès blanc ou jaune, parfois de couleur rose. Elles avaient chacune un minuscule balcon qui communiquait avec celui de la maison d'à côté. Toutes les maisons, en fait, se rejoignaient dans le style français.

Sur quelques-uns de ces balcons, des femmes étaient assises sur de petits bancs et regardaient passer les gens dans la rue. Elles semblaient toutes beaucoup trop habillées pour une journée si chaude et leurs visages étaient très maquillés : quelques-unes portaient des perruques poudrées et des mouches sur leur visage. Jenna ne comprenait pas pourquoi elles étaient attifées ainsi.

Tolly s'arrêta devant une porte. « Nous voici, dit-il d'une voix sans expression. « N'ayez pas l'air si étonnée. C'est le meilleur bordel de toute La Nouvelle-Orléans ! »

— Un bordel ! s'exclama Jenna. Pourquoi m'avez-vous amenée à un endroit pareil ?

— Parce que, ma chère, je n'ai pas la possibilité de vous présenter à la haute société de La Nouvelle-Orléans, qui vous offrirait éventuellement un abri. Vous ne vous rendez peut-être pas compte que nous ne sommes pas à Boston, ni à Philadelphie, ni même à Montréal. Nous sommes à La Nouvelle-Orléans, et ici, il n'y a pas d'auberge convenable pour une jeune femme seule. Partout où vous iriez, vous vous trouveriez parmi des soldats tapageurs qui ne cherchent qu'à s'amuser. Ils vous rendraient la vie très difficile, je peux vous le dire !

Jenna ouvrit la bouche : « Mais je ne peux pas rester ici ! »

— Vous ferez ce que je vous dirai de faire ! Taisez-vous maintenant et tâchez de montrer un peu de savoir-vivre. Je ne voudrais pas que vous insultiez la personne qui tient cet établissement : c'est une femme très bien.

Tolly frappa à la porte, qui fut bientôt ouverte par une femme grande et belle, d'âge indeterminé. Elle avait une peau couleur de café au lait et de remarquables yeux dorés.

— Ah, Tolliver Tuckerman ! dit-elle d'une voix basse et sensuelle.

Tolly s'inclina galamment et lui baisa la main : « Ma chère Juliette ! »

Juliette examina Jenna de ses yeux félins. Son regard se promena de sa tête jusqu'à ses orteils : « Qu'est-ce que vous m'avez amené ? »

Tolly tira Jenna à l'intérieur et Juliette referma la porte. « D'abord, dit Tolly avec enthousiasme, je pense qu'un peu de thé serait très à propos. »

Juliette partit d'un charmant éclat de rire : « Mais, bien sûr ! » Elle fit venir une petite fille noire et, dans un patois que Jenna ne comprenait pas, lui dit d'apporter le thé.

— Asseyez-vous donc, dit Juliette en les conduisant au salon. « Ah, Tolly, je suis si heureuse de vous voir ! Je pensais que vous étiez parti avec notre galant général Gálvez comme l'ont fait la plupart des hommes intéressants de La Nouvelle-Orléans. »

La petite fille, dont les les cheveux étaient tressés en une

173

centaine de petites nattes, revint en portant un magnifique plateau, et le posa devant Juliette. Celle-ci se mit à verser le thé dans de délicates tasses en porcelaine et en donna une à Jenna, une autre à Tolly.

— En effet, je devrais être avec Gálvez, répondit Tolly. Mais, grâce à une aventure d'un de mes jeunes amis, je suis ici.

Juliette soupira : « Vous les rejoindrez peut-être bientôt. Ils paraît qu'ils reviennent déjà. »

— Quelles sont les nouvelles ? demanda Tolly avec vivacité. Juliette était la meilleure source d'information de toute La Nouvelle-Orléans : on aurait dit que les communications qui venaient du nord du Mississippi lui parvenaient avant même d'arriver à destination auprès des autorités espagnoles.

— La dernière nouvelle est que Baton Rouge a été pris très facilement. Vous voyez, on a pu se passer de vous !

Tolly sourit : « Il faut que je vous demande un service, pour lequel, évidemment, vous serez rémunérée. »

Juliette jeta un coup d'oeil sur Jenna. : c'était une fort jolie fille et les rousses étaient très recherchées.

— Je voudrais que vous vous occupiez de cette fille. Elle est toute seule et ne peut pas pour le moment rentrer chez elle. Il lui faudrait un logement.

— Il lui faudrait aussi un bain, si j'ose dire. Et une nouvelle robe. . . oui, certainement une nouvelle robe. Elle n'est vraiment pas très présentable.

Jenna bondit : « Ne parlez pas de moi comme si je n'étais pas là ! Je ne suis pas une putain et je ne resterai pas dans ce. . . ce bordel ! »

Les yeux de Juliette devinrent tout petits : « C'est dommage, dit elle d'une voix sarcastique. Vous pourriez faire de bonnes affaires et m'apporter de nouveaux clients — à condition, évidemment, que vous appreniez quelques manières et que vous dominiez votre mauvais petit caractère. »

Les mains de Jenna se crispèrent sur les bords de sa robe toute tachée : « Sortez-moi d'ici ! » Elle regarda Tolly et sentit qu'elle allait de nouveau pleurer. C'en était vraiment de trop !

— Asseyez-vous immédiatement et taisez-vous ! ordonna Tolly. Si je vous laisse dans la rue, vous serez dans le lit de quelqu'un avant ce soir et, je dirai même, contre votre gré !

— Vous préférez donc me vendre et faire de moi une prostituée ?

Tolly leva un sourcil : « Vous vendre ? J'ai l'intention de payer votre logement ici . » Il se tourna vers Juliette. « Ne faites pas attention à elle, lui conseilla-t-il. Elle est trop impatiente pour écouter ce qu'on lui dit. Je ne vous l'ai pas apportée avec l'idée qu'elle travaillerait pour vous. Elle a l'air charmante, mais elle a très mauvais caractère et semble n'avoir aucun jugement. Elle ne ferait aucun bien à votre établissement : je parie qu'elle mord ! »

Juliette éclata de rire : « Oh, mais j'ai des clients qui adorent cela ! »

Tolly rit aussi : « Oui, j'ai entendu dire qu'il y avait des gens comme ça. Je voudrais simplement que vous la logiez pendant quelque temps. J'ai un peu d'argent. Je me rends compte, évidemment, que c'est beaucoup vous demander, surtout en vue de son manque total de reconnaissance. » Il regarda Jenna : « Asseyez-vous ! » répéta-t-il.

Jenna s'affaissa sur le divan. Elle sentait battre son coeur à toute allure, et son visage était encore rouge de colère. Ils la traitaient tous les deux comme un enfant, et une petite sotte par-dessus le marché. Le pire, se disait-elle, c'était qu'elle se sentait en effet comme un enfant ! Il était évident que les intentions de Tolly étaient tout à fait honorables, et qu'elle avait trop rapidement imaginé le contraire. Elle se mordit la lèvre et regarda par terre.

— Je pourrai peut-être en faire quelque chose, répondit Juliette. Elle regarda de nouveau Jenna, puis secoua la tête en répétant : « C'est bien dommage. Les rousses sont si rares ! »

Jenna regarda Tolly : « Vous direz à Will où il peut me trouver ? » Elle pensait : « *Lui* ne me laisserait jamais dans un bordel ! »

— Oui, j'en serai bien obligée, répondit Tolly. Mais je refuse toute responsabilité vis-à-vis de vous. C'est lui votre prince charmant, pas moi. En attendant, je vous conseille de vous laver, de manger quelque chose et d'aller vous reposer.

Tolly sortit un peu d'argent de sa poche intérieure. « Voici pour ses frais, dit-il froidement. Elle a aussi de l'argent à elle. Essayez donc de lui apprendre quelques manières. Moi, en tout cas, je n'y ai pas réussi ! »

Tolly se leva et regarda Jenna : « Adieu, mademoiselle. »

Juliette l'accompagna à la porte et Jenna resta toute raide sur le divan, sa tasse à la main. « Ah, mon Dieu ! Que vais-je devenir ? » dit-elle tout haut.

— Je suppose que vous apprendrez à survivre, ma petite. Juliette était restée dans l'embrasure de la porte : « Venez ! »

Jenna se leva et suivit Juliette en haut de l'escalier en spirale.

— D'abord, vous allez vous baigner et vous laver les cheveux, dit Juliette en ouvrant la porte d'une des chambres à coucher. « Ensuite vous vous reposerez un peu. Je vous réveillerai tout à l'heure, et vous pourrez vous habiller. » Elle ouvrit une grande armoire et lui montra un assortiment de robes. « Elles viennent de Paris, vous savez. Ce sont de très belles robes et il y a des camisoles dans le tiroir. »

Jenna regarda les robes, puis la chambre : le lit avait l'air tentant et confortable et les robes que lui offrait Juliette étaient les plus belles qu'elle avait jamais vues. C'était vrai, elle avait grand besoin d'un bon bain et d'un peu de calme et de repos. « Vos clients ne me dérangeront pas ? » lui demanda-t-elle d'un air soupçonneux.

— Pas si vous ne le voulez pas, confirma Juliette. Mais vous gagneriez bien votre vie, et même très bien.

Jenna regarda Juliette et lui répondit d'une voix obstinée : « Non, je ne me vendrai pas ! Jamais ! »

Juliette haussa les épaules : « Je n'arriverai jamais à comprendre les filles comme vous qui donnez gratuitement ce que vous pourriez vendre à prix d'or. »

Jenna s'affaissa sur le bord du lit. « Eh bien, moi non plus je ne peux pas vous l'expliquer ! » répondit-elle avec lassitude. C'était pour elle un monde tout nouveau et elle se sentait seule, si seule !

* * *

James MacLean était sur la place du marché, au bord du fleuve. Il regarda autour de lui, se demandant par où il allait commencer. Il s'y était vraiment très mal pris et sa tâche était presque impossible : il était parti beaucoup trop vite, sans avoir aucune idée de l'endroit où se trouvait son père. Il enfonça ses mains dans ses poches et se mit à marcher. « Il faudra commencer par les tavernes », se dit-il.

La première taverne dans laquelle il entra était pleine de soldats : quelques-uns connaissaient son frère, mais aucun d'entre eux n'avait jamais entendu parler de son père. James s'en alla découragé. La seconde taverne était bondée de réfugiés loyalistes de Natchez qui semblaient ne s'intéresser qu'à se plaindre et à boire. Ils se disaient prisonniers de guerre, détenus par un gouvernement bienveillant mais indifférent à leurs besoins, à leurs espoirs et à leurs désirs. Ils étaient blottis dans des coins en petits groupes lugubres, se racontaient l'histoire de leur fuite et parlaient du « bon vieux temps sous l'autorité britannique ». Ils disaient sans cesse du mal des grossiers continentalistes, des Espagnols et des Français. Quelques-uns parmi eux parlaient de s'échapper au nord vers le Canada.

James fit le tour de la salle, s'arrêtant de temps en temps pour causer avec un de ces groupes. Mais il perdait son temps : personne n'avait vu son père. Certains savaient qu'il s'était allié à l'ennemi et juraient contre lui quand James prononçait son nom.

Dans la troisième taverne, James trouva un groupe très varié. Il rencontra parmi eux plusieurs commerçants qui connaissaient son père.

— Il est donc à La Nouvelle-Orléans ? s'écria l'un d'eux avec étonnement. « Ce vieux salaud n'est même pas venu ici pour saluer ses amis. » James eut un moment de découragement complet. Mais l'homme, après un instant de réflexion, ajouta : « Pourquoi n'essayez-vous pas chez Pollock ? C'est un bon ami de votre père. »

— Où est-ce ? demanda James.

L'homme lui donna de rapides explications et James partit aussitôt à la recherche d'Oliver Pollock, un commerçant très riche et très célèbre de La Nouvelle-Orléans. James jura tout bas : il aurait dû rendre visite à Pollock dès le début, car il savait que son père et lui travaillaient parfois ensemble.

En cherchant la maison d'Oliver Pollock, James se perdit deux fois. Il n'était venu à La Nouvelle-Orléans qu'une fois dans sa vie : c'était toujours Will qui accompagnait son père. Cette pensée lui rappela sa dernière conversation avec Maria. Elle avait raison, évidemment : Will était le préféré de son père.

C'était Will qui avait reçu le plus beau fusil. « Il va plus souvent à la chasse que toi », lui avait expliqué Robert. « Je t'en donnerai un semblable le plus tôt possible. » James se souvint qu'il avait beaucoup boudé à propos du fusil, et pensa à la colère et à la peine qu'il avait ressenties en d'autres occasions semblables. C'était vrai : Will partait plus souvent à la chasse que lui, mais James ne pouvait pas accepter cette vérité. Il ne savait que ceci : dès qu'il s'agissait de partager quelque chose, c'était toujours Will qui recevait ce dont James avait envie. Alors il pensa : « Maria a raison. Quand il faudra diviser la terre, c'est Will qui aura la meilleure part. » Cela avait toujours été ainsi. Il décida de faire une demande pour la terre des La Jeunesse. Dès le lendemain, il irait voir les autorités espagnoles pour remplir les papiers nécessaires.

James s'approcha de la maison de Pollock, mais ne vit aucune lumière. Il grimpa les marches, frappa à la porte et attendit quelques instants. Aucun son ne vint de l'intérieur. James, furieux, donna un coup de pied dans la porte : il n'y avait personne. Il se tourna, découragé, et repartit vers le marché du fleuve. « Il va falloir trouver un logement pour la nuit, se dit-il. Et demain, avant même de chercher papa, j'irai voir les autorités. » Il s'en alla de mauvaise humeur, en colère avec lui-même, et deux fois plus en colère contre son père.

Robert MacLean se dirigeait vers la maison de Juliette avec quelque difficulté, car il était ivre. Il venait de quitter l'adjudant espagnol après une soirée fort agréable.

D'abord il avait appris les bonnes nouvelles : l'attaque

contre Baton Rouge avait parfaitement réussi; Gálvez et ses hommes retournaient à La Nouvelle-Orléans et Will, se dit-il avec reconnaissance, était sain et sauf. Il n'y aurait plus de problèmes sur le Mississippi, ce qui rendrait Angélique très heureuse.

Après leur conversation, l'adjudant Alvarez avait servi un délicieux dîner. On avait mangé un savoureux plat de crevettes à l'espagnole, accompagné de riz très épicé, arrosé de vin et suivi d'une bonne bouteille de cognac.

— Je suis complètement ivre, se dit Robert. Mais cette fois-ci, il n'avait pas le vin triste : il se sentait très bien après une bonne soirée et un bon dîner. Robert ne pensait maintenant qu'à une chose : se coucher dans des draps frais, sur un bon matelas à duvet. Demain, se dit-il, il retournerait auprès d'Angélique. Il trouverait moyen de faire la paix avec elle, de la comprendre, et de se faire comprendre par elle.

Robert marcha en titubant jusqu'à la porte de La Casa Roja. Il tourna la poignée et se retrouva dans la pénombre du couloir.

— Ah, te voilà ! roucoula Juliette en lui jetant un coup d'oeil du salon.

Robert, qui avait très sommeil, hocha la tête. « Ce soir je ne viens que pour dormir », répondit-il.

— Tu as beaucoup bu, dit-elle en le grondant avec bonne humeur. « Tu aurais autant pu rester ici pour le faire ! »

— Et d'autres choses aussi, j'imagine, répondit Robert. Mais ce soir je ne buvais pas seul : j'étais avec un ami.

— Eh bien, va vite te coucher, sinon tu vas tomber par terre !

— Tu as raison, dit-il en ôtant son chapeau avec un sourire. Il lui dit bonsoir d'un signe de la main et grimpa l'escalier. Quand il arriva en haut, il regarda au bout du long couloir obscur et s'arrêta net. Il clignota des yeux et saisit la rampe.

Il venait d'apercevoir, tout au fond du couloir, une vision en bleu. C'était une longue jeune fille très élancée aux cheveux roux-or qui lui tombaient jusqu'à la taille, vêtue d'une robe révélatrice qui moulait son très joli corps. Elle s'arrêta un instant pour le regarder, ouvrit une porte et disparut.

— Janet ! s'exclama Robert tout bas. Mais la vision avait disparu. « C'est une hallucination », marmonna-t-il en se rappelant que Janet Cameron Macleod était au Canada à des milliers de kilomètres de La Nouvelle-Orléans, et que de toute façon, c'était maintenant une femme de cinquante ans et non pas une jeune fille de dix-sept ou de dix-huit ans.

Pourtant il ne put oublier l'image de la femme qu'il avait cru apercevoir. De loin elle ressemblait exactement à Janet quand elle avait son âge. Robert entra en titubant dans sa propre chambre et ferma la porte derrière lui. Il fut brusquement envahi d'un terrible sentiment de solitude et éprouva une profonde tristesse, comme s'il avait perdu quelque chose d'infiniment précieux qu'il ne retrouverait jamais plus. Il tomba sur son matelas à plumes et ferma les yeux. Le vin et le cognac aidant, Robert sombra dans un profond sommeil.

La cabane des MacLean était sombre et lugubre — aussi lugubre que le visage anxieux de la guérisseuse. Angélique était sur son lit, presque méconnaissable, une ombre de ce qu'elle avait été : ses cheveux noirs étaient tombés par grosses touffes et sa peau était devenue toute jaune. Les tumeurs qui ravageaient son corps étaient très douloureuses : elle dépérissait peu à peu, en proie à un mal inconnu.

La guérisseuse se pencha sur elle et lui essuya les lèvres avec un linge mouillé. « Elle a la jaunisse », dit-elle.

Maria regardait fixement sa mère, sans chagrin et sans pitié.

— Maman n'est pas une personne forte, se disait-elle. Elle était fragile, mais elle avait toujours su se servir de sa fragilité. « Sois gentille, Maria, ou tu me feras du mal », disait-elle toujours. Maria avait si souvent entendu cette phrase qu'elle n'y faisait plus jamais attention. « Eh bien, pensa-t-elle, elle disait toujours qu'elle était malade, et maintenant elle l'est pour de bon. »

— Tu es bien gentille, bien sage de ne pas pleurer, dit la guérisseuse en lui tapotant la main. « Il faudra que tu sois très forte, lui conseilla-t-elle. Nous allons peut-être perdre ta maman. Cette jaunisse et cette fièvre n'annoncent rien de bon, et la fièvre n'a pas l'air de baisser. »

Maria regarda dans le lointain.

La guérisseuse se leva et secoua sa jupe en haillons. « Je vais aller chercher des médicaments, annonça-t-elle : des racines et des écorces. Tu vas rester un peu seule avec elle. Te sens-tu capable de veiller sur elle ? »

Maria hocha la tête. La guérisseuse s'enveloppa dans son châle : « Je reviendrai le plus vite possible. »

— Ne vous en faites pas, répondit Maria d'une voix vague.

— Il faut de temps en temps lui essuyer les lèvres avec un linge mouillé. Elle a la bouche très sèche.

Maria s'assit sur un tabouret à côté du lit. Elle entendit fermer la porte de la maison et comprit que la guérisseuse était partie dans la nuit.

Angélique se tournait et se retournait dans son lit. Elle poussa un léger grognement. Ses yeux vacillèrent et ses lèvres se mirent à former des paroles silencieuses. « Où est papa ? » murmura-t-elle.

Maria ne changea pas d'expression : « Il est parti pour La Nouvelle-Orléans, maman. Tu ne te souviens pas ? C'est pourtant toi qui l'as fait partir ! »

Angélique secoua la tête. « Non, murmura-t-elle. Je le veux à côté de moi ! »

Maria plia ses bras maigres sur sa poitrine. « Eh bien, il ne reviendra pas, répondit-elle. Il ne t'aime plus et il ne veut pas revenir. »

Les yeux d'Angélique se remplirent de larmes et elle balança sa tête de côté et d'autre. Un peu de salive se mit à couler sur son menton. « Robert ! appela-t-elle. Oh, Robert ! »

— Pourquoi as-tu donné mes habits à cette famille noire, maman ? Pourquoi as-tu fait cela ? Les yeux de Maria étaient devenus très intenses et brillaient d'une lueur étrange. Elle eut un brusque sentiment de pouvoir — comme le jour où elle avait regardé le bout de corde attaché au vieux cyprès : c'était le même sentiment de pouvoir qu'elle avait ressenti en voyant le frère de Belle pendu à la branche.

— Cela fait si longtemps. . . dit Angélique en regardant sa fille avec étonnement. Le visage de Maria semblait flotter devant ses yeux : Angélique était toute perplexe.

— Will ! Dis à Will de venir ! s'écria Angélique. Dis-lui que je lui pardonne, demande-lui de venir à côté de moi !

Une lueur mauvaise parut dans le visage de Maria. « Il est parti lui aussi, annonça-t-elle, les yeux tout brillants. « Tu ne te souviens pas, maman ? Will a été tué à la guerre. Tu as donc tout oublié ? »

Angélique eut un hoquet d'horreur. Un râle se fit entendre dans sa poitrine et son visage devint encore plus pâle. « Il est m-mort ? » demanda-t-elle, luttant pour prononcer la parole terrible. « Où ? Quand ? »

Maria haussa les épaules : « Tu ne te souviens donc pas ? Je te l'ai pourtant dit hier ! »

Angélique ferma les yeux pour ne pas voir sa fille et se frappa la tête contre l'oreiller blanc. « Non, non, non ! » répéta-t-elle plusieurs fois.

— Eh bien, c'est vrai, dit Maria avec conviction.

Un gargouillement sortit de la gorge d'Angélique et, avec un effort suprême, elle s'assit toute droite en haletant. Elle poussa un cri et se mit à vomir : un liquide visqueux mêlé de sang sortit de sa bouche et coula sur le drap et sur sa longue chemise de nuit. Puis elle recommença à haleter et à vomir ; ses doigts se crispèrent sur le bord du lit et ses yeux roulèrent derrière sa tête. Une troisième fois, sa bouche se remplit de muqueuse sanglante.

Maria bondit en arrière. Sa mère était assise toute droite et luttait pour respirer. Ses énormes yeux noirs étaient pleins de souffrance et de terreur. Alors elle s'affaissa sur son oreiller et se mit à respirer plus normalement.

Maria se pinça le nez : l'odeur de vomissure était écœurante : sa mère ne semblait même plus humaine. « Regarde les saloperies que tu as faites ! » hurla Maria, ses yeux devenus tout petits. Elle se sentit brusquement remplie d'une haine folle contre sa mère. « Tu as fait des saloperies ! » hurla-t-elle. Sa tête se mit à battre douloureusement,

182

comme cela lui arrivait souvent : c'était une douleur sourde, insupportable, qui commençait à la nuque et était toujours accompagnée de voix. . . des voix murmurantes qui lui disaient quoi faire.

Elle souleva un des oreillers et regarda le visage terrifié de sa mère. Maria mit l'oreiller sur le visage d'Angélique et le pressa de toutes ses forces. « Tu vas mourir de toute façon ! hurla-t-elle. Je ne peux pas supporter de te regarder ni de t'entendre ! Je ne peux pas souffrir les choses qui luttent pour la vie ! »

Angélique se débattit faiblement mais cessa bientôt de s'agiter et devint complètement immobile. Mais Maria ne souleva pas l'oreiller. Elle continua à le presser et à hurler de toutes ses forces : « C'est toi qui me l'as fait faire ! » Peu à peu, elle se sentit envahie d'une peur étrange et se mit à trembler comme une feuille. Après un long moment, Maria ôta ses mains de l'oreiller : « Tu es morte, maman ? » Elle avait chuchoté sa question, mais il lui sembla que sa voix remplissait la chambre tout entière. Maria étendit la main et toucha le bord de l'oreiller, puis le tira d'un coup comme s'il était vivant. Elle regarda le visage de sa mère et bondit de nouveau en arrière en voyant ses yeux grand ouverts fixés sur elle. « Tu es morte, maman ? » hurla-t-elle une seconde fois.

Maria recula de quelques pas en mettant ses doigts dans sa bouche. Elle alla de l'autre côté de la chambre et se blottit dans un coin sans pouvoir décoller les yeux du visage figé et plein de terreur de sa mère.

— Peut-être qu'elle va bouger, pensa Maria. Elle n'est pas vraiment morte. Elle va se lever et va traverser la pièce; elle va me toucher avec ses mains glacées. « Maria frissonna d'horreur : le fantôme de sa mère allait la tuer. Elle fit un effort pour s'enfuir mais se sentit paralysée; ses jambes étaient comme de la bouillie et ses yeux étaient collés sur le visage d'Angélique. Elle entendit soudain un grincement et son coeur se mit à battre follement. Elle sursauta et poussa un hurlement de terreur.

La guérisseuse ouvrit la porte de la chambre à coucher et resta un instant immobile. En voyant le visage d'Angélique, elle comprit aussitôt qu'elle était morte. La guérisseuse croyait à la magie, mais elle était aussi chrétienne : elle se signa trois fois.

Maria était tombée à genoux et continuait à hurler.

— Chut ! ordonna la guérisseuse. Tais-toi, ta mère est morte.

Maria cria de nouveau et la vieille femme lui donna une gifle. « Chut ! » répéta-t-elle.

— Son fantôme me poursuit, sanglota Maria.

La guérisseuse la traîna dans l'autre pièce et la secoua comme une poupée en étoffe : « Tu es complètement hystérique ! Chut ! »

— Elle vient. . . elle vient. . .

— Ne dis pas de bêtises. Elle vient de mourir, laisse-la reposer en paix. Et toi qui étais si sage ! Tu te conduis comme une petite sauvageonne.

— Vous ne comprenez pas, gémit Maria.

Mais la guérisseuse ne l'écouta pas. Elle fouilla dans son sac et en sortit une fiole de liquide. Elle tira Maria vers elle et l'obligea de tout avaler. Maria toussa une fois, mais la vieille femme lui frotta la gorge. Maria, contre son gré, avala le liquide.

Elle eut d'abord une sensation de chaleur, puis de froid. Elle frissonna encore une fois et son corps devint tout mou. Alors elle perdit connaissance.

— J'espère que vous n'êtes pas trop déçu, déclara le jeune officier britannique. « Montréal n'est pas Philadelphie, mais nous faisons de notre mieux. »

— Il vaut mieux avoir la tête bien attachée à Montréal qu'être pendu à Philadelphie, plaisanta Tom. Je suis sûr que je vais m'y faire très facilement. Je suis, après tout, un réfugié.

Il avait traversé le Saint-Laurent le matin même, et n'avait pas encore eu le temps d'explorer la ville. Tom Bolton, cependant, était déjà très impressionné. Montréal ne ressemblait pas du tout à Philadelphie, ni à Boston ni à Arlington : c'était comme une ville d'Europe — du moins de l'Europe telle qu'il se l'imaginait — et l'influence française y était encore très dominante. « Cela me plaît, se dit Tom. Je suis sûr que cela va me plaire. » Pendant son trajet jusqu'à Montréal, Tom s'était imaginé que les Français seraient peut-être hostiles, comme on aurait pu s'y attendre, car ils avaient beaucoup souffert. Mais il s'était très vite aperçu que ce n'était pas le cas du tout. Jusqu'ici, tout le monde avait été très aimable avec lui — il avait évidemment pris soin de parler aux Canadiens français dans leur langue natale. Il se sentait reconnaissant envers les Shippen, qui lui avaient donné une très bonne éducation : il parlait non seulement français, mais allemand.

— Il faut que je rencontre Mathew Macleod, annonça Tom. Le major André m'a dit de me mettre en contact avec lui dès mon arrivée.

— Ah, M. Macleod ! s'exclama le jeune officier. Il n'est pas en très bonne santé en ce moment et travaille souvent chez lui.

— Pensez-vous que je puisse aller le voir ? demanda Tom. Est-ce que ce serait mal élevé ?

— Pas du tout. Mais attendez donc qu'il aient fini de déjeuner. Ce ne serait pas poli d'arriver à l'heure du repas.

— Evidemment non, dit Tom.

— Allons déjeuner dans l'auberge d'en face, proposa l'officier. Il faut que vous goûtiez aux spécialités québécoises : le pain, le vin et les fromages sont excellents.

— Cela me semble tout à fait tentant, dit Tom en se levant.

Le jeune officier se leva aussi. Comme jusqu'à ce moment-là, Tom ne l'avait vu qu'assis, il ne s'était pas rendu compte qu'il portait le kilt. « J'aurais dû comprendre, pensa Tom, en voyant la bande sur son chapeau. » Le jeune homme était vêtu d'une jaquette rouge bordée d'or comme tous les autres officiers de l'armée britannique, mais sous son gilet il portait le kilt vert et bleu du régiment des Royal Highlanders, les *Black Watch*. Il avait de longues chaussettes à carreaux rouges et blancs qui lui allaient jusqu'au genou, et des chaussures noires à boucle d'or.

— Vous êtes un Highlander, dit Tom.

L'officier lui tendit la main. « Mactavish », dit-il en se présentant.

Les deux hommes traversèrent la place. « L'automne va venir très tôt cette année, observa Mactavish. Nous n'aurons pas d'été indien. »

— Vous n'avez pas froid en plein hiver canadien, avec votre kilt ?

Mactavish éclata de rire : « Non. En hiver nous portons des sous-vêtements. Vous comprenez ? »

Ils entrèrent dans l'auberge qui était bondée. « On mange bien ici, dit Mactavish, beaucoup mieux qu'au mess des officiers. » Il fit un clin d'oeil à Tom : « Vous savez, les Ecossais se battent peut-être pour les Anglais en ce moment, mais ils ont toujours eu un faible pour la bonne cuisine française et pour les bons vins, surtout le bordeaux. »

Tom sourit de nouveau. Il avait toujours envié les Ecossais : ils avaient beau vivre à l'étranger, ils restaient toujours écossais. Il se souvint de l'évacuation des forces britanniques de Philadelphie. L'armée avait quitté la ville avec beaucoup de dignité, au son des cornemuses des Royal Highlanders. « Moi, je n'aime pas les cornemuses ! s'était écriée Peggy. On dirait de vieilles femmes qui gémissent ! » Tom se rappelait lui avoir dit qu'il aimait cette musique, et que pour une raison inexplicable, il se sentait tout remué par le gémissement des cornemuses.

Mactavish s'approcha d'une longue table en bois où était assis un groupe d'hommes. « Mackenzie ! » s'exclama-t-il avec joie. Tu ne vas pas me dire que tu as l'intention de dépenser tes sous si durement gagnés pour manger au restaurant ! »

Mackenzie le regarda d'un air un peu coupable. « Ce n'est pas bien cher, murmura-t-il. Et toi, tu as l'air bien endimanché, il me semble ! »

Mactavish saisit Tom par le coude : « Je voudrais vous présenter à un jeune compatriote — il y en a plein par ici. Il s'appelle Alexander Mackenzie. Mackenzie, je te présente Tom Bolton. »

Tom se pencha et serra la grande main de l'Ecossais.

— Mackenzie travaille pour Finlay & Gregory; il tient les

186

comptes, pas vrai ? Mactavish baissa la voix : « C'est un bon loyaliste; son père et son frère sont dans l'armée. Il n'a que quinze ans, mais il a déjà fini l'école : c'est un bon gaillard très sérieux qui gagne déjà ses sous. Finlay & Gregory sont aussi des loyalistes — c'est rare, car la plupart des commerçants penchent plutôt du côté des continentalistes. Si trois hommes se réunissent à Montréal en ce moment, vous entendrez cinq opinions différentes ! »

Mackenzie éclata de rire et passa à Tom une grosse miche de pain noir et un verre de vin. « Bolton, répéta-t-il. Vous n'êtes pas écossais ? » Tom secoua la tête : « Je travaille pour le service de renseignement anglais, à Philadelphie. »

Mackenzie s'esclaffa : « Le service de renseignement anglais ! J'aimerais voir ça ! Les termes sont tout à fait contradictoires ! »

Tom le regarda avec étonnement : « Mais je pensais que vous étiez un bon loyaliste ! »

— Oh, je les soutiens, mais dire qu'ils sont « renseignés », c'est tout à fait autre chose ! Ce qu'il faudrait pour unir ce pays c'est un bon gouvernement écossais ! Si les Anglais arrivent à garder un coin de l'Amérique du Nord, ils auront de la chance. » Mackenzie regarda Tom dans les yeux avec une expression d'amusement : « Vous êtes sûr que vous n'êtes pas écossais ? Vous êtes pourtant bâti comme un Highlander et vous en avez aussi le teint. »

— En voilà un compliment ! dit Mactavish.

Tom se sentit rougir. « En fait, dit-il tout gêné, je suis adopté. Je n'ai aucune idée de mes origines. »

Mackenzie éclata de rire et lui donna une grande tape sur l'épaule : « Alors vous n'avez pas à hésiter : dites que vous êtes écossais. Vous serez pris entre l'enclume des Anglais, le marteau des continentalistes et la joie de vivre des Français ! »

— Prenez garde, dit Mactavish. « Il essaie de vous graisser la patte pour vous faire payer l'addition ! »

— Je la paierai volontiers pour le plaisir de votre aimable compagnie, répondit Tom en mordant dans un gros morceau de pain.

Ils mangèrent un bon potage, une tourtière croustillante et

du fromage, le tout arrosé de bon vin. Quand vint l'addition, Mackenzie, sans aucune gêne, la tendit à Tom. « C'est vous qui avez offert », lui rappela-t-il.

Tom paya l'addition et Mactavish lui expliqua par écrit comment arriver jusqu'à la maison des Macleod. « Vous les aimerez beaucoup, dit-il. Ce sont aussi des Ecossais et ils sont très accueillants. »

CHAPITRE X

Octobre 1779

Tom s'engagea dans une série de vieilles rues tortueuses, suivant le chemin que lui avait indiqué Mactavish. L'air était rempli des odeurs de l'automne et la plupart des feuilles avaient déjà tourné.

Tom avait quitté Philadelphie en fin août et retrouvé le major André à bord du *Vautour* au début du mois de septembre. C'était maintenant le 3 octobre. Le voyage avait été long et difficile, car le nord de New-York fourmillait d'activités : les troupes de l'armée continentale avançaient vers le Niagara et, malgré leur apparence désorganisée, elles rendaient tout voyage difficile et même dangereux.

Tom s'arrêta un instant pour regarder le Séminaire des Sulpiciens, et l'église Notre-Dame. Il continua son chemin et s'engagea bientôt dans la rue Bonsecours. La plus belle maison de cette rue appartenait à Pierre du Calvet, un marchand huguenot qui avait été accusé de trahison et se trouvait maintenant en prison. Sa maison avait été confisquée par les Anglais et servait à loger des officiers. Comme elle était facile à reconnaître, Mactavish l'avait indiquée à Tom comme point de repère : « Après la maison du Calvet, comptez encore cinq maisons et vous serez chez les Macleod. »

Tom s'arrêta devant une grande maison en pierre et vit le nom « Macleod » inscrit sur la porte d'entrée. Il grimpa les trois marches et frappa deux coups avec le grand marteau de porte en fer forgé.

Janet était à mi-chemin entre la cuisine et le salon quand elle entendit frapper à la porte. Elle s'essuya rapidement les mains sur son tablier et repoussa une mèche qui lui tombait sur le front. Elle jeta un coup d'oeil autour d'elle : la table était débarrassée, la maison à peu près convenable.

— Un instant, s'il vous plaît, appela Janet. Elle ouvrit la grande porte en chêne et resta paralysée devant le spectacle de Tom Bolton qui attendait derrière la porte, l'air un peu étonné.

Le jeune homme qui se tenait devant elle faisait un peu plus de six pieds. Il avait les yeux sombres et doux le l'être avec qui elle avait partagé sa vie, les mêmes cheveux couleur de sable qui lui tombaient sur le front; ses épaules étaient larges et puissantes et sa bouche avait exactement la même forme. L'homme qui attendait devant la porte était l'image de Mathew Macleod tel qu'il avait été trente ans auparavant.

Elle remarqua à peine la jaquette rouge, la culotte blanche, les bottes noires et vernies de l'uniforme britannique. Le choc fut tel qu'elle se sentit tout étourdie : il lui sembla qu'elle perdait la tête.

— Qui êtes-vous ? demanda-t-elle d'une voix défaillante.

— Madame Macleod ? dit Tom avec anxiété. Cette femme semblait bouleversée et il se sentait terriblement gêné. « Y a-t-il quelque chose qui ne va pas ? »

Janet, sentant ses genoux fléchir, s'agrippa à la porte. Elle tendit la main à Tom, mais ses jambes ne la tenaient plus et elle s'effondra dans ses bras. Tom Bolton, ahuri et consterné, l'entendit murmurer « Mathew ! »

— Janet ? Madeleine descendit rapidement l'escalier en réponse à l'appel de Tom. Elle s'arrêta net en voyant la scène extraordinaire d'un Mathew Macleod rajeuni de trente ans portant Janet pâmée dans ses bras.

— Elle a ouvert la porte et s'est tout simplement évanouie, expliqua Tom d'une voix troublée. Toutes les femmes de la maison étaient-elles donc folles? L'une d'elle l'avait regardé comme s'il était un fantôme et s'était promptement évanouie; l'autre le fixait comme s'il tombait de la lune.

Madeleine entrouvrit les lèvres mais fut incapable de prononcer une seule parole. Elle indiqua de la main un fauteuil dans le salon. Tom souleva Janet sans peine et l'emporta dans le salon, l'installant doucement sur le fauteuil. Il la secoua un peu et se tourna vers Madeleine qui était restée près de la porte, la bouche entrouverte, ses beaux yeux noirs tout écarquillés.

— Avez-vous des sels ? demanda Tom. Dieu sait s'il avait l'habitude des femmes évanouies ! Peggy se pâmait tout le temps — et à volonté.

— Oui, dans l'autre pièce, murmura Madeleine.

— Auriez-vous la bonté d'aller les chercher ? demanda Tom qui faisait un effort pour ne pas s'impatienter. Qu'avaient-ils donc tous ces gens? Mactavish avait dit qu'ils étaient accueillants, et non pas fous !

Madeleine hocha la tête et s'enfuit de la pièce. Elle revint quelques minutes après, portant une fiole de cristaux saturés d'ammoniac. Tom prit la fiole et la passa sous les narines de Janet. Celle-ci toussa et ouvrit les yeux. « Madame Macleod ? Vous êtes madame Macleod ? » Janet hocha la tête en clignant des yeux.

— Que se passe-t-il ? Pouvez-vous me dire ce qui se passe ? demanda Tom. Mais Janet le regardait encore comme s'il était un fantôme. Il se tourna vers Madeleine : « Qu'est-ce que vous avez, toutes les deux ? »

Madeleine se frotta nerveusement les mains contre sa jupe. Elle trouva enfin sa voix : « Qui êtes-vous ? » Tom tenait encore son bras sous la tête de Janet. Il le retira doucement et mit un coussin derrière son dos. « Je suis Tom Bolton de Philadelphie, répondit-il. Je suis venu voir M. Mathew Macleod qui, m'a-t-on dit, habite dans cette maison. »

Madeleine s'appuya contre la porte et respira profondément. Janet s'accrocha à la tapisserie dont était recouvert son fauteuil. « Vous êtes de Philadelphie ? » demanda-t-elle faiblement.

Tom se dressa et regarda Janet, puis Madeleine. « Je vous

191

prie de m'excuser d'être venu à un si mauvais moment. Il semble que, pour une raison que je ne comprends pas, ma présence vous bouleverse », balbutia-t-il. Il était vraiment très mal à l'aise : ces deux femmes étaient fort belles, mais elles se conduisaient d'une manière bien étrange.

Janet secoua la tête pour s'éclaircir les idées. « Pardonnez-moi, monsieur, dit-elle. Vous dites que vous vous appelez Bolton ? »

Tom hocha la tête : « Oui, et je suis de Philadelphie. Je viens de la part du major André. »

Janet s'efforça de sourire. Ce jeune homme ne pouvait pas comprendre le fol espoir qui venait de s'emparer d'elle. Son coeur battait à toute vitesse et elle était hantée par l'idée que cet étranger, qui était par hasard venu à leur porte, était en fait Tom, le fils perdu de Mathew. Ils se ressemblaient d'une manière extraordinaire : ce jeune homme était plus comme Mathew qu'Andrew ou Mat, Jenna ou Helena — il avait ses gestes, même ses maniérismes.

— Je suis désolée, répéta Janet. Elle se redressa et lui tendit la main. « Vous n'êtes pas venu à un mauvais moment du tout. Je ne sais pas comment vous expliquer mon comportement. Asseyez-vous, je vous en prie. »

Tom sourit, ne sachant toujours que penser. Cependant il s'assit sur le divan, en face de Janet. Madeleine s'assit silencieusement, incapable de décoller son regard de ce jeune étranger dont elle connaissait si bien le visage.

Janet suça sa lèvre inférieure. « Philadelphie, répéta-t-elle. Bolton. » Elle fronça les sourcils. « Excusez-moi si je vous semble indiscrète, monsieur Bolton, mais permettez-moi de vous poser quelques questions sur votre famille. Etes-vous parent du général Bolton ? Pourquoi êtes-vous venu à Montréal ? »

— Non, je ne suis pas apparenté au général Bolton, répondit Tom. Je travaille pour le service de renseignement britannique. Je suis venu de la part du major André pour consulter M. Mathew Macleod.

En entendant ces paroles, Janet comprit qu'elle avait dû se tromper, que ce n'était qu'une coïncidence extraordinaire. Le jeune homme ne cherchait pas son père, et était venu pour une tout autre raison. « Et votre famille ? insista-t-elle. Parlez-moi de votre famille, je vous en prie. »

Tom la regarda sans comprendre : son intensité était fort troublante. Il ne comprenait pas pourquoi elle lui avait posé cette question, mais décida que cela n'avait pas d'importance. « Mon père est un commerçant à Philadelphie, dit-il. Ma sœur est mariée avec un général de l'armée continentale — mais nous sommes des loyalistes », s'empressa-t-il d'ajouter.

Janet eut un serrement de cœur. « Votre père ? Votre père est M. Bolton ? » demanda-t-elle. Peut-être, après tout, que ce n'était qu'une extraordinaire ressemblance entre deux êtres sans aucun lien de parenté. On disait souvent que chaque homme avait son double, pensa Janet. Pourtant c'était à Philadelphie que le petit Tom avait été emmené; et cet homme, lui aussi, s'appelait Tom.

Tom fronça les soucils : « Puisque vous tenez tant à le savoir, mon père ne s'appelle pas Bolton, mais Shippen, répondit-il. J'ai été adopté et on m'a donné un nouveau nom. En fait, cela n'a pas vraiment été une adoption : j'étais orphelin et les Shippen m'ont recueilli. Ils m'ont donné le nom d'un ami qui venait de mourir, m'ont élévé et éduqué. » Tom parlait sans se rendre compte pourquoi il disait tant à cette femme qu'il ne connaissait pas. « Mais en quoi mon histoire peut-elle vous intéresser, madame ? » demanda-t-il.

Janet fut secouée d'un long frisson de joie et entrouvrit les lèvres. Tom vit son visage changer de couleur et ses yeux devenir très brillants : ce n'était plus la même femme qui, quelques minutes auparavant, s'était évanouie dans ses bras. Comme la ravissante jeune femme qui était assise en face d'elle, Mme Macleod semblait maintenant tout animée de curiosité. Tom s'éclaircit la voix. « Maintenant que j'ai répondu à vos questions, madame, demanda-t-il poliment, auriez-vous la bonté de m'expliquer de quoi il s'agit ? »

— Que savez-vous de votre vraie famille ? continua Janet sans en démordre. « Est-ce que le nom de Stowe vous dit quelque chose ? Connaissez-vous ce nom ? »

Tom cligna des yeux. C'était à son tour maintenant d'être

interloqué : sa bouche était devenue toute sèche. Il répondit en hochant la tête.

— Ah, mon Dieu ! s'écria Janet toute tremblante; les larmes s'étaient mises à couler sur son visage. Elle fut prise d'un tel frémissement de joie qu'elle ne put prononcer un mot. Ses yeux verts devinrent tout grands et elle se couvrit la bouche de la main.

— Vous connaissez mes parents ? demanda-t-il enfin.

Janet eut un nouveau frémissement. « Les Stowe n'étaient pas vos vrais parents, lui dit-elle en luttant contre l'émotion. » On vous a confié à eux en 1747. Ils vous ont emmené à Philadelphie. Ils ont été tués. »

Tom, stupéfait, regarda dans les yeux de Janet, dont le visage était tout rouge et baigné de larmes. « Nous vous avons cherché partout. Dieu sait comme nous avons essayé. . . »

Tom se mit à trembler, lui aussi. « Vous êtes ma mère. . . ? »

Janet secoua rapidement la tête : « Vous êtes le fils d'Anne MacDonald et de Mathew Macleod. Votre mère est morte en couches; votre père est en haut. »

Tom sentit ses yeux devenir tout humides.

— Vous ressemblez exactement à votre père quand il avait votre âge. Quand j'ai ouvert la porte, j'ai cru voir une apparition : c'était comme si je revoyais votre père tel qu'il était il y a trente ans. » Les larmes coulaient encore sur son visage : « Nous avons tout fait pour vous retrouver, Mathew et moi. . . »

Tom s'essuya la joue et se dit que ce n'était pas convenable de pleurer à son âge. Lui-même avait cherché sa famille pendant de longues années, pensant que les Stowe étaient ses vrais parents. Il eut une pensée absurde et se demanda comment il pouvait penser à une chose pareille à un tel moment : il se rappela la conversation qu'il avait eue avec Alexander Mackenzie à déjeuner, et la remarque que lui avait faite le jeune homme sur son air écossais. « Je suis vraiment écossais », se dit-il triomphalement.

Tom se redressa et s'approcha de Janet. Il étendit les bras, lui prit les mains et l'aida à se relever. Il mit ses bras autour d'elle et la serra contre lui. Maintenant, alors qu'il ne s'y attendait guère, il avait enfin retrouvé sa propre famille.

Après quelques instants, Janet se dégagea et le regarda dans les yeux : « Votre père — votre vrai père — a récemment eu une crise cardiaque. Si vous permettez, je vais essayer de lui annoncer la nouvelle sans que cela lui cause un trop grand choc. Vous ne pouvez pas savoir combien d'efforts nous avons faits pour vous retrouver. »

— Moi aussi je vous ai cherchés, répondit Tom. Alors, d'une voix voilée d'émotion, il dit : « J'ai une famille ! Mon Dieu, j'ai enfin une vraie famille ! »

Il regarda Janet, puis Madeleine : « Etes-vous ma sœur ? »

Madeleine secoua la tête avec un sourire : « Moi aussi, j'ai été adoptée, répondit-elle. Nous n'avons aucun lien de parenté. »

— Quelle chance ! s'exclama Tom. Je ne voudrais pas que la plus jolie femme que j'aie vue à Montréal soit ma sœur !

Madeleine rougit.

— Vous avez un demi-frère et deux demi-sœurs, lui expliqua Janet. Et Madeleine a deux frères que nous avons aussi adoptés — mais ils ne vivent pas ici. Janet, parlant plus bas, la voix entrecoupée d'un sanglot, ajouta : « Vous aviez un autre demi-frère, mais il est mort tout récemment à la guerre. » Pour Janet, l'idée que Mat était mort lui paraissait encore inconcevable. « C'est sa mort qui a causé la maladie de votre père. » Elle tapota la manche de son uniforme : « Je vais aller lui dire que son rêve d'il y a tant d'années est enfin réalisé. »

— Donnez-moi le temps de m'y habituer, moi aussi, répondit Tom en s'écroulant dans un fauteuil.

Janet se tourna rapidement, leva ses jupes et se mit à grimper l'escalier. Sa joie était si intense qu'elle eut envie de crier : « Tom est ici ! » Mais elle se retint. « Il faudra que je lui dise la nouvelle calmement, pensa-t-elle, Il sera fou de joie ! Le bonheur de cette réunion inespérée lui rendra sa santé. Je voulais le retrouver autant que toi, mon amour, se dit-elle. Oh, Mathew, je voulais le retrouver parce que tu y tenais tant, parce que c'est ton fils, et qu'il fait partie de nous-mêmes. »

L'officier espagnol chargé des concessions de terre en Louisiane fut un modèle d'empressement et de zèle. Il parcourut des masses de documents écrits à la main et étudia des cartes sur lesquelles étaient marquées de vastes étendues du pays.

Il inscrivit soigneusement les renseignements que lui donnait James, s'arrêtant de temps en temps pour tortiller ses longues moustaches ou pour lever un sourcil impeccable. « Je vais évidemment être obligé de vérifier les détails de votre histoire avec les autorités locales. Si la terre dont vous parlez a été abandonnée comme vous le dites, et si vous la réclamez en compensation pour un tort que l'on a fait à un membre de votre famille, je ne vois aucune raison pour ne pas la transférer en votre nom. » Il remplit les formulaires très lentement, se concentrant sur son écriture tout enjolivée de fioritures.

— Combien de temps faudra-t-il attendre ? demanda James qui essayait de ne pas s'impatienter : l'officier prenait son temps et il faisait une chaleur intolérable dans le bureau.

— Nous sommes en période de guerre, murmura l'officier en tortillant sa moustache, « et nous manquons évidemment de personnel en ce moment. Mais ce sera fait aussi vite que possible, et certainement avant la fin de l'année. »

James fronça les sourcils : on était encore en octobre. « Trois mois ! s'exclama-t-il. Vous ne pouvez pas aller plus vite ? »

L'officier espagnol remua sur son siège. « Ce genre de problème demande du temps », répondit-il lentement.

James mit sa main dans son gilet et en sortit une petite bourse en cuir; il en tira deux pièces d'or et les posa sur la table. « Si vous faites ce que je vous demande en deux semaines, je vous en donnerai encore cinq, proposa-t-il. Un homme de goût comme vous appréciera sûrement un peu d'or supplémentaire. »

L'officier sourit, montrant ses dents inégales et noircies

196

de tabac. Il tapota nerveusement la table et ramassa un nouveau parchemin, qu'il étudia pendant quelques instants. « Il y a un trou dans mon emploi du temps vers la fin de la semaine prochaine, dit-il enfin. Je pourrai peut-être m'occuper de votre affaire à ce moment-là. »

— Je vous en serai fort reconnaissant, dit James en se levant. Plus l'officier allait vite, mieux cela valait. James occuperait immédiatement la terre et se mettrait aussitôt à l'améliorer. C'était pour lui la parfaite occasion de se détacher de son père et de gagner sa propre fortune. Il réfléchissait sérieusement à la proposition de Maria : les terres des La Jeunesse et des MacLean formaient ensemble une superbe propriété qui pouvait devenir très lucrative. « J'aurai des esclaves, se dit James. Papa n'a pas développé sa terre au maximum parce qu'il est contre l'esclavage, mais moi j'aurai des esclaves. »

James quitta l'officier et se retrouva dehors sous le soleil brûlant de La Nouvelle-Orléans. Il visita plusieurs tavernes et retourna à la maison du commerçant Pollock. James s'arrêta même dans une vilaine auberge et au marché du fleuve pour demander des nouvelles de son père; mais personne n'avait vu Robert MacLean, personne ne savait où il se trouvait.

James s'arrêta au coin de Bourbon Street et se dit : « J'ai cherché dans toute la ville sauf dans les bordels : il faudra essayer là aussi. » Il cracha de dégoût à l'idée qu'il pourrait trouver son père dans un endroit pareil. « Tu m'as toujours dit qu'il fallait respecter les femmes, se dit-il amèrement. Et c'est sans doute dans un bordel que je vais te trouver. Tu serais fou de rage si tu connaissais mon histoire avec Belle, et pourtant un bordel n'est guère mieux. Evidemment, tu dirais que Belle doit coucher avec moi contre son gré, tandis que les putains aiment leur travail et le font avec plaisir. »

James hâta le pas et pensa à sa mère. S'il trouvait son père dans une maison de passe, il ne lui pardonnerait jamais. Et pourtant, en y réfléchissant, il se rendit compte qu'il était assez satisfait de la brouille entre ses parents. Sa mère était très en colère contre Will; quant à lui, elle l'avait loué parce qu'il était resté à la maison et avait complètement ignoré la guerre. « Je ne me battrais jamais pour les Espagnols ! » avait-il dit à Angélique, qui s'était écriée : « Tu es mon seul vrai fils : tu ne m'as jamais menti. »

Robert se réveilla tard ce matin-là, après une nuit agitée et troublée de rêves étranges. Son sommeil avait été interrompu au moins trois fois par une terrible soif causée par l'excès d'alcool; la troisième fois il avait été réveillé brusquement par le souvenir de la vision qu'il avait aperçue au bout du long couloir. Après cela, il avait rêvé à Janet, à Mathew et à leurs enfants. Mais son sommeil était resté léger, et lui-même à moitié conscient, à moitié dans les rêves. Il avait laissé errer sa pensée dans le passé, se souvenant de la fraîcheur des forêts du Québec, des lacs et des rivières limpides du Canada. Il avait aussi rêvé à Angélique, et l'avait revue telle qu'elle avait été à l'époque où ils s'aimaient tendrement et se comprenaient si bien.

Peu à peu Robert devint conscient; il se tourna sur le dos, croisa les mains sur le ventre et pensa à ses enfants. Aucun homme, pensa-t-il, peut ne pas aimer ses propres enfants; mais Robert était obligé de reconnaître qu'il se sentait très peu proche de James et de Maria. Au début, se dit-il, c'étaient de beaux fruits fermes et mûrs; mais le soleil brûlant du Sud les avait ramollis et comme désintégrés. James et Maria s'étaient laissés influencer par les croyances et par les préjugés de leurs voisins. Robert se souvenait d'une discussion qu'il avait eue avec James au sujet de l'esclavage. « C'est bien simple, avait-il dit à son fils. « La possession d'un autre être humain est un crime. » Et James avait répondu : « C'est grâce à l'esclavage que nous deviendrons riches et puissants. Tes idées sont complètement démodées. Tu verras, l'esclavage règnera sur toute la nation, que tu le veuilles ou non. »

Maria, évidemment, avait été d'accord : elle était toujours d'accord avec James. Mais elle n'avait pas dit un mot. Elle avait tout simplement hoché la tête, mais son visage avait pris cette expression dure et impitoyable que Robert détestait. « Elle est trop solitaire, se dit-il. Elle est trop attachée à ses biens, et ne veut jamais rien partager. »

Will était tout différent : ouvert, honnête, travailleur. « Je l'ai traité comme mon préféré », s'avoua Robert à lui-même. Mais l'avait-il préféré dès le début, ou seulement à partir du moment où Will s'était montré semblable à lui-même dans ses principes et dans ses croyances les plus chères ? Robert ne savait qu'une chose : son fils James avait le caractère fermé de son propre frère, mort à la bataille de Culloden.

Le soleil pénétrait dans la chambre à grands flots et la chaleur était déjà accablante. Robert glissa ses longues jambes vers le bas du lit, se leva et s'étira. « Je vais retourner auprès d'Angélique, décida-t-il. Je pars ce matin. »

Il s'habilla rapidement et marcha le long du couloir vers l'escalier en spirale. Une bonne odeur montait de la cuisine où l'on préparait le petit déjeuner.

Juliette serait assise à sa longue table en bois devant une grande théière toute fumante; il y aurait aussi un énorme plat de pain noir, du rôti de porc et des légumes verts. Les « filles » qui habitaient dans la maison seraient déjà parties. Tous les matins, elles allaient en groupe au marché du fleuve, où l'on vendait des vêtements importés de France et d'Espagne ainsi que des produits ménagers. Parfois les filles faisaient des emplettes, mais le plus souvent elles allaient tout simplement pour regarder. Le matin au marché était autant un événement social qu'une aventure commerciale.

Robert entra dans la cuisine et s'arrêta net : Juliette était à table, mais elle n'était pas seule. La jeune fille assise à ses côtés était celle qu'il avait aperçue dans le couloir la veille. Ses longues tresses rousses tombaient en cascade sur ses belles épaules blanches et elle rencontra son regard ahuri avec de magnifiques yeux vert émeraude.

Il la regarda fixement. De près, se dit-il, elle ressemblait moins à Janet. C'étaient sa silhouette, son teint, sa couleur de cheveux qui avaient créé cette illusion; son nez était certainement très différent. Robert sourit et se sentit bête de s'être laissé emporter par un tel fantasme.

— Assieds-toi, dit Juliette. Je te présente Jenna. Voyant son regard toujours fixé sur la jeune fille, elle comprit mal son intention : « Ce n'est pas une des filles. Elle ne loge ici que temporairement. »

— Pardonnez-moi, dit Robert. C'est que vous me faites penser à quelqu'un.

Jenna fronça les sourcils et leva ses beaux yeux verts de nouveau vers l'étranger : il parlait comme un homme bien élevé, avec le même accent écossais que sa mère.

Robert fixait la gorge de Jenna, ou plutôt la médaille qu'elle portait suspendue à son cou sur une longue chaîne d'argent. Sur la robe bleu ciel qu'avait prêtée Juliette à Jenna, et qui devoilait ses épaules et sa longue gorge blanche, la médaille était fort visible.

Robert, comme dans une transe, étendit la main et, à la stupéfaction de Jenna, saisit la médaille et la retourna dans ses doigts. L'ancienne pièce romaine, montée sur un cercle d'argent, portait encore l'empreinte du visage de l'empereur Septime Sévère. Pouvait-il exister une troisième médaille identique à celle-là ? Robert en avait une qu'il portait à son cou à cet instant même, car il ne l'ôtait jamais. C'était Mathew qui l'avait donnée à Janet, Janet qui l'avait donnée à Robert. Ces deux anciennes pièces avaient joué un rôle très important dans la famille Macleod. On disait qu'elles avaient été prises à un soldat romain au second siècle après Jésus-Christ, au cours d'une des nombreuses attaques contre les envahisseurs romains en Ecosse. C'était après cette attaque que les Romains avaient reconstruit le mur d'Hadrien, pour séparer le territoire qu'ils avaient conquis de l'Ecosse, d'où ils avaient été repoussés par des tribus féroces. On disait que les pièces romaines marquaient les origines du clan Macleod; elles étaient restées dans la famille et on les portait toujours en bataille comme porte-bonheur.

C'était grâce à cette médaille que Mathew Macleod avait pu reconnaître Robert trente ans auparavant, le jour où Fou Loup l'avait ramené, tout perdu et désorienté, au fort Saint-Frédéric.

Jenna bondit en arrière et Robert lâcha la médaille, qui retomba sur la gorge de la jeune femme.

— D'où vient cette médaille? demanda-t-il.

— Elle appartient à mon père ! répondit Jenna avec irritation. « Je vous défends de la toucher. » Elle avait mis la main sur son cou pour la protéger et ses yeux d'émeraude flamboyaient de colère.

Robert sourit : il connaissait bien ces yeux flamboyants ! « Et qui est votre père ? » demanda-t-il d'une voix plus douce.

— Mathew Macleod, répondit Jenna aussitôt. Je suis du Canada.

— Et moi je suis Robert MacLean. Il lui tendit la main : ses yeux étaient pleins de questions.

Jenna ouvrit la bouche : « Robert MacLean ! Vous êtes vraiment Robert MacLean ? » Ses yeux se remplirent de larmes et elle se mit à trembler. « Je pensais ne jamais vous trouver ! »

Un sentiment de soulagement, mêlé de confusion, envahit Jenna tout entière. Cet homme était son oncle ! Pas son véritable oncle, évidemment, mais cela n'avait pas vraiment d'importance. Il l'aiderait à retourner chez elle et le cauchemar qu'elle vivait depuis quelques mois serait enfin terminé. Robert était le frère du premier mari de sa mère, et Janet et lui s'étaient échappés d'Ecosse de longues années auparavant. Ce n'était pas vraiment un parent, mais les liens d'amour qui l'attachaient aux Macleod étaient solides et indestructibles. Il la protègerait et l'aiderait.

Robert sourit avec une joie communicative, presque sauvage. Il lui prit les mains : « Comment es-tu arrivée jusqu'ici ? » lui demanda-t-il avec ébahissement. Il pensait beaucoup à Janet et à Mathew depuis quelque temps : se trouver brusquement en présence de leur fille était comme un rêve.

— C'est une longue histoire, dit Jenna lentement, une histoire très triste. Ses grands yeux verts s'emplirent de larmes.

— Commence au début, dit Robert. Raconte-moi tout.

James s'arrêta devant la porte de La Casa Roja. Il était déjà allé à quatre maisons de passe et se sentait découragé : en plus, il était fatigué et il avait chaud. Peut-être qu'en fin de compte son père n'était pas à La Nouvelle-Orléans : peut-être qu'il était déjà reparti vers le Nord. C'était la fin de l'après-midi et le soleil couchant, comme une boule de feu, brûlait à l'Occident. James se sentait plein de colère et de ressentiment. Son séjour à La Nouvelle-Orléans aurait dû être un plaisir, mais ce voyage avait été fort désagréable : il n'avait pas eu le temps de s'amuser ni de goûter à la célèbre vie nocturne de la ville; il avait dû passer tout son temps à chercher son père.

Il frappa à la porte et attendit. Quelques instants plus tard, la porte fut ouverte par Juliette elle-même. « C'est un peu tôt dans la journée », ronronna-t-elle en examinant le beau et grand jeune homme très brun qui attendait devant la porte.

James promena son regard sur les magnifiques formes de son corps. Cette créole, qui était sans doute plus âgée que son propre père, était une splendide créature. Il se râcla la gorge. « Je cherche Robert MacLean », annonça-t-il en regardant dans les yeux félins, presque envoûtants de Juliette. Si cette femme était la patronne, que pouvaient donc être les filles qui travaillaient dans l'établissement ?

— Robert ! appela Juliette d'une voix basse et sensuelle. « Il y a quelqu'un pour toi ! »

— Nous sommes dans le salon, répondit Robert de l'autre pièce. En entendant le mot « nous », James pâlit.

Juliette lui fit signe de la suivre et James obéit. Elle remuait comme un rameau d'osier, se balançant doucement d'un côté à l'autre; chaque pas semblait une invitation.

Robert était assis dans le salon avec, à ses côtés, la plus belle jeune femme que James avait jamais vue. Ses longues tresses roux-or tombaient sur ses épaules d'albâtre, et ses magnifiques yeux verts étaient tournés vers lui.

— James ! Robert, stupéfait, se leva en voyant entrer son fils. James regarda la jolie créature sur le divan, puis son père, puis de nouveau Jenna : elle ne pouvait pas avoir plus de dix-sept ans !

Les yeux de James devinrent tout petits : « Je suis venu te chercher, dit-il rapidement. Maman est gravement malade. Il faut tout de suite rentrer à la maison. » Il avait appuyé sur le mot « maman » en regardant Jenna fixement; mais elle n'avait ni rougi de honte, ni changé d'expression. James se tourna vers son père : « Je vois que tu n'as pas trop souffert de la solitude; mais tu aurais quand même pu choisir une putain un peu plus âgée que ta propre fille. » La voix de James était pleine de colère et d'amertume.

— Mais c'est Jenna ! bégaya Robert.

James lança à Jenna un regard brûlant. Elle avait un teint ravissant, d'une blancheur de fleur de magnolia, et ses lèvres charnues étaient pleines de promesses — que pouvaient certainement tenir les formes voluptueuses de son corps. Malgré sa colère, James fut obligé de reconnaître que son père avait bon goût.

Le visage de Robert était rouge écarlate. « Ce n'est pas ce que tu penses, marmonna-t-il. Ce n'est pas une putain ! »

— Vraiment ! répondit James d'une voix sarcastique et pleine de haine.

— Ce n'est pas une putain, répéta Robert avec un peu plus d'assurance : « C'est Jenna Macleod, fille de Janet et de Mathew Macleod. Nous l'emmènerons avec nous. »

James cliga des yeux en regardant la ravissante rousse. Elle s'avança vers lui, les bras ouverts. « Tu es comme un frère perdu depuis toujours que je retrouve enfin, dit-elle doucement. Ton père dit la vérité — les apparences peuvent être trompeuses. »

— Ta mère est-elle très malade ? demanda Robert. Auparavent, Angélique s'était toujours remise de ses maladies. En fait, depuis quelques années, elle avait dû rester au lit à plusieurs occasions.

— Elle est mourante, dit James lentement. C'est la guérisseuse qui m'a envoyé te chercher.

Le visage de Robert se tordit de douleur : si c'était la guérisseuse qui avait envoyé James le chercher, Angélique devait en effet être gravement malade. Il fut envahi par un vu sentiment de culpabilité. « Ah, mon Dieu ! murmura-t-il. Il faut partir tout de suite ! »

James regardait encore Jenna, et ses yeux étaient pleins de questions. Il avait beaucoup entendu parler des Macleod — il connaissait toutes ces histoires de famille.

— Nous t'expliquerons tout pendant le voyage, dit Robert en se tournant vers son fils. « Viens, Jenna, il faut vite préparer tes affaires. Nous avons un long voyage devant nous. »

Jenna regarda Juliette, qui était restée silencieuse pendant toute la scène. « Quand Tolly reviendra, vous lui direz où je suis partie, n'est-ce pas ? »

Juliette hocha la tête. « Bien sûr », répondit-elle. Elle regarda longuement Robert, puis, avec un ravissant sourire, elle lui dit : « Rentre chez toi, Robert MacLean. Rentre chez toi et sois heureux. »

La guérisseuse s'était endormie sur un matelas qu'elle avait traîné jusqu'à la pièce principale de la cabane. Elle était couchée en rond comme un chat, et couverte d'un drap léger. Même en dormant, elle s'agrippait à l'étoffe, l'étreignant et la tirant contre elle. Sa masse folle de cheveux emmêlés et pleins de noeuds lui couvrait à moitié le visage. Elle avait les yeux fermés, mais sa bouche était restée ouverte et un filet de salive coulait sur son bras étendu.

Maria était blottie sur son matelas de l'autre côté de la pièce. Elle regardait la vieille femme fixement, les yeux grand ouverts. Le salon était dans la pénombre, car Maria n'avait pas laissé la guérisseuse éteindre toutes les lumières. Sur une table dans l'autre coin de la pièce, une bougie vacillait faiblement : la flamme jetait sur le plafond des ombres étranges qui tremblaient et changeaient de forme chaque fois qu'une brise légère soufflait par la fenêtre ouverte.

Maria tremblait d'angoisse. La guérisseuse, brisée de fatigue, s'était enfin endormie; elle lui avait de nouveau donné un médicament, mais Maria avait encore les yeux ouverts. Elle restait blottie dans son coin, écoutant les bruits de la nuit, et attendait. Elle voyait chaque mouvement des rideaux — chaque ombre lui semblait menaçante. Elle tenait le coin de son drap dans ses mains et le tordait sans arrêt — le mettant à la fin dans sa bouche pour le sucer.

— Tous les chats sont les amis du diable, lui avait dit un jour la guérisseuse. Mais les chiens — à part le chien blanc aux yeux jaunes — sont ses ennemis.

Cela faisait bien longtemps que la vieille femme lui avait raconté ses terribles histoires à faire tourner le sang. Maria cligna des yeux : les rideaux blancs voltigeaient de nouveau et les contes de la guérisseuse se mêlaient à la réalité.

— Racontez-moi encore l'histoire du grand chien blanc aux yeux jaunes, avait demandé Maria un jour, longtemps auparavant.

— Ah ! Le chien blanc, c'est le diable en personne : il est si blanc, si parfaitement blanc, qu'on voit à travers lui ! Il hante les êtres malfaisants, et vient les chercher pour les emmener en enfer. Ses yeux brillent d'une lumière jaune dans la nuit et, partout où il va, il laisse des traces blanches avec ses pattes. C'est comme cela que les êtres malfaisants savent qu'il les cherche.

Maria frissonna et son regard se fixa sur la lumière vacillante de la bougie. Dans son imagination, elle vit les yeux jaunes du chien et les doigts crispés de sa mère s'approcher d'elle dans les ténèbres.

Brusquement, Maria entendit gratter à la porte. Elle devint blême : c'était le chien qui venait la chercher ! Toute frémissante de terreur, elle descendit à quatre pattes du matelas et s'avança vers la porte. D'une main tremblante, elle l'ouvrit et vit, au clair de lune, un grand chien blanc qui partait vers la grange. Sur les marches de la cabane, des traces de pas toutes blanches semblaient la regarder. Maria poussa un cri perçant qui retentit à travers la cabane et réveilla la guérisseuse en sursaut.

— C'est le chien blanc ! Il vient me chercher ! Les larmes coulaient sur son visage et elle mordait le drap, qu'elle avait emmené avec elle jusqu'à la porte.

La vieille femme se frotta les yeux et regarda fixement les traces de pattes blanches sur les marches. Elle se mit, elle aussi, à trembler. « C'est le chien blanc ! » répéta-t-elle d'une voix aussi terrorisée que celle de Maria. « Il est venu, chuchota-t-elle. Je n'ai jamais imaginé que je le verrais un jour ! »

Maria enfonça son visage dans les jupons de la vieille femme et hurla de nouveau : « Faites quelque chose ! Ne le laissez pas m'emporter ! Faites donc quelque chose ! »

La guérisseuse se redressa et regarda dans l'obscurité. Elle fit un effort pour se rappeler : c'était sa grand-mère à

Haïti qui lui avait raconté l'histoire du chien blanc; il existait même des paroles magiques pour se protéger contre lui. Mais il n'y avait aucun doute : le chien était venu.

— Est-ce que tu l'as vu ? chuchota-t-elle, ses grands yeux noirs tout écarquillés de frayeur. « Est-ce que tu l'as vraiment vu ? »

Maria, encore tremblante, se serra contre elle. « Il a gratté à la porte, murmura-t-elle. Il est venu me chercher. »

— Pourquoi toi ? Tu n'es qu'une enfant innocente ! Peut-être que c'est moi qu'il cherche, dit la guérisseuse en jetant un regard inquiet devant la maison.

— Non, non ! hurla Maria.

La vieille femme se retourna et examina le visage de Maria : ses yeux épouvantés étaient devenus énormes.

— Il ne reviendra pas ce soir, dit la guérisseuse avec confiance. Demain, nous jetterons un sort à minuit, à la pleine lune.

— Il partira, alors ? demanda Maria.

— Nous sacrifierons une poule, dit la vieille femme gravement, « pour nous protéger contre le diable et le faire partir. »

La guérisseuse tira Maria à l'intérieur de la cabane et ferma la porte. Son coeur battait aussi violemment que celui de Maria.

Elle avait entendu cette histoire toute sa vie et l'avait souvent répétée. Mais jamais jusqu'à cette nuit s'était-elle imaginé que cela pouvait vraiment arriver — aucune de ses histoires ne s'était jamais réalisée. Pour elle, ces contes n'étaient que des avertissements, qui servaient surtout à empêcher les gens de suivre le chemin du mal. Mais elle avait vu les traces des pattes avec ses propres yeux. Le chien blanc était venu ! Son esprit vivait donc ici, pensa-t-elle, et pas seulement à Haïti, où sa grand-mère lui avait raconté l'histoire.

— Couche-toi donc et ferme les yeux, dit-elle à Maria en la menant vers son lit. « Il ne viendra pas deux fois la même nuit. »

Maria se coucha et fit un grand effort pour fermer les yeux. Le médicament que lui avait donné la guérisseuse tout

206

à l'heure sembla enfin prendre effet et elle sentit son corps s'engourdir peu à peu. Mais elle avait peur de s'endormir : elle craignait que dans ses rêves sa mère ne sortît de sa tombe pour la tuer.

— L'esprit du mal est tout proche, entendit-elle marmonner la guérisseuse. « Le mal est ici. »

CHAPITRE XI

Novembre 1779

— As-tu assez chaud ? demanda Tom. Avec son aiguille magique, Madeleine traçait de petits points à travers son canevas en toile. Elle était assise tout au bord de son siège, penchée sur un cerceau à broderie. Chaque fois qu'elle poussait son aiguille, le fil de laine traversait le canevas et le dessin qu'elle créait devenait plus net. Sa longue robe ambrée laissait voir ses chevilles très fines et ses jolis cheveux tombaient librement, lui donnant l'air d'une toute jeune fille. Tom était perché sur la pierre de la cheminée et attisait le feu à l'aide d'un soufflet, tandis que dehors, le vent froid de novembre, avant-coureur d'un hiver prématuré, fouettait le fleuve Saint-Laurent.

Madeleine leva ses yeux noirs en souriant : « Oui, merci, j'ai assez chaud. »

Tom hocha la tête. Il se demandait comment il allait bien pouvoir faire progresser ses rapports avec Madeleine. Elle était toujours très aimable, très gentille avec lui, mais gardait aussi ses distances. C'était une jeune femme tranquille, se dit-il, belle et intelligente; mais elle le traitait comme un membre de la famille, et non comme un homme.

Tom vivait avec les Macleod depuis presque un mois et se sentait de plus en plus lié au clan. Les premiers jours avaient été difficiles, car Mathew Macleod se sentait très coupable d'avoir abandonné son fils dans son enfance; mais peu à peu il s'était rendu compte que Tom avait été bien soigné, et son sentiment de culpabilité s'était amoindri. Ils avaient tous les deux passé de longues heures ensemble à discuter, et un lien très solide s'était formé entre eux. Mathew avait raconté à son fils tout l'histoire de leur famille et lui avait aussi beaucoup parlé de sa mère Anne MacDonald.

— C'était une femme très douce, très bonne, lui avait dit Mathew; c'est grâce à elle que nous sommes partis vers le Nouveau Monde à la recherche d'une vie nouvelle. Tu es à la fois un MacDonald — le nom signifie « pouvoir mondial » — et un Macleod. Ta grand-tante, Flora MacDonald, a aidé le Gentil Prince Charles à s'échapper et vit maintenant en Caroline du Nord : elle est, comme nous, devenue loyaliste. Mais tu as aussi un jeune cousin de quinze ans, Jacques Etienne Joseph MacDonald, issu d'une branche de la famille qui s'est établie en France.

— Les MacDonald et les Macleod sont parmi les plus fiers de tous les clans des Highlands. L'histoire de nos deux familles remonte très loin et il ne faut pas l'oublier. Je te la raconte pour que tu puisses un jour la dire à tes propres enfants. Tom avait souri à son père, lui rappelant qu'il était veuf et n'avait pas d'enfants. « Tu en auras un jour », avait répondu Mathew avec confiance.

Alors Mathew lui avait raconté l'histoire détaillée des deux clans, remontant jusqu'au neuvième siècle, à l'époque de Kenneth MacAlpin, roi des Ecossais. Mathew lui avait aussi parlé des révoltes jacobites et de la division des Highlanders. Ceux qui s'étaient battus pour la cause des Stuart étaient des catholiques et des anglicans; ceux qui étaient restés du côté des Anglais étaient des protestants réformés. Malgré ce conflit amer, la plupart des Ecossais qui vivaient maintenant au Canada étaient protestants, « et nous portons tous le kilt », avait dit Mathew en souriant. « Le kilt est notre point commun et, dans ce pays, nous sommes plus unis que nous l'avons jamais été. » Mathew avait montré à Tom son kilt de cérémonie, et lui avait expliqué l'histoire de leur tartan.

Peu à peu, Tom sentit qu'il appartenait à ce clan. Ce n'était plus un simple Anglais, membre d'un groupe anodin : c'était un Ecossais, un Macleod.

Mathew ne fut pas le seul à lui donner l'impression d'appartenir à la famille. Janet était tendre, aimante et compréhensive; elle le traitait comme s'il était son propre fils et se confiait à lui. Il découvrit aussi qu'il était l'oncle des enfants de Helena. Comme ses parents, Helena l'avait accepté avec joie.

Tom s'arracha à sa rêverie et se tourna vers Madeleine. Elle était profondément absorbée par son ouvrage et il profita de sa concentration pour la regarder à la dérobée. Madeleine était le seul membre de la famille dont il n'avait pu se rapprocher; elle gardait une telle distance qu'il avait même du mal à entamer une conversation avec elle. Il savait qu'elle avait à peu près son âge et qu'elle était veuve — comme lui-même était veuf. « C'est peut-être, pensa-t-il, parce que nous n'avons aucun lien de parenté. » Peut-être même qu'elle était autant attirée par lui que lui l'était par elle. « Mais je veux autre chose que de l'amitié », s'avoua-t-il à lui-même.

Soudain Madeleine leva les yeux; on aurait dit qu'elle sentait son regard fixé sur elle. Elle essaya de sourire et devint toute rose.

— Pardonne-moi si mon regard te gêne, dit Tom en s'excusant.

Les yeux noirs de Madeleine devinrent tout brillants et elle murmura : « Ne t'en fais pas. »

— Je te regardais parce que tu es si belle, dit-il en rougissant de sa hardiesse. Il se rendait compte que c'était une des premières fois qu'ils se trouvaient seuls tous les deux, et il se sentait assez de courage pour profiter de l'occasion.

A ce compliment, les joues Madeleine s'enflammèrent plus encore; mais elle ne répondit pas. Tom s'aperçut toutefois qu'elle n'avait pas l'air mécontente du tout.

Tom regarda un instant ses mains croisées : « Je me sens tout bête, avoua-t-il. Tu sais que je suis veuf. » Il secoua la tête : « Un homme qui a déjà fait la cour à une femme, qui a été marié, ne devrait pas se conduire comme un adolescent. » Il leva les yeux et regarda le visage oval et délicat de Madeleine, dont l'expression était à la fois gênée et amusée. « Je devrais me conduire comme un homme d'expérience, un homme mûr », continua-t-il en bafouillant. « Je devrais tout simplement te demander si tu me ferais l'honneur de m'accompagner à des événements officiels — si tu me permets de te faire la cour. »

Madeleine enfonça sa longue aiguille dans le canevas et posa ses mains sur ses genoux. Elle leva ses longs cils noirs et rencontra le regard fixe de Tom. « Moi non plus je ne devrais pas me conduire comme une ingénue, soupira-t-elle. Parfois, Tom, il m'arrive de me sentir comme ce morceau de tissu tendu sur le cerceau. » Madeleine se tut un instant puis continua. « Mon mari est mort il y a longtemps, expliqua-t-elle, mais nous nous aimions profondément. »

— Est-ce que cela veut dire que tu te sens incapable d'aimer, ou d'être la femme d'un autre homme ?

— J'ai essayé d'aimer, avoua Madeleine.

Tom savait qu'elle disait la vérité. Madeleine avait beaucoup de succès à Montréal : Helena lui avait parlé de tous les hommes qui voulaient lui faire la cour. « Elle peut sembler gaie et légère, lui avait dit Helena, mais je pense qu'elle garde ses distances parce qu'elle est encore trop marquée par le souvenir de son mari. Cela l'empêche de prendre quelque homme que ce soit au sérieux. N'oublie pas non plus ceci, avait-elle ajouté : Madeleine a peut-être été élevée dans une famille écossaise, mais c'est une Canadienne française. A cause de cela, elle a des conflits qui sont à la fois émotifs et politiques. Elle est née dans la haute société de Québec; son frère Pierre a repris et rebâti la seigneurie familiale; son autre frère René a choisi de s'allier aux marchands écossais de Montréal. Pierre est un traditionaliste, René un entrepreneur : Madeleine se trouve entre les deux. Elle ne s'intéresse pas à l'Eglise, à cause de ce qui est arrivé à sa mère; elle est contre de nombreux établissements traditionnels du Québec. Mais elle n'a pas non plus confiance dans les Anglais. Elle est parfaitement bilingue et se sent divisée par des loyautés contraires, déchirée par deux mondes et tiraillée entre deux cultures. Comme tant d'autres habitants du Québec, elle ne sait pas de quel côté se tourner. Pour un Canadien français, la langue française, c'est sa culture. Pour nous autres Ecossais, qui avons été dépouillés de notre propre langue, notre culture est devenue notre seul héritage; mais pour les Canadiens français, c'est tout à fait différent : leur langue est tellement liée à leur conception de la culture qu'ils n'ont qu'une peur, c'est de la perdre. C'est pourquoi nous sommes divisés. »

Tom avait beaucoup réfléchi aux paroles de Helena, mais il ne s'était pas découragé. Il se sentait fort : il s'était engagé dans une nouvelle aventure et n'avait aucune intention de l'abandonner à mi-chemin. Il se leva, s'approcha de Madeleine et lui prit la main. « Tu ne m'as pas encore donné une chance, répondit-il. Laisse-moi t'emmener à la réception du gouverneur la semaine prochaine. Laisse-moi te faire la cour. »

Madeleine rougit de nouveau : « Tu as l'avantage d'être tout le temps près de moi — nous vivons, après tout, dans la même maison. »

Tom caressa sa petite main et s'émerveilla de sa douceur et de sa délicatesse. Il leva sa main et y appuya ses lèvres. « Si c'est un avantage, j'ai l'intention d'en profiter », répondit-il à voix basse.

Le regard de Madeleine se fixa sur le duvet blond qui recouvrait la main de Tom. Il semblait immense à côté d'elle, et elle savait que si elle se mettait debout, elle ne lui arriverait pas jusqu'au coude. Comme Mathew Macleod, Tom était grand et fort, et ses épaules étaient très larges. Il y avait en lui quelque chose de réconfortant et de protecteur; il semblait être un homme sur lequel une femme pouvait compter, un homme à la fois fort et doux. « Tu as un autre avantage », dit-elle doucement.

— Lequel ?

— Tu es l'image de l'homme qui m'a protégée pendant toute mon enfance. Madeleine eut un frisson d'anxiété : elle ne pouvait nier qu'elle avait besoin d'amour et qu'elle désirait être possédée.

— Moi, je suis écossais, dit Tom, se rappelant les paroles de Helena, « mais j'ai été élevé par une famille anglaise. Toi tu es une Canadienne française, et je tâche de comprendre tout ce que cela peut signifier pour toi et devrait signifier pour moi. Tu sais, ce pays a un avenir : un avenir qui ne sera réalisé que le jour où les Anglais et les Français résoudront leurs différences et seront unis par une seule ambition. »

Madeleine sourit et lui répondit en français : « Deux êtres ne peuvent pas unir un pays. »

Tom sourit à son tour et la tira légèrement de son siège. Il se baissa et l'embrassa sur le front. « C'est quand même un début », dit-il le coeur léger. » Nous découvrirons notre avenir ensemble. »

Madeleine leva le regard sur son beau visage viril : « Prenons notre temps, répondit-elle. Il n'y a que les êtres très jeunes et très étourdis qui s'impatientent. »

La remontée du Mississippi, au contraire de sa descente si facile et si rapide, était lente et pénible. Il fallait voyager sur terre ainsi que sur le fleuve. Robert, James et Jenna allaient d'un village à l'autre par voie d'eau, échangeant leur radeau contre des chevaux quand ils pouvaient éviter les détours du fleuve en voyageant sur terre. Jenna apprit que les petits villages au bord du Mississippi avaient un système de relais pour les voyageurs qui remontaient le fleuve. Parfois ils passaient la nuit en plein air, ou dans des cabanes appartenant à des colons; parfois ils restaient sur le fleuve.

— On a beau connaître le Mississippi par coeur, dit Robert à Jenna, le voyage est toujours très lent, et quand il pleut, cela devient impossible, car le fleuve se transforme en une mer de boue et de vase.

Au début, James avait fait une très mauvaise impression sur Jenna. Il était mal élevé et désagréable et avait très mauvais caractère; elle sentait entre père et fils beaucoup d'antagonisme.

Mais Jenna s'était bientôt rendue compte que James s'inquiétait beaucoup au sujet de sa mère et qu'il était profondément en colère contre son père, qui avait quitté la maison pour aller se distraire dans un bordel de La Nouvelle-Orléans. Le conflit entre père et fils fit beaucoup réfléchir Jenna à ses propres rapports avec son père. « James est comme moi, se dit-elle. Il ne se rend pas compte de ce qu'il fait. »

Elle apprit que James avait une soeur et un frère jumeau qui s'appelaient Maria et Will. En entendant le nom de Will, elle avait sursauté, car elle n'avait pas oublié le jeune homme de Baton Rouge qui lui aussi s'appelait Will — mais dont le nom de famille était Knowlton.

Bientôt Jenna se sentit attirée par ces deux hommes : elle les aimait d'une manière différente et pour des raisons différentes. « Ce n'est pas à moi de poser des questions indiscrètes ni de me mêler de ce qui ne me regarde pas; ce n'est pas à moi de juger. Je suis ici pour partager le travail et pour aider le plus possible. »

Après avoir entendu l'histoire de Jenna, James lui montra beaucoup de sympathie et de compréhension. Quant à Jenna, elle se sentit peu à peu attirée par ce beau jeune homme très brun qui la traitait avec tant d'égards. Il la portait dans ses bras quand il fallait marcher dans l'eau boueuse pour gagner le rivage; il l'aidait tous les soirs à préparer son rouleau de couchage, et la recouvrait d'une moustiquaire pour la protéger contre les insectes voraces qui ne les quittaient jamais. Robert et James s'occupaient d'elle et la protégeaient à tout moment. Ils chassaient, pêchaient ou achetaient de quoi manger, et Robert parlait souvent du Canada, lui racontant tous les détails de son long voyage vers le Territoire de la Louisiane et de sa vie sur le Mississippi.

Un soir du début novembre, Robert était parti tendre des lignes de chasse et Jenna et James étaient restés auprès du feu, sur un tertre qui dominait le fleuve sinueux.

— Dans quelques jours, nous serons arrivés, dit James d'un air absent tandis qu'il remuait le feu.

— Ce sera bien agréable de vivre de nouveau dans une maison, avoua Jenna. J'aime la vie en plein air, mais parfois le confort est agréable aussi. Elle ne mentionna pas combien la compagnie des femmes lui manquait, et pourtant elle était très consciente de ce besoin : cela faisait huit mois qu'elle vivait strictement parmi des hommes, elle qui avait l'habitude d'être entourée de sa mère, de sa soeur et de Madeleine.

— Ce n'est pas une grande maison comme celles de La Nouvelle-Orléans. C'est dans un petit village de fermiers qui cultivent surtout l'indigo. James se tut un instant puis continua : « Mais un jour ce sera un endroit très prospère; nous vivons sur le chemin de Natchez. »

— Le chemin de Natchez ? demanda Jenna.

— La route vers l'Ouest. Ce sera un jour un carrefour pour les immigrants vers l'Ouest et pour le commerce entre le Nord et le Sud. C'est une terre riche et fertile, idéale pour le coton, si nous avons assez d'esclaves pour le planter et pour le cueillir.

Jenna regarda James avec curiosité. Stephan, lui aussi, avait souvent parlé d'esclaves et de l'avantage d'en posséder. « Des esclaves ? » répéta-t-elle.

James éclata de rire : « Alors, vous n'en avez pas au Canada ? »

Jenna réfléchit un instant. Quelques familles des colonies étaient venues à Montréal accompagnées d'esclaves, mais ils étaient peu nombreux. Elle se rappela qu'il y avait aussi des esclaves indiens au Nord : ils étaient mal traités et semblaient toujours tomber malades et mourir très jeunes. « Je pense qu'il y en a quelques-uns », avoua-t-elle.

— Et vous, vous n'en possédez pas ? demanda James avec curiosité.

Jenna secoua la tête. Ses parents n'approuvaient sans doute pas l'esclavage : il n'avaient pas même de domestiques. Elle n'y avait jamais vraiment réfléchi, mais s'était sentie assez mal à l'aise parmi les gens noirs de La Nouvelle-Orléans. « C'est parce que je n'ai jamais vécu parmi eux, se dit-elle; et parce que je ne comprenais pas leur patois. »

— Je suppose que les Africains ne survivraient pas au Canada, dit James. Ils ont l'habitude des climats chauds : les hivers canadiens les tueraient.

Jenna partit d'un éclat de rire : « Si nous arrivons à survivre, pourquoi pas eux ? »

— Parce qu'il ont l'habitude des climats chauds, insista James.

— C'est idiot ce que tu dis, répondit Jenna. Il fait chaud au Canada en été, et même très chaud, et cela ne nous empêche pas de supporter l'hiver. Jenna se tut un instant puis continua : « Toi tu as l'habitude de vivre dans un climat chaud. Si tu allais au Canada, tu ne penses pas que tu survivrais à l'hiver ? »

James, d'une voix irritée, répondit : « Moi, je suis blanc. Nous sommes plus forts, et nous adaptons plus facilement que les Africains. »

Jenna leva un sourcil : « Si vous êtes tellement plus forts, pourquoi avez-vous besoin d'esclaves pour faire votre travail ? »

James marmonna une réponse, mais réfléchit à sa remarque. Il était évident que Jenna n'approuvait pas plus l'esclavage que son propre père. De toute façon, se dit-il, c'était idiot de discuter avec les femmes. Les femmes ne savaient rien des problèmes économiques. « Tu serais pourtant bien contente de voir faire ton travail par quelqu'un d'autre, répondit-il avec confiance. Tu aurais quelqu'un pour t'habiller, pour te coiffer. Tu finirais par t'y habituer. »

Jenna sourit.

— Un jour, dit-il avec orgueil, j'aurai une vraie maison, une maison entourée d'un beau gazon vert avec une écurie pleine de superbes chevaux espagnols. J'aurai des centaines d'esclaves et je serai l'homme le plus riche de tout le Mississippi.

— Tu penses que les terres sur le chemin de Natchez auront un jour tant de valeur que ça ?

— J'en suis sûr, répondit James. Le chemin de Natchez est la route vers l'Ouest et vers toute la partie sud-ouest de notre continent.

— C'est comme les « portes du tonnerre », dit Jenna d'un air rêveur. C'est la route vers le Nord-Ouest, la porte de tous les réseaux fluviaux.

— Pourquoi appelles-tu cela les « portes du tonnerre » ? demanda James.

— A cause des chutes du Niagara — elles sont splendides, gigantesques.

— Alors, insista James, tu dois te rendre compte combien

216

ces terres pourraient rapporter un jour. De plus en plus de gens vont partir vers l'Ouest, Jenna : les centres commerciaux les plus actifs seront les carrefours entre les endroits qu'ils quittent et ceux vers lesquels ils s'aventurent.

— Mes parents retourneront au Niagara quand la guerre sera terminée — non pas parce que la terre a une valeur commerciale, mais parce qu'elle est belle et fertile.

— Et vous serez obligés de la cultiver vous-mêmes, répondit James. Ce n'est pas cela qui m'intéresse. Ce que je veux c'est qu'on cultive mes terres pour moi : je veux des esclaves, et j'en veux beaucoup.

— Mon père dit toujours que les meilleures récompenses viennent du travail que l'on accomplit soi-même. Il dit qu'il faut toujours finir ce qu'on a commencé. Il dit qu'il faut construire sa vie par soi-même et faire son propre chemin.

— Ton père parle exactement comme mon père, dit James d'une voix un peu dégoûtée.

Jenna encercla ses genoux de ses bras et examina le visage de James à travers les flammes. Il traçait des arabesques sur le sable avec un petit bâton et semblait préoccupé. « Les gens de ce pays ont l'habitude des esclaves », se dit-elle. En regardant James, elle pensa que lui, au moins, serait bon avec ses esclaves — il était si bon avec elle ! Il y avait quelque chose en lui qui lui faisait penser à Stephan. Ils étaient tous les deux bruns et beaux, se dit-elle. C'était peut-être cela. . . ou le fait que leurs attitudes étaient si semblables. « C'est bien étrange, pensa Jenna. Je connais mieux James que je ne connaissais Stephan quand je suis partie avec lui. » Elle pensa brièvement à Will, le jeune homme qu'elle avait rencontré à Baton Rouge. Mais il était parti se battre avec le général Gálvez, tout comme le frère de James, Will MacLean. « Non, se dit-elle. Je ne reverrai sans doute plus jamais Will Knowlton. »

James la regarda à travers les flammes : « Je ne me suis jamais vraiment excusé », dit-il lentement.

Jenna leva la tête : « De quoi ? »

— De t'avoir appelé une putain la première fois que je t'ai vue. »

Jenna éclata de rire, et se dit que si elle pouvait rire d'une

217

chose pareille, c'était bon signe : « C'était quand même un bordel. Tu ne pouvais pas savoir — à ce moment-là cela semblait peut-être évident. »

James sourit : « Tu es très belle, tu sais; bien plus belle qu'aucune autre femme que j'aie vue à La Nouvelle-Orléans. Je pensais que mon père avait très bon goût. »

Jenna regarda par terre : cela faisait si longtemps qu'on ne lui avait pas dit qu'elle était belle ! Le jeune homme de Baton Rouge avait été si bon pour elle, mais il ne lui avait pas fait de compliments : il l'avait plutôt traitée comme une petite fille. C'était justement cela qui la gênait, comprit-elle brusquement. Mais, au fond, qu'aurait-elle préféré de lui ? Elle s'était sentie seule et effrayée, et il lui avait montré tant de bonté ! Pourtant, en y pensant, Jenna se sentait blessée dans son amour-propre : elle aimait être admirée par les hommes et le compliment de James lui faisait très plaisir.

— Tu cherches à me flatter, répondit-elle d'un air coquet.

James se leva et s'étira. Il répondit à son sourire coquet par un regard ardent, sans cacher son désir. « Bien sûr », répondit-il. Mais il n'osa faire aucune avance : son père risquait de revenir d'un moment à l'autre et il fallait se conduire correctement avec Jenna Macleod. « Son père est comme un frère pour lui, se rappela-t-il. Il faut traiter Jenna avec respect. »

Mais il avait le temps, se dit-il, tout le temps du monde. Jenna allait rentrer avec eux et elle resterait dans leur cabane jusqu'au moment où elle pourrait voyager sans danger jusqu'à chez elle. Ce ne serait pas facile d'attendre, pensa-t-il. Deux fois déjà, depuis le début du voyage, il s'était réveillé au milieu de la nuit en pensant à elle, tout brûlant du désir de la toucher; mais il n'avait osé faire autre chose que de la regarder dormir sous son voile de mousseline.

Sa peau était aussi blanche que celle de Belle était noire. Ses seins étaient superbes, parfaitement formés et infiniment désirables. Il devinait qu'elle avait des boutons de seins tout roses et voyait sans peine que ses fesses étaient rondes, fermes et appétissantes. Mais ce qui le fascinait le plus c'étaient ses cheveux. C'était la première fois qu'il rencontrait une rousse et il se demandait si, dans son lieu le

218

plus secret, son duvet était de la même couleur roux-or que sa chevelure. James tourna le dos à Jenna, qui était restée assise au coin du feu, et fit quelques pas vers les buissons. Dans son esprit il l'imaginait toute nue et pouvait presque sentir ses mains sur ses fesses ondulantes. Elle aimerait cela, se dit-il, pas comme Belle. En se laissant aller à ces pensées érotiques, James se sentit envahi d'un violent désir : il savait qu'il ne pourrait attendre très longtemps avant de le réaliser.

— Qu'est-ce que tu fais ? appela Jenna.

James ferma les yeux et fit un effort pour ne pas penser à sa chair tendre et douce. « Je vais me promener du côté du ruisseau, répondit-il. Ne t'en fais pas, je n'irai pas loin. »

Jenna le regarda partir vers le petit ruisseau qui coulait parallèlement au fleuve. James s'agenouilla au bord du rivage et aspergea son visage et ses bras d'eau fraîche. « J'aurai cette fille », se promit-il à voix basse. « Je l'aurai. »

Le général George Washington avait passé l'hiver à Morristown, dans le New-Jersey, et avait fini par accorder la demande du général Benedict Arnold de passer en conseil de guerre.

— C'est la seule manière pour moi de me disculper de ces stupides accusations, dit-il à Peggy avec colère. Il se tourna vers elle d'un air suppliant : « Je sais que cela peut paraître étrange, quand on pense à la vraie nature de mes loyautés; mais cela me trouble profondément de voir noircir mon nom et ma réputation. »

Peggy leva sa jolie tête blonde et bouclée et lui caressa la joue : « Mais tu n'as aucune raison d'avoir honte, Ben. Tu n'as rien fait. »

— Est-ce que je suis bien ? Arnold avait passé toute la matinée à s'habiller : même dans son plus bel uniforme, il se sentait mal à l'aise.

— Tu es superbe, répondit Peggy avec un sourire. « Je serai là, tout près de toi. »

Ben, soucieux, fronça les sourcils. « Tu es sûre que ce ne sera pas trop fatigant ? » demanda-t-il en baissant le regard vers son ventre arrondi. Peggy, sa Peggy chérie, était enceinte de six mois; pourtant elle semblait elle-même une enfant, douce et innocente.

Peggy ferma les yeux, prit la main de Ben et la posa sur son ventre : « Chut ! Tu le sens ? Il bouge ! » Benedict sentit le mouvement de l'enfant et son petit coup de pied. « C'est un miracle, dit-il. La vie est un vrai miracle. »

Peggy hocha la tête. « Il faut partir », dit-elle doucement.

Le procès devait avoir lieu à *Norris' Tavern,* tout près du camp. Benedict Arnold, évidemment, n'avait pas l'intention de demeurer dans le camp rebelle; mais il s'était battu avec courage, avait été gravement blessé et avait accompli son devoir. On l'accusait d'avoir laissé passer un vaisseau loyaliste et de s'être servi de charrettes appartenant à l'armée continentale pour en transporter la cargaison, dont il possédait la moitié. Mais c'était si peu de chose ! Tous les généraux de l'armée continentale faisaient des affaires — comment auraient-ils pu survivre autrement ? Tous, sans exception, avaient usé de leur influence pour protéger leurs investissements. Ce n'était pas le transport de la cargaison de la *Charmante Nancy* qui avait causé son procès, ni le laissez-passer qu'il avait délivré au vaisseau. Ce n'était pas non plus le fait d'avoir fermé quelques magasins de Philadelphie et imposé des travaux serviles à ses hommes, comme on l'accusait d'avoir fait. C'était plus que cela, beaucoup plus. C'était l'attitude acrimonieuse qui dominait Philadelphie, c'étaient les attaques jalouses, l'étroitesse des idées.

Le problème était qu'un bon nombre d'habitants de Philadelphie étaient des Quakers. Ils avaient été indignés et même outrés par le style de vie des Anglais, et surtout par les extravagances du général Howe à l'époque où il commandait la ville. D'après Arnold, c'était l'attitude stoïque mais foncièrement provinciale de ces Quakers qui leur avait fait prendre à cœur toute la propagande de la rébellion. Bon Dieu, et ces malheureux croyaient vraiment à l'égalité ! C'était pour cette raison que l'on n'avait pas le droit d'imposer des travaux serviles aux troupes ! Et comment donc pensaient-ils que l'on pouvait faire fonctionner toute une armée ? Et ces habitants si pieux de Philadelphie, qu'ils fussent Quakers ou non, croyaient-ils vraiment qu'après la rébellion personne n'aurait plus jamais à accomplir de tâches serviles ? Pensaient-ils vraiment que tout le monde vivrait de la même manière ? Et si c'était cela qu'ils croyaient, ils ne connaissaient certainement pas leurs chefs comme Arnold, lui, les connaissait ! Chacun des généraux avait eu une éducation bien au-dessus de la moyenne, tous possédaient fortune et privilèges dont ils n'avaient nullement l'intention de se défaire. Evidemment, il fallait de temps en temps sacrifier quelqu'un au nom de l'égalitarisme, et Arnold se voyait comme le plus récent élu de ces boucs émissaires. « Eh bien, se dit-il, je gagnerai cette bataille et quand mon honneur me sera rendu, je briserai mes liens avec cette bande de voleurs qui se donnent le nom de partriotes. » Comment donc ces agitateurs avaient-ils réussi à se faire écouter par tant de monde ? C'était de la simple démagogie, conclut Arnold : ils savaient flatter les masses. N'avaient-ils pas pris cette pauvre petite couturière, Betsy Ross, comme exemple national de patriotisme parce qu'elle avait cousu un drapeau pour l'armée ? Bon Dieu, et ce n'était même pas la meilleure couturière ! Deux ans auparavant, le Congrès Continental avait fini par adopter son minable petit drapeau et grâce aux efforts de Washington pour la rendre célèbre, Betsy Ross avait ouvert un magasin et gagnait beaucoup d'argent à dessiner des uniformes pour l'armée.

Arnold, s'appuyant au bras de Peggy, entra dans *Norris' Tavern*. Sa jambe le faisait beaucoup souffrir et il mettait presque tout son poids sur sa canne. Peggy sourit au président du conseil et s'assit; mais quand on lut l'accusation contre son mari, son sourire disparut et elle se mit à pleurer dans son mouchoir en dentelles. Le laissez-passer avait été incorrect et illégal, lisait l'accusation, ainsi que l'usage des charrettes de l'armée.

A la demande du conseil, Arnold se leva, car il avait décidé de se défendre lui-même. Il boitait et la souffrance que lui causait sa jambe se lisait sur son visage.

— J'ai été le premier à me livrer au combat, dit-il, et je n'ai jamais négligé mon vrai devoir. J'ai gagné les honneurs

221

de la bataille et j'ai reçu des lettres de chacun d'entre vous, ainsi que du général Washington, louant ma compétence sur le champ de bataille et les exploits militaires de mes hommes.

Il sortit quelques lettres de son étui et les lut à haute voix. On entendit dans la salle un murmure général, mêlé de chuchotements.

Peggy se mordit les lèvres en regardant son mari si beau et si courageux. Il était fier et plein de colère contre l'accusation qu'on lui portait : il avait tout donné de lui-même et maintenant Washington le sacrifiait à la hargne des commerçants de Philadelphie. Elle fixa les juges militaires sans sourciller et laissa couler ses larmes abondantes. Benedict lisait une lettre de louanges que lui avait écrite Washington : c'était pitoyable, ironique.

— Comment aurais-je pu obtenir de pareils honneurs et me conduire ensuite d'une manière indigne d'un soldat ? demanda Benedict aux juges en posant les lettres de Washington. « Non ! Je n'ai pas fait ces choses dont vous m'accusez ! C'est une calomnie ! Je suis attaqué parce que la ville de Philadelphie a souffert sous la dominance britannique et n'a pas compris les mesures de discipline que je me suis vu obligé d'imposer après la retraite des Anglais. Avant la rébellion, j'étais un commerçant prospère et j'ai abandonné mes affaires pour me battre. N'ai-je donc pas le droit de mener une vie convenable ? N'ai-je pas le droit de faire des investissements comme tout le monde ? Aucun d'entre vous n'a abandonné ses intérêts commerciaux : vais-je donc être puni pour les extravagances du général Howe parce que j'ai pris sa place ?

Arnold baissa la voix : « Je ne demande qu'une chose : que vous jugiez mes actions comme vous jugeriez les vôtres. »

On entendit murmurer dans la salle jusqu'au moment où le juge, de sa voix monotone, se mit à parler : « Notre verdict sera annoncé le 28 janvier 1780. Nous vous demandons de retourner à Philadelphie et de revenir ici à cette date pour entendre notre décision, à moins que vous ne soyez convié plus tôt. »

— J'obéirai, répondit Benedit, sa voix tout enrouée par une longue matinée de témoignage.

Peggy accourut à ses côtés. Elle s'essuya le visage et ils partirent ensemble. « C'est tellement humiliant, dit-elle doucement. Je ne vois pas comment tu peux le supporter. »

Leur voiture roula devant des fermes solitaires, des champs enneigés couverts de pierres, de petits villages et de moulins le long des rivières. « Je ne pourrais pas le supporter si tu n'étais pas ici à mes côtés », répondit-il en lui tapotant le genou. Alors, s'affaissant contre les coussins rouges et moelleux, il murmura : « Je ne peux pas permettre à ces gens de gagner. Ils ne peuvent pas gagner ! »

Tom aida Madeleine à descendre de la voiture et la posa doucement sur les pavés devant la maison. Elle portait une ravissante robe en brocart rose foncé qui mettait en valeur son teint mat. Ses cheveux noirs étaient empilés sur le haut de sa tête et quelques boucles retombaient sur sa nuque. « Tu es la compagne la plus merveilleuse dont peut rêver un homme », dit-il sans cacher son regard d'admiration.

Elle souleva ses jupes et il ouvrit la porte. « Veux-tu que je te prépare un peu de thé ? proposa-t-elle. J'ai tellement bu de vin que ma tête est toute légère ! »

La maison était sombre et ils descendirent silencieusement le couloir jusqu'à la cuisine : Tom ouvrit la boîte d'amadou dont il se servait pour sa pipe et alluma une bougie.

— Je ne peux pas dire que les fêtes à Montréal soient aussi brillantes qu'à Philadelphie; mais la jeune femme qui me fait l'honneur de sa compagnie trouverait difficilement une rivale.

Madeleine mit la bouilloire sur le fourneau à bois. Le feu brûlait encore et bien que tout le monde fût couché, la maison était encore toute chaude : un feu brûlait dans chacune des cheminées.

— Tu es un grand flatteur, lui dit-elle en le taquinant. « J'ai toujours pensé que c'était la spécialité des Français ! »

— Dans ce domaine, je n'ai pas l'intention d'être surpassé.

— Ne t'en fais pas, cela n'arrivera pas, répondit-elle d'un air malicieux. Tom la regarda pendant toute une minute sans dire un mot. C'était la troisième fois qu'il emmenait Madeleine à une réception, et il se voyaient tous les jours : leurs rapports devenaient de plus en plus intimes. Mais il ne l'avait pas même encore embrassée : il essayait de faire ce qu'elle lui avait demandé et prenait son temps.

— Ton parfum est enivrant, dit-il à voix basse : mais il savait que c'était autre chose que son parfum. Il étendit les bras vers elle et l'attira contre lui. Madeleine ne réagit pas tout de suite, mais sous le baiser ardent de Tom, ses lèvres se mirent à remuer, brûlantes et passionnées. Le baiser dura longtemps, exprimant toutes les émotions que les deux amoureux n'osaient pas encore s'avouer l'un à l'autre.

— Tu es hardi ce soir, dit Madeleine avec un sourire, en se dégageant de son étreinte.

— Et toi tu es très séduisante.

Madeleine mit les tasses sur la table et le thé dans la théière. Elle versa l'eau bouillante et laissa infuser le thé, puis s'assit sur le banc en bois et s'appuya sur la table. « C'est une cour bien étrange que tu me fais », dit-elle en souriant, « étrange parce que nous revenons toujours ensemble au même endroit. »

— Où nous ne sommes jamais seuls, d'ailleurs, répondit Tom en s'asseyant en face d'elle.

— Cela vaut peut-être mieux, plaisanta Madeleine.

— Tu as raison. Si nous étions seuls tous les deux, j'essaierais de te séduire à longueur de journée, répondit Tom avec un regard ardent.

Madeleine rougit et baissa les yeux : « Ce n'est plus de mon âge de jouer la coquette : je ne suis pas sûre si je repousserais tes avances. »

Tom lui prit la main et la regarda gravement : « Pas avant d'être mariés. J'ai trop d'amour et de respect pour toi — même après si peu de temps. Mais je ne peux nier qu'ayant connu l'amour je ne sois impatient. »

Madeleine respira profondément : « Et moi aussi », dit-elle avec candeur. « Quand je t'ai demandé de ne pas te

presser, je ne savais pas qu'en si peu de temps mes sentiments deviendraient si intenses », avoua-t-elle.

Tom sourit, plein d'admiration devant sa candeur. Elle ne
jouait pas la comédie, comme l'avaient fait tant de femmes
dans le passé.

— Une femme ne devrait pas avouer ses sentiments à un
homme, dit Madeleine, comme si elle devinait sa pensée.

Il la caressa amoureusement du regard. « Aie confiance en
moi, dit-il. Si tu m'aimes autant que je t'aime, il n'y a pas de
problème. »

— Je t'aime, avoua Madeleine. Ce n'est peut-être pas très
sage ni très prudent, et dans un sens je regrette d'aimer un
soldat. . . . mais je t'aime.

Il prit sa main dans la sienne et la porta à ses lèvres, puis
embrassa Madeleine passionnément. « Dis-moi que tu
seras ma femme. Dis-moi que nous pouvons construire
notre vie ensemble, faire l'amour, avoir des enfants, vivre
tous les deux dans notre propre maison. Dis-moi que je n'ai
pas besoin d'attendre éternellement la joie d'un avenir
commun. »

Madeleine poussa un long soupir. « Mes sentiments sont
si forts, avoua-t-elle; mais cela fait si peu de temps que nous
nous connaissons ! »

Il lui pressa la main. : « Ces heures passées ensemble ont
été pour moi comme de longues années. Madeleine, je
t'aime, je t'aime de tout mon coeur. Mes sentiments ne
changeront jamais. »

— C'est bientot Noël, dit-elle en souriant. « Ce sera donc
pour après les fêtes ? pour la nouvelle année ? »

Tom la dévora des yeux et lui embrassa les mains : « Cette
nouvelle année sera pour nous une nouvelle vie. Nous
prenons la bonne décision, Madeleine; je suis sûr que c'est
la bonne. »

CHAPITRE XII

Le 25 décembre 1779

Will regardait l'eau sombre et bleue du port naturel de La Havane, dont l'entrée était connue pour être un modèle de perfection. Entre la côte et la haute mer, un grand navire espagnol glissait doucement sur l'onde : c'était dans un sens son vaisseau à lui, et demain matin il prendrait voile avec les six cents hommes qu'il avait recrutés.

Will s'avança sur le beau sable blanc et s'assit sur les ruines d'une ancienne digue. Il en examina un pierre et la retourna dans sa main, rêvant au maçon ancien qui jadis l'avait posée. C'était, se dit-il, un des lieux civilisés les plus anciens du Nouveau Monde. Il regarda derrière lui. Sur un colline lointaine, il pouvait voir les flèches de la cathédrale de San Francisco : elle avait été reconstruite en 1716, à l'endroit même où l'on avait bâti la première cathédrale, tout au début du XVIe siecle.

La Havane était une très belle ville, et si Will avait été moins impatient de retourner à La Nouvelle-Orléans, il aurait eu plaisir à mieux la connaître.

La Havane avait apporté à Will des surprises auxquelles il ne s'attendait guère. Avant d'y aller, il connaissait une partie de son histoire, mais il ne s'était jamais rendu compte qu'elle était la troisième ville de tout l'hémisphère. A côté de La Nouvelle-Orléans, La Havane, qui comptait cinquante mille habitants, semblait immense. Les rues grouillaient de monde à toutes les heures de la journée et de la nuit. Si La

Nouvelle-Orléans semblait avoir gardé son caractère français, malgré le gouvernement espagnol, La Havane était une ville profondément espagnole. C'était une ville qui ne semblait jamais dormir, où l'on entendait de la musique à toutes les heures; une ville dont le marché plein d'activités était rempli nuit et jour d'odeurs de poissons, de fruits et de tabac. C'était un monde bien différent de celui que Will avait connu dans son enfance sur les rivages isolés du Mississippi.

La langue principal de La Havane était évidemment l'espagnol. Depuis plus de deux cents ans, Cuba était sous le régime espagnol — à l'exception d'une courte période de onze mois pendant laquelle les Anglais, au cours de la guerre de Sept Ans, avaient contrôlé l'île. Cette courte période de son histoire était d'ailleurs devenue une plaisanterie. On disait que c'était tout le contraire : les Anglais étaient venus, et avaient prétendu que l'île était capturée — mais au bout de quelques jours, c'étaient eux les captifs ! C'étaient devenus les esclaves d'une vie commerciale si active qu'ils n'y comprenaient rien; d'une musique envoûtante, de femmes ensorcelantes et d'un style de vie si opposé au leur qu'il les avait complètement corrompus. A la fin de la guerre de Sept Ans, les Anglais avaient rendu La Havane à l'Espagne et avaient obtenu en échange la Floride de l'Ouest.

Mais ces onze mois avaient suffi pour transformer la population. Il était évident que les Anglais avaient bien profité de leur séjour parmi les beautés brunes de La Havane, avec leur peau dorée. Onze mois avaient suffi pour produire toute une génération d'enfants que l'on voyait partout. Même avec des mères noires comme du charbon, ces enfants avaient une peau couleur de café au lait. Si les mères étaient des créoles au teint plus pâle, leurs bébés étaient souvent des blonds aux yeux bleus, au teint doré. Les Anglais, se disait Will, avaient vraiment changé la couleur de l'île. Evidemment, le Espagnols castillans avaient aussi joué un rôle important. Comme à La Nouvelle–Orléans, les habitants de l'île étaient très variés : toute une gamme de couleurs allant du noir de charbon au blanc de neige y était représentée. Et comme à La Nouvelle-Orléans, les demoiselles de la nuit ne manquaient pas, et gagnaient facilement leur vie — car des vaisseaux espagnols, français, portuguais et hollandais s'arrêtaient souvent dans le port.

Will, sans s'en rendre compte, fit s'envoler du sable d'un coup de pied. Il était furieux, exaspéré contre le commandant espagnol, Diego José Navarro, qui n'avait pas fait ce que l'on attendait de lui. Il avait refusé de donner à Will et à Estevan Miró les bateaux dont ils avaient besoin pour l'attaque contre Mobile. Il était prêt à leur offrir des hommes, mais les bateaux étaient une tout autre affaire : « Notre flotte doit demeurer intacte, disait-il. Pour notre défense, vous comprenez. »

Will et Estevan avaient longtemps discuté en faveur de la demande de Bernardo Gálvez : « Pour votre défense, il vaudrait mieux que Mobile soit entre les mains des Espagnols. »

Mais le commandant était un homme nerveux aux idées arrêtées, dont l'unique souci était une défense pure et simple. Il avait refusé de reconnaître que Mobile pouvait poser un danger, qu'entre les mains des Espagnols, ce fort rendrait La Havane moins vulnérable. « Vous aurez quatre superbes vaisseaux pour transporter vos nouvelles troupes, avait-il dit. Je ne peux en aucune manière vous en offrir davantage. »

Will avait l'impression de retourner auprès de Gálvez les mains à moitié vides. Il avait obtenu les troupes qu'il lui fallait, mais non pas les bateaux supplémentaires : la puissance navale pouvait tout changer, pensait-il.

— J'emporte donc avec moi la moitié de ce qu'il faut, pensa-t-il, ainsi que quelques souvenirs de La Havane. . . et ces souvenirs, bien sûr, étaient très mémorables. . .

On pouvait accuser Diego Navarro d'imprévoyance militaire, mais certainement pas de manque d'hospitalité. Il avait insisté pour loger Will dans sa résidence officielle, une immense villa en stuc, blanchie au lait de chaux et recouverte d'un toit en tuiles rouges. Jamais Will ne s'était-il trouvé dans une maison aussi belle : elle possédait trois cours intérieures décorées de fontaines et de parterres fleuris.

— J'ai un cadeau de Nöel pour vous, lui avait dit Navarro. Ils avaient dîné à une table en chêne sculptée à la main, dans la salle à manger. Le repas avait consisté en neuf plats différents, parmi lesquels Will avait savouré de superbes fruits de l'île, des poissons épicés et une montagne de riz espagnol accompagné de pain arabe et d'agneau parfumé aux clous de girofle. « C'est un souvenir du règne maure », avait expliqué Navarro en servant l'agneau et le pain arabe. « La cuisine espagnole en a beaucoup bénéficié. »

— Je vous remercie pour ce somptueux repas, dit Will à son hôte après le dîner.

Navarro sembla satisfait : « C'est la moindre des choses. Mais j'ai aussi un cadeau pour vous, car c'est un jour de fête. »

Navarro servit du madère : « ¡ *Felices Pascuas !* ¡ *Felices Navidades !* Buvons un coup en attendant la grande surprise que je vous réserve ! »

Will se sentit gêné et bafouilla quelques excuses. « Ce n'est pas nécessaire », répéta-t-il plusieurs fois. Mais Will oubliait un des traits essentiels des Espagnols : ils aimaient la formalité et l'échange de cadeaux. Refuser un cadeau était une insulte impardonnable. Will n'insista donc pas.

Le cadeau de Navarro le prit tout à fait par surprise. Il le reçut un peu après être rentré dans sa chambre à coucher, une grande pièce bien aérée avec un balcon qui donnait sur une des petites cours isolées.

A peine s'était-il déshabillé et blotti dans son lit qu'il vit s'ouvrir la porte et entrer une ravissante jeune femme. La bougie à côté du lit ne jetait qu'une faible lumière, mais dans la pénombre Will la vit parfaitement. Il se dressa dans son lit, stupéfait — ce qui ne l'empêcha pas d'ailleurs d'apprécier la beauté de la jeune femme.

Elle était vêtue d'une longue robe blanche bordée de guipure rouge; elle portait plusieurs épaisseurs de jupons en dentelles et son corsage très échancré révélait de petits seins parfaitement formés.

— On m'a chargée de vous faire passer un agréable nuit

de Noël, dit-elle en souriant. Will rougit, mais ne put nier que le cadeau était fort agréable à regarder. Les longs cheveux noirs de la jolie Cubaine étaient retenus par d'énormes peignes et tombaient jusqu'à sa taille très fine. Elle avait le visage délicat et d'immenses yeux sombres encadrés par de très longs et très epais cils noirs.

Elle glissa jusqu'à son lit et resta devant lui en souriant, montrant ses étincelantes dents blanches. Il se sentit très bête, très jeune et inexperimenté : il était assis dans son énorme lit espagnol comme une vieille prude, couvert d'un drap blanc jusqu'au menton.

— Le señor Navarro me dit que vous ne connaissez pas les femmes. Est-ce vrai ? demanda-t-elle, une lueur d'amusement brillant dans ses yeux noirs.

Elle sourit de nouveau et s'assit au bord du lit. Elle étendit la main vers lui et lui caressa le cou. « Vous n'avez pas besoin de répondre », dit-elle avec un sourire, « cela ne fait absolument rien. Je suis très bien entraînée. »

Will ferma un instant les yeux et lâcha le drap; il se laissa faire par la belle Cubaine qui se mit à caresser les poils blonds de sa poitrine avec ses douces mains. Le sentant réagir à ses caresses, elle se pressa contre lui et il eut un long frisson de plaisir. Elle posa la tête contre sa poitrine et l'embrassa, promenant lentement ses lèvres vers son cou et respirant doucement dans son oreille. Will passa ses mains larges et rudes sur ses délicates épaules nues : sa peau était merveilleusement douce et sa robe semblait glisser à son toucher.

Elle ôta le drap qui le recouvrait, laissa tomber sa robe vaporeuse, puis pressa son corps nu contre le sien. Will crut rêver : il laissa errer ses mains sur son corps et s'émerveilla de voir, sous son toucher, durcir les bouts roses de ses têtons parfaitement formés. Elle glissa la main doucement sur son corps puis saisit son membre et le caressa avec tant d'adresse que Will fut bientôt plus ferme et plus disposé à l'amour qu'il ne l'eût jamais imaginé. Alors elle se glissa en bas du lit et mit son membre dans sa bouche, remuant avec une telle lenteur que Will faillit éclater de désir. Au moment où il crut ne plus pouvoir tenir, elle changea de position avec toute la grâce d'une danseuse, et le laissa entrer en elle. Will mit ses mains sur ses seins qui remuaient sensuellement au-dessus de son visage et elle ondula sur lui, le laissant entrer en elle, puis sortir, puis entrer de nouveau. Au moment suprême, Will, saisissant ses hanches ondoyantes, se laissa aller, cambra le dos et poussa un gémissement de plaisir et de soulagement.

Elle attendit quelques secondes et pressa son corps tout contre le sien. Elle prit sa main et la guida sur son ventre tendre et lisse, puis sur son duvet noir et soyeux. Elle appuya les doigts de Will à l'endroit qu'elle voulait et lui montra le rythme lent et circulaire qui lui faisait plaisir. « ah, *sí !* » murmura-t-elle quand il comprit ce qu'il fallait faire. Will s'appuya sur un coude et regarda son visage. Elle était couchée sur le dos, les yeux fermés, une expression de pure volupté sur son visage. « Pas trop vite », lui supplia-t-elle. Will était transporté, fasciné par le spectacle : ses hanches remuaient et ses boutons de seins devinrent durs comme des cailloux sombres sur une montagne enneigée. Ses lèvres s'entrouvrirent et son visage eut une expression presque souffrante. Mais enfin elle gémit de satisfaction et Will se rendit compte qu'il était prêt à recommencer. « Maintenant », murmura-t-elle en écartant les jambes, et Will s'enfonça de nouveau en elle. Il glissa les mains pour soulever ses hanches onduleuses jusqu'à lui. Elle cria de plaisir et Will, ne pouvant plus se retenir, se laissa palpiter en elle.

Will, se souvenant des détails intimes de cette nuit, qui avait duré jusqu'au matin, se sentit rougir. Il leva le regard vers le port et le posa sur le vaisseau qui le ramènerait bientôt jusqu'à La Nouvelle-Orléans. Il n'avait pas obtenu à La Havane tout ce qu'il comptait y trouver, mais il avait reçu un cadeau auquel il ne s'attendait pas. Il se sourit à lui-même : il garderait éternellement de La Havane un souvenir précieux et comme magique. Il avait quitté La Nouvelle-Orléans encore gamin, mais chargé des responsabilités d'un homme; maintenant il y retournait mûri, transformé en homme adulte par ce dernier rite mystérieux. Il savait que le « cadeau » de Navarro n'était pas vraiment l'amour, mais un précieux épisode physique qui lui permettrait plus tard de reconnaître le véritable amour.

Will rentra chez lui et s'occupa d'affaires de la dernière minute. Gálvez avait prévu ce qui lui arriverait, pensa-t-il en se souvenant de leur dernière conversation. « Le commandant de La Havane s'occupera très bien de toi — il s'occupe toujours très bien de ses invités », lui avait-il dit. Will s'était demandé pourquoi Gálvez — un homme qui avait une douzaine de maîtresses — lui avait fait un sourire si malicieux. « Maintenant je sais », dit Will à haute voix.

Une épaisse couche de neige blanche couvrait les pavés inégaux de Montréal, et des volutes de fumée s'élevaient des immenses cheminées doubles des maisons de la ville pour disparaître dans le ciel gris.

La maison des Macleod était remplie des odeurs délicieuses de pain fraîchement cuit, de croquignoles, de *puddings* et de gâteaux. Dans la pièce principale, à côté de la fenêtre, se trouvait un grand sapin. Helena, Madeleine, Tom, Mathew et les enfants de Helena, Abigail et Michael, d'écoraient l'arbre avec des bougies, de jolies boules de laine faites au crochet, et de longues guirlandes de canneberges rouge vif. Le travail de décoration se faisait sous la surveillance du capitaine Hans Humbolt, un des deux officiers qui logeaient chez les Macleod. Il était d'origine hollandaise et avait insisté sur le fait que l'on ne pouvait pas fêter Noël sans un arbre de Noël : il l'avait donc offert à la famille comme cadeau.

Hans racontait de merveilleuses histoires de Noël aux enfants : des histoires de palais de glace transparents, de vieux fabricants de jouets et du magicien bienfaisant, Sinter Claes, qui faisait apparaître des cadeaux à la veille de Noël.

— Oh, non ! Pas à la veille de Nöel ! s'exclama Madeleine. Le Père Noël ne vient qu'à l'Epiphanie ! Le Hollandais au visage tout rond — c'était un loyaliste qui venait de New-York — rit de bon coeur. « Quel mélange de traditions ! s'écria-t-il. Mais elles sont toutes bonnes ! Il devrait y avoir des cadeaux de mon magicien Sinter Claes pour la veille de Nöel, et d'autres cadeaux à l'Epiphanie du bon Père Noël de votre tantinette française ! Il n'y a jamais trop de cadeaux, eh ? Ni trop de personnes pour les offrir ! » Les enfants éclatèrent d'un rire joyeux et Hans les serra contre lui et se mit à leur raconter un nouveau conte sur Sinter Claes.

— Je parie qu'il est exactement comme vous ! s'écria Michael avec enthousiasme. C'était tout à fait vrai. Hans était un homme énorme avec un gros ventre dodu, une figure ronde et rouge et un nez comme une cerise. « Mais c'est le bon cognac qui l'a rendu tout rouge, avouait Hans, et non pas le vent glacial du Nord. »

— De quoi il a l'air le Père Noël, tante Madeleine ?

— Il est beaucoup plus mince, répondit Madeleine en dessinant sa forme dans l'air. « Il est très vieux et très sage. Il a une longue barbe blanche, de grandes bottes noires, un pantalon bleu vif et un manteau rouge bordé de fourrure d'hermine. »

— C'est comme du castor ? demanda Michael.

— Oui, sauf que c'est tout blanc et que cela a beaucoup plus de valeur.

Janet s'arrêta devant la porte et regarda fièrement sa belle famille : avec les invités et les petits-enfants, cela faisait même une très grande famille. Il n'y avait que deux qui manquaient, pensa-t-elle tristement : Jenna et Andrew. Quant à Mat. . . Janet refoula une larme et s'efforça de ne pas y penser. Ce soir, l'atmosphère était si chaleureuse et tout le monde était si heureux.

Hans, qui venait de s'installer chez eux, était beaucoup plus sympathique que l'officier qu'il remplaçait, un jeune Anglais stoïque et maussade qui avait le mal du pays. Hans remplissait la maison de sa joie de vivre, qu'il exprimait parfois d'une manière un peu trop vive.

Janet respira les merveilleuses odeurs de la maison : cela sentait le sapin — non seulement l'arbre qui était devant la fenêtre, mais les branches qui décoraient les portes et étaient suspendues aux murs. Suivant la coutume celtique, les Ecossais ne prenaient pas un arbre entier mais des branches de sapin et de gui. Pour faire plaisir à l'officier anglais Ronald Cook, qui vivait aussi dans la maison, on avait mis dans la cheminée une bûche de Noël. Mais comme il s'occupait d'une affaire pressante, il n'était pas encore arrivé.

Abigail se leva et s'étira : « C'est pour quand le souper de fête ? »

— Bientôt, répondit Janet. Attendons encore un peu le capitaine Cook.

— Le menu est aussi varié que notre groupe, annonça joyeusement Mathew. « Il y a du boudin noir et des *haggis* pour les Ecossais, un *pudding* de Noël et un rosbif saignant pour le capitaine Cook, quelques bonnes saucisses bien épicées pour Hans, et un bon potage québécois pour tout le monde ! »

— Tout est pour tout le monde, dit Janet avec un sourire.

— Pas les *haggis,* s'écria Hans d'un air un peu dégoûté. « Mais le vin, oui ! Beaucoup de vin pour tous ! »

— Quel miracle est-ce que Sinter Claes va accomplir ce soir ? demanda Michael qui, malgré son ventre creux, préférait le monde magique des histoires de Hans aux discussions culinaires.

Hans ferma les yeux, mit son doigt devant sa bouche et fit semblant d'entrer dans une transe. « Je sens qu'il va nous apporter de bonnes nouvelles. . . » dit-il d'une voix mystérieuse. Il ouvrit les yeux et regarda Madeleine et Tom.

Ce n'était pas une prédiction bien risquée : les deux jeunes gens étaient assis sous l'arbre, leurs doigts se touchant presque. Les regards qu'ils se jetaient à la dérobée étaient si tendres qu'ils ne pouvaient pas ne pas être amoureux, se dit Hans, à qui rien n'échappait.

— Faisons un toast de Noël, dit Mathew en souriant. Vous voulez du vin ou du cognac ?

— Oh, du cognac, s'il vous plaît, répondit Hans sans hésitation. Janet disparut dans la cuisine et revint avec un plateau couvert de verres de cognac bien remplis. Elle se mit à les passer, mais entendit à ce moment-là une voiture s'arrêter devant la maison. « Attendons un moment, dit-elle. Cela doit être le capitaine Cook. »

La porte d'entrée s'ouvrit un instant plus tard et le capitaine Cook entra dans le salon. « On dirait un bonhomme de neige ! » s'écria Michael joyeusement. C'était parfaitement vrai : Ronald Cook était couvert de neige de la tête jusqu'aux pieds. Il ôta son gros manteau et ses bottes. La neige dont étaient couverts ses sourcils épais fondit dans la chaleur du salon, et de petites gouttes d'eau se mirent à couler sur son nez et sur ses joues rougies par le vent froid de décembre.

— Est-ce que j'arrive trop tard ? demanda-t-il tout essoufflé.

— Pas du tout, répondit Janet. Nous étions sur le point de faire un toast de Noël. Ronald Cook saisit rapidement son verre de cognac. « Je suis prêt, annonça-t-il. C'est exactement ce qu'il me faut pour me réchauffer. »

Mathew leva son verre : « Buvons à un fin prochaine de la rébellion, à la paix, et à une plus heureuse et plus prospère Nouvelle Année. » Il levèrent tous leurs verres et prirent une gorgée de cognac. Ronald posa rapidement son verre. Il mit sa main dans la poche de sa veste et en sortit une pochette en cuir. Il se tourna vers Janet et lui donna la pochette. « C'est pour vous, annonça-t-il. On l'a apportée juste avant mon départ. C'est sans doute un message. »

— Un message ? Le coeur de Janet fit un bond. Les messages, comme elle ne le savait que trop bien, pouvaient être porteurs de bonnes ou de mauvaises nouvelles. Cette année, les nouvelles avaient trop souvent été mauvaises. Elle ouvrit en tremblant la pochette, en sortit un morceau de parchemin qui lui était adressé, et le déplia devant les regards anxieux de toute la famille. Elle lut rapidement son contenu et ses yeux émerveillés se fixèrent sur les signatures. « Mon Dieu ! » s'écria-t-elle, un sourire radieux éclairant son visage. La famille respira, voyant à son expression que les nouvelles étaient bonnes.

— Qu'est-ce que c'est ? demanda Mathew. Combien de temps vas-tu nous tourmenter ?

Janet, le visage tout enflammé de joie — et échauffé par le cognac qu'elle venait de boire — s'écria : « C'est de Jenna ! » Mathew se leva rapidement et courut à ses côtés. « Et de Robert ! » ajouta-t-elle avec surprise. « Jenna est avec Robert ! »

— Dans le Territoire de la Louisiane ? demanda Helena, stupéfaite.

Janet hocha la tête et fit un effort pour relire la lettre mot à mot. Mathew, debout derrière elle, lisait lui aussi. Janet fronça les sourcils : « Stephan a été tué, dit-elle doucement. Mais Jenna est avec Robert à La Nouvelle-Orléans. Il la ramène chez lui. »

L'expression grave de Mathew devint toute joyeuse. « Jenna est saine et sauve », dit-il avec un soupir de soulagement.

— Est-ce qu'elle va revenir ? demanda Madeleine.

— Pas encore, expliqua Janet. A cause de la rébellion, les voyages sont très difficiles en ce moment. Robert pense qu'elle devrait attendre et s'occupera ensuite de la faire revenir.

— Est-ce qu'il viendra aussi ? demanda Abigail, ses yeux écarquillés tout ronds de curiosité enfantine. Pour elle et pour Michael, qui ne l'avaient jamais vu, Robert MacLean était un personnage presque légendaire. L'image qu'ils se faisaient de lui était presque aussi captivante que celle de Sinter Claes. Robert MacLean était un héros — un géant qui savait se battre contre les Indiens et connaissait leurs coutumes et leurs langages; c'était un aventurier, un homme de la frontière. Il s'était battu victorieusement au fort Henry et avait survécu à la bataille des plaines d'Abraham. Il avait sauvé leur grand-mère des ruines de Québec et l'avait ramenée jusqu'au Niagara. Il avait vécu avec les Indiens et voyagé au-delà des « portes de tonnerre », jusqu'à tout en bas du Mississippi.

— Peut-être, répondit Janet en se mordant la lèvre. Jenna était saine et sauve ! Elle ne put empêcher ses yeux de se remplir de larmes : ses prières silencieuses étaient enfin exaucées.

Michael battit joyeusement des mains : « L'oncle Hans avait raison ! Sinter Claes nous a apporté de bonnes nouvelles ! C'est un vrai magicien ! »

Janet se tourna vers Hans avec un sourire. « En effet, c'est un magicien », dit-elle, heureuse de voir son petit-fils accorder au sympathique Hollandais le titre d'oncle honoraire.

— Alors c'est moi le messager du magique Sinter Claes ? demanda Robin Cook d'une voix enjouée.

— Vous êtes bien trop mince pour cela — vous ressemblez bien plus à notre Père Noël, répondit gaiement Madeleine en prenant une gorgée de cognac.

Soudain Tom se leva : « Sinter Claes a une autre nouvelle à vous annoncer, une très, très bonne nouvelle. »

Mathew regarda son fils de l'autre côté de la pièce. « Alors, vas-y », dit-il tout impatient.

Tom se tourna vers Madeleine, lui prit doucement la main et l'aida à se lever. « Il va y avoir un mariage, dit-il en souriant. Madeleine a accepté de devenir ma femme. »

Mathew s'avança vers son fils et le serra affectueusement dans ses bras. Janet ne fit aucun effort pour retenir les larmes de joie qui coulaient sur ses joues enflammées. Elle regarda Madeleine avec tendresse et lui dit doucement : « Nous serons enfin unis. C'est bien plus qu'une adoption : maintenant nos familles seront réellement unies. »

— C'est le plus beau cadeau de Noël imaginable, ajouta Mathew. Ce soir, j'ai reçu deux cadeaux : ma fille est saine et sauve et mon fils épouse la femme la plus charmante de tout Montréal. »

— Et il n'est même pas encore minuit ! s'écria Michael, qui était confortablement installé sur les genoux de Hans.

— Et cette dernière nouvelle n'est pas une surprise du tout, dit Hans avec un clin d'oeil.

Mathew resta un instant silencieux, puis annonça : « J'ai un cadeau pour Tom dont il aura besoin. Je pense qu'il faudrait le lui donner tout de suite. »

— Est-ce que Sinter Claes est d'accord ? demanda Abigail.

— Bien sûr. Il est très compréhensif et il a beaucoup d'assistants, repondit Hans.

Mathew alla vers le buffet et en sortit un paquet soigneusement emballé. « Tu pourras le porter le jour de tes noces », dit-il en le donnant à Tom.

Tom défit soigneusement le papier d'emballage et, avec un sourire radieux, il en sortit un superbe kilt tout neuf dans le tartan du clan MacLeod.

« — Maintenant, dit Mathew avec un joyeux sourire, tu sais que tu es un véritable Ecossais ! »

Jenna était assise au bord du fleuve. C'était Noël, mais un Noël si différent de tous ceux qu'elle avait connus, qu'elle arrivait à peine à y croire. En tout cas, se dit-elle, c'était un Noël absolument affreux. Depuis leur arrivée en novembre, d'ailleurs, tous les jours avaient été affreux. Il leur avait fallu si longtemps pour remonter le Mississippi ! Aucun d'eux ne s'était douté du chagrin et du malheur qui les attendaient à leur arrivée. Mais le souvenir qu'en avait Jenna était très vif, et elle savait qu'elle ne l'oublierait jamais.

Robert était parti en avant à grands bonds, jusqu'en haut du tertre verdoyant où se trouvait la cabane. Il avait appelé le nom d'Angélique, pensant qu'elle viendrait ouvrir la porte. Il s'était mis à courir, mais quand il était arrivé au sommet du tertre, la porte s'était ouverte — mais ce n'était pas Angélique. Jenna apprit peu après que la femme échevelée qui les attendait devant la porte était la guérisseuse.

— Où est Angélique ? s'écria Robert. La vieille femme resta immobile, le regardant fixement : ses cheveux étaient plus emmêlés que jamais, son visage blanc comme un linge. « Où est Angélique ? » répéta Robert, se mettant brusquement à trembler.

La guérisseuse leva ses yeux cernés vers lui. « Elle est morte, répondit-elle simplement. Elle est morte des tumeurs qui la rongeaient de l'intérieur, et nous l'avons enterrée. » Elle fit un geste vers le petit cimetière derrière la maison. Avant le départ de Robert, on y voyait deux simples croix blanches; maintenant il y en avait trois. Angélique reposait à côté de Fou Loup et de Grosse Mémé.

Robert s'arrêta net, comme paralysé, et tourna le regard vers les trois croix. « Morte », répéta-t-il comme s'il ne croyait pas à la parole fatale.

En un instant, Jenna fut à ses côtés et le prit par le coude. Il semblait envahi de remords et de sentiments de culpabilité, et dans son trouble, il s'appuya contre la porte pour ne pas tomber. Jenna sentit sa main trembler et vit ses genoux fléchir. « Ah, mon Dieu ! » murmura-t-il tout bas. « Ah, mon Dieu, qu'ai-je donc fait ? J'avais tant à lui dire, je voulais faire la paix avec elle. . . » Il se tourna enfin vers Jenna et la regarda d'un air suppliant : « Je l'aimais. Je l'aimais vraiment. »

— Elle vous aimait aussi, dit la guérisseuse avec conviction. « Mais elle était malade depuis longtemps, son corps était plein de tumeurs. Elle vous a fait partir parce qu'elle était malade; son cerveau était affecté, elle n'était plus elle-même. »

Robert regarda la vieille femme comme s'il ne la voyait pas. Il enfonça ses doigts dans la porte et se tourna. James lui aussi était accablé de douleur : il couvrit sa bouche de sa main et regarda son père avec pitié.

Robert faisait encore un effort pour comprendre, se dit Jenna, et n'arrivait pas à accepter la réalité de la maladie et de la mort de sa femme. Cela faisait bientôt un mois qu'il était parti, et il tâchait de comprendre.

— Quand est-elle morte ? demanda-t-il enfin.

— Cela fera bientôt trois semaines, répondit la guérisseuse.

— Où est Maria ?

Cette question avait donné lieu à une série d'événements que Jenna n'arrivait toujours pas à comprendre. Maria était une fille très étrange; Jenna se rendit bientôt compte qu'elle était tout à fait possédée.

La guérisseuse avait fait un geste vers l'intérieur de la cabane : « Elle dort. Elle n'arrive pas à dormir la nuit, alors elle dort pendant la journée. » Elle se pencha vers eux d'un air conspirateur. « Elle est terrifiée, chuchota-t-elle. Elle a vu le chien blanc. Voyez, les traces blanches sont encore là. »

Robert, l'oeil un peu vitreux, regarda les marches et vit des traces de pattes : elles étaient légères, à peine perceptibles. « Le chien blanc ? » répéta-t-il sans comprendre, puis sembla vaguement se souvenir. « L'histoire haïtienne que vous racontiez autrefois aux enfants ? »

— Elle dit que le fantôme de sa maman veut l'emporter en enfer, ajouta la vieille femme.

James se pencha vers les marches et essuya l'empreinte, puis étudia la substance blanche qui était restée sur son doigt. « C'est de la farine, annonça-t-il. Je parie que ce chien est allé fouiller dans les barils de farine. »

— Le chien des voisins, sans doute, dit Robert d'une voix vague. « Maria ! cria-t-il. Maria ! »

Quelques secondes plus tard, Maria apparut près de la porte et se cacha derrière la guérisseuse. James poussa un cri de surprise et Jenna crut rêver. Les cheveux de la fillette étaient aussi emmêlés et pleins de noeuds que ceux de la guérisseuse; sa robe était crasseuse et son visage terriblement pâle. Elle semblait à peine avoir mangé depuis des semaines; ses joues étaient creuses, ses yeux noirs affreusement cernés. Elle semblait atteinte d'une maladie terrible et on lui aurait donné quatre fois son âge.

Elle fit quelques pas furtifs, comme un animal sauvage, et regarda par-dessus son épaule. Quand elle avança à la lumière du jour, Jenna vit que même sous le soleil brillant, ses pupilles étaient restées énormes. Maria cligna des yeux. « Papa ? » dit-elle comme si elle ne le reconnaissait pas.

Robert la prit dans ses bras et elle se mit à trembler, puis, s'écartant de lui, elle le fixa de ses énormes yeux hantés. « Maman est morte ! Son fantôme va me tuer ! » dit-elle d'une voix terrorisée; puis elle poussa un cri perçant et se couvrit les yeux.

Robert la saisit par les épaules et se mit à la secouer. « Ce n'est pas vrai ! Ta maman était une femme tendre et aimante ! » dit-il d'une voix ferme. Il se tourna vers la guérisseuse d'un air accusateur : « Qu'est-ce que vous lui avez fait ? »

— Elle crie tous les soirs, pendant toute la nuit. Elle est possédée ! Je lui ai donné un calmant, c'est tout. J'ai jeté un sort, mais le chien est revenu quand même. Je vous dis que cette fille est possédée par le diable !

— Vous dites des bêtises, cria Robert. Maria, calme-toi !

Mais Maria continua à crier. Elle ouvrit les yeux encore

240

plus grands. « J'ai vu le chien blanc, dit-elle à voix basse. Il est venu me chercher, mais nous avons tué des poules. »

Robert ferma les yeux. « Je deviens fou, dit-il. Angélique est morte, ma fille est dans une espèce de transe. Il n'y a pas de chien fantôme ! Je connais le chien en question — et il est parfaitement normal et vivant. Les fantômes n'existent pas, et même s'ils existaient, celui de ta mère ne te ferait pas de mal. »

Mais Maria resta figée comme une statue. Elle serra les lèvres : « Si, elle me veut du mal ! »

Jenna s'avança vers la fillette. « Aucune mère ne ferait de mal à son propre enfant », dit-elle.

Les yeux de Maria devinrent tout petits : « Qui êtes-vous ? »

— C'est ta cousine Jenna — la fille de Janet Macleod, dit Robert.

Jenna eut un brusque sentiment de reconnaissance de se trouver là parmi eux. « Je peux aider Maria, pensa-t-elle. Je peux l'aider car je n'ai rien à voir avec toute cette histoire. » Maria semblait avoir accepté l'explication de son père : elle regarda Jenna fixement.

Robert prit la main de sa fille. « Allons dans la maison », proposa-t-il. La guérisseuse fit un pas en arrière pour le laisser passer et Robert, suivi de Jenna et de James, entra dans la cabane. La scène qui les attendait était effroyable. On avait sorti des matelas des chambres à coucher pour les poser par terre dans la pièce principale; la table en bois était couverte d'assiettes crasseuses et de détritus, et l'odeur qui se dégageait de la pièce était abominable. D'un bout à l'autre, les murs étaient couverts de sang de poule et, sur la table au milieu de la pièce, les bêtes sacrifiées pourrissaient au soleil : leurs têtes étaient attachées ensemble, leurs organes arrangés en figures symboliques.

Robert se tourna furieusement vers la guérisseuse, mais elle avait disparu. « Elle ne reviendra pas, marmonna-t-il. Qu'est-ce que c'est que ça ? » demanda-t-il à Maria.

— C'est un sacrifice pour le chien blanc.

— Mais puisque je te dis qu'il n'y a pas de chien blanc ! s'écria Robert d'une voix exaspérée. « Il n'y a pas de fantôme et ta mère ne te ferait jamais de mal ! » Il secoua violemment sa fille par les épaules. « Tu comprends ? Elle ne te ferait pas de mal ! »

Mais les yeux de Maria devenaient de plus en plus énormes. Elle secoua la tête puis poussa un cri : « Si, elle me veut du mal ! C'est moi qui l'ai tuée ! »

Jenna fut secouée d'un frisson d'horreur. Maria confessa tout, s'arracha des bras de son père et s'enfuit de la cabane. James la suivit et Robert s'effondra sur un banc en cachant son visage dans ses mains.

Jenna s'approcha de son oncle et lui tapota le dos. Que pouvait-elle donc lui dire ? « J'essaierai de vous aider. . . » dit-elle enfin.

Et maintenant, se disait Jenna, c'était Noël. Robert travaillait d'arrache-pied, et James, toujours si bon avec elle, faisait de même. Elle s'était occupée de Maria et avait enfin réussi à lui faire manger trois repas par jour et s'endormir la nuit.

Jenna se leva et regarda de nouveau le fleuve. Elle vit James, dans le lointain, tirer un radeau plein de provisions vers le rivage et l'attacher à un arbre; puis il se mit à le décharger. Jenna pensa à son père à l'époque où lui-même déchargeait des provisions sur l'embarcadère du fort Niagara. Elle se sentit brusquement envahie d'un terrible sentiment de nostalgie. « J'espère que tu as reçu ma lettre, maman », dit-elle à voix haute. Elle l'avait écrite très vite et l'avait donnée à un capitaine de bateau avant de quitter La Nouvelle-Orléans. « Joyeux Noël, maman et papa, dit tristement Jenna. Ah ! Comme j'aimerais être avec vous tous ! »

CHAPITRE XIII

Le 26 janvier 1780

Peggy était assise dans la voiture, sa petite main posée sur celle de son mari. Elle sentait toute son émotion dans ses doigts crispés, et osait à peine regarder son visage.

A la demande du conseil, ils étaient repartis à Morristown et, après un long voyage, avaient été obligés d'attendre très longtemps à *Norris' Tavern*. Les juges, très en retard, étaient entrés un à un, sans paraître se soucier d'elle ni de Benedict, qui attendait si patiemment la proclamation de son innocence.

Mais ils n'avaient pas proclamé son innocence. Des huit accusations que l'on portait contre Benedict, six avaient été abandonnées; mais le laissez-passer qu'il avait délivré à la *Charmante Nancy*, ainsi que l'usage des charrettes de l'armée pour transporter des marchandises, avaient été jugés incorrects et illégaux. Pour ces deux offenses, le tribunal adressait au général Benedict Arnold une réprimande.

En entendant le juge lire le verdict de sa voix terriblement monotone, Peggy fondit en larmes, n'osant même pas regarder son mari dont elle sentait la rage, malgré la distance qui les séparait dans la salle de tribunal provisoire. Le juge ayant terminé sa lecture, Arnold se leva avec difficulté.

— Une réprimande ? cria-t-il de sa voix puissante. « Et pourquoi donc ? Parce que j'ai fait ce que chacun d'entre vous, ce que n'importe quel officier de l'armée continentale aurait fait à ma place ? » Son visage s'assombrit comme un nuage orageux et sa voix furieuse résonna à travers toute la taverne.

— C'est notre décision, et elle est très peu sévère, répondit le juge.

— Permettez-moi de remercier le tribunal pour sa — sa *bienveillance !* cria Arnold, crachant chacune de ces paroles avec colère.

Peggy s'élança vers son mari pour lui prendre le bras. Les yeux bleus tout pleins de larmes, elle l'accompagna hors de la salle, puis se fraya un chemin à travers la foule de curieux jusqu'à la voiture qui les attendait dehors.

— Nous rentrons à la maison, dit-elle fermement. Nous rentrons à Mount Pleasant.

— Je n'ai jamais imaginé qu'ils feraient une chose pareille, marmonna enfin Benedict après un long silence. « Je joue le rôle de bouc émissaire pour Washington. »

Peggy renifla : « Ce n'est qu'une bande de rustauds sans éducation — des rebelles, de petites gens qui n'ont aucune importance ! Benedict, tu es un homme bien trop digne, trop fin et trop honorable pour t'inquiéter d'une réprimande qui t'est adressée par un homme tel que Washington ! Même M. Adams, qui est de leur côté, dit qu'il est incompétent. »

Benedict secoua la tête. « Je ne crois même plus à leur cause, répondit-il. Ce sera leur dernier acte de perfidie contre moi. Je vais demander à Washington de me donner un nouveau commandement à West Point, et quand je l'aurai, je l'abandonnerai aux Anglais. » Il se tourna vers Peggy et examina son visage : « C'est ce que tu voulais, non ? »

Peggy leva ses grands yeux bleus : « Je veux ce que tu veux. Je suis prête à te suivre à l'autre bout de monde. Je suis prête à mentir pour toi, même tuer pour toi. Si tu choisissais de rester du côté des rebelles, je te soutiendrais. Si tu demeures fidèle au roi, je te soutiendrai aussi. Quoi que tu fasses, Ben, je suis à tes côtés pour toujours. Je sais que tu prendras la bonne décision, que tu te conduiras toujours en homme d'honneur. »

— Ma décision est prise. Mon seul souci c'est le danger que cela pourrait te causer.

Peggy mit la main autour de son cou et l'attira vers elle, puis l'embrassa sur la bouche en remuant ses lèvres contre les siennes. « Je ne suis pas en danger », chuchota-t-elle.

Benedict mit ses bras autour d'elle et cacha son visage dans son cou : « Je t'adore, ah ! que je t'adore ! » La route irrégulière faisait cahoter la voiture et chaque secousse les rapprochait l'un de l'autre. « Tout cela a dû être si difficile pour toi », dit-il en promenant son doigt sur les petites oreilles roses de Peggy. « Es-tu bien ? Et l'enfant ? »

— Oh, il fait une promenade, comme nous, répondit Peggy avec un sourire. « Mais, mon chéri, fais attention. Si nous allons folâtrer et nous embrasser dans la voiture, il vaudrait mieux tirer les rideaux. Je ne voudrais pas que tous les fermiers de la Pennsylvanie nous voient en train de nous embrasser. »

Benedict se sentit rougir, mais tira les rideaux. « Alors nous allons folâtrer et nous embrasser ? » demanda-t-il en souriant pour la première fois depuis deux mois.

Peggy jeta ses bras autour du cou de son mari et se mit à lui mordiller l'oreille. « Je suis enceinte de sept mois, murmura-t-elle. Tu ne me trouves pas trop vilaine ? Tu as encore envie ? »

— Si j'ai envie ! Je crève de désir à longueur de journée !

— Eh bien, ça ne sera pas plus difficile que sur un matelas à plumes. En prononçant ces paroles, Peggy grimpa sur ses genoux avec un petit rire coquet. D'un geste adroit elle souleva ses jupes et, avec quelque effort, ôta ses sous-vêtements. Assise en face de lui, les bras jetés autour de son cou, elle regarda ses grands yeux bruns. « C'est vilain ce que nous faisons », roucoula-t-elle. Benedict défit nerveusement les rubans qui retenaient le corsage de Peggy, le tira vers le bas et enfonça son visage dans sa gorge abondante. Elle défit le pantalon de son mari, souleva un peu son propre corps et glissa son membre en elle.

— Ah, que je t'aime ! dit-il en s'enfonçant en elle.

La voiture heurta un profonde ornière et ils rebondirent tous les deux vers le haut. « C'est bien plus facile qu'au lit, dit Peggy en riant aux éclats. « Surtout dans mon état ! »

* * *

— Oui, elle est partie, répéta Tolly.

Mais en voyant son petit sourire, Will comprit que ce n'était pas tout. « Tu es peut-être doué pour le poker, dit-il, mais je crois que tu me caches quelque chose. Qu'est-ce que c'est ? »

— Oh, mais voyons, pourquoi voudrais-tu que je fasse une chose pareille ? répondit Tolly.

— Parce que tu aimes me taquiner, et d'ailleurs, tu m'en veux encore de t'avoir envoyé à La Nouvelle-Orléans. Tu ne me pardonnes surtout pas de m'être si bien débrouillé sans toi.

— Et parce que tu es parti à La Havane sans moi, ajouta Tolly, les yeux tout brillants.

— Je ne plaisante pas, dit Will sérieusement. Je suis ici depuis presque trois heures — il m'en a fallu deux pour te retrouver — et nos troupes partent demain pour Mobile. Maintenant, dis-moi où est Jenna.

—Buvons encore un coup. Je déteste rester assis dans une taverne sans rien à boire. D'ailleurs, à Mobile, le rhum est beaucoup moins bon.

Will, exaspéré, fit un signe au patron de la taverne. « Encore une tournée, dit-il. L'homme disparut et revint presque aussitôt avec deux verres de rhum. Will paya.

— J'espère que cela va te délier la langue.

Tolly éclata de rire : « Tu permets que je commence au début ? »

— Bon, vas-y, mais ne me fais pas trop attendre. Je veux une réponse.

— Eh bien, j'ai ramené la môme à La Nouvelle-Orléans. Je ne comprends d'ailleurs pas pourquoi tu tiens tant à elle : elle est insupportable.

— Dépêche-toi, Tolly.

— Je l'ai donc logée — cela m'a d'ailleurs coûté très cher — à La Casa Roja.

— La Casa Roja ! s'exclama Will. Tu as logé la petite Jenna dans un bordel !

— Je te ferai remarquer qu'elle a le même âge que toi et qu'elle n'est pas petite du tout. Elle manque peut-être un peu de maturité, mais physiquement elle est très bien développée. La plupart des femmes de son âge sont mariées et ne s'amusent pas à courir dans la nature.

— Comment as-tu pu l'emmener dans un bordel ! répéta Will d'une voix furieuse.

— Pour la simple raison que je connais la patronne. Elle était prête à la loger — c'était un arrangement tout à fait comme il faut. D'ailleurs, où voulais-tu que je le mette ? Les auberges de La Nouvelle-Orléans ne sont vraiment pas idéales pour une jeune femme seule.

Le visage de Will se renfrogna. « Je vais aller la chercher », dit-il en se levant.

— Mais non ! Puisque je te dis qu'elle n'est plus là !

Will retomba sur son siège : « Alors, où est-elle ? »

— Eh bien, tu te rappelles son histoire, elle cherchait son oncle. . . non, pas vraiment un oncle, mais un très bon ami de la famille.

— Oui, je me rappelle, mais elle ne m'a pas dit son nom.

— Il se trouve qu'il est venu à La Casa Roja — c'est du moins ce que m'a dit Juliette. Ta petite amie est donc partie toute guillerette avec lui, pour remonter le fleuve.

— C'est formidable ! s'exclama Will.

— C'est peut-être formidable, mais tu ne m'as pas l'air bien content.

— J'espérais la revoir. J'ai beaucoup pensé à ellle, je voulais l'aider, je. . . En voyant Tolly rire aux éclats, Will s'était mis à bredouiller.

— Mais si, tu la reverras. . . quand tu rentreras chez toi après Mobile !

— De quoi tu parles ? Will n'y comprenait rien du tout : Tolly était vraiment trop vague.

— Eh bien, tu ne lui as pas donné ton vrai nom, et il faut croire qu'elle t'a donné son nom de mariée.

Will fronça les sourcils : « Je lui ai donné mon nom de guerre. Qu'est-ce que ça peut faire ? »

Tolly se mit de nouveau à rire aux éclats et avala tout le contenu de son verre : « Parce que l'oncle en question était Robert MacLean, et que son nom à elle, d'après Juliette, c'est Jenna Macleod. »

Will ouvrit la bouche d'étonnement : « Macleod ! » Il

répéta le nom plusieurs fois et se maudit de ne pas avoir demandé à Jenna son nom de jeune fille. Mais elle avait été si fatiguée, presque hystérique, et Will lui-même s'était senti très confus et anxieux.

— Mon père est donc venu à La Nouvelle-Orléans ?

— Oui, confirma Tolly. Et il l'a ramenée avec lui. Alors quand tu rentreras chez toi, tu la retrouveras.

— Ce n'est pas croyable, dit Will en se frottant le front, « vraiment pas croyable ! Jenna Macleod ! J'aurais dû deviner. »

— Comment donc ? demanda Tolly en riant.

Will sourit en baissant le regard vers la table : « Mon père parlait toujours de la merveilleuse beauté de Janet Macleod. Jenna a le même genre de beauté. »

— Il y a beaucoup de belles femmes sur terre, dit Tolly tout rêveur. Comment peut-on toutes les reconnaître ?

Will haussa les épaules, l'air un peu gêné. « C'est une telle coïncidence ! » dit-il en secouant la tête. « Tout à fait invraisemblable . »

— Ce qui est moins étonnant, mon ami, c'est qu'il va falloir nous lever à cinq heures du matin. Je propose que nous rentrions dormir. Mobile nous attend.

Le lendemain matin, Will MacLean et Tolliver Tuckerman rejoignirent Bernardo Gálvez. Les troupes et les vaisseaux étaient assemblés depuis le 18 janvier, mais le mauvais temps les avait empêchés de prendre voile.

Il y avait en tout 750 hommes, y compris le régiment de la Louisiane : 14 officiers d'artillerie, 26 carabiniers, 167 noirs affranchis, 24 esclaves et 26 volontaires anglo-américains. Les soldats qui formaient le corps principal, que Will et Miró avaient recrutés à La Havane, étaient restés sur les vaisseaux près de la baie de Mobile, et devaient rejoindre Gálvez dès qu'il arriverait de La Nouvelle-Orléans avec ses troupes.

La petite flotte qui quitta La Nouvelle-Orléans était composée de douze vaisseaux. Il y avait la frégate de guerre *Volante,* qui était en fait un sloop reconstruit; le *Valenzuela* et les bricks *Gálvez* et *Kaulican.* Les huit autres vaisseaux étaient des bateaux de pêcheurs spécialement rebâtis pour l'attaque.

— Nous partons aujourd'hui, annonça Gálvez. Il voyageait, comme toujours, sur son propre vaisseau, *La Ville de Gálvez,* qui n'était pas aussi grand ni aussi rapide que le *Volante* — mais il y tenait. « C'est comme une belle maîtresse, disait-il à Will. Je la connais bien et nous nous satisfaisons réciproquement. »

Will regarda les nuages épais qui traversaient rapidement un ciel noir comme de l'encre. Il pensa à l'ouragan qui les avait frappés juste avant leur départ pour Baton Rouge.

— Le temps n'est guère meilleur qu'il ne l'était hier, commenta Will.

— Cela fait dix jours que nous attendons pour partir, répondit Gálvez. Je ne suis pas un homme patient. Nous serons bientôt en fin janvier et je tiens à prendre Mobile et avancer jusqu'à Pensacola.

Will hocha la tête : « Le golfe est dangereux à cette époque : il risque de nous anéantir avant même que nous n'ayons rencontré un seul tory. »

— Je suis empoisonné par le mauvais temps, répondit Gálvez en regardant le sombre horizon. « Je suis éprouvé par le vent et par la pluie comme Job l'était par les verrues et par les plaies. Si je ne peux pas vaincre le golfe avec ses orages, comment voulez-vous que je l'emporte sur les Anglais ? »

Will sourit de la ténacité de Gálvez. Il le regarda donner l'ordre de prendre voile, et la petite flotte quitta La Nouvelle-Orléans dans la direction du golfe dangereux. S'il faisait beau, ils mettraient cinq jours à gagner la baie de Mobile; mais s'il y avait un orage, il leur faudrait des semaines. Toutes les circonstances, pensa Will, semblaient vouloir l'empêcher de retourner chez lui. Et c'était là, décida-t-il, qu'il voulait et qu'il devait être.

Les mois qui suivirent le retour de Robert MacLean de La Nouvelle-Orléans furent longs, très longs. Malgré le travail et le sommeil, il n'y avait pas moyen d'échapper à la réalité. « Je ne sais pas ce que je ferais sans toi », disait Robert à Jenna; « ta présence ici me rend la vie supportable. » Pour

Robert, Jenna était comme un souffle frais et pur du vent du Nord.

Si Jenna rendait la vie de Robert plus douce, elle ne pouvait pas résoudre ses problèmes pour lui. Il y avait avant tout Maria, qui disait qu'elle avait tué sa mère et vivait maintenant derrière un mur de silence. Robert la regardait avec angoisse, car il se sentait incapable de l'aider et ne savait que faire d'elle et de la situation. Il croyait à moitié son histoire, mais se disait que si elle avait tué sa mère, c'était uniquement par pitié. Il croyait aussi qu'elle avait été attaquée par le frère de Belle, et que cet incident avait causé son aliénation mentale. Quand Maria avait lâché toute l'histoire du meurtre de sa mère, sa confession avait été accompagnée d'un véritable orage de haine et d'invective : elle avait parlé d'injures et de torts, réels ou imaginaires, avec une passion dont Robert n'avait jamais auparavant été conscient.

Le second problème de Robert était James. Il avait appris le rôle que son fils avait joué dans l'exécution du frère de Belle. Il pouvait lui pardonner cela, à cause de Maria : ce qu'il n'acceptait pas, c'était le fait d'avoir porté sa revanche contre toute la famille La Jeunesse. Il ne pouvait pas lui pardonner de les avoir fait chasser, puis d'avoir réclamé leur terre. James, se disait Robert, voulait tout avoir : il ne pensait qu'au gain.

La discorde entre père et fils devint donc plus profonde que jamais. Jenna jouait le rôle silencieux d'arbitre et se montrait compréhensive et affectueuse envers l'un et l'autre. Robert se faisait d'ailleurs beaucoup de souci à ce propos. Il voyait que James était attiré par Jenna et lui rappela que sa conduite envers elle devait être irréprochable. Mais qu'y avait-il d'autre à faire ? Jenna acceptait James et semblait même attirée par lui. Peut-être, se disait Robert, que Jenna finirait par le réformer.

Un soir qu'il étaient à table et finissaient leur dîner, James annonça : « J'ai décidé de construire sur la nouvelle terre. Je vais me bâtir une maison. »

— C'est ta terre, répondit Robert avec sarcasme, par quelque moyen que tu l'aies obtenue.

Jenna ne connaissait pas toute l'histoire, et n'était pas au courant de toutes les scènes qui avaient eu lieu entre père et fils. Elle savait seulement que les autorités espagnoles avaient delivré les papiers et qu'à leur arrivée, James et Robert s'étaient longtemps disputés. Ils avaient crié si fort qu'elle les avait entendus jusqu'à l'embarcadère. Elle savait que Robert voyait d'un très mauvais oeil la manière dont son fils avait obtenu la terre; mais James pensait qu'il y avait droit. « Mes amis et moi nous sommes conduits comme des hommes blancs », avait-il dit à Jenna en secouant la tête avec tristesse. « Les gens d'ici ne pouvaient plus les tolérer. Ce n'est pas ma faute si les La Jeunesse sont partis en abandonnant leur concession. Fallait-il la laisser en friche ? »

Jenna ne savait que penser de l'histoire, mais aurait peut-être soupçonné une part de la vérité si elle avait vu le visage de Maria. Chaque fois que James et Jenna parlaient ensemble, elle se cachait derrière la porte.

Jenna pensait que Robert avait peut-être une conception de la justice un peu exagérée. Elle trouvait en effet étrange de laisser une bonne terre en friche.

— Tu quitteras donc la cabane quand ta maison sera construite ? demanda Jenna, qui voulait à tout prix éviter une nouvelle discussion sur la terre des La Jeunesse.

— Il est grand temps que j'aie un endroit à moi tout seul.

— J'imagine que tu vas t'acheter des esclaves pour faire ton travail ? demanda Robert.

James regarda son père fixement : « Tu soutiens pourtant l'armée de la Virginie en leur faisant parvenir des armes ! Tu fais partie de cette rébellion ! »

— Parce que je crois à la doctrine du libre échange.

— Quand ils gagneront — et ils gagneront — l'esclavage sera accepté par tous. Tous les Virginiens, tous les colons des Carolines feront venir des esclaves dans le territoire. C'est notre avenir ! L'esclavage sera l'instrument de la stabilité economique.

— Personne n'a le droit de posséder un être humain, dit Robert avec conviction.

— Pourtant les membres les moins importants d'une famille écossaise appartiennent aux chefs de clans ! Les paysans qui travaillent la terre ne sont que des cultivateurs à bail et n'ont droit à rien. Cela aussi est une forme d'esclavage !

Robert eut l'air très irrité : « C'est nous qui choisissions d'offrir notre loyauté aux chefs de clans. Ce n'est pas la même chose que de déclarer qu'un homme est inférieur ou moins qu'humain. Ce n'est pas la même chose que de déposséder un homme. » Robert se rendit brusquement compte qu'il parlait exactement comme un abolitionniste quaker; il vit que sa réaction était purement émotionnelle et qu'il n'avait jamais sérieusement réfléchi à la question. Il se sentit hypocrite parce qu'il re voulait pas que son fils ait des esclaves, sans pour autant critiquer ses amis qui en avaient. Il voulait avant tout voir terminer la rébellion, et s'il aidait les Virginiens, c'était pour deux raisons : d'abord, cela lui rapportait de l'argent; ensuite, il jugeait les Virginiens moins néfastes que les Anglais.

James ne répondit pas immédiatement. Après quelques instants, il marmonna : « Cela revient au même : la soumission volontaire ne vaut pas'mieux que la soumission forcée si elle empêche de crever de faim. »

Jenna regarda Robert, puis James. Elle avait l'habitude des discussions politiques : c'était une des principales sources de divertissement dans la maison Macleod. Mais chez elle, les discussions avaient toujours été une manière de dire ce que l'on pensait sans s'irriter —sauf évidemment à l'époque où elle-même défendait Stephan et son protestantisme militant. Les enfants, se dit-elle, finissaient toujours par ne pas être d'accord avec leurs parents. C'était peut-être surtout vrai quand les parents quittaient leur patrie pour élever leurs enfants dans un pays nouveau. Les idées chères aux parents n'étaient pas toujours appréciées par leurs enfants.

— En tout cas, tu ne m'empêcheras pas d'avoir des esclaves, dit James d'un ton de voix décisif.

Le regard de Robert s'adoucit et il détourna les yeux. De toute façon, il ne pouvait rien changer au cours des choses.

« Je ne peux pas t'en empêcher, répondit-il, mais je ne suis pas non plus obligé d'approuver ce que tu fais. »

Jenna débarrassa la table et, après avoir fini la vaisselle, elle essuya ses mains sur son tablier et le mit à sécher. « Je vais aller me promener » annonça-t-elle. Il faisait, comme toujours, trop chaud dans la cabane, à cause de l'indispensable feu de cheminée.

— Ne vas pas trop loin, lui dit Robert.

— Ne t'en fais pas, répondit Jenna. Je n'irai pas plus loin que la grange.

Elle ouvrit la porte et sortit dans la nuit fraîche. Une douce brise s'élevait du fleuve, mais les étoiles étaient cachées par les nuages. C'était une nuit sombre, et la brume couvrait la terre et s'élevait des étangs et des ruisseaux des alentours. « Et on est en janvier ! » se dit Jenna. Chez elle, la terre était sûrement gelée et toute couverte de neige. Là, un feu de bois était toujours le bienvenu et tout le monde se promenait en traîneau. Jenna s'assit sur un énorme rocher sur le chemin de la cabane. Ici il n'y avait pas vraiment d'hiver : il existait des saisons, mais elles se ressemblaient toutes. Les arbres allaient du brun doré au vert, puis redevenaient bruns. Ici, on ne voyait pas les éclatantes feuilles jaunes et rouges de l'automne, ni la blancheur nue de l'hiver, ni la verdure toute neuve du printemps. Il faisait toujours chaud et cela ne changeait jamais.

— Tu es bien pensive ce soir, dit une voix derrière son épaule.

Jenna se retourna : c'était James. Dans la nuit obscure, le contour de son visage semblait fort et anguleux : ses yeux enfoncés retenaient comme toujours son regard et elle ne pouvait nier qu'elle se sentait de plus en plus attirée par lui. Mais pour Jenna, James était deux hommes très différents. Avec son père, il était arrogant et entêté, « comme je l'étais moi-même autrefois », se disait-elle. Mais avec elle, il était doux et bon, toujours très attentif.

— Je pensais au Canada, dit Jenna en soupirant. C'est si différent ici !

James s'assit à côté d'elle. « Tu n'es pas faite pour vivre ici, dit-il. Je t'imagine bien mieux dans une grande et belle

253

maison, où tu serais servie nuit et jour. Tu serais parée de bijoux et porterais des fleurs dans tes cheveux. »

James se mit à lui caresser les cheveux, et pendant un instant elle pensa au jeune homme qui l'avait sauvée à Baton Rouge : lui aussi avait caressé ses cheveux. Il y avait quelque chose de semblable en James, peut-être dans le geste. . . mais ils ne se ressemblaient pas du tout autrement. Ils étaient tous les deux très beaux, mais d'une manière tout à fait différente : James était très brun, Will avait les cheveux couleur de sable. . .

Jenna essaya de parler, mais James se pencha vers elle et l'interrompit par un baiser. « Tu as des lèvres merveilleuses », dit-il en caressant sa bouche avec son doigt. « Tu es si belle ! »

Jenna fut étonnée par le baiser, mais le trouva très agréable. Elle leva ses yeux verts et chercha son regard. Elle ne lui avait offert aucune résistance, et quand James caressa sa gorge et se pencha de nouveau pour l'embrasser, elle répondit à son baiser, remuant ses lèvres sous les siennes et s'abandonnant à son étreinte.

James la relâcha à regret et prit son menton dans sa main : « Je t'aime, Jenna. Je voudrais t'épouser. »

La déclaration de James troubla Jenna profondément. L'aveu lui-même n'était guère étonnant, mais elle se rendit brusquement compte à quel point son coeur était tiraillé. Elle désirait à tout prix rentrer chez elle, et elle pensait encore, malgré elle, au jeune homme de Baton Rouge.

— Oh ! répondit Jenna. Oh, James, je me sens tout embrouillée !

Il baissa la main et la passa légèrement sur son cou. Il se mit à dessiner de petits cercles avec son doigt sur sa peau blanche et nue, et joua avec une petite boucle qui folâtrait autour de son visage. Jenna frissonna à son toucher. Comme Stephan, James avait le pouvoir de la troubler physiquement.

— J'ai été mariée, lui dit-elle, — pour peu de temps, il est vrai, mais j'ai été mariée.

James sourit puis éclata de rire. Sa main glissa sur sa gorge et caressa le haut de sa poitrine : « Tu crois vraiment

que je trouverais une petite vierge plus désirable que toi ? »
Il se pencha pour l'embrasser de nouveau dans le cou. « Tu
n'aimes pas faire l'amour ? murmura-t-il. Ça ne te manque
pas ? »

— Ce n'est pas cela que je voulais dire, bégaya Jenna.
Mais je voudrais rentrer chez moi. Il faut que je rentre.

James ne retira pas sa main. Il était pleinement conscient
de l'effet qu'il avait sur elle, ainsi que de son propre désir. Il
la regarda tendrement et glissa très subtilement ses doigts
dans son corsage. « Je te ramènerai chez toi, dit-il. Tu
pourras rester chez toi aussi longtemps que tu voudras. Mais
après cela, je veux que tu reviennes ici. Je veux que tu
m'aides à construire ma maison. » Il baissa la tête et
embrassa le haut de sa poitrine, passant doucement la langue
sur sa peau fraîche et douce, la glissant dans le décolleté très
modeste de sa robe.

Jenna gémit doucement et s'appuya contre lui. Dans son
imagination, elle voyait en James un amant semblable à Stephan. Mais elle se rendit aussi compte que James était plus
fort que Stephan. Elle savait qu'elle avait besoin d'un
homme fort — d'un homme à la fois fort et doux. « Tu me
ramènerais vraiment chez moi ? » Je pourrais vivre ici,
pensa-t-elle, mais il faut que je revoie mon père. Il faut que
je fasse la paix avec ma famille.

— Bien sûr que je te ramènerais, répéta James. Je ferais
n'importe quoi pour te faire plaisir, n'importe quoi.

Jenna frissonna de nouveau et mit ses bras autour de lui :
« Mon père ne te refuserait pas — il ne pourrait jamais refuser le fils de Robert MacLean. Nous sommes peut-être
destinés l'un à l'autre — tu crois au destin, James ? »

James hocha la tête et lui couvrit les seins de sa main, les
serrant à travers l'étoffe de sa robe. Il regrettait de ne pas se
trouver dans un endroit plus isolé. . . il regrettait de ne
pouvoir être complètement seul avec elle.

— Alors tu acceptes de m'épouser ?

Jenna hocha la tête : « Oh oui, James, j'accepte ! »

James aurait été plus prudent, et Jenna profondément
bouleversée, s'ils avaient vu Maria cachée à quelques
mètres derrière un rocher. James aurait été fort inquiet en

255

voyant le visage de sa soeur, dont les yeux enfoncés étaient fixés sur Jenna avec une expression de jalousie féroce et de pure malignité.

C'était le 10 février et la baie de Mobile, si bleue en temps normal, était grise et menaçante. Il faisait froid et les nuages noirs avaient couvert le ciel pendant tout le voyage de la petite flotte.

Cette flotte n'était ni très puissante ni très organisée, et le vent pouvait l'endommager beaucoup plus sérieusement que si elle eût été composée de grands vaisseaux. Gálvez, un beau et grand homme, était vêtu de culottes blanches et de grandes bottes espagnoles noires et vernies, à longs cordons dorés. Sous son gilet vert vif, chamarré de galons d'or, il portait une chemise à jabot garnie de guipure espagnole. Sa lunette à la main, il fixait l'horizon de ses yeux noirs. Gálvez se tourna vers Will et le regarda gravement.

— Je suis sûr, dit-il, que vous préfériez être à La Havane dans les bras d'une belle Espagnole que sur le pont de ce vaisseau.

— Pas vous ? hasarda Will.

— Evidemment, et j'en préférerais même deux — une seule ne suffit généralement pas. Deux femmes, par contre, risquent au moins d'avoir entre elles tous les atouts physiques. N'avez-vous pas remarqué que celles qui ont de jolies fesses n'ont souvent pas de seins. . . tandis que celles qui ont les fesses plates ont les seins bien developpés ?

Will sourit : Gálvez aimait parler des femmes. A côté de ses plans de bataille, c'était son sujet préféré.

Gálvez continua à regarder à travers sa lunette : « Les chances sont peut-être pour nous, mais voilà le mauvais temps qui recommence ! »

Comme pour confirmer sa remarque, une bourrasque nettement plus froide que l'air humide et chaud qui les entourait souffla brusquement du sud-ouest. » Ça y est, nous rentrons en plein suroît ! » Au moment où Gálvez marmonna ces paroles, de grosses gouttes de pluie se mirent à tomber.

— ¡ Cristos ! jura Gálvez, c'est la malédiction de Mobile !

— ¡ *Mi capitán* ! ¡*Mira a la playa* !

En entendant ce cri, Gálvez se tourna rapidement vers la plage : le *Volante* venait d'échouer contre un banc de sable. « ¡ *Madre de Dios* ! marmonna Gálvez.

Les hommes coururent vers leurs postes et le vent violent se mit à fouetter les voiles de *La Ville de Gálvez*. « Nous allons échouer, s'écria Gálvez. Le vent nous pousse vers les bancs de sable : l'eau n'est pas assez profonde. »

Will regarda autour de lui. Les vaisseaux étaient éparpillés de tous les côtés et plusieurs d'entre eux, commandés par les hommes que Miró et lui avaient recrutés à La Havane, restaient invisibles. Les plus petits vaisseaux étaient encore en haute mer, et n'avaient pas encore pénétré la dangereuse baie de Mobile.

— Nous ne pouvons pas regagner la haute mer, dit Gálvez. C'était évident. Le vent faisait tourner les vaisseaux en cercles incontrôlables et les poussait de plus en plus près des bancs de sable longs et étroits qui protégeaient le port, et se trouvaient juste sous la surface de l'eau. On ne pouvait les éviter qu'en mer tranquille, en mesurant soigneusement la profondeur de l'eau.

Mais le vent soufflait de plus en plus fort et *La Ville de Gálvez* échoua bientôt contre un banc de sable, la proue en l'air.

Will, comme son capitaine, se sentit complètement impuissant. On ne pouvait pas quitter le vaisseau dans une tempête pareille, et il n'y avait pas moyen de se dégager. Pendant ce temps, le vent et la mer tumultueuse battaient contre les bâtiments paralysés et poussaient un autre vaisseau contre le banc de sable. Le reste de la flotte, guidée par la Providence plutôt que par l'adresse des pilotes, entra dans la baie et jeta l'ancre.

Les heures passèrent. Les vaisseaux inondés dansaient sur l'eau; leurs ponts inclinés étaient devenus de véritables piscines, et leurs voiles étaient déchirées par le vent.

Un peu avant minuit, la baie de Mobile devint brusquement tranquille. « Nous sommes au coeur de la tempête », annonça un vieux marin qui s'y connaissait ; « il nous entoure, l'orage est à moitié passé. » L'air était silencieux, lourd, menaçant. Le vent se calma et, comme par miracle — un miracle souhaité par tous les hommes à bord — la marée haute, coïncidant avec le moment de calme, dégagea *La Ville de Gálvez* de sa prison.

La Ville de Gálvez, trempée, abîmée, glissa dans la baie avec la marée; on jeta l'ancre à côté des autres bateaux. L'oeil de la tempête passa, et le vent souffla sur les vaisseaux toute la nuit et pendant une bonne partie du lendemain.

Le 11 février, à midi, l'orage avait passé.

— Ces tempêtes sont comme des accès de rage chez les enfants, dit gaiement Gálvez en buvant une bonne soupe chaude. « Il va falloir nous débrouiller avec ce qui nous reste. »

Will frissonna. De toute sa vie, il ne s'était senti aussi mouillé : l'eau avait aplati ses cheveux couleur de sable et coulait sur ses joues, et même de son nez. Il pleuvait doucement, comme si souvent après les grands orages. Will avala sa soupe brûlante et se demanda pourquoi Gálvez n'avait pas l'air aussi mouillé que lui. Il rit intérieurement en entendant son commandant donner des ordres, et se dit : « C'est une répétition de ce qui s'est passé à Baton Rouge. » Gálvez semblait en effet inspiré par les circonstances impossibles. Quand l'ouragan avait détruit sa flotte, il avait immédiatement préparé une attaque par voie de terre; avec ou sans ouragan, il avait pris la garnison anglaise de Baton Rouge deux jours après la date prévue. « Ce sera la même chose à Mobile », pensa Will. Gálvez ne se laissait pas décourager par l'adversité.

Les hommes mirent cinq jours à décharger les vaisseaux et à récupérer la grosse artillerie du *Volante*, resté échoué sur le banc de sable. Gálvez donna l'ordre de placer l'artillerie à la Pointe de Mobile pour protéger l'entrée de la baie. « Nous avancerons vers la rivière du Chien dans quelques jours », dit-il à Will.

— Et les autres hommes ?

— Ils viendront, répondit Gálvez avec confiance. Ils devraient déjà être ici, mais je connais Miró. C'est un homme prudent et il a dû attendre la mer calme pour envoyer ses vaisseaux.

Will étudia les cartes de leur nouvel objectif, le fort Charlotte. D'après leurs informations secrètes, ce fort n'était protégé que par quatre cents hommes. Mais ce n'était pas le fort Charlotte qui l'inquiétait : le corps principal de la garnison britannique était à Pensacola, et l'ennemi devait déjà être sur le chemin de Mobile pour apporter du renfort.

— Nous allons préparer un siège au fort Charlotte, dit Gálvez en allumant sa pipe. « Le commandant du fort est le capitaine Elias Durnford et il paraît que c'est un vrai *gentleman*. »

— Notre ennemi principal c'est le temps, interrompit Will. Il faut du temps pour préparer un siège. Si les renforts de Pensacola arrivent avant nous, ils seront beaucoup plus nombreux que nous. Nous serons coincés entre les renforts et la garnison de Mobile.

— Ayez confiance, répondit Gálvez en riant.

Deux jours plus tard, Will fut réveillé d'un profond sommeil par des cris joyeux dans le camp provisoire. Miró était arrivé ! Les Espagnols comptaient maintenant deux mille hommes.

Le 28 février, les troupes espagnoles traversèrent la rivière du Chien et firent leur camp à trois kilomètres du fort Charlotte. Les grands canons firent feu contre les murailles du fort, puis on reçut l'ordre de suspendre l'attaque. Les négociations commencèrent.

Mais ces négociations, comme Will allait bientôt s'en rendre compte, furent bien différentes de celles d'une bataille de frontière ordinaire. L'état de siège serait réglé à la manière européenne — une lutte subtile et agrémentée de politesses entre deux hommes fins et distingués de l'ancienne Europe.

« Le fort Charlotte est cerné par nos hommes et, en vertu de notre force supérieure, tous les occupants de Mobile sont nos otages. Mais nous ne leur voulons aucun mal, mon cher capitaine Durnford : nous sommes une armée de *gentlemen*. Faites-nous l'honneur d'accepter cette offrande : vous trouverez des agrumes cubains, des biscuits à thé, un tonneau de gâteaux de maïs et plusieurs boîtes d'excellents cigares de La Havane. Pendant que vous dégustez ces mets divers, songez aux grands canons que nous avons placés derrière les murs du fort Charlotte. Notre armée est puissante, et nous vous permettrons, à vous et à vos soldats, de vous rendre avec tous les honneurs de la guerre. Loin de nous le désir d'échanger des hostilités. »

Will fut chargé de remettre la lettre ainsi que le cadeau de Gálvez. Il pénétra dans le fort Charlotte sous le drapeau blanc et fut convié dans les quartiers du capitaine Durnford avec beaucoup de politesse.

— Ce régal est le bienvenu, dit le capitaine Durnford en admirant une superbe orange. « Depuis son entrée dans la guerre, l'Espagne a coupé toutes nos communications avec les Antilles. » Il prit un cigare et en offrit un à Will : « J'espère que vous me ferez l'honneur de partager ce plaisir avec moi. »

En regardant le cigare, Will pensa à sa dernière expérience avec le tabac, qui avait été fort mauvaise. Il le prit quand même, espérant que l'effet n'en serait pas le même. Le capitaine Durnford, se servant d'une boîte d'amadou très ornée, l'alluma pour lui. Il alluma alors son propre cigare et, fermant les yeux avec délices, il prit une bouffée. « Ah ! quelle merveille ! » s'exclama-t-il. Will, à son tour, prit une petite bouffée, en se gardant bien d'avaler la fumée. A son soulagement, il trouva le cigare très doux; son goût capiteux était même très agréable.

Le capitaine Durnford versa du vin : « Est-ce vous le messager officiel de toute notre correspondance ? »

— Oui, capitaine, répondit Will avec formalité.

— Vous parlez fort bien l'anglais, dit le capitaine Durnford. Est-ce que vous parlez aussi bien l'espagnol ?

— J'espère que oui, capitaine. Les négociations sont une chose très délicate.

— Oui, évidemment. Nous ne voulons certainement pas d'équivoques. Le capitaine Durnford·s'enfonça dans son fauteuil et prit une autre bouffée de son cigare délicieux : « *Le casque à la tête, les hallebardes levées, Les troupes sous leurs enseignes en deux files argentées, S'élancent pour se battre sur la plaine verdoyante. . .* Connaissez-vous Alexander Pope ? Avez-vous lu sa poésie ? »

Will fronça les sourcils et se gentit gêné et inquiet. Il se creusa la mémoire. Son père possédait quelques livres en anglais, parmi lesquels se trouvaient des volumes de poésie. Mais il ne se souvenait pas d'avoir vu le nom d'Alexander Pope. « Non, capitaine, répondit-il. Mais je connais un peu Shakespeare. »

— Ah ! l'immortel Shakespeare ! Mais vous devriez lire M. Pope. Je vous demanderai même de bien vouloir remettre ce volume au gouverneur Gálvez avec tous mes remerciements. Il écrit lui-même des poèmes, n'est-ce pas ?

— Oui, capitaine, répondit Will, qui se rendait compte que son inquiétude était tout à fait justifiée : le siège serait long. Le capitaine Durnford prenait son temps, en attendant l'arrivée des renforts de Pensacola. Il avait sorti un volume relié en cuir d'une étagère à livres derrière son bureau. Il le donna à Will : « Il y a aussi une caisse de vin, une demi-carcasse de mouton, et quelques poulets qui vous attendent dehors. Vous les offrirez à votre admirable gouverneur de ma part. Dites-lui aussi que je ne suis pas encore prêt à capituler, comme il m'y invite si aimablement. »

Will se leva et s'inclina devant le capitaine : « Je remettrai le présent ainsi que votre message. Je vous ferai simplement remarquer, capitaine, que le gouverneur Gálvez est peut-être un *gentleman,* mais il n'est pas doué de patience infinie. »

— Mais nous avons tout le temps du monde, mon garçon !

Will quitta les quartiers, portant le volume de poésie dans sa sacoche et suivi d'une charrette remplie des cadeaux du capitaine anglais.

Dans le camp espagnol, Bernardo Gálvez examina les cadeaux avec plaisir. « Je vais être obligé de rendre le compliment », dit-il en regardant le livre de poésie. » Faites encore envoyer des oranges et des cigares au capitaine Durnford. Je vais préparer une lettre et lui envoyer quelques-uns de mes propres poèmes. »

— Mais, mon général, il fait exprès de prolonger les négociations ! Je suis sûr qu'il attend des renforts.

Gálvez lui répondit par un sourire moqueur : « Mais comment résister à de si charmants cadeaux ! Je ne peux tout de même pas me montrer ingrat ! Jamais ! Dites-lui aussi que nous allons commencer à tirer sur le fort tous les matins à sept heures. »

Cinq jours passèrent et la correspondance se poursuivit, avec tous les jours un nouvel échange de cadeaux et de poèmes. Les canons faisaient feu pendant une heure chaque matin.

Le soir du cinquième jour, trois maisons de Mobile furent brûlées, leurs habitants échappant tout juste à l'incendie.

Gálvez examina les ruines et commenta : « Il va vraiment falloir que j'adresse une réprimande au capitaine Durnford pour cet acte inconsidéré. « Pourquoi avez-vous fait brûler les maisons de ces innocents citoyens ? » demanda-t-il à Durnford dans une lettre extraordinairement polie.

« Pour empêcher que l'on y cache des batteries espagnoles », fut la réponse très logique. « Et permettez-moi de vous remercier pour ce délicieux madère. De tous les vins portuguais, c'est celui que je préfère. »

Gálvez répondit fort gracieusement. « Cela me trouble beaucoup de voir détruire les maisons des citoyens. Je ne mettrai plus de batteries derrière ces maisons si vous promettez de ne pas recommencer. Permettez-moi d'ajouter mes remerciements pour ce superbe carré d'agneau que nous avons parfumé aux épices espagnoles et trouvé délicieux. »

La réponse fut également courtoise et patiente. « J'accepte votre promesse de ne plus placer de batteries derrière les maisons et vous donne ma parole d'honneur que je ne recommencerai pas. Je tiens à vous faire part de ma grande sympathie envers votre jeune ambassadeur William MacLean. Il est charmant et fort intelligent. Je suis ravi d'apprendre que le carré d'agneau a gagné votre faveur et espère que la bouteille de très vieux scotch que je vous envoie aujourd'hui vous chatouillera agréablement le palais. »

La correspondance dura jusqu'au 10 mars. Gálvez plaça alors ses canons du côté le plus vulnérable du fort et fit creuser des tranchées. A l'intérieur du fort, rapporta Will, on creusait aussi des tranchées. Gálvez demeurait imperturbable malgré l'anxiété grandissante de Will et de Miró, qui étaient sûrs que les renforts anglais approchaient.

— Je ne voudrais pas que l'on me prenne pour un mauvais joueur, avoua Gálvez. Le sport pour les Anglais est une chose si sérieuse ! » Le 12 mars, les canons furent en place et Gálvez donna l'ordre de faire feu. Will fut soulagé de voir que cette fois-ci, la canonnade était sérieuse. Ce n'était plus le court bombardement matinal qui n'avait servi qu'à rappeler au capitaine Durnford qu'il était sous siège. Maintenant le feu n'arrêtait pas : c'était une vraie bataille.

Vers la fin de l'après-midi, les canons ouvrirent une brèche dans le mur et, une heure plus tard, au moment où le soleil se couchait derrière la baie de Mobile, le capitaine Durnford fit hisser le drapeau blanc de la capitulation.

Les négociations durèrent encore trois jours. Pour Will, c'était du temps perdu. Le 15 mars, les papiers furent signés.

Le capitaine Durnford reçut les honneurs de la guerre. Ses troupes quittèrent le fort avec lui et se rendirent formellement.

— Enfin nous nous recontrons, dit le capitaine Durnford en tendant la main à Bernardo Gálvez. « C'est un grand honneur », répondit l'Espagnol. Puis, prenant la main de Durnfold, il ajouta : « *Homme, résigne-toi, accepte ta souffrance; Le ciel t'accordera ta juste récompense.* J'aime beaucoup votre M. Pope. »

Mais ni Gálvez, ni Durnford ni Will MacLean ne se doutaient de la scène qui eut lieu au moment même de la capitulation, à quarante kilomètres à peine des murailles écroulées du fort.

Une patrouille espagnole, que Gálvez avait envoyée la veille, rencontra une avant-garde composée de onze cents soldats qui arrivaient de Pensacola pour renforcer le fort Charlotte. Le commandant de cette troupe était le brigadier-general John Campbell. Vêtu de manière fort peu commode pour traverser les marécages, il portait le kilt rouge vif de cérémonie du clan Campbell et jurait contre le mauvais temps et contre ce qu'il appelait « la malédiction de la boue. »

Ce Highlander, un fort gaillard qui faisait plus de six pieds et avait une longue carrière militaire derrière lui, regarda dédaigneusement le commandant de la patrouille espagnole, Alfredo Albenez qui, même dans ses bottes à hauts talons, avait une tête de moins que lui. Alfredo Albenez était un homme de cran, mais le brigadier-général John Campbell lui sembla une véritable apparition. Albenez ne commandait que douze hommes : il examina Campbell de haut en bas et décida qu'il n'avait rien à perdre.

— Que faites-vous en territoire espagnol ? demanda sèchement Albenez en tordant sa nuque pour regarder Campbell dans les yeux.

Campbell, un peu décontenancé par cette question dont la réponse n'était que trop évidente, répondit avec colère : « Nous sommes en guerre, et nous sommes venus pour renforcer Mobile. C'est vous l'ennemi ! Je vous ordonne de vous rendre. »

— Et moi, brigadier, répondit fermement Albenez, je suis l'avant-garde des troupes espagnoles de Mobile. C'est moi qui vous ordonne de vous rendre ! Mobile est à nous. Nous sommes plus de trois mille soldats aux ordres du gouverneur Bernardo Gálvez. Nous sommes beaucoup plus nombreux que vous, brigadier, et vous avez le choix ou de vous rendre honorablement, ou de retourner à Pensacola à l'instant même. »

Albenez avait deviné juste. Un homme de plus de six pieds, suivi de onze cents soldats, ne s'attendait pas à ce qu'un petit homme de cinq pieds qui en commandait douze, lui racontât des histoires.

Campbell poussa un grognement et passa nerveusement sa main sur son kilt. « Trois mille hommes ? » répéta-t-il.

Albenez hocha la tête. « Avec une très grosse artillerie et une enorme flotte de La Havane dans la baie de Mobile. »

Campbell n'hésita qu'un seul instant, puis il se tourna vers un de ses officiers. « Faites passer : nous retournons à l'instant. Nous rentrons à Pensacola. »

L'officier, un vieux régulier anglais, fit une grimace : « Vous ne pensez pas qu'il faudrait essayer de reprendre le fort Charlotte, mon commandant ? »

Campbell grogna de nouveau : « Nous manquons déjà d'hommes ! Un Ecossais — surtout un Campbell — ne va pas s'amuser à lutter pour une cause perdue. Mobile est fini ! » Sur cela, la longue colonne se retourna, au grand soulagement d'Albenez, et recommença sa longue marche ardue jusqu'à Pensacola.

Albenez se signa et roula ses yeux noirs vers le ciel. Trois mille hommes ! Une énorme flotte de La Havane ! « Ce n'est qu'un petit mensonge », dit-il en se signant de nouveau. « Nous retournons à Mobile ! » ordonna-t-il à ses hommes. En entendant la colonne britannique s'éloigner, Albenez secoua la tête : « Je comprends maintenant pourquoi cette rébellion est sans issue. » Ce n'était un compliment ni pour les uns, ni pour les autres.

CHAPITRE XIV

Le 20 mars 1780

— Il doit bien y avoir une centaine de personnes ! chuchota Janet à Mathew. « Et regarde donc le jeune Mackenzie ! Il sait profiter d'un repas gratuit, celui-là ! »

En effet, Alexander Mackenzie avalait la nourriture aussi rapidement qu'on la lui servait, et semblait arroser chaque bouchée d'un nouveau verre de vin.

— Avec la collection de gens que nous avons ici, cela ne m'étonnerait pas qu'une rébellion éclate dans notre salon, commenta Janet. C'était en effet, même pour Montréal, un groupe assez disparate. Il y avait des officiers britanniques et des loyalistes de langue anglaise. Ces loyalistes, surtout s'ils étaient originaires du Canada ou d'une des Treize Colonies, étaient plus britanniques que les officiers britanniques — sauf, évidemment, les loyalistes écossais, irlandais, hollandais ou allemands. Les Hollandais piquaient des rages folles si par malheur on les prenait pour des Allemands, et les Allemands étaient eux-mêmes divisés entre eux. « Votre roi est vraiment le nôtre », disait un allemand un peu ivre à Cook, le jeune officier qui logeait chez les Macleod, « depuis que Cromwell a renversé les rois Stuart pour mettre des Allemands sur le trône d'Angleterre ! Voilà pourquoi je suis un loyaliste. Votre roi est un bon Allemand ! »

— Les Prussiens se battent pourtant pour Washington. Il y a des kyrielles de mercenaires allemands de son côté, lui fit remarquer Cook.

— C'est un autre genre d'Allemand, répondit rapidement son compagnon. Ils ne cherchent qu'à se bagarrer. Ils ne pensent qu'à cela, c'est comme une drogue.

Dans un autre coin de la pièce, deux seigneurs français discutaient avec entrain. Un peu plus loin, deux commerçants concluaient une affaire.

Mathew regarda son fils Tom avec fierté. « C'est un autre homme », se dit-il. Grand, beau et fort, vêtu de son tartan Macleod, c'était un Highlander des pieds jusqu'à la tête. « Je t'avais bien dit que tu avais l'air écossais », lui dit le jeune Mackenzie en lui donnant un coup dans les côtes. « Tu n'as pas froid aux genoux ? Il faut du temps pour s'habituer au kilt après tant d'années à porter un pantalon. »

— Je sens, en effet, des tas de courants d'air, avoua Tom avec bonne humeur. « Mais je ne sais toujours pas quoi porter en hiver. »

— Une minuscule petite chaussette, répondit Alexander, les yeux tout pétillants de malice, « longue et fine, tricotée tout spécialement et ajustée avec amour. »

Tom rit de bon coeur : il aimait le sens de l'humour tout gaulois de ses compatriotes. « Mais pas ce soir, ajouta rapidement Mackenzie. Pour sa nuit de noces, un homme ne doit rien porter d'encombrant ! » Il donna à Tom un autre coup et, le visage tout rouge, il partit d'un énorme éclat de rire, puis avala un autre verre de vin en deux gorgées.

Tom promena son regard tout autour de la pièce et aperçut Madeleine, qui semblait merveilleusement jeune et pleine de vie. Ses cheveux noirs étaient coiffés d'une manière très compliquée et sa robe d'or sombre froufroutait à chaque mouvement. La dentelle blanche dont la robe était bordée mettait en valeur son teint mat; ses yeux noirs brillaient de joie et son rire était contagieux.

La journée avait été longue, et pour Tom, elle avait commencé la veille. Tous les amis écossais de Mathew avaient organisé une fête spéciale. Ils avaient passé toute la nuit à boire, à chanter, à lancer des jurons et à raconter des histoires des Highlands. En regardant Madeleine, Tom fut tenté de chanter une des chansons qu'il avait apprises la veille : « *Les heures les plus douces de ma vie, J'les passe*

avec les jolies filles Dans les joncs verdoyants. . . . ô ! »
Comme je t'aime, pensa-t-il. Et comme j'aime ma nouvelle famille.

Les femmes avaient aussi veillé très tard. Elles avaient terminé tout leur ouvrage de broderie pour le trousseau de Madeleine et chacune d'entre elles lui avait offert un petit cadeau fait à la main.

Le mariage lui-même avait été célébré chez le gouverneur Haldimand, qui avait été assez aimable pour leur offrir son hospitalité. « C'est pour moi un geste symbolique », avait-il dit. C'était tout à fait vrai. Madeleine était la soeur d'un riche seigneur québécois, et son nouvel époux était le fils d'un Ecossais très respecté. Le gouverneur Haldimand, lui-même d'origine suisse-française, avait eu un début de carrière d'officier dans l'armée britannique. Il avait été gouverneur militaire à Trois-Rivières entre les années 1758 et 1763, et connaissait très bien Mathew Macleod et ses fils. Haldimand avait reçu le poste de gouverneur à la veille de la déclaration de guerre française contre les Anglais. Il avait fort bien accompli son devoir en une époque très difficile de l'histoire canadienne, et il était aimé et respecté de tous. « Oui, c'est un geste symbolique, avait-il déclaré. Je suis moi-même le produit d'un mélange; et comme l'union de Madeleine Deschamps et de Thomas Macleod est elle aussi un mélange de nationalités, il est tout à fait naturel que le mariage ait lieu chez moi. Mon devoir n'est-il pas d'unir les habitants de cette province ? Je ne peux rien imaginer de plus à propos. »

Le gouverneur avait decoré la maison des premières fleurs printanières de son jardin, dont il était très fier. Janet l'avait aidé à les arranger en bouquets. Dans la province de Québec, tout le monde connaissait la passion du gouverneur pour le jardinage et pour l'agriculture. C'était lui qui avait préparé un plan pour de nouvelles fermes autour du fort Niagara. « L'hiver prochain ne sera pas comme celui que nous venons de passer », avait-il dit. Il avait fait cette remarque en passant, mais Janet avait tressailli. Une telle quantité de loyalistes était allée au Niagara à la fin de l'été, alors que l'on ne pouvait plus rien planter, qu'il y avait eu une vraie famine. Mais on avait pu faire parvenir des provisions jusqu'au fort et Andrew était sain et sauf. Cette nouvelle, d'ailleurs, ajoutait beaucoup à la grande joie que ressentait Janet le jour du mariage de Madeleine et de Tom.

Il y avait eu au moins une centaine d'invités à la cérémonie, et tous s'étaient assis sur de longues rangées de bancs militaires. Le mariage, qu'avait célébré un prêtre anglican, avait été suivi d'un long déjeuner, auquel avait assisté toute la famille, puis d'une grande réception chez les Macleod.

— Cela me fait penser à mes propres noces, dit Janet à Mathew. Il éclata de rire et la prit dans ses bras. Elle parlait du mariage arrangé qui l'avait unie à James MacLean. C'était pendant la fête de noces qu'elle avait rencontré Mathew pour la première fois.

— Eh bien, j'espère que la mariée ne va pas tomber amoureuse d'un autre homme !

Janet le regarda, toute rouge, l'air un peu penaud. « Si je t'avais rencontré d'abord, c'est toi que j'aurais épousé. »

Il la serra très fort : « Si je t'avais rencontrée, même une minute avant la cérémonie, je t'aurais enlevée. »

Tom et Madeleine étaient l'un à côté de l'autre et se tenaient par le bras. Les regards qu'ils échangeaient étaient si tendres et si passionnés que Janet serra le bras de Mathew en lui montrant les nouveaux mariés : « Je pense que ce mariage sera très solide. »

— J'espère bien. Je voudrais encore des petits-enfants ! Deux ne suffisent pas.

— Tu veux donc peupler tout le Canada de Macleod ? demanda Janet en riant.

— Oui, et aussi de MacDonald, de Mactavish, de MacLean et de Cameron. Je voudrais que mes enfants aident à créer un pays où les gens comme nous, qui sont exilés de leur propre pays, puissent construire une nouvelle vie.

— Et les Indiens, alors ?

— Cela s'arrangera tôt ou tard, mais je voudrais qu'ils aient ce qui leur appartient : c'est un vaste pays, assez vaste pour accommoder tout le monde.

— Je suis heureuse que ton rêve soit resté aussi tenace.

C'est un si beau rêve ! Elle le regarda avec amour. « Je ne voudrais pas d'un homme sans rêves. »

A l'autre bout de la pièce, Tom chuchotait dans l'oreille de Madeleine : « Quand vas-tu me laisser t'emporter loin d'ici ? Cela fait des heures que nous sommes mariés, et je ne me sens pas marié du tout ! »

— Tu n'as pas honte ? répondit-elle. Tu voudrais donc que nous abandonnions nos invités ?

— Je veux dire que si nous restons ici une heure de plus, si nous buvons même un autre verre de vin, tu ne seras pas vraiment ma femme avant demain soir.

— Et demain nous partons pour Trois-Rivières, lui rappela-t-elle, puis ajouta : « Mais je n'ai pas envie d'attendre si longtemps ! »

— Bon, alors c'est très simple. Nous n'avons qu'à monter par l'escalier de la cuisine. Je reste ici. Vas-y la première.

Madeleine sortit discrètement du salon encore rempli de monde et se dirigea vers la cuisine. Elle se glissa parmi les serviteurs que l'on avait fait venir pour l'occasion, et monta le petit escalier vers sa chambre à coucher au second. Elle se déshabilla rapidement et revêtit la ravissante chemise de nuit en dentelles que lui avait envoyé le major André de New-York pour ses noces.

La chemise de nuit était collante et très décolletée, et tombait de ses hanches en plis larges et souples. Madeleine se regarda dans la glace : ses seins étaient à peine couverts et la fine dentelle était presque transparente. Elle dénoua ses cheveux et les laissa retomber sur ses épaules.

Tom entra dans la chambre sur la pointe des pieds, et ferma la porte à clef. « Ils ne remarqueront même pas que nous sommes partis », dit-il. Il prit la ravissante jeune femme dans ses bras et l'embrassa dans le cou.

— Mon Dieu ! s'écria-t-il tout haletant. « Comme tu es belle ! »

— C'est cette incroyable chemise de nuit. Elle n'est vraiment pas très modeste !

— Une chemise de nuit ne peut pas être plus belle que la femme qui la porte. Il prit Madeleine dans ses bras et l'emporta vers le lit.

Madeleine s'étendit sur le dos et mit sa tête sur l'oreiller, ses longues boucles noires encadrant son joli visage comme une auréole. Ses petits seins se soulevaient au rythme de sa respiration haletante, poussant contre la dentelle blanche qui les emprisonnaient.

Pendant quelques minutes, Tom la contempla avec délices. Alors il se leva, se dévêtit et se coucha à côté d'elle en embrassant tendrement son cou et ses épaules.

Madeleine poussa un long soupir de plaisir en sentant Tom soulever sa chemise de nuit et glisser sa main sur ses cuisses, la posant enfin sur son duvet noir et bouclé. Il se mit à la caresser doucement, éveillant tous ses sens si longtemps endormis. Madeleine se mit à gémir et se cramponna à lui. Sous son toucher, elle s'enflamma peu à peu et ses joues devinrent toutes roses; elle leva la main et défit les rubans de sa chemise de nuit, écartant la dentelle délicate qui lui cachait les seins.

Tom pencha le visage et embrassa ses boutons de seins : il les sentit devenir tout durs. « Cela fait si longtemps », dit Madeleine toute haletante.

Tom se glissa le long de son corps en l'embrassant de haut en bas. Puis il recommença en baisant d'abord ses pieds, remontant peu à peu, embrassant chaque petit recoin jusqu'au moment où ses lèvres ardentes se posèrent sur le duvet sombre sous lequel palpitait le centre de la volupté. Il s'y attarda, la baisant doucement à l'endroit le plus secret. Madeleine se mit à remuer les hanches et étendit la main vers Tom, cherchant à l'atteindre. Tom se déplaça légèrement et sentit ses doigts saisir son membre et le guider vers elle. En se glissant en elle, il eut l'impression que tout l'être de Madeleine se resserrait autour de lui et il gémit de plaisir en la sentant remuer sous son corps. Ses sens étaient à la fois concentrés et dispersés, et il s'émerveilla — et non pas pour la première fois — de la beauté et de l'ampleur des sensations qui étaient mises en jeu dans l'acte d'amour. Ils étaient comme deux oiseaux, s'élèvent vers les cieux, puis planant ensemble dans un monde de pure sensation pour retomber ensuite comme un seul être. Madeleine frissonna sous son corps et poussa un cri de joie au moment même où Tom atteignit le comble du plaisir. Ils furent inondés d'une vague de nostalgie, ressentant tous deux une soif ardente, comme un retour à quelque instinct primitif.

Quand Tom se retira de Madeleine, il serra son corps tout frissonnant dans ses bras. Elle était si petite, si vulnérable, il voulait la protéger pour toujours, la garder loin de tout danger. En la possédant il avait été tendre et lent, malgré son ardeur et son impatience. Maintenant ils étaient unis par la chair, et cette union était comme un nouveau gage d'amour; ils savaient tous deux qu'il seraient l'un à l'autre pour toujours. « Je t'aime », dit-il.

Madeleine posa la main sur la poitrine de Tom et le caressa. « Tu es tout ce que je désire au monde », dit-elle avec un long soupir. « C'est comme si nous nous attendions l'un l'autre depuis toujours. »

Tom la pressa contre lui. Depuis qu'il était veuf, il n'avait possédé aucune autre femme, et il savait que Madeleine, elle aussi, était restée chaste après la mort de son mari. Maintenant, pensa-t-il, ces longues années de solitude sont finies pour toujours. « La vie est parfaite, dit-il à Madeleine, plus parfaite que dans mes plus beaux rêves. »

Will regardait l'autel de la petite église acadienne. C'était le carême, et la croix d'or était recouverte d'un drap noir, l'église dénuée de fleurs. Ce n'était pas une grande église, mais une simple chapelle construite par des réfugiés acadiens. Ses yeux se remplirent de larmes et il les refoula, serrant ses poings dans un effort pour maîtriser son émotion.

Il était retourné à La Nouvelle-Orléans avec le corps principal de l'armée de Gálvez, et y avait trouvé une lettre. La lettre était longue et Will y avait reconnu des traces de larmes.

« N'aies pas trop de remords, lui écrivait son père. Elle était malade, et souffrait depuis très longtemps. Nous ne pouvions pas savoir. Crois-moi. Elle t'aimait et elle t'a pardonné dans son coeur. »

— J'espère que tu arrives à suivre tes propres conseils, pensa Will. Son père devait se sentir encore plus déchiré par les remords qu'il ne l'était lui-même. « J'aurais dû être là. Pardonnez-moi, mon Dieu, j'aurais dû être là, à ses côtés. »

Will s'essuya les joues et se signa. Il était dans la chapelle acadienne depuis plus d'une heure. Sa mère était acadienne, et cela lui semblait un bon endroit pour se recueillir ; mais dans son coeur, il sentait qu'aucun endroit au monde ne pouvait être le bon.

— Tu es troublé. La voix était sortie de l'ombre. Will sursauta, puis se rendit compte que c'était un vieux prêtre très frêle qui lui avait parlé. « Je porte le deuil de ma mère », dit il dans un demi-sanglot.

— C'est une période de grand deuil, mon fils, répondit le prêtre.

Will s'essuya de nouveau le visage et fit un effort pour retenir ses larmes.

— Tu ne devrais pas avoir peur de pleurer, dit le vieillard. N'aies pas honte.

— Je l'aimais, et je lui ai désobéi. Je n'ai jamais pu lui dire que. . .

— Que tu l'aimais ? Le prêtre mit sa main sur le dos du jeune homme et le tapota doucement.

— Oh, oui ! Mais je n'ai jamais pu le lui dire. J'étais loin quand elle est morte. J'avais tant à lui dire. . .

— Porte ton deuil dans la paix, lui dit le prêtre. Tu t'apitoies sur toi-même parce que tu n'étais pas là, parce que tu n'as pas pu lui expliquer tes actions. Mais, mon fils, le ciel est le lieu de toute clarté. Elle sait tout et elle te comprend, comme elle ne t'a sans doute jamais compris dans sa vie. Tu peux pleurer ton deuil, c'est naturel. Mais réjouis-toi en pensant qu'elle est au ciel et que son âme t'éclaire. Lève-toi et marche en avant. Mène une vie dont elle peut être fière.

Will regarda le visage du vieux prêtre. Il était sillonné de rides profondes, mais ses yeux étaient doux et tristes. On aurait dit que les larmes qu'il avait versées dans sa vie avaient usé la peau de son visage, y laissant des traces profondes, les marques d'une triste période de l'histoire.

— Ma mère était une réfugiée acadienne. Elle avait perdu toute sa famille. Elle se sentait parfois très seule et elle est devenue amère.

Le prêtre hocha la tête avec compréhension. « Moi aussi je suis acadien, dit-il. Nous sommes un peuple éparpillé dans un pays étranger et nous portons tous dans notre âme un deuil éternel. » Ses yeux clignotèrent. « Mais nous survivrons. Nous laisserons notre marque. »

Will saisit les mains du vieillard. « Merci, dit-il avec sincérité. Vous m'avez beaucoup aidé. J'ai pris une décision. »

— Tu vas rentrer chez toi ? demanda le prêtre.

— Le plus tôt possible, répondit lentement Will. Puis je ferai un voyage beaucoup plus long. Je désire retrouver mes racines, et connaître ce que ma mère a perdu. Je voudrais retourner en Acadie.

Le vieux prêtre hocha la tête. « Beaucoup d'autres l'ont fait, dit-il. Va en paix. » Il fit le signe de la croix.

— Robert n'est pas d'accord, pensait Jenna. Il n'aime pas l'idée que James et moi souhaitions nous marier. Il ne l'avait pas vraiment dit, mais Jenna sentait en lui une certaine réserve. Pourtant, se disait-elle, il aurait dû être heureux.

Jenna était assise sur les marches en bois de la cabane et regardait s'éloigner le radeau de Robert — c'était maintenant un point minuscule. Il traversait le fleuve jusqu'à Natchez pour y passer quelques jours : il devait rencontrer des messagers et organiser le transport d'un chargement d'armes qui venait tout juste d'arriver.

— La guerre silencieuse entre père et fils se poursuit, dit-elle à haute voix. Robert était merveilleux avec elle, mais quand James et elle lui avaient parlé de leur projet de mariage, il avait paru troublé par la nouvelle, et ne leur avait adressé que des félicitations d'usage. C'était tout le contraire de ce à quoi elle s'attendait. L'attitude de Robert était assez évidente : il ne jugeait pas son fils digne de Jenna.

Dès qu'ils s'étaient trouvés seuls, Robert, d'un air soucieux, lui avait demandé : « Es-tu sûre de l'aimer vraiment ? » Jenna lui avait assuré qu'en effet elle aimait son fils.

— Je suppose que c'est naturel, pensa-t-elle. Robert était

tellement attaché à Janet et à Mathew. « Tu fais du bien à James, lui avait-il dit. Il me semble plus sage, plus responsable depuis que tu es ici. » Mais Jenna avait trouvé très étrange la réaction de Robert envers son propre fils. Et bien sûr, il y avait Maria. Son attitude envers Jenna avait changé depuis l'annonce du mariage. Jenna sentait souvent les yeux de Maria fixés sur elle, et son regard n'était guère aimable. On aurait dit qu'elle était jalouse et qu'elle ne pouvait pas contrôler son sentiment. « C'est peut-être parce que nous sommes heureux, se disait Jenna. Maria ne peut pas supporter notre bonheur parce qu'elle se sent elle-même si misérable, si coupable. »

— Tu penses encore au Canada ? demanda James en s'asseyant à côté d'elle.

— A d'autres choses aussi, avoua Jenna sans en dire davantage. Elle regarda autour d'elle et, ne voyant pas Maria, elle se sentit plus détendue. Robert étant absent lui aussi, c'était une des premières fois qu'ils se trouvaient tout seuls.

James, conscient lui aussi de l'absence de sa famille, pressa son avantage et se pencha pour l'embrasser dans le cou.

— S'il te plaît ! dit Jenna en souriant.

— S'il te plaît quoi ? Tu veux que j'arrête ou que je continue ? demanda James, glissant les lèvres vers son épaule et embrassant sa peau nue. Jenna se tourna et il l'embrassa sur la bouche, forçant ses lèvres avec sa langue. Ils échangèrent un long baiser voluptueux. « Tes lèvres sont délicieuses » lui murmura-t-il à l'oreille.

La main de James saisit son sein et il le pressa à travers l'étoffe de sa robe. Jenna entrouvrit les lèvres et respira bruyamment, sentant s'éveiller en elle toute l'ardeur qu'elle refoulait depuis la mort de Stephan.

— Nous avons promis à ton père d'attendre que le prêtre nous ait mariés.

James ne répondit pas, mais cacha son visage dans le creux de son décolleté en tirant sur sa robe pour exposer son sein. « Tu ne veux pas vraiment attendre, Jenna, et moi non plus. » Il promena sa main sous ses jupons, lentement, très

275

lentement, puis la saisit rudement et la caressa à travers ses sous-vêtements. Jenna se sentit devenir toute molle et languissante de désir. « Maudit soit Stephan pour avoir éveillé tous ces désirs ! » pensa-t-elle en s'abandonnant aux caresses intimes de James. Mais il retira sa main et Jenna se pressa tout contre lui en poussant un grognement d'anticipation.

— Je ne veux pas attendre, avoua-t-elle. James resta silencieux. Il mit son bras sous ses genoux, la souleva dans ses bras, et la porta sans peine dans sa chambre à coucher. Il la posa sur le lit.

Jenna ferma les yeux et le sentit la devêtir, puis explorer son corps de ses mains rudes et impatientes. Quand il écarta son duvet roux-or et l'effleura de ses doigts sur un rythme affolant de lenteur, elle faillit crier, tant son plaisir fut violent. Mais alors il retira de nouveau la main et attendit qu'elle se fût calmée avant de recommencer à taquiner sa chair, ce qui la rendit folle. Lui-même était très ferme, plus qu'il ne l'avait jamais été, mais il n'essaya pas d'entrer en elle. Il regardait son visage en la menant peu à peu au comble du plaisir, puis ôtait la main au dernier moment.

— Ah ! je t'en prie ! gémit-elle en se cramponnant à lui. Il se remit à la caresser, mais cette fois-ci, sous son toucher, elle jouit immédiatement et cambra son ravissant dos en gémissant de volupté.

Jenna, toute haletante, sentit que James la regardait encore. Elle comprit que James, comme Stephan avant lui, savourait pleinement le pouvoir qu'il avait sur elle.

— Ah, tu aimes ça, eh ? dit-il enfin. Elle ouvrit les yeux et le regarda. « J'aime ton expression de souffrance et de passion, dit-il en glissant la main sur elle. Le ravissant corps de Jenna était pâle comme la neige, plus parfait même qu'il ne s'était imaginé, et le duvet roux-or de ses profondeurs secrètes était appétissant.

— Maintenant c'est mon tour, dit-il. Il la roula sur le ventre et poussa ses genoux en avant. Il se remit à explorer son corps et à la caresser pour éveiller de nouveau sa passion. Quand elle se mit à remuer en cadence ses fesses rebondies, il pénétra les profondeurs humides de son corps et jouit presque aussitôt.

Robert était debout sur une grande levée juste à l'extérieur de Natchez, et regardait le fleuve. En verité, Natchez était deux villes. Derrière lui, au sommet des falaises escarpées, se trouvaient quelques cabanes. Elles étaient relativement grandes, mais ce n'étaient pas de vraies maisons comme à La Nouvelle-Orléans. « Elles ont cet aspect provisoire typique des villes de frontière », se disait souvent Robert. Sur les collines derrière les maisons, il y avait quelques fermes. En bas de la falaise, à quelques pas de la levée, une longue route sinueuse longeait le fleuve. Des deux côtés de la route se trouvaient des comptoirs commerciaux, des tavernes et même une maison de passe; c'était là que les hommes de la frontière, les femmes créoles et les commerçants exerçaient leur métier. Ils étaient très différents des colons dévots et craignant Dieu qui vivaient en amont et en aval du fleuvre.

— Merde ! dit Robert tout bas. Ce sacré fleuve ! Quand il était arrivé la veille, les eaux du Mississippi étaient hautes et agitées. Depuis, elles étaient montées encore plus haut et c'était devenu un torrent boueux et turbulent d'une rive à l'autre. Le fleuve, normalement calme et sinueux comme un serpent, était brusquement devenu un alligator, remuant violemment sa queue géante et montrant ses dents voraces.

— Cela fait seize ans que je vis ici. J'aurais dû reconnaître les signes. Au printemps, le fleuve était toujours imprévisible. Mais Robert avait pris le risque, dans l'espoir de conclure son affaire et de rentrer chez lui avant que l'eau du Mississippi ne fût trop haute. Maintenant, les yeux fixés sur son ennemi, il se rendait compte qu'il serait obligé de rester à Natchez pendant deux ou trois semaines — cela dépendait du temps. Il n'y avait pas de doute, le Mississippi continuerait à monter et finirait par déborder, emportant, dans sa course dechaînée jusqu'à la mer, des troncs d'arbres géants et peut-être même des cabanes entières ou des morceaux de cabanes. En amont du fleuve, il y avait toujours de malheureux colons venant de l'Est, qui construisaient leurs maisons beaucoup trop près du rivage, sans se rendre compte de ce qui arrivait au moment des crues, quand les neiges fondues du Nord gonflaient le fleuve paresseux.

— C'est encore pire que l'année dernière, marmonna le vieux Kenneth Moran, propriétaire d'un des comptoirs.

Robert fit sauter un caillou du bout de sa botte et se tourna vers le vieillard, qui avait interrompu son travail pour regarder monter les eaux du fleuve. « Oui, c'est certainement bien pire que l'an dernier », répondit Robert, en donnant à ses paroles un sens que le vieux commerçant ne pouvait pas comprendre.

De l'autre côté du fleuve, Jenna était couchée à côté de James, qui dormait profondément. Elle étudiait le sombre plafond de la cabane et tourna le regard vers deux énormes poutres qui coupaient le toit en travers. « James est comme Stephan, se dit Jenna. Il sait exciter mon désir, mais pourquoi le plaisir est-il toujours solitaire ? L'acte d'amour ne devrait-il pas être une union entre deux êtres ? »

James, en la caressant, éveillait en elle des sensations inouïes. Il la soumettait à un supplice merveilleux et ne cherchait à se satisfaire lui-même qu'après l'avoir réduite à un état d'érotisme impudique. Son expérience avec Stephan avait été la même, et Jenna se demandait s'il en était toujours ainsi. Ses parents faisaient-ils l'amour de cette manière, chacun s'occupant du plaisir de l'autre, mais jamais ensemble ? « Tu es beaucoup trop romantique », lui avait dit Stephan. Jenna se demandait si James lui donnerait une réponse semblable.

Et pourtant, pensait Jenna, James m'aime. Il est bon avec moi et il m'apporte quand même beaucoup de plaisir. Mais la manière dont il s'y prenait avec elle la laissait insatisfaite, un peu seule. Parfois, pensa-t-elle, elle ne cherchait qu'un peu de tendresse, elle aurait aimé qu'il la prît dans ses bras.

Jenna fit un effort pour fermer les yeux et se concentra sur la respiration régulière de James. Pour se détendre, elle pensa aux besognes du lendemain. Au moment de

278

s'endormir, l'image de Will traversa son esprit et elle se sentit coupable.

Robert se réveilla à l'aube après une nuit agitée. Mais ce n'était pas la lumière du jour qui l'avait tiré de son sommeil; c'étaient les cris du vieux Kenneth Moran et de sa femme créole, Mattie.

Robert bondit hors de son lit et mit rapidement son pantalon, sa chemise et ses bottes. Il sortit de la cabane dans l'air frais de l'aube printanière, et courut dans la direction des cris.

Le vieux Moran, sa femme et deux étrangers étaient sur la levée et agitaient leurs bras vers le fleuve turbulent. Robert cligna des yeux pour mieux voir, et son coeur se mit à battre violemment.

De l'autre côté du fleuve, l'eau débordait sur la rive et menaçait dangereusement son comptoir; sur la colline, où se trouvait sa cabane, des flammes et une âcre fumée noire s'élevaient vers le ciel clair de l'aube.

Robert poussa un cri d'angoisse. Il chercha vainement des silhouettes humaines sur la colline, mais la cabane était trop éloignée et il ne voyait que des flammes orange s'élancer vers le haut.

Il se fraya un chemin à travers les spectateurs jusqu'à son radeau. « Il faut que j'aille de l'autre côté ! cria-t-il. Il faut sauver ce qui reste ! » Il se mit à lutter contre les noeuds qui attachaient le radeau à la levée, en murmurant des jurons et des prières. « Mon Dieu, faites qu'ils soient sains et saufs tous les trois ! » pria-t-il.

— Vous ne pouvez pas traverser le fleuve ! cria le vieux Moran en retenant Robert par le bras. « L'eau est trop haute, c'est trop dangereux ! »

Robert secoua le bras de Moran et défit le dernier noeud. Qu'est-ce que cela pouvait bien faire ? Il fallait rentrer, c'était tout ce qui comptait ! Sans faire attention aux hurlements ni aux cris de frayeur des spectateurs, Robert glissa le radeau dans les eaux turbulentes du Mississippi.

Peu de temps auparavant, Jenna avait été réveillée d'un

sommeil léger par l'odeur de fumée. Elle secoua James brutalement : « Réveille-toi ! Vite ! »

James ouvrit les yeux et les frotta d'un geste endormi, car il était encore exténué par ses ébats amoureux de la veille. En respirant l'air, il se rendit compte qu'il était plein de fumée et sauta aussitôt du lit. Il ouvrit la porte et se trouva face à face avec un mur de fumée et de flammes. « La fenêtre ! » cria-t-il à Jenna.

Jenna lutta contre les volets de la fenêtre et réussit à les ouvrir : l'air frais pénétra dans la chambre enfumée. « Dépêche-toi ! cria James, ce n'est pas très haut. » Jenna saisit ses habits d'une main, se glissa à travers la fenêtre et sauta. James l'imita, son pantalon à la main, en marmonnant un juron.

— Maria ! cria Jenna.

James saisit la main de Jenna pour l'empêcher de retourner dans la maison brûlante. C'était maintenant une vraie fournaise, et les flammes dévoraient les solides troncs d'arbres dont elle était bâtie, crépitant et fumant.

— Maria ! cria de nouveau Jenna. Elle s'élança vers la cabane, mais James la retint par le bras : « Si elle n'est pas déjà sortie, elle est sûrement asphyxiée ! » James fit un geste vers l'autre côté de la maison, où se trouvait la chambre de sa soeur : elle brûlait rapidement, dévorée par les flammes, et une fumée noire sortait de la fenêtre.

— Maria ! cria James, mais il n'y eut aucune réponse. « Maria ! » répéta-t-il, mais il n'entendit que le hurlement d'un chien dans le lointain.

— Viens, dit James en tirant Jenna vers le fleuve. « Il y a des vêtements et des provisions au comptoir . » Il s'arrêta pour fermer son pantalon, et Jenna enfila sa chemise de nuit. Elle suivit James, cherchant à éviter les petits cailloux pointus qui couvraient le chemin irrégulier, car elle était nu-pieds. Elle était dans un état de confusion totale.

Ils gagnèrent le comptoir, puis l'embarcadère. De l'autre côté du fleuve ils aperçurent un groupe de spectateurs sur la levée. Au milieu du fleuve ils virent surgir une silhouette qui n'était malheureusement que trop visible : c'était Robert MacLean qui luttait pour contrôler son radeau dans l'eau tourbillonnante. Jenna poussa un cri et se couvrit la bouche de ses mains. Robert cherchait à garder son équilibre en écartant ses longues jambes musclées. Il se servait de sa longue perche non pas pour guider le radeau ni pour mesurer la profondeur de l'eau, mais pour repousser les débris qui menaçaient de renverser son embarcation.

— Ah, mon Dieu ! murmura Jenna. Depuis qu'elle avait crié, elle avait perdu sa voix. Son coeur battait violemment, tout semblait suspendu dans le temps.

— Papa ! cria James. Quelques instants passèrent : le radeau ne semblait pas s'approcher d'eux. James regarda autour de lui, mais ne vit aucune barque. Robert était encore si loin qu'un câble ne pouvait pas servir.

— Tiens bon, papa ! cria-t-il.

Le radeau, qui était encore au milieu du fleuve, fit brusquement un cercle complet : on aurait dit qu'une main géante l'avait saisi par en-dessous et le faisait tourner sur lui-même. Robert chancela, tomba sur un genou et s'accrocha aux planches de son radeau dans un effort désespéré pour se sauver. Mais sa perche avait disparu. Il l'avait lâchée au moment où le radeau avait tourbillonné.

— Ne tombe pas ! cria James. Tiens-toi, mon Dieu, ne lâche pas !

Robert réussit à se redresser. Son pantalon déchiré claquait sous la violence du vent et le radeau descendait le fleuve à toute allure, sans s'approcher d'une rive ni de l'autre.

James se mit à courir le long du rivage, parallèlement au fleuve, afin de rattraper son père. Le coeur battant, Jenna courait derrière lui, se coupant les pieds contre les cailloux et les pierres. Elle crut que ses poumons allaient éclater. James était devant elle, mais le radeau était encore plus loin de lui. Jenna fut la première à voir l'énorme cyprès descendre rapidement le courant vers le radeau. Il dépassa Jenna et dépassa James. « Fais attention ! » hurla-t-elle, trouvant enfin sa voix.

Mais son cri ne servit à rien. L'énorme tronc d'arbre s'abattit contre le radeau, qui fut projeté en l'air et retomba à l'envers. Jenna s'arrêta. Elle entendit le son de sa propre voix qui hurlait, hurlait, mais elle était complètement paralysée, ne pouvant ni bouger ni décoller son regard de l'horrible spectacle. Le fleuve était rapide, très rapide. Mais pour Jenna, la scène terrible se déroula devant ses yeux avec une terrible lenteur.

Robert remonta à la surface de l'eau et lutta vainement contre le courant qui le suçait par en dessous. Il lutta désespérément pour regagner le rivage. Il remonta encore à la surface, cette fois-ci un peu plus près d'eux, mais disparut de nouveau. Les yeux de Jenna se remplirent de larmes et elle s'appuya toute chancelante contre un arbre pour ne pas tomber. Le vent faisait tourbillonner sa chemise de nuit et la terre sous ses pieds était molle et boueuse. Elle retint sa respiration en voyant la tête de Robert remonter encore une fois à la surface. Elle vit ses grands bras lutter contre le mouvement du fleuve, ses mains ouvertes s'accrocher à l'eau avec les dernières forces vitales qui lui restaient. Puis il disparut, comme dévoré par le fleuve monstrueux.

James, lui aussi, s'était arrêté. Il resta complètement immobile, les yeux cloués à l'endroit où le fleuve avait englouti son père. Alors, très lentement, la tête basse, il se retourna et marcha vers Jenna, qui était restée appuyée à l'arbre et sanglotait violemment.

Il s'arrêta à ses côtés et respira profondément. Derrière eux, sur la colline, la maison brûlait encore. Devant eux, le comptoir était menacé par l'eau du fleuve, qui montait encore et semblait sur le point de tout engloutir pour créer un énorme lac sur la rive. Dans le fleuve, les débris, arrachés de quelque lieu invisible, continuaient leur course folle.

— Il est mort ! Jenna frissonna et ses mains tombèrent mollement à ses côtés. Elle avait froid et ses jambes ne la tenaient plus. Elle était vaguement consciente de ses pieds meurtris et sanglants, mais ne s'en occupa guère.

Après quelque temps, James secoua la tête, comme s'il se réveillait d'un cauchemar. « Il va falloir sortir les affaires », dit-il en faisant un geste vague vers le comptoir. « Le fleuve va encore monter. »

Jenna tourna les yeux vers le comptoir, sans vraiment

le voir, puis hocha la tête. « Oui, il faut faire quelque chose. . . je ne peux plus penser. . . » murmura-t-elle.

— Janet ! La voix toute joyeuse de Mathew retentit à travers la maison. « Janet ! » répéta-t-il.

En entendant la voix de son mari, Janet descendit l'escalier, le visage plein d'anticipation. Mathew rayonnait de joie et elle comprit tout de suite qu'il avait une bonne nouvelle à lui annoncer. « C'est Tom », se dit Janet. Depuis l'arrivée de Tom, toutes les nouvelles étaient bonnes. La réunion entre Mathew et son fils longtemps perdu semblait avoir brisé la longue chaîne de malheurs qui accablait la famille depuis la disparition de Jenna.

— C'est la meilleure nouvelle possible ! annonça Mathew en souriant.

— Andrew rentre à la maison, devina Janet.

Mathew secoua la tête : « Non, mais nous serons avec lui. »

— Comment ? Je ne comprends pas. Dis-moi vite, tu me fais marcher !

— Eh bien, je viens de recevoir un message du gouverneur Haldimand. Mathew arrivait à peine à contenir son bonheur : Ses yeux sombres pétillaient de joie et il semblait très content de lui. « Il a ouvert la région du Niagara, dit-il. N'importe quel loyaliste peut maintenant réclamer des terres pour l'exploitation agricole, et recevra tout le nécessaire pour les cultiver. On a de nouveau ouvert la frontière pour la colonisation ! » Mathew prit Janet dans ses bras et l'embrassa. « Il nous a demandé tout spécialement d'y retourner, parce que nous connaissons la région et pourrons aider les nouveaux venus. Il y aura beaucoup de fermes, Janet. Et nous serons tout près d'Andrew. Janet, nous retournons à Lochiel ! Nous rentrons chez nous, dans notre terre ! »

Janet s'appuya contre lui et pensa à l'époque si lointaine où ils avaient construit Lochiel, puis l'avaient vu arracher de leurs mains. Mathew répétait depuis toujours qu'on la leur rendrait éventuellement, et le moment était enfin venu.

— Le chemin du Niagara est la clef de l'expansion vers

l'Ouest : il mène vers les régions des fourrures. Mathew disait la même chose depuis des années et il la redit encore. « Il y aura des milliers de loyalistes, dit-il tout pensif. Il y en a tant que le Québec et la Nouvelle-Ecosse ne suffisent plus. La décision est prise, et rien ne pourra changer le cours des événements. Le Niagara sera colonisé. »

— Et si la rébellion ne réussit pas ? demanda Janet. Les loyalistes ne rentreront-il pas à New-York, en Pennsylvanie et au Massachusetts ?

Mathew secoua la tête : « Il y en a trop. Ils viennent de très loin et ils ont tout laissé derrière eux. Ils ne retourneront pas. »

Mathew resta un instant silencieux, puis prononça les paroles qu'aucun Anglais ne pouvait ni ne voulait exprimer tout haut : « La rébellion réussira, dit-il. Je pense que l'Angleterre a perdu la volonté de se battre pour l'Amérique du Nord britannique. Les Treize Colonies deviendront indépendantes par défaut; il ne restera que le Canada .»

— Je ne comprends vraiment rien du tout, répondit Janet. Ils me semblent incapables de se gouverner eux-mêmes. Elle secoua la tête. « Les chefs de la rébellion sont autant des membres de l'aristocratie que les Anglais contre lesquels il se révoltent. »

— Ils établiront une république à la romaine, plutôt qu'une monarchie limitée par une assemblée constituante. Le gouvernement sera dominé par les riches commerçants de la Virginie, de Boston et de Philadelphie.

— Des commerçants *yankee* ? demanda Janet en riant.

— *Yankee* ? répéta Mathew avec un sourire. C'est la première fois que j'entends ce mot. D'où le sors-tu ?

— C'est un soldat qui me l'a appris, répondit Janet, puis elle ajouta : « Tu sais, ce n'est pas une mauvaise chose que nous partions. Je pense que nous avons tous les deux attrapé la maladie de Montréal : on ne pense ici qu'à la politique.

— C'est une maladie très contagieuse, dit Mathew en riant.

— Nous nous sommes engagés en faveur de la cause des loyalistes, dit Janet, devenue sérieuse. Que va-t-il se passer ici ?

Le visage de Mathew devint tout pensif : « Je ne suis pas un prophète, mais je crois que nous finirons par devenir maîtres de notre propre logis. La mer qui nous sépare de l'Angleterre est beaucoup trop grande, ils ne pourront rien changer au cours des événements. Mais il faudra lutter contre l'expansionnisme américain. Je les connais, ils sont terribles — comme une foule d'insectes qui dévore le territoire . »

Janet s'appuya contre son mari et sentit sa force et sa sagesse. Ses prévisions avaient toujours étaient justes, elles le seraient encore. Les Anglais n'avaient pas détruit les Français de Québec comme on l'avait tant craint. Malgré les objections des Treize Colonies, ils avaient permis la liberté religieuse dans la province. Le clergé et les seigneurs de langue française respectaient les Anglais. Les loyalistes qui arrivaient au Canada voulaient rester britanniques et, se disait Janet, ils rendraient le Canada plus fort par leur grand nombre : c'étaient eux qui coloniseraient les frontières.

— Ce sera un pays très différent, dit Janet lentement. Nous venons d'endroits et de pays si divers. Elle pensait au riche Israélite Aaron Hart, à Hans, et savait qu'il y en aurait d'autres. « Nous sommes une nation de réfugiés », dit-elle.

— Et qui, mieux qu'un réfugié, comprend la notion de liberté ? répondit Mathew.

L'émotion le gagnant, il embrassa de nouveau sa femme : « Je voudrais partir avant la fin du mois. Aurons-nous le temps de faire les préparatifs ? »

Janet hocha la tête et ferma les yeux. Dans son esprit, elle voyait les immenses étendues de champs, et sentait le brouillard du Niagara sur son visage; elle se faisait même une image de ce que Lochiel deviendrait un jour. « Je pensais que notre rêve était détruit pour toujours », dit-elle.

— Il est là. Il nous attend.

Les yeux de Janet se remplirent de larmes de joie. Lochiel lui avait tant manqué, avec ses douces collines, son tapis de fleurs sauvages qui recouvraient la terre au printemps, les hautes herbes vierges se courbant dans le vent. Cela ressemblait tant au Lochiel de sa patrie écossaise !

— Pouvons-nous faire parvenir une lettre à Jenna ?

285

— Nous pouvons toujours essayer. Peut-être que l'ami de Tom, le major André, nous aidera. Il pourrait faire passer la lettre par ses espions britanniques aux coloniaux qui se battent avec George Rogers Clark, puis vers le Sud.

Janet sourit : « Jenna sera bientôt de retour. Oh, Mathew ! Ce serait si merveilleux si elle pouvait nous retrouver à Lochiel ! »

CHAPITRE XV

Juin 1780

Près de trois mois avaient passé depuis la mort de Robert. Immédiatement après la tragédie, James et Jenna s'étaient occupés de sauver le comptoir des violences du fleuve torrentiel. Pendant deux jours, ils l'avaient vidé de son contenu pour tout mettre à l'abri. Quand, après l'inondation, l'eau s'était retirée du comptoir, ils avaient nettoyé les planchers couverts de boue, attendu quelques jours pour permettre au bâtiment de sécher, puis remis tous les objets en place.

Au début, ils avaient vécu dans un appentis provisoire, fabriqué rapidement avec quelques bûches à moitié brûlées de la cabane. Puis James avait passé de longues heures à construire une petite cabane d'une pièce autour de la grande cheminée en pierre que l'incendie n'avait pas endommagée.

James disparaissait de temps en temps et revenait parfois avec des provisions. « Je dois partir seul », disait-il à Jenna. Jenna acceptait sans question son besoin de solitude : son père avait été englouti par le fleuve devant ses yeux; sa petite soeur était morte ou disparue.

Jenna comprenait qu'il avait besoin d'être seul pour se recueillir et pour réfléchir à la terrible tragédie qui l'avait frappé, et aux problèmes de l'avenir. Ils travaillaient tous les deux dans le silence, et le travail physique faisait passer les jours plus rapidement. Pendant deux mois, ils furent trop vidés d'émotions pour échanger autre chose que la plus simple affection. Mais au début du mois de juin, ils recommencèrent à faire l'amour. Un jour qu'ils se consolaient l'un l'autre, la passion les avait emportés — comme cela arrive si souvent — et pendant quelques minutes, la pure sensation les avait fait oublier la morne réalité de tous les jours.

Le matin du 15 juin, James quitta Jenna en lui disant : « Je serai rentré à la fin de l'après-midi. »

Jenna passa la matinée dans le jardin, et quand au début de l'après-midi, la porte s'ouvrit, laissant pénétrer un courant d'air frais dans la cabane, Jenna préparait une bonne soupe sur le feu pour le repas du soir. Elle était perdue dans ses pensées.

— Tu n'as pas besoin de rester ici, tu sais, chuchota Maria.

Jenna sursauta et se retourna vivement. Devant elle, vêtue de haillons, était Maria : elle avait le visage contorsionné et ses yeux creux et noirs brillaient de haine.

Jenna poussa un hoquet de surprise : « Maria ! tu es vivante ! Ah, mon Dieu, quel bonheur ! Où étais-tu ? »

Maria ne répondit pas tout de suite. Elle resta immobile, les yeux fixés sur Jenna, qui pensa : elle n'a jamais eu le visage d'un enfant. C'est un masque de haine. Elle fit un pas vers Maria. « Ton frère sera bientôr rentré », dit-elle doucement, en faisant un effort pour comprendre son état d'esprit.

Maria s'avança vers Jenna et lui saisit le poignet, en y enfonçant ses griffes : « Ce n'est pas lui que je suis venue voir. »

Jenna fit une grimace et essaya de se dégager. C'est alors qu'elle aperçut dans l'autre main de Maria un long couteau de chasse très aiguisé, qui était en partie caché sous les plis de sa robe déchirée : c'était comme le couteau de Robbie, et Jenna se sentit défaillir.

Alors Maria, avec un sourire démoniaque, chuchota : « Si tu cries, je te tue. »

Jenna, tenant à peine sur ses jambes, hocha la tête silencieusement. Maria la relâcha et s'approcha d'une table de bois. Elle saisit un morceau de pain et l'avala comme une bête affamée. Jenna la regarda sans décoller les yeux du couteau qu'elle serrait encore.

— Alors, tu aimes ça ? lui demanda Maria quand elle eut fini son bout de pain.

— Quoi donc ?

— Tu aimes quand James te touche, quand il te fait *la chose* ?

Maria promena lentement les yeux sur le corps de Jenna, et la regarda de haut en bas; en voyant l'expression sur son visage, Jenna eut la chair de poule. Maria avait dû rester cachée dans les bois pendant tout ce temps ! Elle les avait épiés, ecoutés. . . « Elle est malade », se dit Jenna, et fut enfin obligée de reconnaître que Maria était folle, et même dangereuse. . .

— Je ne sais pas ce que tu veux dire, bégaya Jenna, en se disant à elle-même : il faut la faire parler. . . comme Robbie.

— Je suppose que tu appellerais cela *faire l'amour*, siffla Maria. Mais ce n'est pas vrai, tu sais. Il fait la même chose avec Belle. Il est avec elle en ce moment.

Jenna, glacée d'horreur, regarda Maria. Elle se dit qu'elle n'avait que deux ans de plus qu'elle et que Maria était petite pour son âge, et toute ratatinée par sa folie. Jenna se glissa doucement en avant, se demandant si elle pouvait la dominer par la force.

— Il est avec Belle en ce moment, répéta Maria.

— Je ne sais pas de quoi tu parles, dit Jenna en essayant de paraître calme. Maria était jalouse, pensa-t-elle. Ce n'était pas normal de désirer son propre frère. . . mais il n'y avait rien de normal en elle.

— Belle est une négresse, continua Maria. C'est un arrangement de *placage* : c'est sa maîtresse. James dit qu'elle lui appartient.

— *Placage* ? balbutia Jenna, qui ne connaissait pas ce mot. Le pire c'était que pour une fois, Maria parlait comme un être rationnel.

— Il l'a achetée de son père. Puis il a tué son frère et réclamé leur concession.

Jenna se rappela l'histoire du garçon noir qui avait attaqué

Maria — c'était cette attaque qui en principe avait déclenché sa folie. Jenna se rappela aussi qu'il avait été pendu et elle savait que James avait réclamé la terre; Robert et lui s'étaient souvent disputés à ce sujet. Mais qui était Belle ? Personne n'avait parlé de Belle.

— On a tué le garçon parce qu'il t'avait attaquée, expliqua Jenna, tâchant de lui faire entendre logique.

— Il ne m'a jamais attaquée, répondit aussitôt Maria. Et James le savait. Il l'a fait tuer pour m'empêcher de parler de Belle.

Son ton de voix était presque rationnel, se dit Jenna.

— James ne veut pas se défaire de Belle, ajouta Maria. Nous allons prendre tout l'or que papa nous a laissé et construire une belle maison. Nous allons nous acheter des esclaves.

— Belle n'existe pas ! protesta Jenna. James ne ferait jamais une chose pareille. Tu mens ! Tu es jalouse et médisante, et tu mens !

Maria secoua la tête fermement : « Il est avec Belle en ce moment. Je le vois y aller tous jours. Il fait *la chose* avec elle. »

— Mais c'est moi qu'il aime ! Nous allons nous marier !

— Il est chez Belle, répondit Maria avec une confiance exaspérante.

— Je ne te crois pas, dit Jenna. James ne ferait pas cela.

— Belle n'est pas comme toi, elle n'aime pas *ça* du tout. Quelquefois il la bat, ou il l'attache. Belle le déteste, mais elle lui appartient.

Jenna était devenue très pâle. Maria semblait si sûre d'elle. Mais elle est folle, se dit-elle. Le cerveau de Jenna bouillonnait : James était-il capable de faire une chose pareille ? « Non, non », se dit-elle. Maria était folle, elle mentait. « Je ne te crois pas », dit-elle enfin.

— Je vais t'emmener là-bas, proposa Maria. Nous irons à cheval jusqu'à chez Belle. Elle te le dira elle-même. Les yeux de Maria devinrent tout petits. « James et moi, nous sommes pareils, dit-elle lentement. Nous sommes un seul être. Maman et papa sont morts. Will est loin d'ici et nous avons tout l'or. Tout est à nous. »

— Je n'irai pas, protesta Jenna. Tu inventes tout cela pour me faire peur, pour me brouiller avec James.

Maria leva son couteau. « Et moi, je veux y aller, annonça-t-elle. Allons-y. »

Jenna fit quelques pas. Elle était sûre que Maria n'hésiterait pas à se servir de son couteau. Elle n'osa pas essayer de le lui ôter.

Maria lui fit signe d'avancer et Jenna sortit de la cabane, suivie de Maria, qui la poussa vers l'abreuvoir où les chevaux étaient attachés. « Allons vite, ordonna-t-elle. Et n'essaie rien. J'ai un pistolet dans la sacoche. »

Jenna se sentit perdue. Elle était sûre que Maria la tuerait dès qu'elles seraient loin de la maison : cette fille était démoniaque.

Elles s'éloignèrent et après quelques minutes, voyant que Maria ne faisait rien, Jenna se détendit un peu. Elle n'osait pas regarder derrière elle, et était convaincue que Maria était capable de n'importe quoi. Le souvenir de la mort d'Angélique et de la confession de Maria lui revint à l'esprit : tout semblait très clair à présent. Maria avait-elle donc dit la vérité ? Avait-elle tué sa mère ? C'était une pensée atroce. . . mais Maria avait-elle aussi mis le feu à la cabane pour la tuer ainsi que son propre frère ? Savait-elle que son père en voyant l'incendie essaierait de traverser le fleuve ? La mort d'Angélique, l'incendie, la mort de Robert. . . avait-elle tout calculé d'avance ? Jenna frissonna en y pensant. Si tout cela était vrai, le crime de Maria était au-delà de tout ce que l'on pouvait imaginer.

Jenna prêta peu d'attention au chemin qu'elles suivirent, aux bois et aux champs qu'elles traversèrent. Elle sentait le soleil brûlant sur son dos et bouillonnait d'incertitude et d'angoisse; aux terribles souvenirs qui lui revenaient à l'esprit s'ajoutait maintenant la crainte qu'il pouvait y avoir de vrai dans les accusations que Maria venait de porter contre son frère.

Après quelque temps, elles s'approchèrent d'une misérable petite cabane. « Nous voici », dit Maria d'une voix triomphante. « Voici la maison que James a construite pour Belle. »

291

— Son cheval n'est pas ici, dit Jenna avec soulagement.

— Il a peut-être fini *sa chose*, et est reparti à la maison, répondit Maria sans broncher.

Jenna, obéissant au signe que lui faisait Maria, qui tenait maintenant son pistolet, descendit de son cheval et avança jusqu'à la porte de la cabane. Maria la suivit.

Jenna frappa doucement, à moitié sûre que personne ne répondrait.

Mais quelqu'un arriva. La porte s'ouvrit et Jenna se trouva face à face avec une jeune fille noire d'une extrême beauté. Elle portait une robe en mousseline blanche toute déchirée qui révélait ses formes voluptueuses.

Jenna respira profondément, comprenant enfin que toute ce que lui avait dit Maria était vrai. Tout en luttant contre l'évidence, Jenna se sentit blessée jusqu'au plus profond de son être par la terrible trahison de James.

— C'est vous, Belle ?

La jeune fille hocha la tête. « Est-ce que je peux vous parler ? » demanda Jenna en hésitant.

Jenna sentait le regard de Maria braqué sur elle. Belle ouvrit la porte un peu plus grand, et laissa entrer Jenna d'un geste ni aimable ni poli. « Qui êtes-vous ? demanda-t-elle. Que faites-vous avec cette fille ? »

Jenna mordit sa lèvre inférieure. « Je m'appelle Jenna Macleod », répondit-elle.

Belle marmonna : « Une grande dame blanche qui fait ses petites visites ? »

— Etes-vous la maîtresse de James ? lâcha soudain Jenna. Est-il venu aujourd'hui ?

Belle eut un rire amer : « Sa maîtresse ? Quel grand mot pour une misérable putain d'esclave ! » Elle cessa brusquement de rire et regarda Jenna en plein visage : « Je suppose que c'est vous la fiancée dont il m'a parlé ? »

Jenna ouvrit tout grands les yeux : « Il vous a parlé de moi ? »

Le visage de Belle était devenu très grave : « Oui, il m'a parlé de vous et m'a dit qu'il vous garderait ici. » D'un geste rapide elle tira sur l'étoffe de sa robe et se retourna pour lui montrer les vilaines cicatrices rouges qui lui couvraient le dos. « Voilà ce que votre cher fiancé fait aux femmes ! » dit-elle. Ella se retourna vers Jenna, les yeux pleins de haine.

Jenna, devenue blanche comme un linge, se mit à trembler. Elle voulait à tout prix fermer les yeux à la terrible réalité qui se dressait devant elle, et s'échapper loin, loin de James MacLean.

— Pourquoi ne vous échappez-vous pas ? bégaya Jenna. Pourquoi restez-vous ici ?

Belle la regarda avec mépris. « Où donc ? s'écria-t-elle. Je n'ai ni vêtements ni argent. Je suis noire. C'est lui qui m'apporte de quoi manger. Où donc puis-je m'échapper ? Mes parents sont partis. Il n'y a qu'une possibilité : me trouver un autre homme blanc, qui me violerait lui aussi. . . » La voix de Belle, chavirée de désespoir et d'émotion, était devenue très aiguë.

Le coeur de Jenna s'était mis à battre violemment, ses tempes palpitaient. Elle resta immobile et se couvrit les yeux. Que pouvait-elle faire ? Où pouvait-elle s'enfuir ?

— Et maintenant cette fille est là aussi, dit Belle à voix basse. Elle est possédée par le diable : c'est un démon, celle-là.

Jenna secoua la tête, n'en croyant pas ses oreilles : « James sait qu'elle est vivante ? » Elle n'avait pas compris, rien compris du tout. L'homme qu'elle avait cru aimer lui avait menti, l'avait trompée et trahie.

— Bien sûr qu'il le sait ! répondit Belle sèchement.

— Bien sûr que je le sais, répéta James d'une voix tonnante. Jenna se retourna : il était là, dans l'embrasure de la porte.

— Comment as-tu pu faire une chose pareille ? Sa question était adressée à lui, mais aussi à elle-même. Sa voix était pleine de douleur et de colère. Mais elle se sentit envahie d'angoisse : elle comprenait enfin pourquoi Robert l'avait interrogée, pourquoi il n'avait pas eu confiance en son propre fils.

James fit un grand pas vers elle, la saisit par le poignet et la tira violemment vers la porte. « Nous rentrons à la maison, dit-il avec fermeté. Ceci ne te regarde pas. »

Jenna se raidit et résista. Elle dégagea son bras d'un geste rapide : « Ne me touche pas ! Tu ne me toucheras plus ! Je ne t'épouserai jamais. »

Elle ne vit pas James lever son bras, mais sentit soudain sa gifle cinglante et une sensation de brûlure sur la joue. « Tais-toi et rentre à la maison », lui ordonna-t-il. D'une main rude il la tira hors de la cabane et la traîna vers son cheval, la poussa sur la selle et s'assit derrière elle. Maria avait disparu, ainsi que l'autre cheval. Janet se débattit, mais James la retint de force. Quand, après un trajet qui lui sembla interminable, ils arrivèrent à la maison, James la tira brutalement de sa selle et la secoua. « Que tu m'épouses ou non, lui dit-il d'une voix menaçante, tu resteras ici ! »

Quand ils entrèrent dans la cabane, Jenna se dégagea de lui. « Ne me touche pas ! s'écria-t-elle. Tu ne me toucheras plus jamais ! Je te hais. . . et ta soeur aussi ! Vous êtes inhumains, dénaturés ! » Ses yeux étaient pleins de larmes de chagrin et de rage. Elle comprit en le regardant qu'elle ne pourrait plus jamais supporter son toucher, qu'il avait perdu tout son pouvoir sur elle. « Je ne resterai pas, hurla Jenna. Je refuse de rester ici ! » Mais elle savait tout au fond d'elle-même qu'elle ne pouvait rien faire. Elle se sentait épuisée, vidée de forces; mais en regardant dans les yeux sombres et maussades de James, elle se sentit envahie de terreur. Comment avait-elle pu trouver cet homme si attrayant, si bon ?

James fit un pas vers elle et la tira vers lui. « N'essaie pas de me résister », dit-il d'une voix menaçante. Jenna, raide et immobile, cria : « Je te hais ! » Il mit la main sur le col de sa robe et arracha l'étoffe. Jenna lui donna des coups de pied et se mit à crier, mais il la poussa violemment vers le matelas qu'il avaient si tendrement partagé depuis des semaines.

Jenna le griffa et hurla tant qu'elle put; elle se débattit et fit son possible pour se dégager. Mais il était grand et fort, beaucoup plus fort qu'elle. Il leva ses jupons et s'écrasa contre elle de tout son poids.

Sa main se promena rudement sur son corps. Jenna ne sentait plus rien que la haine, le dégoût et une terrible fatigue. Sous le poids de James, elle arrivait à peine à respirer, et quand il écarta ses jambes de force, elle poussa un horrible cri de protestation. C'est à ce moment-là que partit le coup de mousquet. Jenna l'entendit à peine; James roula par terre, encore haletant, à moitié nu : le sang coulait de son bras.

— Debout ! ordonna Tolly Tuckerman. Lève-toi, si tu es un homme, et remets ton pantalon.

Jenna tira sa robe déchirée et fit ce qu'elle put pour se recouvrir. Derrière Tolly se tenait Will, le visage consterné et plein de douleur.

Will secoua la tête comme pour se réveiller d'un cauchemar. « Où est papa ? demanda-t-il à James.

Jenna cligna des yeux : son Will était donc le frère de James ? Mais il lui avait donné un autre nom !

James semblait encore frappé de stupeur. Il mit la main sur son bras blessé et regarda le mousquet de Tolly d'un air confondu. « Où est papa ? » répéta Will.

— Il est mort, dit James. Il s'est noyé au moment des crues.

Will se retint contre le coin de la table. « Où est Maria ? » demanda-t-il plus doucement.

Jenna ne put garder le silence plus longtemps : « Elle a tué ta mère et brûlé la maison ! Elle est folle, complètement folle ! » Les larmes coulaient sur son visage et elle se mit à trembler sans pouvoir s'en empêcher.

Tolly secoua la tête. Ce n'était pas un homme facile à choquer, car il avait tout vu; mais aux paroles de Jenna, il parut terriblement choqué.

Le visage de Will était devenu blême. Il se sentait malade et luttait contre la nausée. Il savait qu'il n'avait entendu qu'une toute partie de l'histoire, mais c'était assez. « Je devrais te tuer », dit-il à voix basse, très calmement « ou laisser Tolly le faire. » James regarda Will fixement. Jenna se glissa du lit et se mit debout sur ses jambes défaillantes. Elle saisit le bras de Will pour ne pas tomber et murmura d'une voix rauque : « C'est ton frère. Tu ne peux pas le tuer — ce serait mal, quoi qu'il ait fait. »

Will la regarda : sa lutte contre James l'avait couverte de bleus, et ses yeux étaient gonflés et rougis par les larmes, comme le soir où il l'avait vue pour la première fois. « Alors, tu le défends ? » demanda-t-il.

Jenna secoua la tête : « Je le hais, mais c'est ton frère et tu ne peux pas lui faire de mal. Will, ce serait un terrible péché. »

Will tourna le regard vers James qui s'était blotti dans un coin. « Il n'a tué personne, insista Jenna. Et Maria est folle, elle n'est pas responsable de ses actions. »

— Je ne le tuerai pas, dit Will après un long silence. Ce n'est pas nécessaire; sa cupidité finira par le tuer — et elle aussi.

Will secoua la tête, puis se pencha vers Tolly et lui prit son mousquet. « Attache-le, dit-il. Attache-le et enferme-le au comptoir. »

Madeleine et Tom venaient d'interrompre leur travail pour s'offrir un rare moment de repos et se promenaient dans les bois près de leur nouvelle cabane. Il y avait en tout trois cabanes et trois concessions de terre accordées par le gouverneur : une pour Helena et son mari, John Fraser; une pour Tom et Madeleine : une troisième, enfin, pour Janet et Mathew. Ces trois concessions représentaient tout le terrain de l'ancienne ferme des Macleod.

— Qu'est-ce que tu penses de mon Niagara ? demanda Madeleine. Tom Macleod respirait la bonne odeur de l'herbe toute fraîche; les champs étaient larges et verdoyants, et les douces collines étaient couvertes d'une forêt vierge. « Ce n'est pas Philadelphie. » Il serra le bras de sa femme et ajouta : « Dieu merci ! »

— Les Américains voudront tout prendre, dit Madeleine, devenue pensive.

— Alors nous défendrons nos terres, répondit Tom. C'est la première fois de ma vie que je possède une terre. Il heurta du coin de sa botte une motte de terre puis, les mains dans les poches, il se retourna pour regarder les champs tout récemment plantés : « Cela me plaît beaucoup d'être propriétaire. »

Ils étaient arrivés à la fin du mois d'avril. Avec l'aide de leurs quelques voisins, chaque couple avait bâti une petite cabane d'une pièce en attendant de pouvoir établir une maison permanente. Ils avaient planté les semences, et maintenant les pluies de début d'été arrosaient leurs beaux champs labourés.

— Nous aurons une belle moisson, dit Tom en admirant le résultat de ses récents labeurs.

— L'été est une époque très, très active, lui dit Madeleine. Il y a tant de choses à faire pour préparer l'hiver.

Tom se tourna vers elle et la regarda tendrement : « J'aime ce travail, tout est si nouveau pour moi. C'est merveilleux de voir les résultats de mon propre labeur et vivre dans une maison que j'ai bâtie moi-même. Quand viendra la récolte, je saurai que c'est nous qui avons tout fait nous-mêmes. »

— J'espère que ce sera une belle récolte, dit Madeleine avec un sourire malicieux. « Et c'est une chance que tu aimes construire, comme ton père — car bientôt il nous faudra encore de la place. »

Le visage de Tom devint tout rose d'anticipation. Il osait à peine croire au bonheur que semblaient impliquer les paroles de sa femme.

— Oui, il nous faudra beaucoup de place et beaucoup à manger, continua Madeleine pour le taquiner. Alors elle s'approcha de Tom et mit ses bras autour de lui. « J'attends un enfant », lui chuchota-t-elle à l'oreille.

Tom, fou de joie, prit Madeleine dans ses bras et la serra contre lui. « Je vais être un papa ! » s'écria-t-il, puis, la soulevant, il fit une pirouette et éclata de rire : « C'est formidable ! j'ose à peine y croire ! »

— Oh, tu le croiras bien assez tôt, répondit Madeleine, les yeux tout pétillants de bonheur, « quand tu seras réveillé au milieu de la nuit ! »

— Je m'en réjouis, dit-il en lui prenant la main. « Je voudrais crier la nouvelle au monde entier ! »

— Janet et Mathew seront si heureux, dit enfin Madeleine. Nous leur dirons ce soir.

Ils rentrèrent chez eux en silence. Le soleil se couchait derrière l'horizon, et Tom, d'un geste protecteur, tenait sa femme par la main.

Il regardait par terre en marchant et s'arrêta soudain pour ramasser une planche de bois à moitié brûlée, qui était partiellement cachée sous la terre molle.

— Qu'est-ce que c'est ? demanda Madeleine.

Tom haussa les épaules et tourna le morceau de bois dans ses mains, puis se mit à l'essuyer.

— Ah, mon Dieu ! s'écria Madeleine. C'est incroyable !

Sur le morceau de bois étaient gravés les mots suivants : « LOCHIEL : OCTOBRE 1757, FONDÉ PAR JANET CAMERON MACLEOD ET PAR MATHEW MAC-LEOD ». Les yeux de Madeleine se remplirent de larmes. « Oh, Tom, je me rappelle le jour où Mathew l'a accroché ! » Elle se tourna vers son mari : « Rien n'est jamais tout à fait détruit. »

Tom la prit de nouveau dans ses bras et, chose curieuse, il se sentit aussi ému qu'elle. Il avait perdu et retrouvé son vrai père; il avait perdu sa première femme et retrouvé une seconde qu'il aimait plus que sa vie. Il allait être père et il possédait sa propre terre. « Tu as raison, les choses ne sont jamais détruites », dit-il, ses yeux devenant tout humides, « seulement remises à plus tard. »

Jenna raconta à Will tout ce qu'elle savait des récents événements concernant sa famille. « Tout cela ne serait jamais arrivé si je n'étais pas parti me battre », dit Will en regardant le feu dans l'âtre. Il ne pouvait pas encore accepter la mort de son père ni la folie de sa soeur. La cupidité et la mauvaise foi de James étaient au-delà de tout ce que Will aurait jamais pu imaginer. Cela faisait des années qu'ils ne s'entendaient pas bien, car leurs intérêts n'avaient jamais été les mêmes, mais Will arrivait à peine à croire aux choses qu'il avait faites.

— Tu as eu deux expériences terribles, dit-il à Jenna. « Je regrette que l'une d'elle ait été aux mains de mon propre frère. »

Jenna regarda ses mains croisées. « Tu sais, Will, avoua-t-elle, il n'a pas toujours eu besoin d'user de force avec moi — pas jusqu'à aujourd'hui en tout cas. Je croyais l'aimer. Je pensais qu'il était bon comme toi et qu'il m'aimait. » Puis, d'une voix très lointaine, à peine perceptible, elle continua: « Je fais toujours des bêtises. D'abord Stephan, maintenant James. Aucun des deux n'était tel que je l'imaginais. . . »

Elle sentit les larmes lui venir aux yeux : « Et partout où je vais, il se passe des choses terribles ! Les gens sont tués ! »

Will se tourna vers elle et regarda son visage plein de lassitude : « Tu aimais James ? »

— Je croyais l'aimer. Je ne le connaissais pas vraiment, je me suis trompée. J'apporte le mal partout où je vais !

— Ne dis pas de sottises, répondit Will. Si seulement j'étais revenu plus tôt ! Il se maudissait d'avoir tant tardé à rentrer chez lui. Il avait été obligé de rester à La Nouvelle-Orléans, puis avait attendu le retour de Tolly. Le temps avait été mauvais, le voyage difficile : il avait mis trois mois à revenir. « J'aurais dû partir au moment où j'ai appris la mort de ma mère. Mais j'ai tardé, j'ai écrit à papa, je voulais tant revenir. . . »

— Tu prends tout sur toi, dit Jenna. Tu as tort.

— Il me faudra du temps pour tout comprendre, répondit-il.

Ils redevinrent tous deux silencieux. « J'ai besoin de réfléchir, moi aussi », se dit Jenna.

En entendant la porte s'ouvrir, elle sursauta. C'était Tolly. « Vous n'avez pas besoin d'être si nerveuse », dit Tolly en souriant. Puis, se tournant vers Will, il ajouta : « Je l'ai attaché, j'ai pansé sa blessure, et lui ai laissé du pain et de l'eau. Je ne pense pas que ce salaud en mourra. »

— *Elle* est encore là, dit Jenna, pensant à Maria.

— Elle ne viendra pas, répondit Will très lentement. Son cheval n'est pas ici, elle est sans doute encore chez Belle. Elle ne reviendra pas tant que nos chevaux seront ici.

— Vous devriez essayer de dormir, dit Tolly à Jenna. « Et toi aussi », ajouta-t-il à Will.

Le soleil pénétrait à flots dans la cabane quand Jenna ouvrit les yeux. Elle secoua la tête pour s'éclaircir les idées : elle avait l'impression d'avoir dormi pendant des jours entiers. Tolly avait fait un petit feu et préparait le thé. Will n'était pas là.

Jenna se leva et secoua sa robe. « J'étais plus fatiguée que je ne pensais », avoua-t-elle.

— Le thé sera prêt dans un instant, répondit Tolly. Et j'ai pris de l'eau du puits : allez donc vous laver un peu.

— J'en ai bien besoin, répondit Jenna. Où est Will ?

— Un bateau est arrivé tout à l'heure. Will est allé décharger les provisions.

— J'espérais que la vie paraîtrait moins triste ce matin, dit Jenna. Hier a été un tel cauchemar !

— Est-ce que vous vous sentez mieux ?

Jenna secoua la tête : « Non, il me faudra longtemps pour me remettre. J'ai fait de très mauvais choix. J'ai besoin de réfléchir. »

Tolly sourit : « Peut-être que vous devenez une grande fille. Le fait de reconnaître qu'on a eu tort est un bon début. »

— J'essaie, répondit Jenna. Elle se demandait si sa mère avait fait autant de bêtises qu'elle dans sa jeunesse. Jenna se souvenait de l'avoir entendue dire un jour : « J'ai fait deux grosses bêtises dans ma vie, et je les regrette toutes deux. » Moi aussi j'ai fait deux bêtises, pensa Jenna. Mais je n'en ferai plus.

Will entra dans la cabane. « Tu es levée », dit-il. Jenna hocha la tête et prit la tasse de thé que lui offrait Tolly.

— Est-ce que James est encore là ?

— Oui. Je ne sais vraiment pas quoi faire de lui. Je ne peux tout de même pas le laisser enfermé dans le comptoir indéfiniment.

Jenna avala une gorgée de thé. « Tu sera obligé de le relâcher », dit-elle doucement.

Will sortit une lettre de sa poche. « C'est pour toi », dit-il en la donnant à Jenna. « Elle est arrivée ce matin par bateau. »

Jenna prit la lettre et l'ouvrit rapidement. « C'est de ma mère, leur dit-elle. Ils ont reçu ma première lettre. » Elle lut rapidement, puis tourna la page : « Ils retournent au Niagara. » Jenna parcourut la deuxième page et apprit les nouvelles du mariage de Tom et de Madeleine et de la mort de Mat. Ses yeux se remplirent de larmes et elle posa la lettre sur la table.

— Mon frère a été tué, dit-elle avec une toute petite voix. « Il faut que je rentre chez moi. Je dois rentrer chez moi ! »

Will prit la lettre et la lut. Il regarda Jenna et comprit qu'elle souffrait comme lui-même avait souffert en recevant la lettre de son père à La Nouvelle-Orléans. Lui aussi avait éprouvé le besoin de rentrer chez lui — mais maintenant qu'il était de retour, il ne voyait plus aucune raison d'y être. James et Maria avaient tout détruit. Il ne voulait pas rester là à lutter contre eux, il ne voulait pas non plus leur faire de mal.

Will étendit le bras et prit la main de Jenna. « Je vais te ramener chez toi », dit-il enfin.

Jenna, s'efforçant de retenir ses larmes, répondit : « Tu es sûr que tu veux partir ? »

— Il n'y a plus rien ici, dit Will. Alors Tolly, tu viens avec nous ?

— Pas cette fois-ci, répondit aussitôt son ami. « Je repars à La Nouvelle-Orléans pour rejoindre Gálvez. Pensacola nous attend ! »

— Va préparer tes affaires, dit Will à Jenna. « Nous partirons demain matin. J'ai hâte de quitter cet endroit. »

— Et Belle ? dit Jenna en pensant à la pauvre jeune femme qu'elle avait rencontrée la veille . « Nous ne pouvons pas la laisser ici. James lui fera du mal. »

Will, qui était au courant de toute l'histoire sordide, fut d'accord. « Nous la laisserons à Saint-Louis, dit-il. Là-bas elle sera en sécurité. Elle sera loin de James et, dans ce territoire, les noirs vivent en liberté. »

— Combien de temps nous faudra-t-il ? demanda Jenna.

— Cela dépend du temps, et de beaucoup d'autres choses. Comme tu sais, il faut beaucoup plus de temps pour remonter le fleuve que pour le redescendre. On est en juin. Nous devrions être là avant l'hiver.

— L'hiver survient très tôt au Canada, lui rappela Jenna.

— Nous verrons à ce moment-là.

Ils partirent à cheval le lendemain matin. « C'est plus rapide que sur le fleuve, dit Will. Et à cette époque-ci, avec tous les courants, c'est beaucoup moins dangereux. »

En quittant Tolly, Will lui avait dit : « Laisse James où il est pour le moment. Quand nous serons assez loin, tu n'auras qu'à aller à Natchez et demander à quelqu'un de le relâcher. »

— Tu ne penses pas qu'il nous suivra ? demanda Jenna nerveusement.

— Tu penses vraiment qu'il quittera ses terres et son argent ? Will secoua la tête : « James et Maria ont tout caché. Il n'abandonnera pas son bien. Il veut à tout prix devenir riche et posséder une centaine d'esclaves. »

Belle, que Tolly avait ramenée de sa cabane, cracha par terre. « Esclaves ! marmonna-t-elle. Je déteste monter à cheval ! »

Au début du trajet, ils chevauchèrent côte à côte, mais quand les chemins devinrent plus étroits, Will partit en avant, avec Jenna derrière lui et Belle derrière Jenna. Ils avancèrent sans parler, s'arrêtant de temps en temps pour donner de l'eau aux bêtes. Jenna se sentait brisée de fatigue.

Ses bras et ses jambes étaient courbaturées. Cela faisait beaucoup trop longtemps qu'elle n'avait pas fait de cheval, se disait-elle. En vérité, la souffrance physique était presque un soulagement : cela l'empêchait de penser aux terribles épreuves de l'année qu'elle venait de passer.

A quelques kilomètres au sud de West Point, de l'autre côté de l'énorme fleuve de l'Hudson, se trouvait une grande maison en bois blanc, ornée de colonnes et entourée d'une large pelouse et de parterres de fleurs.

Avant la guerre, la maison avait appartenu au colonel Beverly Robinson; mais le colonel Robinson était un loyaliste et la maison avait été abandonnée.

Le 5 août, le général Benedict Arnold s'installa dans la maison Robinson : il était maintenant commandant de West Point.

Le colonel Richard Varick devait être son secrétaire et Arnold se félicitait de ce choix heureux. Varick était un jeune homme très réservé, qui préférait la lecture à l'action : comme il passait tout son temps à lire, il risquait peu de remarquer ce que faisait Arnold.

— Il faut abandonner West Point à Clinton le plus tôt possible, se disait Arnold. Plus j'irai vite, mieux cela vaudra. Cette action lui apporterait richesses et renommée, ainsi que la reconnaissance du roi. Peut-être même qu'il recevrait le titre de chevalier : Peggy deviendrait alors Lady Arnold.

— Voici vos premiers ordres, dit-il à Varick quand le jeune homme se fut présenté à lui : « Il va falloir tout passer en revue. Il faudra d'abord faire une liste des trois mille hommes qui sont sous mon commandement et indiquer leur grade — artilleurs, tireurs d'élite, fourrageurs ou simples fantassins. » Il ajouta, en se frottant le menton : « Je voudrais aussi que vous fassiez une liste de toutes les munitions, des chevaux et des mulets. »

Et quand il aurait fini, se disait Arnold, il lui demanderait de marquer sur les cartes de West Point toutes ses fortifications, y compris les petits forts qui étaient cachés dans les collines.

Il fallait aussi penser à la grosse chaîne qui traversait l'Hudson. Le général Howe pensait qu'un vaisseau de guerre pouvait la rompre; on disait que les énormes troncs d'arbres qui la retenaient s'étaient enfoncés, et qu'il y avait quelques anneaux tordus.

Au bout de trois semaines, Varick termina ses listes et son compte rendu sur la chaîne de l'Hudson : Arnold prit tout, et le soir même, il en fit une copie pour le général Clinton. Au bas de la page qui décrivait l'état de la chaîne, il écrivit : « Un seul grand bateau pourrait casser la chaîne. »

Arnold mit tous les renseignements dans une pochette, puis il alla trouver Varick dans la bibliothèque où travaillait le jeune homme, et lui demanda de préparer un laissez-passer pour Mme Mary McCarthy. « Elle veut emmener ses enfants à la ville de New-York, dit-il. J'ai aussi des lettres à lui remettre. »

Varick fronça les sourcils : « Mais, mon général, c'est la femme d'un prisonnier de guerre britannique. » Arnold haussa les épaules : « Il n'y a rien d'important dans cette pochette, seulement des renseignements sur quelques actions que je possède. »

Le laissez-passer fut donc préparé et Varick, sans discuter davantage, continua tranquillement son travail.

Le 14 septembre, Peggy arriva de Mount Pleasant avec son enfant, et Arnold partit à sa rencontre. Il descendit l'Hudson sur son chaland, qu'il avait fait décorer de fleurs, de bannières et de drapeaux pour l'occasion.

— Comme tu m'as manqué, lui dit-il doucement à l'oreille. Elle se pressa contre lui. « Toi aussi, mon chéri, tu m'as manqué ! répondit-elle. Mount Pleasant n'est pas très ‹ plaisant › sans toi ! »

Arnold sourit joyeusement en voyant son fils. « Comme le voyage est long, nous passerons la nuit chez Joshua Hett Smith », dit-il. En entendant ce nom, Peggy eut un sourire énigmatique : « C'est le monsieur dont tu m'as parlé dans ta lettre ? »

— Lui-même, répondit Arnold.

— Et comment va notre ami M. Anderson ? demanda Peggy avec un grand sourire.

« *Anderson* » était le nom de guerre du major André. « Il viendra bientôt nous rendre visite, lui répondit Benedict, dès que nous serons prêts à le recevoir. »

Ils échangèrent des regards mystérieux, mais personne n'y prêta attention : un homme qui non seulement était l'heureux époux d'une beauté pareille, mais la voyait pour la première fois depuis des semaines, pouvait quand même se permettre de petits secrets.

Ce soir-là, chez les Smith, tout fut arrangé : M. Smith, qui était un loyaliste, irait à la rencontre du major André. Il le ramènerait de son vaisseau le *Vautour*, qui était ancré dans l'Hudson, au nord des postes de cavalerie américains.

— J'ai tout arrangé, dit Benedict à Peggy quand ils furent couchés. « J'ai fait dire au colonel Elisha Sheldon de Salem et au major Ben Tallmadge de North Castle que j'attendais un certain commerçant, M. Anderson. Il sera conduit à travers les lignes américaines. »

— Et tu le rencontreras ici-même, chez M. Smith, ajouta Peggy. « Oui, répondit Arnold. Il faudra nous rencontrer afin de mettre au point nos arrangements. »

— Ensuite nous irons en Angleterre, soupira Peggy en se

pressant contre lui. « D'abord l'Angleterre, répondit Arnold, puis le Canada, où nous recevrons trois mille hectares des meilleures terres. »

Peggy lui caressa affectueusement la joue. « Bientôt, dit-elle, bientôt, tout sera fini. »

CHAPITRE XVI

Le 15 septembre 1780

Le voyage à Saint-Louis fut lent et difficile. Dès leur arrivée, Will se renseigna auprès de plusieurs personnes, et
emmena Belle chez un prêtre qui connaissait quelques
familles noires affranchies, chez qui Belle pouvait trouver
un abri.

— Vous pensez que vous serez bien ? demanda Jenna au
moment du départ. Pendant tout le voyage, Belle avait gardé
le silence, faisant ses propres projets, sans chercher à
communiquer avec les autres. Elle avait fait sa part de travail, préparant souvent le feu ou attrapant des poissons pour
le repas du soir. Comme ils se trouvaient en pleine nature,
ils étaient toujours ensemble, mais malgré leur proximité,
Belle était restée détachée de Jenna et de Will. Elle offrait
son aide, mais non pas ses pensées. Et maintenant, au moment où ils se quittaient, Belle les regarda en plein visage:
« Je serai bien, répondit-elle. Vous vous imaginez peut-être
que je vous dois toute ma reconnaissance. » Sa bouche prit
une expression très dure et elle se dressa fièrement, belle et
hautaine comme elle ne l'avait pas été depuis que James
MacLean l'avait prise et humiliée. « Ce n'est pas vous qui
m'avez libérée, annonça-t-elle; cela n'est pas en votre
pouvoir. Je *suis* libre. Ce n'est pas une grâce que vous me
faites : je n'ai jamais été une esclave. »

— Vous ne vouliez pas partir ? demanda Jenna stupéfaite.

— Je voulais partir, répondit Belle, mais pas avec vous.

306

Jenna ouvrit la bouche pour riposter, mais Will la tira par la manche. « Nous vous souhaitons beaucoup de chance », dit-il avec formalité. Mais Belle leur avait déjà tourné le dos, aussi indifférente de les voir partir qu'elle l'avait été à leur arrivée.

— Elle est devenue amère, dit Will quand ils se trouvèrent seuls. « Et quel autre sentiment veux-tu qu'elle ait ? L'amour entre blancs et noirs est rare : il s'est déjà passé trop de choses. C'est la malédiction de l'esclavage, continua Will. Il y a des gens qui pensent que les esclaves devraient être heureux quand on les traite bien; mais personne ne devrait être esclave, du départ, et la manière dont ils sont traités ne change rien à leur attitude. C'est à cela que les hommes des colonies n'ont pas pensé. » Il s'arrêta un instant, puis ajouta : « Du moins, pas encore. »

— Si tu ne crois pas à l'esclavage, pourquoi te battais-tu pour les Américains ?

— Je me battais pour les Espagnols, expliqua Will. Les Anglais ne condamnent pas l'esclavage — ni les Français, ni le Espagnols, ni les Américains. Pour le moment, personne ne s'occupe du problème sauf les abolitionnistes, qui pensent que l'esclavage est contraire à la volonté de Dieu.

— Tu crois cela, toi ? demanda Jenna.

Will hocha la tête : « Ma mère était acadienne et mon père écossais : ni l'un ni l'autre ne croyait à l'esclavage. Tous les soirs, maman nous lisait la Bible, qui contient des passages contre l'asservissement de l'homme. Pour le moment, aucune armée ne lutte contre l'esclavage : si elle existait, j'en ferais partie. D'abord il faut lutter pour l'indépendance, ensuite contre l'esclavage. »

— Le Canada est loyaliste, lui rappela Jenna.

Will haussa les épaules : « Cela n'a plus d'importance. Je vois maintenant la rébellion d'un œil très différent. James et Maria ne pensent qu'à devenir riches qu'à posséder des terres et des esclaves. Leur passion pour le gain a divisé et détruit ma famille; les Virginiens et les colons des Carolines veulent la même chose. Les colonies sont divisées. On ne peut pas plus construire une nation avec un peuple divisé, qu'une famille si les membres de cette famille sont divisés. »

— Et toi, tu ne veux pas devenir riche et posséder des terres ?

Will sourit : « Bien sûr que oui. Mais pas au sacrifice d'un autre être humain.

— Tu resteras au Canada ? Cela faisait longtemps que Jenna voulait lui poser cette question. Will la ramenait chez elle parce que pour lui, c'était un devoir. Il avait quitté sa terre à côté du fleuve parce qu'il ne voulait pas lutter contre son frère.

Will fit s'envoler un caillou d'un coup de botte. « Peut-être, répondit-il. Cela dépend de ce que j'y trouverai. »

— Il y a de belles terres au Niagara, lui dit Jenna.

— Ce n'est pas le seul problème, répondit Will. Jenna le regarda. A ce moment-là, il arrivèrent au coin de la rue. Derrière eux se trouvait la chapelle où ils avaient laissé Belle. Tout au bout de la rue poussiéreuse où ils venaient de s'engager, Jenna aperçut la taverne où elle était restée avec Stephan. Elle s'arrêta net, incapable d'avancer plus loin. M. O'Hara était responsable du meurtre de Stephan; il était sans doute retourné à Saint-Louis, le seul de ses camarades à avoir échappé à l'attaque meurtrière de Robbie.

— Qu'est-ce que tu as ? demanda Will en voyant sur son visage une expression de terreur.

— C'est là, chuchota-t-elle en montrant la taverne. C'est la taverne de M. O'Hara. Je t'en ai parlé : c'est l'endroit où le cauchemar a commencé.

— Peut-être qu'il n'est plus là, dit Will, cherchant à la rassurer.

Mais Jenna secoua la tête : « J'ai peur. Je ne veux pas rester ici. » Elle leva ses beaux yeux verts et donna à Will un regard suppliant. « Je ne peux pas, murmura-t-elle. Je ne peux pas retourner dans cet endroit. »

— Il y a un petit village à quelques kilomètres d'ici, où le Missouri se jette dans le Mississippi. Nous trouverons un abri là-bas. De toute façon, nous avons besoin d'y aller pour échanger nos chevaux contre un canot. »

Jenna hocha la tête : « Je préfère cela, même si M. O'Hara n'est plus là. Je ne peux pas retourner dans cet endroit. »

Will ne discuta pas et ils continuèrent leur chemin. Ils

retournèrent à l'écurie pour prendre leurs chevaux et firent quelques kilomètres en amont du fleuve. A l'endroit où les deux grands fleuves se rejoignaient, ils traversèrent le Mississippi avec leurs chevaux, sur un chaland, et arrivèrent à la tombée de la nuit dans un petit village où se trouvaient quelques fermes et un comptoir commercial.

Will s'arrangea pour passer la nuit au comptoir. « Nous aurons un bon dîner, dit-il gaiement, et tu pourras dormir dans un vrai lit. Cela nous fera du bien de nous reposer un peu avant de partir sur l'Illinois. »

Jenna regarda Will décharger leurs sacoches. « Will n'est pas comme Stephan et James, se dit-elle. C'est un véritable homme : bon, fort et honorable. » Depuis qu'ils voyageaient ensemble, il ne lui avait fait aucune avance, et la traitait comme une soeur.

En regardant Will, Jenna eut envie de pleurer. Elle toucha in consciemment son ventre : elle avait peur, et elle avait honte. Elle n'avait pas eu ses règles et elle savait qu'elle attendait un enfant — l'enfant de James. « J'aime Will, se dit-elle. Mais il est trop tard. »

Le major André et Benedict Arnold se rencontrèrent chez M. Smith le soir du 22 septembre. Au moment où Arnold dépliait les documents, on entendit des coups de canons dans le lointain.

— On tire sur le *Vautour* ! s'écria Smith très excité. « Il a levé l'ancre et descend le fleuve ! »

Pendant qu'André ramassait ses documents, Arnold, le visage bouleversé, essaya d'apprendre plus de détails sur ce qui se passait. « Vous auriez dû venir déguisé », dit-il nerveusement. Mais André ne s'était pas déguisé : il portait son plus bel uniforme. « Je ne suis pas un espion », dit-il en se redressant.

— Non, mais vous êtes derrière les lignes ennemies.

Smith, un petit bonhomme tout rond, ressemblait à ce moment-là à une vieille dame très nerveuse. Il agitait les doigts et jetait des regards furtifs autour de lui, comme s'il s'attendait à voir un soldat américain armé d'un mousquet sortir de derrière les tentures.

— Il faudra aller par la route, dit Smith. Je vous accompagnerai. Il n'y a plus moyen de retourner au *Vautour*.

André fronça les sourcils : « Ce n'est peut-être pas dangereux pour vous ni pour le général Arnold, mais c'est très dangereux pour moi ! Et surtout si je porte des documents que je ne devrais pas avoir. »

— M. Smith a des laissez-passer, dit calmement Arnold. Je les ai fait préparer au cas où il se présenterait des obstacles.

André leva un sourcil : « Et les documents ? »

— Vous n'avez qu'à les cacher dans vos bas, proposa Arnold. M. Smith vous prêtera des vêtements. . . euh . . . des vêtements plus appropriés.

André regarda Smith et éclata de rire; « Je pense qu'ils seront un peu grands ! »

— Vous pouvez garder vos culottes, dit Smith, piqué au vif car il se considérait comme un homme fort et non pas obèse. « Je vous prêterai un chapeau en castor et j'ai aussi une veste violette à galons d'or qui m'est un peu petite. »

— J'espère que votre veste est élégante, dit André. Le violet ne me va pas très bien.

— Ce n'est pas le moment de faire des plaisanteries, répondit sèchement Smith.

André haussa les épaules « Je suppose que dans ma situation, un homme ne peut pas être trop difficile en matière vestimentaire. » Il se tourna vers Arnold et le regarda gravement : « Rentrez chez vous, dit-il, mais tenez-vous sur vos gardes. »

Le général Arnold se dressa de toute sa hauteur; « Je ne pense vraiment pas que l'on me soupçonne de quoi que ce soit. »

— Les rebelles soupçonnent tout le monde, dit André pour une fois tout à fait sérieux. C'est pour cette raison, mon cher, qu'il sont si ennuyeux. Ils sont toujours en train de chercher des loyalistes sous leurs lits, mais se donnent rarement la peine de regarder sous leurs draps.

— C'est ma femme que vous insultez ? demanda Arnold d'un oeil accusateur.

310

— Jamais de la vie ! Je n'insulterais jamais cette chère Peggy. Dieu ! que vous êtes défensif ce soir !

Arnold rougit. « Il y a de quoi. Nous sommes sur le point d'être découverts. J'ai de bonnes raisons pour me sentir nerveux. »

— Je pense qu'il faudrait partir immédiatement, dit Smith. André hocha la tête et les trois hommes quittèrent le salon de Smith. Arnold rentra chez lui, et André et Smith se dirigèrent vers le territoire anglais.

A neuf heures du soir, Smith et le major André furent abordés par un milicien rebelle, qui leur demanda leurs billets de passe.

— Joshua Hett Smith et John Anderson. Vous êtes tous les deux des commerçants ? demanda-t-il.

— Nous retournons à White Plains. Quel est le meilleur chemin ?

Le milicien examina de nouveau les laissez-passer. « Prenez la route de White Castle, dit-il enfin. Mais pas ce soir. Il y a une ferme peu plus loin : je vous conseille d'y passer la nuit. »

— Vous êtes très aimable, dit Smith. André ôta son chapeau en castor et ils continuèrent leur chemin. « Vous n'allez pas suivre son conseil, j'espère », dit-il à Smith.

— Si. C'est un avertissement. Si nous ne l'écoutons pas, il risque de nous signaler.

Ils passèrent la nuit dans la ferme, et le lendemain matin, Smith et André repartirent. Après dix kilomètres, Smith s'arrêta : « Il faut maintenant nous séparer, annonça-t-il. Vous continuerez votre chemin tout seul. »

André regarda Smith : « Mais il y a des *cowboys* dans les parages — des bandits qui attaquent les voyageurs. Cela ne me dit pas grand chose de voyager seul. » Le terme de *cowboy* s'appliquait à de jeunes gens du comté de Westchester qui penchaient du côté des tories, mais qui parfois harcelaient et volaient les voyageurs.

— Ne vous en faites pas, dit Smith. Vous n'aurez qu'à leur dire que vous êtes de leur côté. Ils ne harcèlent pas les loyalistes.

André regarda Smith d'un air sceptique, mais continua

son chemin sans dire un mot. Il passa sans difficulté à travers le village de Chappaqua, mais en traversant le pont de Tarrytown un peu plus loin, il fut arrêté par trois immenses jeunes voyous, débraillés et mal peignés. Ils portaient des mousquets, et l'un d'eux, braquant son arme sur André, dit : « Descendez de votre cheval. »

— L'essence de la bravoure c'est la discrétion, dit André spirituellement en descendant à terre. Il leva sa main très soignée et toucha le canon du mousquet. « C'est mon visage que vous visez », dit-il majestueusement. « Ôtez-le, je vous prie. »

Le jeune voyou fit une grimace mais baissa son arme. Ils semblaient tous assez balourds, se dit André. « Messieurs », dit-il en réprimant un fou rire, « je suis de votre côté. »

Le plus grand des trois, qui mâchait du tabac, cracha par terre : « Qu'est-ce que ça veut dire ? »

— Vous êtes des *cowboys*, non ?

— Des écorcheurs, répondit un autre.

André fronça les sourcils : il ne connaissait pas ce terme. « Je ne comprends pas, bégaya-t-il.

— Des patriotes, siffla celui qui mâchait du tabac. Il se pencha vers André et lui donna un chiquenaude : « Je crois bien que nous avons coincé un joli minet britannique. »

André fouilla dans ses poches et sortit son billet de passe ainsi que sa belle montre d'or. Il donna le billet au jeune homme : « J'imagine que vous savez lire ? »

Le jeune homme saisit le morceau de papier. Mais en voyant son expression perplexe, André comprit qu'en effet, il ne savait pas lire.

— La montre porte un blason tory, dit l'un d'eux en ricanant. André se figea. Ils froissèrent le laissez-passer et allaient le jeter par terre, quand le garçon qui mâchait son tabac le reprit. « Ça risque de servir plus tard », dit-il.

— On le fouille ? proposa le garçon qui portait le mousquet.

Le premier s'élança sur André d'un air menaçant : « Je parie que vous adorez qu'on vous déshabille », dit-il.

André cligna des yeux et regarda son visage mal rasé. « Je suis cuit », se dit-il en pensant aux papiers dans ses bottes. Il

312

sourit au jeune voyou qui le menaçait. « Cela n'a pas besoin d'être si désagréable », répondit-il avec une pointe d'ironie.

Le général Benedict Arnold reçut la nouvelle de l'arrestation d'André le lundi 25 septembre. Il lut la lettre et se précipita en haut de l'escalier.

— Tu es blanc comme un linge, s'exclama Peggy en le voyant. Elle portait une chemise de nuit blanche et vaporeuse qui tombait gracieusement de son épaule nue; ses boucles blondes étaient brossées tout autour de son visage, comme une auréole.

Benedict la prit dans ses bras. « Je suis découvert, dit-il en haletant. Il faut que je parte immédiatement. »

— Mon général ! le colonel Hamilton demande à vous voir, et le général Washington arrive aussi ! C'était la voix du major Franks, qui attendait dans le couloir.

— Prends l'escalier du fond, dit Peggy. Va vite rejoindre le *Vautour*.

— Mais toi ? Je ne peux pas te quitter.

Peggy l'embrassa sur la joue, puis sur les lèvres. « Je viendrai plus tard, mon chéri », dit-elle en lui pressant le bras. « Je sais ce qu'il faut faire. Va vite, je t'en supplie ! »

Arnold l'embrassa encore, puis se pencha sur le berceau et embrassa son enfant une dernière fois. « Tu viendras bientôt ? » dit-il, les yeux tout pleins d'amour. « Je ne peux pas vivre sans toi. »

Peggy fit un effort pour retenir ses larmes. « Nous irons au Canada ensemble, lui promit-elle. Va vite, mon chéri. »

Arnold ramassa ses affaires et ouvrit la porte. D'un pas rapide et silencieux, il descendit l'escalier du fond, traversa la cuisine et s'élança vers l'écurie. Il monta sur son cheval et partit en direction de l'Hudson. Il pleuvotait. Quand il gagna l'embarcadère, il trouva son chaland et quelques rameurs. « Emmenez-moi à Teller's Point, ordonna-t-il. Et dépêchez-vous ! »

En s'approchant du *Vautour*, Arnold fit hisser le drapeau blanc pour empêcher les canonniers du vaisseau de tirer sur lui.

Une fois à bord, il fit arrêter ses rameurs.

— Où est John Anderson ? demanda le capitaine Sutherland, faisant allusion au major André.

— Accusé d'espionnage à Salem, avoua Arnold encore tout essoufflé. Il s'appuya contre le bastingage et fit une prière silencieuse pour Peggy.

Peggy avait fait dire au colonel Hamilton et au général Washington que son mari était reparti au fort. Une fois arrivés à West Point, ils apprirent que loin de renforcer le fort, le général Arnold l'avait terriblement négligé. Ils apprirent aussi qu'on l'avait vu partir sur l'Hudson dans la direction de Teller's Point. A midi, ils reçurent de nouvelles informations : le major André avait tout confessé, mais il n'avait pas impliqué Arnold. Cependant, les papiers qu'il portait sur lui indiquaient clairement que Arnold était le coupable.

— C'est une acte de haute trahison, marmonna Washington. « Il faut le poursuivre », proposa Hamilton.

Washington secoua la tête : « Ce n'est peut-être pas lui que l'on a vu partir vers Teller's Point. Benedict Arnold est un officier et un homme d'honneur : je ne peux pas l'accuser sans preuves. »

— Mais les papiers. . . protesta Hamilton.

Washington se leva. « C'est moi qui prend les décisions, dit-il avec humeur. Je voudrais parler à Mme Arnold. »

Ils retournèrent donc à la maison des Arnold. « Je souhaite m'entretenir avec Mme Arnold », demanda le général Washington. Le colonel Alexander Hamilton était avec lui, ainsi que le général La Fayette, qui les avait rejoints au fort, et qui avait bien plus envie de rencontrer la célèbre Peggy Shippen Arnold que de confirmer les soupçons du général Washington.

— Elle est très malade, bégaya sa femme de chambre. « Elle s'est couchée tout à fait hystérique. »

Washington fronça les sourcils. « J'y vais quand même », annonça-t-il. Le général Washington s'élança en haut de l'escalier; le colonel Hamilton, très curieux, le suivit, ainsi que le galant La Fayette, qui souriait déjà. Washington frappa légèrement à la porte : « Madame Arnold ! Je vous en prie, ma chère Peggy, laissez-moi entrer. Il faut que je vous parle : c'est très urgent. C'est le général Washington, Peggy chérie. C'est George ! »

De l'autre côté de la porte, ils entendirent un affreux cri de désespoir : « Je ne vous laisserai pas tuer mon enfant ! Non, jamais ! Oh, George, comment pouvez-vous être si cruel ! Mon Dieu ! C'est la fin du monde. Ô ciel ! »

Washington, devenu très rouge, tourna la poignée et ouvrit la porte. « Grand Dieu ! » marmonna-t-il. Peggy s'était blottie à côté du berceau de son enfant, les yeux affolés. Sa chemise de nuit presque transparente était tombée de son épaule et révélait le contour de ses seins. Ses lèvres charnues étaient entrouvertes; ses boucles blondes retombaient sur ses épaules blanches et nues, et les larmes coulaient profusément de ses grands yeux bleus.

— Personne ne pense à moi ! Je suis innocente et déshonorée ! Et vous voulez vous venger en tuant mon enfant ! Vous êtes des sauvages ! des sauvages, vous dis-je ! »

— Mais je ne ferais jamais une chose pareille, bégaya Washington. Je ne vous ferai pas de mal, ma chère Peggy.

— Certainement pas, ajouta Hamilton. La Fayette ne dit rien : il regardait la merveilleusement jolie Peggy Shippen Arnold, notant bien que sa chemise de nuit ne laissait rien à l'imagination, et regrettant que la situation ne fût pas plus favorable.

— Ne leur laissez pas faire de mal à mon bébé, George, je vous en supplie ! Peggy courut à travers la pièce et s'élança dans les bras de Washington. Elle mit les bras autour de son cou et se pressa contre lui en respirant dans son oreille : « Je t'en supplie, George ! Je t'en supplie ! »

La Fayette ne put se retenir. Un sourire de convoitise se dessina sur ses lèvres. « J'aimerais bien qu'on me supplie, moi aussi », marmonna-t-il tout bas.

Hamilton lui lança un regard furieux. « Nous ne ferions jamais une chose pareille, dit-il. Votre enfant et vous n'êtes pas en danger. »

Peggy recula, le visage encore tout baigné de larmes.

« Alors vous m'aiderez ? demanda-t-elle d'une voix de toute petite fille.

Washington, très rouge mais certainement pas insensible à l'étreinte de Peggy, bégaya : « Bien sûr que je vous aiderai. Je ferais n'importe quoi pour vous aider. »

Peggy cligna des yeux et se pâma.

Le 29 septembre, le major André fur déclaré coupable d'espionnage par un conseil de guerre. On l'emmena à Tappan, et le 2 octobre il fut pendu.

Il monta à l'échafaud vêtu de son plus bel uniforme, et accompagné d'un pasteur calviniste. Il grimpa les marches avec fierté et courage, et quand on plaça la corde autour de son cou, il se mit au garde-à-vous.

— Souhaitez-vous vous confesser ? demanda le pasteur bouleversé.

André sourit : « Mon cher pasteur, si je commence à me confesser maintenant, l'exécution n'aura jamais lieu. ».

Le pasteur s'eclaircit la voix. « Votre attitude est irrévérente », dit-il froidement.

— Ah, je suis réprimandé jusques à l'échafaud, dit André avec un grand soupir.

Le pasteur l'ignora : « Avez-vous une dernière parole à prononcer ? »

André leva un sourcil soigneusement épilé et se pencha vers le pasteur pour lui chuchoter à l'oreille. « L'Amérique est un pays bien ennuyeux, dit-il, vraiment très, très ennuyeux. » Puis il ajouta, comme en passant : « Vive le roi ! »

C'était le matin du 5 octobre. Jenna et Will pagayaient depuis plusieurs heures. Leur canot longeait la rive et Will, perdu dans ses pensées, contemplait le paysage qui se transformait à chaque instant : les collines verdoyantes ondulaient autour de lui, mais à certains endroits, les falaises qui bordaient le fleuve étaient très élevées. Ils étaient à peu près à quarante kilomètres au sud du village de Peoria, l'un des plus anciens établissements sur le fleuve de l'Illinois. Son nom venait d'une des cinq tribus de la confédération des Nations Indiennes de l'Illinois. C'était là que La Salle, en 1680, avait établi l'ancien fort français de Crèvecoeur. Ce fort avait été abandonné et pillé, et ses ruines s'élevaient encore sur les falaises au-dessus du fleuve; mais les terres autour du lac de Peoria étaient riches et, longtemps après l'abandon du fort, la région avait été colonisée par des Français et par des Américains. C'était devenu un village agricole. Le père de Will y était passé de longues années auparavant.

— Oh ! gémit Jenna.

Will, qui pagayait à l'arrière du canot, se pencha vers elle. « Qu'est-ce que tu as ? » demanda-t-il. Jenna était très pâle.

— Je suis malade, répondit-elle en posant la pagaie. « Pourrions-nous nous arrêter un peu ? »

Will hocha la tête et se dirigea vers la rive.

Quand ils s'approchèrent de la terre, Will sauta du canot et le tira à sec. Ensuite il souleva Jenna, la porta au-delà des cailloux de la grève et la posa sur l'herbe. Elle le regarda de ses grands yeux verts, puis, se couvrant la bouche, elle se leva brusquement et se précipita derrière un buisson pour vomir.

Quand la crise fut terminée, elle retourna vers Will, dont le visage était bouleversé. « Nous allons faire un camp, proposa-t-il. Tu es trop malade pour continuer. »

Jenna accepta : « Oui », murmura-t-elle. Elle enfonça ses doigts dans la terre. L'hiver venait, et ils n'étaient même pas encore arrivés aux Grands Lacs ! Elle fut brusquement prise d'angoisse à l'idée qu'elle leur faisait perdre du temps en obligeant Will à camper. Elle sentait sa grossesse et avait tout le temps la nausée. C'était évidemment le canot : chaque fois qu'ils allaient sur l'eau, cela recommençait. Elle savait que c'était à cause de son état, parce qu'elle avait fait du canot toute sa vie et jamais elle ne s'était sentie malade. Maintenant elle ne le supportait plus et c'était le seul moyen de rentrer au Niagara !

Will lui ramena une timbale d'eau fraîche. « Bois un peu, dit-il, une petite gorgée seulement. »

Elle obéit. Will se pencha vers Jenna et mit son bras

autour d'elle d'un geste protecteur : « Tu es malade ? C'est quelque chose que tu as mangé ?

— Je ne sais pas, répondit Jenna, mais elle mentait; elle savait parfaitement bien ce qu'elle avait, parce que maintenant qu'elle était au repos, elle se sentait mieux. Elle ne souffrait pas d'indigestion : elle avait la nausée parce qu'elle était enceinte. La même chose était arrivée à Helena : entre le troisième et le cinquième mois de ses grossesses, elle ne pouvait même pas voyager en voiture. Sa mère aussi en avait parlé. « C'est la malédiction des femmes Macleod, avait dit Janet. Quand nous sommes enceintes, il faut rester tranquilles. »

Will dressa l'appentis et sortit une couverture de la sacoche. Il l'apporta à Jenna et lui couvrit les jambes jusqu'à la taille. « Je vais faire un feu », proposa-t-il. Jenna secoua la tête. « Je n'ai pas froid », lui assura-t-elle. Le soleil brillait et il faisait assez chaud pour le mois d'octobre; le froid ne venait que la nuit.

— Tu es déjà beaucoup moins pâle, dit Will avec soulagement. Will contempla Jenna, qui regardait l'herbe d'un air absent. « Elle est si belle », se dit-il. Comme toujours, il brûlait d'envie de l'embrasser et de la prendre dans ses bras. Mais Jenna avait trop souffert; elle était gentille, même affectueuse avec lui, mais elle semblait garder ses distances. C'était sans espoir, pensait-il. James et Maria lui avaient fait trop de mal. Elle avait subi des épreuves trop rudes et les blessures n'étaient pas guéries : elle n'avait pas confiance en son propre jugement. Will espérait que le temps et le fait de rentrer chez elle finiraient par la guérir. Il s'était juré de ne pas la troubler ni de lui déclarer son amour avant qu'ils ne fussent rentrés chez elle.

Il s'assit sur l'herbe à côté de Jenna. Il mit le bras autour d'elle pour la consoler, comme il le faisait souvent; mais brusquement Jenna le repoussa et éclata en sanglots.

— Mais qu'est-ce que tu as ? demanda-t-il avec angoisse. Il mit de nouveau son bras autour de ses épaules. Cette fois-ci, elle se pencha vers lui et éclata en sanglots. « Est-ce que je t'ai fait quelque chose ? » demanda-t-il, profondément troublé de la sentir si près de lui. Ah, comme il la désirait ! Il la saisit par l'épaule et regarda son visage baigné de larmes : « Fais-moi confiance. Dis-moi ce qui ne va pas. . . »

Jenna chercha son regard d'un air suppliant. « C'est ma honte, sanglota-t-elle, ma honte et mon déshonneur. Personne ne peut m'aider. »

Will se sentit tout chaviré de pitié. « Dis-moi, insista-t-il. Je t'en supplie, dis-moi. »

— J'attends un enfant, avoua Jenna en se couvrant le visage « . . .de James. »

Will la regarda et ôta ses mains de son visage. « Pourquoi ne me l'as-tu pas dit plus tôt ? » demanda-t-il.

Jenna frissonna : « Je ne savais pas. . . je n'étais pas au courant de Belle. . . Je pensais qu'il m'aimait, nous allions nous marier. Je t'ai déjà dit tout cela. . . Je croyais. . . » Jenna ne put continuer. Elle détourna le visage : « Will, je ne peux plus voyager. L'hiver approche. Tu devrais partir sans moi. . . »

Pendant quelques instants, Will resta silencieux. « Nous ne sommes pas très loin de Peoria, dit-il d'un air pensif. Je pourrais trouver du travail. . . nous y passerons l'hiver et attendrons que l'enfant soit né. Ensuite je te ramènerai chez toi, chère Jenna. »

Elle tourna son visage où ruisselaient encore des larmes et le regarda. Ses yeux étaient très tristes. « Pardonne-moi », dit-elle doucement. Mais Will s'était mis à ramasser du petit bois; il se détourna pour cacher son visage bouleversé. « Il faudra attendre, se dit-il. Avec le temps, sa blessure guérira. »

— Ils sont sauvés, dit Tom MacLeod en posant les dépêches sur la table. « Arnold s'est échappé et Peggy est en sécurité. »

Mathew secoua la tête. « C'est dommage, dit-il. S'il avait pu abandonner West Point, la guerre aurait été plus vite terminée. »

— Il a l'intention de venir au Canada, dit Tom. Ce sera un véritable héros pour les loyalistes.

— Il sera bien reçu ici; mais si les Américains l'attrapent, ils le pendront. Pour nous c'est un héros — pour eux c'est un traître.

Tom hocha la tête : « Il a fait ce qu'il jugeait honorable. Mais je suis content de savoir que Peggy et les Shippen sont hors de danger. »

— Je leur dois beaucoup, aux Shippen, répondit Mathew. Ils se sont bien occupés de mon fils.

— Oui, ils ont été bons avec moi, dit Tom d'un air pensif. Mais ce qui est arrivé au major André est vraiment affreux. C'était plutôt un *dandy*, mais il était aimé et respecté. . . un homme de premier ordre.

Noël approchait et les deux hommes travaillaient dans la grange. Il y avait maintenant trois vaches, quelques cochons et des poules. Ils avaient travaillé tout l'été : la récolte avait été excellente.

— On aura du poulet pour le dîner de Noël, annonça Mathew en montrant une belle poule bien dodue, « et peut-être du faisan, si je vise bien. »

— Et nous serons tous ensemble, ajouta Tom. Mais la pauvre Madeleine aura du mal à s'approcher de la table. En effet, Madeleine touchait à son terme : comme elle était toute petite et que son ventre était très gros, elle semblait tout à fait disproportionée.

Les yeux de Mathew devinrent brusquement humides. Le souvenir de la naissance de Tom venait de lui traverser l'esprit. Tom était né en janvier 1747, et il attendait son propre fils pour peu après Noël. Mathew pensa aux cris qu'avait poussés la pauvre Anne au moment de son accouchement, pendant que lui-même déblayait la neige devant la maison pour se calmer les nerfs. Il se rappela avec tristesse la mort d'Anne et sa séparation d'avec son propre fils.

— Qu'est-ce que tu as ? demanda Tom.

— Je pensais au jour de ta naissance, répondit Mathew. Je deviens un vieux sentimental.

— Je ne sais vraiment pas ce que je vais faire au moment de l'accouchement, dit Tom. Je voudrais être là quand il naît, mais je ne sais pas si j'en suis capable.

Mathew mit son bras autour de son fils. « Je sais ce que

nous allons faire, dit-il avec un sourire. Nous prendrons nos pelles et nous deblaierons la neige devant la maison. C'est ce que j'ai fait le jour de ta naissance. »

Tom prit son père dans ses bras. « Tu as raison, dit-il. C'est une bonne idée. »

Will trouva du travail dans la ferme de James Huggins et de sa femme Sara. Jenna travailla dans la maison jusqu'au moment de l'accouchement; Will devait rester jusqu'au printemps pour aider à semer le grain. Les journées passèrent, longues et ardues; comme James et Jenna travaillaient dur, le temps passa vite. Noël arriva, puis le Nouvel An et le court mois de février. Jenna couchait dans la chambre d'un des enfants Huggins; Will dormait en bas, dans le salon. C'était une famille bonne et chaleureuse et Mme Huggins promit à Jenna de l'aider au moment de l'accouchement. « Je m'y connais, dit-elle avec confiance. J'ai six enfants à moi et j'ai assisté à douze autres accouchements. »

Le grand jour arriva le 20 mars 1781. Jenna mit au monde un beau garçon de trois kilos. « Vous pouvez aller la voir maintenant, dit Mme Huggins à Will. Mais elle est très fatiguée, alors ne restez pas trop longtemps. » Will hocha la tête et entra dans la chambre sur la pointe des pieds. Jenna était dans son lit, les yeux fermés.

— Tu dors ? chuchota-t-il.

Jenna ouvrit les yeux et le regarda. « Tu l'as vu ? » demanda-t-elle.

— Il est superbe. Je pense qu'il te ressemble : il a les cheveux roux.

Jenna refoula quelques larmes. « Je pensais que je ne l'aimerais pas, parce qu'il est de James, avoua-t-elle. Mais Will, quand je l'ai vu. . . quand je l'ai pris dans mes bras, j'ai senti que je l'aimais. Will, il est merveilleux. »

Will pressa sa main affectueusement. C'est un premier pas, se dit-il. Elle aime l'enfant, elle veut le garder : c'est la meilleure chose. « Comment allons-nous l'appeler ? »

Jenna fronça les sourcils : « Je n'ai pas encore trouvé un nom. Qu'est-ce que tu penses ? »

Will pensa à tous les noms bibliques qu'il connaissait, et dit enfin : « Joshua — « Josh » sera son petit nom.

— Joshua, répéta Jenna. Ça me plaît.

Will pressa de nouveau sa main : « Et au printemps, quand j'aurai fini de planter, nous l'envelopperons dans le style *papoose* et le ramènerons à la maison. »

Jenna s'efforça de sourire. « Merci, Will », dit-elle en luttant contre l'émotion.

Il se pencha sur elle et l'embrassa sur la joue. « Tu seras une bonne mère », lui dit-il.

Jenna brûlait d'envie de jeter ses bras autour de son cou, mais elle ne le fit pas. « J'essaierai », lui promit-elle.

Au bout d'une semaine, Jenna put se lever. Elle passait beaucoup de temps à nourrir son enfant, mais sut se rendre utile à Mme Huggins — en donnant, par exemple, des leçons de lecture à ses enfants.

Le printemps venait plus tôt à Peoria qu'au Canada, et M. Huggins et Will plantèrent les grains au mois de mai. En juin, Will, Jenna et Joshua partirent pour le Nord. Ils voyagèrent sur le fleuve de l'Illinois et firent portage jusqu'à la Fox River. Ils atteignirent enfin le lac Michigan.

En juillet, ils se trouvèrent sur le grand chemin de portage du Niagara.

— C'est admirable, dit Will en voyant pour la première fois la formidable, l'assourdissante chute du Niagara. « Je comprends maintenant pourquoi on appelle cela « les portes du tonnerre. »

— C'est mon pays, répondit Jenna. Nous ne sommes qu'à trente kilomètres de notre ferme.

Will posa le canot et s'assit sur l'herbe : le chemin en pente l'avait fatigué et le canot était lourd. « Reposons-nous quelques minutes », proposa-t-il. « Là-bas », ajouta-t-il en faisant un geste vers une petite clairière derrière les arbres, qui s'alignaient sur les hautes falaises au-dessus de la rivière. C'était la fin de l'après-midi et le ciel de juillet était bleu vif. On voyait dans le lointain s'élever le brouillard de la cataracte.

Jenna ne se fit pas prier, car elle portait Joshua sur le dos et elle était fatiguée. Elle le posa à terre : l'enfant dormait paisiblement. « Il fait vraiment très chaud », dit Will en s'essuyant le front. Il sortit une couverture de sa sacoche et l'étendit sur l'herbe. « Madame, dit-il en souriant, faites-moi le plaisir de vous asseoir. »

Jenna s'assit en étalant ses jupes autour d'elle. Elle regarda le visage endormi de son fils et se déplaça un peu pour le mettre à l'ombre.

— Tu sembles fatiguée, commenta Will.

— Je suis un peu anxieuse, répondit Jenna. Je ne sais pas ce que je vais dire à ma famille.

Will la regarda avec sympathie. Elle avait peur de parler à ses parents de son enfant, mais cela ne l'empêchait pas d'avoir envie de rentrer chez elle.

— J'ai fait tant de bêtises, avoua Jenna.

Will s'assit à côté de Jenna et mit son bras autour d'elle d'un geste affectueux. Jenna défit son bonnet et le posa sur l'herbe : la brise d'été souffla à travers sa magnifique chevelure. Will lui caressa les cheveux, comme il l'avait fait le premier soir où ils s'étaient rencontrés. « Il essaie de me consoler », pensa Jenna.

— N'aies pas peur, lui dit Will.

Jenna sentit sa main sur elle; elle voulait tant se jeter dans ses bras, mais elle n'osait pas le faire. Elle se tourna à lui. « Tu resteras avec nous ? » demanda-t-elle encore une fois.

— Je vais peut-être aller jusqu'en Acadie, répondit-il. Je voudrais connaître la patrie de ma mère, et me rendre compte de ce qu'elle a perdu. Peut-être que j'irai vers l'Ouest. . . Je ne sais vraiment pas ce que je vais faire. Il la regarda dans les yeux en pensant : « Si tu m'aimais, je ne m'en irais pas; mais sans toi et Josh, je n'ai aucune raison de rester ici. »

— L'Ouest. . . dit Jenna, comme si elle ne comprenait pas. Ses yeux se remplirent de larmes. « Comme tu me manqueras », dit-elle doucement.

Will regarda Jenna dans les yeux et la prit dans ses bras, la pressant tendrement contre son épaule. « Je t'aime, Jenna » lui murmura-t-il à l'oreille.

Elle s'écarta de lui et regarda son visage : « Comment

peux-tu m'aimer ? Je ne suis pas digne de toi . . . tu as tort. »

— Pas digne de moi ? s'écria Will. Tu penses que je n'ai jamais connu d'autre femme ? Il la tira contre lui : « Je t'aime et je voudrais t'épouser. J'aime Josh et je voudrais que nous l'élevions ensemble comme s'il était à nous deux. »

— Tu ne veux pas partir à l'Ouest ? demanda Jenna en ouvrant les yeux tout grands.

— Seulement si tu es avec moi. . . Je sais que tu as souffert et que tu ne m'aimes pas. Je sais que tu as peur. Mais je voudrais m'occuper de toi.

— Tu penses que je ne t'aime pas ? s'écria Jenna. Elle jeta ses bras autour de son cou. « Mais je t'aime depuis le premier jour ! Pendant tous ces longs mois, j'ai cru que tu ne me pardonnerais jamais. . . d'avoir. . . » Jenna fondit en larmes.

Will prit le menton de Jenna dans sa main et se pencha sur son visage baigné de larmes. Pour la première fois il l'embrassa — tendrement d'abord, puis passionnément; de tout son coeur, Jenna lui rendit son baiser.

Will baissa la tête et lui embrassa les épaules, puis le cou. « Nous allons nous marier », dit-il. Il lui baisa les lèvres et Jenna ferma les yeux. Elle avait l'impression d'être perchée tout au bord de l'immense cataracte. . . elle le désirait, mais elle avait peur. Elle se sentit tomber, emportée par le torrent. Mais Jenna savait que cette fois-ci, elle ne se trompait pas. Il y avait d'autres hommes sur terre, mais Will était *son* homme : il était fort et il était doux. « Je t'aime », murmura-t-elle.

— Et moi aussi je t'aime, répondit-il. Alors, se levant, il l'aida à se redresser. « Viens, Jenna, dit-il. Nous rentrons chez nous. »

L'HISTOIRE DU CANADA

Dennis Adair et Janet Rosenstock

Traduit par
Marie-Claire Cournand

Cette épopée en cinq volumes raconte la vie de trois familles immigrées et de leurs descendants sur une période de dix générations, depuis la chute du trône d'Écosse jusqu'au triomphe de l'expansion industrielle au Canada.

KANATA, livre I (1746-1754)
Séparés lors de la tragique bataille de Culloden, Janet Cameron et Mathew Macleod seront cruellement éprouvés avant d'être réunis dans la vaste terre sauvage du Nouveau-Monde.   77826-2/$2.95

TRISTES MURAILLES, livre II (1754-1763)
Janet et Mathew Macleod luttent pour se créer un foyer dans le Nouveau-Monde au milieu du tumulte des guerres franco-indiennes, et s'engagent tout entiers au rêve éclatant qui s'appelle KANATA.   79053-X/$2.95

LES PORTES DU TONNERRE, livre III (1779-1781)
Forcés d'abandonner Lochiel, leur demeure bien-aimée, les Macleod luttent pour garder leur famille unie face aux grands événements de la révolution coloniale qui inéluctablement affectent leurs vies.

80952-4/$3.50

LES FEUX SAUVAGES, livre IV (1811-1813)
Le danger menace la vie et les amours du clan des Macleod lorsque leurs terres deviennent le champ de bataille de la sanglante guerre de 1812.

82313-6/$3.50

À paraître bientôt: VICTORIA, livre V

Les livres AVON

Disponibles partout où l'on vend des livres brochés ou directement de l'éditeur. Veuillez inclure .50¢ par copie pour les frais de poste et de manutention. Il faut compter un délai de 6 à 8 semaines pour la livraison. LES LIVRES AVON DU CANADA, 2061 McCowan Road, Suite 209, Scarborough, Ontario M1S 3Y6